ओशो ध्यान योग

ओशो

डायमंड बुक्स

ISBN : 978-81-718-2349-9

प्रकाशक	**: डायमंड पॉकेट बुक्स (प्रा.) लि.**
	X-30, ओखला इंडस्ट्रियल एरिया, फेज-II
	नई दिल्ली-110020
फोन	: 011-41611861
फैक्स	: 011-41611866
ई-मेल	: sales@dpb.in
वेबसाइट	: www.dpb.in
संस्करण	: 2012

संपादक : स्वामी नरेन्द्र बोधिसत्व

सहयोग : डॉ. गिरिराजशरण अग्रवाल

संकलन : मा अमृत साधना, मां कृष्ण प्रिया

संयोजन : स्वामी अमानो मनीष

संस्करण : 2009

फोटो टाइपिंग : अनुभूति ग्राफिक्स, बिजनौर (उ.प्र.)

"बीज को स्वयं की सम्भावनाओं का कोई भी पता न्हीं होता है। ऐसा ही मनुष्य भी है। उसे भी पता नहीं है कि वह क्या है - क्या हो सकता है। लेकिन, बीज शायद स्वयं के भीतर झांक भी नहीं सकता है। पर मनुष्य तो झांक सकता है। यह झांकना ही ध्यान है। ...क्योंकि ध्यान ही वह द्वारहीन द्वार है जो कि स्वयं को स्वयं से परिचित कराता है।"

–ओशो

अनुक्रम —

खंड : एक

खंड : दो

आमुख

ध्यान क्या है? इस प्रसंग में ओशो का एक प्रसिद्ध वचन है– क्या तुम ध्यान करना चाहते हो? तो ध्यान रखना! ध्यान में न तो तुम्हारे सामने कुछ हो और न तुम्हारे पीछे ही कुछ हो। अतीत को मिट जाने दो और भविष्य का भी। स्मृति और कल्पना दोनों को शून्य हो जाने दो। फिर न तो समय होगा और न आकाश ही होगा। और जिस क्षण कुछ भी नहीं होता है, तभी जानना कि तुम ध्यान में हो। महामृत्यु का यह क्षण ही नित्य-जीवन का क्षण भी है।'

लेकिन, अपने को अतीत और भविष्य से, स्मृति और कल्पना से शून्य कैसे करना? समय और आकाश का लीन होना तो ध्यान की चरम अवस्था है। वही तो निर्विचार और मौन है, समाधि और मोक्ष और निर्वाण है। ध्यान का आरंभ तो वह हो सकता है, जो ओशो द्वारा बताई गई अनेक ध्यान-विधियों का पहला या दूसरा चरण कहाता है। मिसाल के लिए 'सक्रिय-ध्यान' में तीव्रतम सांस लेना, हाथ-पाँव उछालकर, चीख-चिल्लाकर शरीर और मन का रेचन करना आरंभ हो सकता है। जहाँ हम हैं, वहीं से तो हमें आरंभ करना है।

ध्यान चेतना की अंतर्यात्रा है, जिसमें चेतना बोधपूर्वक, बाहर से भीतर की ओर, परिधि से केंद्र की ओर, पर से स्वयं की ओर, अथवा दृश्य से द्रष्टा की ओर प्रतिक्रमण करती है। दूसरे शब्दों में, अस्तित्व का जो एक ही जीवंत क्षण है, जो अभी और यहीं है, और जिसमें समस्त जीवन समाया है, उससे संबद्ध और संपृक्त होना, उसमें ही होना ध्यान है।

इस ध्यान को साधने से चेतना निर्बंध और निर्ग्रंथि, अखंड और अडोल, असंग और असीम अवस्था को उपलब्ध होती है। थोड़े शब्दों में–ध्यान, समाधि और अंतत: आत्मबोध का, परमात्मा का द्वार बनता है।

ओशो का यह भी कहना है कि यद्यपि मनुष्य और उसकी आध्यात्मिक समस्या बुनियादी रूप से समान है तो भी समय और स्थान बहुत भेद पैदा करते हैं। फिर प्रत्येक आदमी इतना अनूठा है, इतना अद्वितीय है कि उसे अपना ही अनूठा मार्ग भी चुनना होता है। इसलिए प्रत्येक युग में गुरु शिष्य को नींद से जागरण में, मृत्यु से अमृत में ले जाने के लिए नई-नई विधियाँ और उपाय आविष्कृत करते हैं। क्योंकि पुरानी विधियाँ, पुराने उपाय काम नहीं देते; और एक ही विधि भी सबके काम नहीं आ सकती। यही कारण है कि ओशो ने बहुत-सी नवीन विधियाँ

और उपाय खोजे हैं और वे चाहते हैं कि साधक प्रयोग और भूल की प्रक्रिया से गुज़रकर अपनी अपनी-अपनी विधि का चुनाव करें। इस संदर्भ में ओशो के ये वचन ध्यान में धर लेने योग्त हैं–

'बुद्ध और महावीर जिनको समझा रहे थे, वे बड़े सरल लोग थे। उनका कुछ दबा हुआ नहीं था, इसलिए उन्हें ध्यान में सीधे ले जाया जा सकता था। आप सीधे ध्यान में नहीं ले जाए जा सकते, आप बहुत जटिल हैं। आप उलझन हैं। एक पहले तो आपकी उलझन को सुलझाना पड़ेगा और आपकी जटिलता कम करनी पड़ेगी और आपके रोगों से थोड़ा छुटकारा करना पड़ेगा। टेंपररी ही सही। चाहे अस्थायी ही हो, लेकिन थोड़ी देर के लिए आपकी भाप को अलग कर देना जरूरी है–जो आपको उलझाए हुए है–तो आप ध्यान की तरफ मुड़ सकते हैं; अन्यथा आप नहीं मुड़ सकते।

'इसलिए दुनिया की सारी पुरानी पद्धतियाँ ध्यान की, आपके कारण व्यर्थ हो गई हैं। आज उनसे कोई काम नहीं हो रहा। आपमें सौ में से कभी एकाध आदमी मुश्किल से होता है, जिसको पुरानी पद्धति पुराने ही ढंग से काम कर पाए। निन्यानबे आदमियों के लिए कोई पुरानी पद्धति काम नहीं कर पाती। उसका कारण यही नहीं कि पुरानी पद्धतियाँ गलत हैं; उसका कुल कारण इतना है कि आदमी नया है और पद्धतियाँ जिन आदमियों के लिए विकसित की गई थीं, वे पृथ्वी से खो गए। आदमी दूसरा है। यह जो इलाज है, वह आपके लिए विकसित नहीं हुआ था। आपने इस बीच नई बीमारियाँ इकट्ठी कर ली हैं।

'तीन हजार, चार हजार, पाँच हजार साल पहले ध्यान के जो प्रयोग विकसित हुए थे, वे उस आदमी के लिए थे, जो मौजूद था। वह आदमी अब नहीं है। उस आदमी का जमीन पर कहीं कोई निशान नहीं रह गया है। अगर कहीं दूर जंगलों में थोड़े-से लोग मिल जाते हैं, तो हम उनको जल्दी से शिक्षित करके सभ्य बनाने की पूरी कोशिश में लगे हैं और हम सोचते हैं, हम बड़ी कृपा कर रहे हैं, उनकी सेवा करके।

'आदमी जैसा आज है, ऐसा आदमी जमीन पर कभी भी नहीं था। यह बड़ी नई घटना है। और इस नई घटना को सोचकर ध्यान की सारी पद्धतियों में रेचन, कैथार्सिस का प्रयोग जोड़ना अनिवार्य हो गया है। इसके पहले कि आप ध्यान में उतरें, आपका रेचन हो जाना जरूरी है, आपकी धूल हट जानी जरूरी है।'

प्रस्तुत 'ओशो ध्यान योग' में ओशो के पूरे साहित्य से ध्यान-विधियों तथा ध्यान-साधना-सामग्री का संचयन किया गया है। इस पुस्तक से एक बड़ी जरूरत की पूर्ति हो रही है।

–स्वामी आनंद मैत्रेय

खंड : एक

एक
ध्यान : एक वैज्ञानिक दृष्टि

मेरे प्रिय आत्मन्!

सुना है मैंने, कोई नाव उलट गई थी। एक व्यक्ति उस नाव में बच गया और एक निर्जन द्वीप पर जा लगा। दिन, दो दिन, चार दिन, सप्ताह, दो सप्ताह उसने प्रतीक्षा की, कि जिस बड़ी दुनिया का वह निवासी था, वहाँ से कोई उसे बचाने आ जाएगा। फिर महीने भी बीत गए और वर्ष भी बीतने लगा। फिर किसी को आते न देखकर वह धीरे-धीरे प्रतीक्षा करना भी भूल गया। पाँच वर्षों के बाद कोई जहाज वहाँ से गुजरा, उस एकांत निर्जन द्वीप पर उस आदमी को निकालने के लिए जहाज के लोगों को उतारा, और जब उन लोगों ने उस खो गए आदमी को वापिस चलने को कहा, तो वह विचार में पड़ गया।

उन लोगों ने कहा, 'क्या विचार कर रहे हैं, चलना है या नहीं?' तो उस आदमी ने कहा, 'अगर तुम्हारे साथ जहाज पर कुछ अखबार हों जो तुम्हारी दुनिया की खबर लाए हों, तो मैं पिछले दिनों के कुछ अखबार देख लेना चाहता हूँ।' अखबार देखकर उसने कहा, 'तुम अपनी दुनिया सम्हालो और अखबार भी, और मैं जाने से इंकार करता हूँ।'

बहुत हैरान हुए वे लोग। उनकी हैरानी स्वाभाविक थी। पर वह आदमी कहने लगा, 'इन पाँच वर्षों में मैंने जिस शांति, जिस मौन और जिस आनंद का अनुभव किया है, वह मैंने पूरे जीवन के पचास वर्षों में भी तुम्हारी उस बड़ी दुनिया में कभी अनुभव नहीं किया था। और सौभाग्य और परमात्मा की अनुकंपा कि उस दिन तूफान में नाव उलट गई और मैं इस द्वीप पर आ लगा। यदि मैं अभी इस द्वीप पर न लगा होता, तो शायद मुझे पता भी न चलता कि 'मैं किस बड़े पागलखाने में पचास वर्षों से जी रहा था।'

हम उस बड़े पागलखाने के हिस्से हैं, उसमें ही पैदा होते हैं, उसमें ही बड़े होते हैं, उसमें ही जीते हैं– और इसलिए कभी पता भी नहीं चल पाता कि जीवन में जो भी पाने योग्य है, वह सभी हमारे हाथ से चूक गया है। और जिसे हम सुख कहते हैं और जिसे हम शांति कहते हैं, उसका न तो सुख में कोई संबंध

है और न शांति से कोई संबंध है। और जिसे हम जीवन कहते हैं, शायद वह मौत से किसी भी हालत में बेहतर नहीं है।

लेकिन परिचय कठिन है। चारों ओर शोरगुल की दुनिया है। चारों ओर शब्दों का, शोरगुल का उपद्रवग्रस्त वातावरण है। उस सारे वातावरण में हम वे रास्ते भूल जाते हैं, जो भीतर मौन और शांति में ले जा सकते हैं।

इस देश में– और इस देश के बाहर भी–कुछ लोगों ने अपने भीतर भी एकांत द्वीप की खोज कर ली है। न तो यह संभव है कि सभी की नावें डूब जाएँ, न यह संभव है कि इतने तूफान उठें, और न यह संभव है कि इतने निर्जन द्वीप मिल जाएँ, जहाँ सारे लोग शांति और मौन का अनुभव कर सकें। लेकिन, फिर भी यह संभव है कि प्रत्येक व्यक्ति अपने भीतर ही उस निर्जन द्वीप को खोज ले।

ध्यान अपने ही भीतर उस निर्जन द्वीप की खोज का मार्ग है। यह भी समझ लेने जैसा है कि दुनिया के सारे धर्मों में बहुत विवाद हैं–सिर्फ एक बात के संबंध में विवाद नहीं है–और वह बात ध्यान है। मुसलमान कुछ और सोचते; हिंदू कुछ और, ईसाई कुछ और, पारसी कुछ और, जैन, बौद्ध कुछ और। उनके सिद्धांत सबके बहुत भिन्न हैं। लेकिन एक बात के संबंध में इस पृथ्वी पर कोई भी भेद नहीं है, और वह यह कि जीवन के आनंद का मार्ग ध्यान से होकर जाता है। और परमात्मा तक अगर कोई भी कभी पहुँचा है, तो ध्यान की सीढ़ी के अतिरिक्त और किसी सीढ़ी से नहीं। वह चाहे, जीसस, और फिर चाहे बुद्ध, और चाहे मुहम्मद, और चाहे महावीर– कोई भी, जिसने जीवन की परम धन्यता को अनुभव किया है, उसने अपने ही भीतर में डूब के उस निर्जन द्वीप की खोज कर ली।

इस ध्यान के विज्ञान के संबंध में दो-तीन बातें आपसे कहना चाहूँगा। पहली बात तो यह कि साधारणत: जब हम बोलते हैं, तभी हमें पता चलता है कि हमारे भीतर कौन-कौन विचार चलते हैं। ध्यान का विज्ञान इस स्थिति को अत्यंत ऊपरी अवस्था मानता है। अगर एक आदमी न बोले, तो हम पहचान भी न पाएँ कि वह कौन है, क्या है?

शब्द हमारे बाहर प्रकट होता है, तभी हमें पता चलता है–'हमारे भीतर क्या था'। ध्यान का विज्ञान कहता है, यह अवस्था, सबसे ऊपरी अवस्था है चित की; सरफेस है, ऊपर की पर्त है। हम नहीं बोले होते हैं तब भी पहले उसके विचार भीतर चलता है, अन्यथा हम बोलेंगे कैसे? अगर मैं कहता हूँ ओम्, तो इसके पहले कि मैंने कहा–मेरे भीतर, ओठों के पार, मेरे हृदय के किसी कोने में 'ओम्', का निर्माण हो जाता है। ध्यान कहता है, यह दूसरी पर्त है, व्यक्ति की गहराई की।

साधारणत: आदमी ऊपर की पर्त पर ही जीता है, उसे दूसरी पर्त का भी पता नहीं होता। उसके बोलने की दुनिया के नीचे भी एक सोचने का जगत् है, उसका भी उसे कुछ पता नहीं होता। काश, हमें हमारे सोचने के जगत् का पता चल जाए, तो हम बहुत हैरान हो जाएँ। जितना हम सोचते हैं, उसका बहुत थोड़ा-सा हिस्सा वाणी में प्रकट होता है। ठीक ऐसे ही जैसे एक बर्फ के टुकड़े को हम पानी में डाल दें, तो एक हिस्सा ऊपर हो और नौ हिस्सा नीचे डूब जाए। हमारा भी नौ हिस्सा जीवन का, विचार का तल नीचे डूबा रहता है, एक हिस्सा ऊपर दिखाई पड़ता है।

इसलिए अक्सर ऐसा होता है कि आप क्रोध कर चुकते हैं, तब आप कहते हैं कि यह कैसे संभव हुआ कि मैंने क्रोध किया। एक आदमी हत्या कर देता है, फिर पछताता है कि यह कैसे संभव हुआ कि मैंने हत्या की। 'इनस्पाइट ऑफ मी' .... वह कहता है, 'मेरे बावजूद यह हो गया, मैंने तो कभी ऐसा करना ही नहीं चाहा था।' उसे पता नहीं कि हत्या आकस्मिक नहीं है, पहले भीतर निर्मित होती है। लेकिन वह तल गहरा है, और उस तल से हमारा कोई संबंध नहीं रह गया।

ध्यान कहता है, पहले तल का नाम 'बैखरी' है, दूसरे तल का नाम 'मध्यमा' है। और उसके नीचे भी एक तल है, जिसे ध्यान का विज्ञान 'पश्यंति कहता है। इसके पहले कि भीतर, ओठों के पार, हृदय के कोने में शब्द निर्मित हो, उससे भी पहले, शब्द का निर्माण होता है। लेकिन उस तीसरे तल का तो हमें साधारणत: कोई भी पता नहीं होता, उससे हमारा कोई संबंध नहीं होता। दूसरे तक हम कभी-कभी झाँक पाते हैं, तीसरे तक हम कभी नहीं झाँक पाते।

ध्यान का विज्ञान कहता है कि पहला तल 'बोलने' का है, दूसरा तल 'सोचने' का है, तीसरा तल 'दर्शन' का है। पश्चयंति का अर्थ है 'देखना', जहाँ शब्द देखे जाते हैं। मुहम्मद कहते हैं– मैंने कुरान देखी–सुनी नहीं। वेद के ऋषि कहते हैं–हमने ज्ञान देखा–सुना नहीं। मूसा कहते हैं–मेरे सामने टेन कमांडमेंट्स प्रकट हुए, दिखाई पड़े, मैंने सुने नहीं। यह तीसरे तल की बात है, जहाँ विचार दिखाई पड़ते हैं–सुनाई नहीं पड़ते हैं।

तीसरा तल भी ध्यान के हिसाब से मन का आखिरी तल नहीं है। चौथा एक तल है, जिसे ध्यान का विज्ञान 'परा' कहता है। वहाँ विचार दिखाई भी पड़ते, सुनाई भी नहीं पड़ते। और जब कोई व्यक्ति देखने और सुनने से नीचे उतर जाता है, तब उसे चौथे तल का पता चलता है। और उस चौथे तल के पार जो

जगत् है, वह ध्यान का जगत् है।

ये चार हमारी पर्तें हैं। इन चार दीवारों के भीतर हमारी आत्मा है। हम बाहर के परकोटे की दीवार के बाहर ही जीते हैं। पूरे जीवन शब्दों की पर्त के साथ जीते हैं—और स्मरण नहीं आता कि खजाने बाहर नहीं हैं, बाहर सिर्फ रास्तों की धूल है। आनंद बाहर नहीं है, बाहर आनंद की धुन भी सुनाई पड़ जाए तो बहुत। जीवन का सब-कुछ भीतर है—जड़ों में—गहरे अँधेरे में दबा हुआ। ध्यान वहाँ तक पहुँचने का मार्ग है।

पृथ्वी पर बहुत-से रास्तों से उस पाँचवीं स्थिति में पहुँचने की कोशिश की जाती रही है। और जो व्यक्ति इन चार स्थितियों को पार करके पाँचवीं गहराई में नहीं डूब पाता, उस व्यक्ति को जीवन तो मिला, लेकिन जीवन को जानने की उसने कोई कोशिश नहीं की, उस व्यक्ति को खजाने तो मिले, लेकिन खजानों से वह अपरिचित रहा और रास्तों पर भीख माँगने में उसने समय बिताया। उस व्यक्ति के पास वीणा तो थी– जिससे संगीत पैदा हो सकता था, लेकिन उसने उसे कभी छुआ नहीं, उसकी अँगुलियों का कभी कोई स्पर्श उसकी वीणा तक नहीं पहुँचा।

हम जिसे सुख कहते हैं, धर्म उसे सुख नहीं कहता। है भी नहीं, हम भली-भाँति जानते हैं। हमारा सुख करीब-करीब ऐसा है ... मुझे एक छोटी-सी कहानी याद आती है–

एक आदमी अपने मित्रों के पास बैठा है—बहुत बेचैन, बहुत परेशान। और ऐसा मालूम पड़ता है उसके भीतर कोई बहुत कष्ट है; किसी पीड़ा को वह दबाए हुए है। अंतत: एक मित्र उससे पूछता है—इतने परेशान हैं, बात क्या है? सिर में दर्द है? पेट में दर्द है?'

उस आदमी ने कहा, 'नहीं, न सिर में दर्द है, न पेट में दर्द है; मेरे जूते बहुत काट रहे हैं, बहुत तंग हैं जूते।' उसके मित्र ने कहा—'तो जूतों को निकाल दें। और अगर इतने तंग जूते हैं कि इतना परेशान कर रहे हैं, तो थोड़े ठीक जूते खरीद लें।'

उस आदमी ने कहा, 'नहीं, यह न हो सकेगा, मैं वैसे ही बहुत मुसीबत में हूँ।' पत्नी मेरी बीमार है, लड़की ने, नहीं चाहता था कि जिस व्यक्ति को, उससे शादी कर ली, लड़का शराबी है, जुआरी है, और मेरी हालत दीवाले के करीब है। ... नहीं, मैं वैसे ही बहुत दु:ख में हूँ। 'उन मित्रों ने कहा—'आप पागल हैं? वैसे ही बहुत दु:ख में हैं तो इस जूते को तो बदल ही लें।' उस आदमी ने कहा, 'इस जूते के साथ ही मेरा एकमात्र सुख रह गया है।' तब तो वे बहुत

चकित हुए। उन्होंने कहा, 'यह सुख किस प्रकार का है?' उस आदमी ने कहा, 'मैं इतनी मुसीबतों में हूँ, दिनभर यह जूता मुझ काटता है, शाम जब मैं जूते को उतारता हूँ, तो मुझे बड़ी राहत मिलती है। एक ही सुख मेरे पास बचा है, वह यह कि साँझ जब मैं इस जूते को घर जा के उतारता हूँ, तो बड़ी रिलीफ, बड़ी राहत मिलती है। बस एक ही सुख मेरे पास है और तो दुःख ही दुःख हैं। इस जूते को मैं नहीं बदल सकता हूँ।'

जिसे हम सुख कहते हैं, वह तंग जूते से ज्यादा सुख नहीं है, रिलीफ से ज्यादा सुख नहीं है। जिसे हम सुख कहते हैं, वह थोड़ी-सो देर के लिए किसी तनाव से मुक्ति है।... नकारात्मक है, निगेटिव है।

एक आदमी थोड़ी देर के लिए शराब पी लेता है और सोचता है सुख में है। एक आदमी थोड़ी देर के लिए सैक्स में उतर जाता है और सोचता है सुख में है। एक आदमी थोड़ी देर के लिए संगीत सुन लेता है और सोचता है कि सुख में है। एक आदमी बैठ के गपशप कर लेता है, हँसी-मजाक कर लेता है, हँस लेता है, और सोचता है कि सुख में है।

ये सारे सुख तंग जूते को साँझ उतारने से भिन्न नहीं हैं, उनका सुख से कोई संबंध नहीं है। सुख एक पॉजिटिव, एक विधायक स्थिति है—नकारात्मक नहीं। सुख छींक-जैसी चीज नहीं है—कि आपको छींक आ जाती है और पीछे थोड़ी राहत मिलती है। क्योंकि छींक परेशान कर रही थी। वह एक नकारात्मक चीज नहीं है कि एक बोझ मन से उतर जाता है और पीछे अच्छा लगता है।

सुख एक विधायक अनुभव है। लेकिन बिना ध्यान के वैसा विधायक सुख किसी को अनुभव नहीं होता। और जैसे-जैसे आदमी सभ्य और शिक्षित हुआ है, वैसे-वैसे ध्यान से दूर हुआ है। सारी शिक्षा, सारी सभ्यता—आदमी को दूसरों से कैसे संबंधित हों, यह तो सिखा देती है, लेकिन अपने से कैसे संबंधित हों, यह नहीं सिखाती। समाज को कोई प्रयोजन भी नहीं है कि आप अपने से संबंधित हों, समाज चाहता है आप दूसरों से संबंधित हों—ठीक से, कुशलता से—बात पूरी हो जाती; आप कुशलता से काम करें, बात पूरी हो जाती है।

समाज आपको एक फंक्शन से ज्यादा नहीं मानता। अच्छे दुकानदार हों, अच्छे नौकर हों, अच्छे पति हों, अच्छी माँ हों, अच्छी पत्नी हों—बात समाप्त हो गई, आपसे समाज को कोई लेना-देना नहीं है। इसलिए समाज की सारी शिक्षा उपयोगिता है, यूटिलिटि है। समाज सारी शिक्षा ऐसी देता है, जिससे कुछ पैदा होता हो। आनंद से कुछ भी पैदा होता दिखाई नहीं पड़ता। आनंद कोई कमोडिटी

नहीं है, जो बाजार में बिक सके। आनंद कोई ऐसी चीज नहीं है, जिसे रुपये में भँजाया जा सके। आनंद कोई ऐसी चीज नहीं है, जिसे बैंक-बैलेंस में जमा किया जा सके। आनंद कोई ऐसी चीज नहीं है, जिसकी बाजार में कोई कीमत हो सके। इसलिए समाज को आनंद से कोई प्रयोजन नहीं है। और कठिनाई यही है कि आनंद-भर एक ऐसी चीज है, जो व्यक्ति के लिए मूल्यवान है, बाकी कुछ भी मूल्यवान नहीं है। लेकिन जैसे-जैसे आदमी सभ्य होता जाता है—यूटिलिटेरियन होता है– 'सब चीजों की उपयोगिता होनी चाहिए।'

मेरे पास लोग आते हैं, वे कहते हैं 'ध्यान से क्या मिलेगा?' शायद वे सोचते होंगे—रुपए मिलें, कमान मिले, कोई पद मिले।' ध्यान से न पद मिलेगा, न रुपए मिलेंगे, न मकान मिलेगा, ध्यान की कोई उपयोगिता नहीं है।

लेकिन जो आदमी सिर्फ उपयोगी चीजों की तलाश में घूम रहा है, वह आदमी सिर्फ मौत की तलाश में घूम रहा है। जीवन की भी कोई उपयोगिता नहीं है। जीवन में जो भी महत्त्वपूर्ण है, उसकी बाजार में कोई कीमत नहीं है। प्रेम की कोई कीमत है बाजार में? कोई कीमत नहीं है। आनंद की कोई कीमत है? कोई कीपत नहीं है। प्रार्थना की कोई कीमत है? कोई कीमत नहीं है। ध्यान की, परमात्मा की? इनकी कोई भी कीमत नहीं है। लेकिन जिस जिंदगी में अनुपयोगी, नॉन-यूटिलिटेरियन मार्ग नहीं होता, उस जिंदगी में सितारों की चमक भी खो जाती है, उस जिंदगी में फूलों की सुगंध भी खो जाती है, उस जिंदगी में पक्षियों के गीत भी खो जाते हैं, उस जिंदगी में नदियों की दौड़ती हुई गति भी खो जाती है, उस जिंदगी में कुछ भी नहीं बचता, सिर्फ बाजार बचता है। उस जिंदगी में काम के सिवाय कुछ भी नहीं बचता। उस जिंदगी में तनाव और परेशानी और चिंताओं के सिवाय कुछ भी नहीं बचता। और जिंदगी चिंताओं का एक जोड़ नहीं है। लेकिन हमारी जिंदगी चिंताओं का एक जोड़ है।

ध्यान हमारी जिंदगी में उस डायमेंशन, उस आयाम की खोज है, जहाँ हम बिना प्रयोजन के—सिर्फ होने मात्र में जस्ट टू बी– होने-मात्र से आनंदित होते हैं। और जब भी हमारे जीवन में कहीं से भी सुख की कोई किरण उतरती है, तो वे ऐसे ही क्षण होते हैं, जब हम खाली, बिना काम के—समुद्र के तट पर या किसी पर्वत की ओट में, या रात आकाश के तारों के नीचे, या सुबह उगते सूरज के साथ या आकाश में उड़ते हुए पक्षियों के पीछे, या खिले हुए फूलों के पास—कभी जब हम बिना काम—बिल्कुल बेकाम, बिल्कुल व्यर्थ, बाजार में जिसकी कोई कीमत न होगी—ऐसे किसी क्षण में होते हैं, तभी हमारे जीवन में

सुख की थोड़ी-सी ध्वनि उतरती है। लेकिन यह आकस्मिक, एक्सिडेंटल होती है। ध्यान, व्यवस्थित रूप से इस किरण की खोज है।

कभी होती है यह टयूनिंग। कभी विश्व के और हमारे बीच संगति का सुर बँध जाता है, कभी, ठीक वैसे ही, जैसे कोई बच्चा सितार को छेड़ दे और कोई राग पैदा हो जाए– आकस्मिक। ध्यान व्यवस्थित रूप से जीवन में उस द्वार को बड़ा करने का नाम है, जहाँ से आनंद की किरण उतरनी शुरू होती है। जहाँ से हम पदार्थ से छूटते हैं और परमात्मा से जुड़ते हैं।

मेरे देखे ध्यान से ज्यादा बिना कीमत की कोई चीज नहीं है। और ध्यान से ज्यादा बहुमूल्य भी कोई चीज नहीं है। और आश्चर्य की बात यह है कि यह जो ध्यान, प्रार्थना–या हम और कोई नाम दें, यह इतनी कठिन बात नहीं है, जितना लोग सोचते हैं। जैसे हमारे घर के किनारे पर हीं कोई फूल खिला हो, और हमने खिड़की न खोली हो; जैसे बाहर सूरज खड़ा हो और हमारे द्वार बंद हों, जैसे खजाना सामने पड़ा हो और हम आँख बंद किए बैठे हों, ऐसी कठिनाई है। अपने ही हाथ से अपरिचय के कारण कुछ हम खोए हुए बैठे हैं, जो हमारा किसी भी क्षण हो सकता है।

ध्यान प्रत्येक व्यक्ति की क्षमता है। क्षमता ही नहीं, प्रत्येक व्यक्ति का अधिकार भी। परमात्मा जिस दिन व्यक्ति को पैदा करता है, ध्यान के साथ ही पैदा करता है। ध्यान हमारा स्वभाव है। उसे हम जन्म के साथ लेकर पैदा होते हैं।

इसलिए ध्यान से परिचित होना कठिन नहीं है। प्रत्येक व्यक्ति ध्यान में प्रविष्ट हो सकता है।

ध्यान है भीतर झाँकना

बीज को स्वयं की संभावनाओं का कोई भी पता नहीं होता है। ऐसा ही मनुष्य भी है। उसे भी पता नहीं है कि वह क्या है–क्या हो सकता है। लेकिन, बीज शायद स्वयं के भीतर झाँक भी नहीं सकता। पर मनुष्य तो झाँक सकता है। यह झाँकना ही ध्यान है। स्वयं के पूर्ण सत्य को अभी और यहीं (हियर एंड नाउ) जानना ही ध्यान है। ध्यान में उतरे–गहरे और गहरे। गहराई के दर्पण में संभावनाओं का पूर्ण प्रतिफलन उपलब्ध हो जाता है। और जो हो सकता है, वह होना शुरू हो जाता है। जो संभव है, उसकी प्रतीति ही उसे वास्तविक बनाने लगती है। बीज जैसे ही संभावनाओं के स्वप्नों से आंदोलित होता है, वैसे ही अंकुरित होने लगता है। शक्ति, समय और संकल्प सभी ध्यान को समर्पित कर दें। क्योंकि ध्यान ही वह द्वारहीन द्वार है, जो कि स्वयं को ही स्वयं से परिचित कराता है।

ध्यान है अमृत-ध्यान है जीवन

विवेक ही अंततः श्रद्धा के द्वार खोलता है। विवेकहीन श्रद्धा-श्रद्धा नहीं, मात्र आत्म-प्रवंचना है। ध्यान से विवेक जगेगा। वैसे ही जैसे सूर्य के आगमन से भोर में जगत् जाग उठता है। ध्यान पर श्रम करें। क्योंकि अंततः शेष सब श्रम समय के मरुस्थल में कहाँ खो जाता है, पता ही नहीं पड़ता है। हाथ में बचती है केवल ध्यान की संपदा। और मृत्यु भी उसे नहीं छीन पाती है। क्योंकि मृत्यु का वश काल (टाइम) के बाहर नहीं है। इसलिए तो मृत्यु को काल कहते हैं। ध्यान ले जाता है कालातीत में। समय और स्थान (स्पेस) के बाहर। अर्थात् अमृत में। काल (टाइम) है विष। क्योंकि काल है जन्म, काल है मृत्यु। ध्यान है अमृत। क्योंकि ध्यान है जीवन। ध्यान पर श्रम जीवन पर ही श्रम है। ध्यान की खोज जीवन की ही खोज है।

ध्यान की अनुपस्थिति है मन

ध्यान के लिए श्रम करो। मन की सब समस्याएँ तिरोहित हो जाएँगी। असल में तो मन ही समस्या है (माइंड इज दी प्रॉबलम)। शेष सारी समस्याएँ तो मन की प्रतिध्वनियाँ-मात्र हैं। एक-एक समस्या से अलग-अलग लड़ने से कुछ भी न होगा। प्रतिध्वनियों से संघर्ष व्यर्थ है। पराजय के अतिरिक्त उसका और कोई परिणाम नहीं है। शाखाओं को मत काटो। क्योंकि एक शाखा के स्थान पर चार शाखाएँ पैदा हो जाएँगी। शाखाओं के काटने से वृक्ष और भी बढ़ता है। और समस्याएँ शाखाएँ हैं। काटना ही है तो जड़ को काटो। क्योंकि जड़ कटने से शाखाएँ अपने-आप ही विदा हो जाती हैं। और मन है जड़। इस जड़ को काटो ध्यान से। मन है समस्या। ध्यान है समाधान। मन में समाधान नहीं है। ध्यान में समस्या नहीं है। क्योंकि मन में ध्यान नहीं है। क्योंकि ध्यान में मन नहीं है। ध्यान की अनुपस्थिति है मन। मन का अभाव है ध्यान। इसलिए कहता हूँ-ध्यान के लिए श्रम करो।

मन का विसर्जन-साक्षी-भाव से

मन के रहते शांति कहाँ? क्योंकि, वस्तुतः मन ही अशांति है। इसलिए शांति की दिशा में मात्र विचार से, अध्ययन से, मनन से कुछ भी न होगा। विपरीत मन और सबल भी हो सकता है; क्योंकि वे सब मन की ही क्रियाएँ हैं। हाँ-थोड़ी देर को विराम जरूर मिल सकता है, जो कि शांति नहीं, बस अशांति का विस्मरण-मात्र है। इस विस्मरण की मादकता से सावधान रहना।

शांति चाहिए तो मन को खोना पड़ेगा। मन की अनुपस्थिति ही शांति है। साक्षी भाव (विटनेसिंग) से यही होगा। विचार, कर्म–सभी क्रियाओं के साक्षी बनो। कर्त्ता न रहो। साक्षी बनो। पल-पल साक्षी होकर जियो। जो भी करो–साक्षी रहो। जैसे कि कोई और कर रहा है और मात्र गवाह रहा हो। फिर धीरे-धीरे मन भोजन न पाने से निर्बल होता जाता है। कर्त्ता-भाव मन का भोजन है। अहंकार मन का ईंधन (फ्यूल) है। और जिस दिन ईंधन बिल्कुल नहीं मिलता है, उसी दिन मन ऐसे तिरोहित हो जाता है कि जैसे कभी रहा ही न हो।

सत्योपलब्धि के मार्ग अनंत हैं

सत्योपलब्धि के मार्ग अनंत हैं। और व्यक्ति-व्यक्ति पर निर्भर करता है कि उसके लिए क्या उपयुक्त है; और इसलिए जो एक के लिए सही है, वही दूसरे के लिए बिल्कुल ही गलत हो सकता है। इसीलिए दूसरे के साथ धैर्य की आवश्यकता है। और स्वयं को सबके लिए मापदंड मानना खतरनाक है। मैं अनेकांत या स्यादवाद में इसी सत्य की अभिव्यक्ति देखता हूँ। विचार-प्रधान व्यक्ति के लिए जो मार्ग है, वह भाव-प्रधान व्यक्ति के लिए नहीं है। और बहिर्मुखी (एक्सट्रोवर्ट) के लिए जो द्वार है, वह अंतर्मुखी (इनट्रोवर्ट) के लिए दीवार है। ज्ञान का यात्री अंतत: ध्यान की नाव बनाता है। प्रेम का यात्री प्रार्थना को। ध्यान और प्रार्थना पहुँचते हैं एक ही मंजिल पर। लेकिन उनके यात्रा-पथ नितांत भिन्न हैं। और उचित यही है कि अपना यात्रा-रथ चुनें और दूसरे की चिंता न करें। क्योंकि, स्वयं को ही समझना जब इतना कठिन है, तो दूसरे को समझना तो करीब-करीब असंभव है।

सब मार्ग ध्यान के ही विविध रूप हैं

ध्यान के अतिरिक्त और कोई मार्ग नहीं है। या जो भी मार्ग हैं, वे सब ध्यान (मेडीटेशन) के रूप हैं। प्रार्थना भी ध्यान है, पूजा भी, उपासना भी। योग भी ध्यान है, सांख्य भी। ज्ञान भी ध्यान है, भक्ति भी। कर्म भी ध्यान है, संन्यास भी। ध्यान का अर्थ है चित्त की मौन, निर्विचार, शुद्धावस्था। कैसे पाते हो इस अवस्था को, यह महत्त्वपूर्ण नहीं है। बस पा लो, यही महत्त्वपूर्ण है। किस चिकित्सा-पद्धति से स्वस्थ होते हो, यह गौण है। बस स्वस्थ हो जाओ, यही महत्त्वपूर्ण है।

दो

ध्यान-सोपान

ओशो रचित ध्यान की 21 सक्रिय विधियाँ

1. सक्रिय
2. कुंडलिनी
3. नटराज
4. नादब्रह्म
5. विपश्यना
6. गौरीशंकर
7. मंडल
8. देववाणी
9. प्रार्थना
10. सामूहिक प्रार्थना
11. रात्रि-ध्यान—ओऽऽऽऽ
12. जिबरिश
13. शिवनेत्र
14. अग्निशिखा
15. त्राटक—1
16. त्राटक—2
17. त्राटक—3
18. कीर्तन
19. सूफी दरवेश नृत्य
20. ओंकार-साधना
21. मंत्र-साधना

1. सक्रिय ध्यान

हमारे शरीर और मन में इकट्ठ हो गए दमित आवेगों, तनावों एवं रुग्णताओं का रेचन करने, अर्थात् उन्हें बाहर निकल फेंकने के लिए ओशो ने इस नई ध्यान-विधि का सृजन किया है। शरीर और मन के इस रेचन—अर्थात् शुद्धिकरण से, साधक पुन: अपनी देह-ऊर्जा, प्राण-ऊर्जा एवं आत्म-ऊर्जा के संपर्क में—उनकी संभावनाओं के संपर्क में आ जाता है। और इस तरह साधक आध्यात्मिक जागरण की ओर सरलता से विकसित हो पाता है।

सक्रिय ध्यान अकेले भी किया जा सकता है और समूह में भी। लेकिन समूह में करना ही अधिक परिणामकारी है। स्नान करके, खाली पेट, कम-से-कम वस्त्रों में, आँखों पर पट्टी बाँधकर इसे करना चाहिए।

यह विधि पूरी तरह प्रभावकारी हो सके, इसके लिए साधक को अपनी पूरी शक्ति से, समग्रता में इसका अभ्यास करना होगा। इसमें पाँच चरण हैं। पहले तीन चरण दस-दस मिनट के हैं तथा बाकी दो पंद्रह-पंद्रह मिनट के।

सुबह का समय इसके लिए सर्वाधिक उपयोगी है, यों इसे साँझ के समय भी किया जा सकता है।

पहला चरण

अपनी पूरी शक्ति से तेज और गहरी श्वास लेना शुरू करें। श्वास बिना किसी नियम के—अराजकतापूर्वक भीतर लें, बाहर छोड़ें। श्वास बाहर फेंकने पर अधिक जोर लगाएँ, इससे श्वास का भीतर आना सहज हो जाएगा। श्वास का लेना और छोड़ना खूब तीव्रता से और जल्दी-जल्दी करें—और अपनी पूरी ताकत इसमें लगा दें। इसे बढ़ाते ही चले जाएँ—आपका पूरा व्यक्तित्व एक तेज श्वास-प्रश्वास ही बन जाए। भीतर ध्यानपूर्वक देखते रहें—श्वास आई, श्वास गई।

दूसरा चरण

अब पूरी तरह शरीर को गति करने दें तथा आंतरिक भावावेगों को प्रकट होने दें। भीतर से जो कुछ बाहर निकलता हो, उसे बाहर निकलने में सहयोग करें। पूरी तरह से पागल हो जाएँ—रोएँ, चीखें, चिल्लाएँ, नाचें, उछलें, कूदें, हँसें—जो भी होता हो—उसे सहयोग करें, उसे तीव्रता दें। चाहें तो तेज और गहरी साँस लेना जारी रख सकते हैं। यदि शरीर की गति और भावों का रेचन और प्रकटीकरण न होता हो, तो चीखना, चिल्लाना, रोना, हँसना इत्यादि में से किसी एक को चुन लें और उसे करना शुरू करें। शीघ्र ही आपके स्वयं के भीतर के संगृहीत और दमित आवेगों का झरना फूट पड़ेगा।

ख्याल रखें कि आपका मन और आपकी बुद्धि इस प्रक्रिया में बाधक न बने। यदि फिर भी कुछ न होता हो, तो श्वास की चोट जारी रखें और किसी आंतरिक अभिव्यक्ति को प्रकट होने में सहयोग करें।

तीसरा चरण

अब दोनों बाजू ऊपर उठा लें, पंजों पर खड़े हो जाएँ, और एक ही जगह पर उछलते हुए, समग्रता से, पूरी ताकत से महामंत्र 'हू-हू-हू' का उच्चार करें, और उसकी चोट को काम केंद्र पर पड़ने दें। ऊर्जा के बढ़ते हुए प्रवाह को अनुभव करें। 'हू' की चोट को और अधिक तीव्र करते चले जाएँ—तथा आनंदपूर्वक इस चरण को शिखर-तीव्रता की ओर ले चलें।

चौथा चरण

अचानक सारी गतियाँ, क्रियाएँ और 'हू-हू' की आवाज़ आदि सब बंद कर दें और शरीर जिस स्थिति में हो, उसे वहीं थिर कर लें। शरीर को किसी भी प्रकार से व्यवस्थित न करें। पूरी तरह से निष्क्रिय और सजग बने रहें। एक गहरी शांति, मौन और शून्यता भीतर घटित होगी।

पाँचवाँ चरण

अब भीतर छा गए आनंद, मौन और शांति को अभिव्यक्त करें। आनंद और अहोभाव से भरकर नाचें, गाएँ और उत्सव मनाएँ। शरीर के रोएँ-रोएँ से भीतर की जीवन-ऊर्जा और चैतन्य को प्रकट होने दें।

ध्यान रहे, यदि आप ऐसी जगह ध्यान कर रहे हों, जहाँ पहले तथा दूसरे चरण में भावावेगों के प्रकटीकरण तथा तीसरे चरण में 'हू-हू' की आवाज करने की सुविधा न हो, तो दूसरे चरण में रेचन-क्रिया शारीरिक मुद्राओं द्वारा ही होने दें—तथा तीसरे चरण में 'हू' की आवाज बाहर न करके भीतर-ही-भीतर करें। लेकिन, आवाज करना अधिक श्रेयस्कर है; क्योंकि तब ध्यान अधिक गहरा हो जाता है।

2. कुंडलिनी ध्यान

यह एक अद्‌भुत ध्यान-पद्धति है और इसके जरिए मस्तिष्क से हृदय में उतर आना आसान हो जाता है।

एक घंटे के इस ध्यान में पंद्रह-पंद्रह मिनट के चार चरण हैं। पहले और दूसरे चरण में आँखें खुली रखी जा सकती हैं। लेकिन तीसरे और चौथे चरण में आँखें बंद रखी हैं। साँझ इसके लिए सर्वाधिक उपयुक्त समय है।

पहले चरण की संगति सपेरे के बीन-स्वर के साथ बिठाई गई है। जैसे

बीन-स्वर पर सर्प अपनी कुंडलिनी तोड़कर उठता है, और फन काढ़कर नाचने लगता है, वैसे ही इस ध्यान के सम्यक् प्रयोग पर साधक की सोई हुई कुंडलिनी-शक्ति जाग उठती है।

पहला चरण

शरीर को बिल्कुल ढीला छोड़ दें और पूरे शरीर को कँपाएँ, शेक करें। अनुभव करें कि ऊर्जा पाँव से उठकर ऊपर की ओर बढ़ रही है।

दूसरा चरण

संगीत की लय पर नाचें—जैसा आपको भाए—और शरीर को, जैसा वह चाहे, गति करने दें।

तीसरा चरण

बैठ जाएँ या खड़े रहें, लेकिन सीधे और निश्चल।

चौथा चरण

निष्क्रिय होकर लेट जाएँ और शांत और साक्षी बने रहें।

3. नटराज ध्यान

नटराज ध्यान के संबंध में बोलते हुए ओशो ने कहा है—परमात्मा को हमने नटराज की भाँति सोचा है। हमने शिव की एक प्रतिमा भी बनाई है नटराज के रूप में। परमात्मा नर्तक की भाँति है, एक कवि या चित्रकार की भाँति नहीं। एक कविता या पेंटिंग बनकर कवि से, पेंटर से अलग हो जाती है, लेकिन नृत्य को नर्तक से अलग नहीं किया जा सकता। उनका अस्तित्व एक-साथ है, कहना चाहिए एक है।

नृत्य और नर्तक एक हैं। नृत्य के रुकते ही नर्तक भी विदा हो जाता है। संपूर्ण अस्तित्व ही परमात्मा का नृत्य है, अणु-परमाणु नृत्य में लीन है। परमात्म-ऊर्जा अनंत-अनंत रूपों में, अनंत-अनंत भाव-भंगिमाओं में नृत्य कर रही है।

नटराज-नृत्य एक संपूर्ण ध्यान है। नृत्य में डूबकर व्यक्ति विसर्जित हो जाता है और अस्तित्व का नृत्य ही शेष रह जाता है।

हृदयपूर्वक पागल होकर नाचने में जीवन रूपांतरण की कुंजी है।

नटराज ध्यान पैंसठ मिनट का है और इसके तीन चरण हैं। पहला चरण चालीस, दूसरा चरण बीस और तीसरा चरण पाँच मिनट का है।

जिस समय आप चाहें, इसे कर सकते हैं।

पहला चरण

संगीत की लय के साथ-साथ नाचें... और नाचें .... बस नाचें, पूरे अचेतन को उभरकर नृत्य में प्रवेश करने दें। ऐसे नाचें कि नृत्य के वशीभूत हो जाएँ। कोई योजना न करें, और न ही नृत्य को नियंत्रित करें। नृत्य में साक्षी को, द्रष्टा को, बोध को—सबको भूल जाएँ। नृत्य में पूरी तरह डूब जाएँ, खो जाएँ, समा जाएँ—बस, नृत्य ही हो जाएँ।

काम केंद्र से शुरू होकर ऊर्जा ऊपर की ओर गति करेगी।

दूसरा चरण

वाद्य-संगीत के बंद होते ही नाचना रोक दें और लेट जाएँ। अब नृत्य एवं संगीत से पैदा हुई सिहरन को अपने सूक्ष्म तलों तक प्रवेश करने दें।

तीसरा चरण

खड़े हो जाएँ। पुनः पाँच मिनट नाचकर उत्सव मनाएँ—प्रमुदित हों।

4. नादब्रह्म ध्यान

तिब्बत देश की यह बहुत पुरानी विधि है। बड़े भोर में, दो और चार बजे के बीच उठकर, साधक इस विधि का अभ्यास करते थे और फिर सो जाते थे। ओशो का कहना है कि हम लोग नादब्रह्म-ध्यान सोने के पूर्व मध्य रात्रि में करें या फिर प्रातःकाल करें।

ध्यान रहे कि रात के अतिरिक्त जब भी इसे किया जाए, तब अंत में पंद्रह मिनट का विश्राम अनिवार्य है।

नादब्रह्म ध्यान, सामूहिक और व्यक्तिगत दोनों ढंग से किया जा सकता है। पेट भरे रहने पर यह ध्यान नहीं करना चाहिए, क्योंकि तब आंतरिक नाद गहरा नहीं जाएगा। यदि इसे अकेले करें तो कान में रूई या डाट लगाना उपयोगी होगा।

यह ध्यान तीन चरणों का है। पहला चरण तीस मिनट का है, और दूसरा तथा तीसरा पंद्रह-पंद्रह मिनट का। आँखें पूरे समय बंद रहेंगी।

पहला चरण

आँखें बंद कर सुखपूर्वक बैठ जाएँ। अब मुँह को बंद रखते हुए, भीतर-ही-भीतर, भँवरे की गुंजार की भाँति हूँ ऊँ ऊँ ऊँ का नाद शुरू करें। यह नाद इतने जोर से शुरू करें कि इसका कंपन आपको पूरे शरीर में अनुभव हो। नाद इतना ऊँचा हो कि आसपास के लोग इसे सुन सकें। नाद के स्वर-मान में आप फिर बदलाहट भी कर सकते हैं। अपने ढंग से गुंजार करें और श्वास भीतर ले जाएँ।

अगर शरीर हिलना चाहे तो उसे हिलने दें, लेकिन गति अत्यंत धीमी और प्रसादपूर्ण हो। नाद करते हुए भाव करें कि आपका शरीर बाँस की खाली पोंगरी है—जो सिर्फ गुंजार के कंपनों से भरी है। कुछ समय बाद वह बिंदु आएगा, जब आप श्रोता-भर रहेंगे और नाद आप-ही-आप गूँजता रहेगा।

यह नाद मस्तिष्क के एक-एक तंतु को शुद्ध कर उन्हें सक्रिय करता है तथा प्रभु-चिकित्सा में विशेष लाभकारी है।

इसे तीन मिनट से अधिक तो कर सकते हैं, लेकिन कम नहीं।

दूसरा चरण

अब दोनों हाथों को अपने सामने नाभि के पास रखें और हथेलियों को आकाशोन्मुख ऊपर की ओर। अब दोनों हाथों को आगे की तरफ ले जाते हुए चक्राकार घुमाएँ। दायाँ हाथ दाईं तरफ को जाएगा और बायाँ हाथ बाईं तरफ को। और तब वर्तुल पूरे करते हुए दोनों हाथों को अपने सामने उसी स्थान पर वापिस ले आएँ।

ध्यान रहे कि जितना हो सके हाथों के घूमने की गति धीमी-से-धीमी रखनी है। वह इतनी धीमी रहे कि लगे कि जैसे गति ही नहीं हो रही है।

शरीर हिलना चाहे तो उसे हिलने दें, लेकिन उसकी गति भी बहुत धीमी, मृदु और प्रसादपूर्ण हो। और भाव करें कि ऊर्जा आपसे बाहर जा रही है। यह क्रम साढ़े सात मिनट तक चलेगा। इसके बाद हथेलियों को नीचे की ओर, जमीन की ओर उलट दें और हाथों के विपरीत दिशा में घुमाना शुरू करें।

पहले तो सामने रखे हुए हाथों को अपने शरीर की तरफ आने दें और फिर उसी प्रकार दाएँ हाथ को दाईं तरफ तथा बाएँ हाथ को बाईं तरफ वर्तुलाकार गति करने दें—जब तक कि वे वापिस उसी स्थान पर सामने न आ जाएँ।

घूमने के लिए हाथों को अपने-आप न छोड़ें, बल्कि इसी वर्तुलाकार ढाँचे में धीरे-धीरे घुमाते रहें। और भाव करें कि आप ऊर्जा ग्रहण कर रहे हैं, ऊर्जा आपकी ओर आ रही है। यह क्रम भी साढ़े सात मिनट तक चलेगा।

तीसरा चरण

बिल्कुल शांत और स्थिर बैठे रहें—साक्षी होकर।

ओशो दंपतियों के लिए नादब्रह्म ध्यान की एक अन्य विधि भी बताई है, जो इस प्रकार है—

पहले कमरे को ठीक से अँधेरा कर मोमबत्ती जला लें। विशेष सुगंध वाली अगरबत्ती ही जलाएँ, जिसे सिर्फ इस ध्यान के समय ही हमेशा उपयोग में लाएँ। फिर दोनों अपना शरीर एक चादर से ढक लें। बेहतर यही होगा कि

दोनों के शरीर पर कोई और वस्त्र न हो। अब एक-दूसरे का तिरछे ढंग से हाथ पकड़ आमने-सामने बैठ जाएँ। अब आँखें बंद कर लें और कम-से-कम तीस मिनट तक लगातार भँवरे की भाँति हूँ ऊँ ऊँ ऊँ ऊँ ... का गुंजार करते रहें। गुंजार दोनों एक-सा करें। एक या दो मिनट के बाद दोनों की श्वसन क्रिया और गुंजार करते रहें। ... गुंजार दोनों एक-साथ करें। एक या दो मिनट के बाद दोनों की श्वसन क्रिया और गुंजार एक-दूसरे में घुल-मिल जाएँगी और दो ऊर्जाओं के मिलन की दोनों को प्रतीति होगी।

5. विपश्यना ध्यान

यह ध्यान विधि भगवान बुद्ध की अमूल्य देन है। ढाई हजर वर्षों के बाद भी उसकी महिमा में, उसकी गरिमा में जरा भी कमी नहीं हुई। और ओशो का मानना है कि आधुनिक मनुष्य की अंतर्यात्रा की साधना में विपश्यना सर्वाधिक कारगर सिद्ध हो सकती है।

विपश्यना का अर्थ है अंतरदर्शन—भीतर देखना।

यह ध्यान पचास मिनट का है और बैठकर करना है। बैठें, शरीर और मन को तनाव न दें और आँखें बंद रखें। फिर अपने ध्यान को आती-जाती श्वास पर केंद्रित करें। श्वास को किसी तरह की व्यवस्था नहीं देनी है, उसे उसके सहज ढंग में चलने दें। सिर्फ ध्यान को उसकी यात्रा के साथ कर दें।

श्वास की यात्रा में नाभि-केंद्र के पास कोई जगह है, जहाँ श्वास अधिक महसूस होता है, वहाँ विशेष ध्यान दें। अगर बीच में ध्यान कहीं चला जाए तो उससे घबराएँ न। अगर मन में कोई विचार या भाव उठे तो उसे भी सुन लें, लेकिन फिर-फिर प्रेमपूर्वक ध्यान को श्वास पर लाएँ। नींद से बचें।

6. गौरीशंकर ध्यान

घंटे-भर के इस ध्यान में चार चरण हैं और प्रत्येक चरण पंद्रह मिनट का है।

पहले चरण को ठीक से करने पर आपके रक्त-प्रवाह में कार्बन-डाय-आक्साइड का तल इतना ऊँचा हो जाएगा कि आप अपने को गौरीशंकर—एवरेस्ट शिखर पर महसूस करेंगे। वह आपको इतना ऊपर उठा देगा।

इस ध्यान प्रयोग के दूसरे चरण में साधकों के सामने प्रकाश का एक बल्ब तेजी से सतत जलता-बुझता रहता है।

पहला चरण

आँख बंद कर बैठ जाएँ। अब नाक से उतनी गहरी श्वास भीतर लें,

जितनी ले सकते हैं। और इस श्वास को भीतर तब तक रोके रहें, जब तक ऐसा न लगने लगे कि अब अधिक नहीं रोका जा सकता। फिर धीरे-धीरे श्वास को मुँह से बाहर निकाल दें। और फिर तब तक भीतर जाने वाली श्वास न लें, जब तक लेना मजबूरी न हो जाए। यह क्रम पंद्रह मिनट तक जारी रखें।

दूसरा चरण

श्वसन-क्रिया को सामान्य हो जाने दें। आँखें खोल लें और सतत् जलते-बुझते हुए तेज प्रकाश को धीमे-धीमे देखते रहें। दृष्टि को तनाव नहीं देना है। शरीर को पूरी तरह स्थिर रखें।

तीसरा चरण

खड़े हो जाएँ, आँखें बंद कर लें और शरीर को लातिहान के ढंग से धीरे-धीरे हिलने दें। लातिहान के द्वारा आप अपने अंतस् को शरीर के माध्यम से प्रकट होने दें और उस अभिव्यक्ति में पूरा सहयोग दें।

चौथा चरण

लेट जाएँ और सर्वथा निष्क्रिय हो रहें, साक्षी हो रहें।

7. मंडल ध्यान

घंटे-भर के इस शक्तिशाली ध्यान में पंद्रह-पंद्रह मिनट के चार चरण हैं। पहला चरण खड़े होकर करना है, दूसरा बैठकर, तीसरा और चौथा सर्वथा निष्क्रिय होकर। सूर्योदय के बाद या सूर्यास्त के पहले, इसे कभी भी किया जा सकता है।

पहला चरण

आँखें खुली रख के एक ही स्थान पर खड़े-खड़े दौड़ें। जहाँ तक बन पड़े घुटनों को ऊपर उठाएँ। श्वास को गहरा और सम रखें। इससे ऊर्जा सारे शरीर में घूमने लगेगी।

दूसरा चरण

आँखें बंद कर बैठ जाएँ। मुँह को शिथिल और खुला रखें—और, धीमे-धीमे चक्राकार झूमें—जैसे हवा में पेड़-पौधे झूमते हैं। इससे भीतर जागी ऊर्जा नाभि-केंद्र पर आ जाएगी।

तीसरा चरण

अब आँखें खोल के पीठ के बल सीधे लेट जाएँ—और दोनों आँखों की

पुतलियों को क्लॉक वाइज–बाएँ से दाएँ वृत्ताकार घुमाएँ। पहले धीरे-धीरे घूमना शुरू करें, क्रमश: गति को तेज और वृत्त को बड़ा करते जाएँ।

मुँह को शिथिल व खुला रखें तथा सिर को बिल्कुल स्थिर। श्वास मंद एवं कोमल बनी रहे। इससे नाभि-केंद्रित ऊर्जा तीसरी-आँख पर आ जाएगी।

चौथा चरण

आँखें बंद कर निष्क्रिय हो रहे हैं। विश्राम में चले जाएँ–तकि तीसरी आँख पर एकत्रित हो गई ऊर्जा अपना काम कर सके।

8. देववाणी ध्यान

देववाणी का अर्थ है, परमात्मा की वाणी। ध्यान के इस प्रयोग के समय निरंतर भाव करना है कि परमात्मा ही हमारे माध्यम से बोल रहा है, चल रहा है, हिल रहा है और हम मात्र वाहन हैं–खाली घड़े, जिसके भीतर से परमात्मा ही बोलता और गति करता है।

इस विधि के दूसरे चरण का प्रयोग कहीं भी और कभी भी–नहाते हुए, गाड़ी चलाते हुए, काम करते हुए–किया जा सकता है। यह किसी भी प्रार्थना से अधिक शक्तिशाली है। ओल्ड टेस्टामेंट में इस तरह की बोली को 'ग्लोसोलेलिया'–यानी देववाणी कहा गया है।

इस ध्यान के चार चरण हैं और प्रत्येक चरण पंद्रह-पंद्रह मिनट का है। पूरे ध्यान के क्रम में आँखें बंद रहेंगी।

पहला चरण

... शांत बैठ जाओ और संगीत को सुनो। बस, और कुछ नहीं करना है।

दूसरा चरण

जब संगीत बंद हो जाए तब तुम्हें देववाणी के लिए वाहन बन जाता है।

अब धीरे-धीरे और हौले-हौले बोलना शुरू करो–ला.. ला...ला और ऐसा तब तक करते रहो जब तक तुम्हारे होठों से अपरिचित-से शब्द न निकलने लगें। इसे जीभ का लातिहान बन जाने दो।

इस ध्यान के कुछ दिनों के ही प्रयोग के बद ये शब्द अनभ्यस्त (अजनबी) भाषा का रूप ले लेंगे और तुम पाओगे कि तुम उसके पूरे-पूरे वाक्य बोल रहे हो।

यदि शब्द का आना रुक जाए तो फिर से ला ... ला ... ला... कहना शुरू करो। शब्द तब फिर से आने लगेंगे।

ध्यान रहे कि इसमें न तो चीखना-चिल्लाना है, न हँसना-रोना ही है। वैसा करने से लगेगा कि बोलना अर्थपूर्ण हो गया है। और यह कि वह मस्तिष्क के अनजाने भाग से नहीं आ रहा है। इन शब्दों को मस्तिष्क के उस भाग से आना है, जिसका इस्तेमाल तुम अपने बचपन में करते थे, जब तुमने बोलना शुरू नहीं किया था। इन्हें उस भाग से नहीं आना है, जिससे तुम अब सारा दिन सोचते और बकते रहते हो।

तीसरा चरण

खड़े हो जाओ और देववाणी में बोलते रहो। साथ-ही-साथ लातिहान के ढंग से शरीर को भी परमात्मा के इशारे पर हिलने को छोड़ दो। शरीर को मुलायम और ढीला रहने दो और शीघ्र ही तुम्हें तुम्हारे भीतर सूक्ष्म ऊर्जा का अनुभव होगा। और यही ऊर्जा तुम्हारे शरीर को हिलाए। तुम मत हिलो, ऊर्जा ही हिले-हिलाए।

चौथा चरण

लेट जाओ और पूरी तरह निष्क्रिय और निश्चल हो रहो। ऐसा अनुभव करना है कि परमात्मा ही हमारे माध्यम से बोल रहा है, चल रहा है, हिल रहा है। संकेत—अगर आपके पास देववाणी ध्यान के पहले चरण के लिए विशेष रूप से तैयार किया गया संगीत का टेप-कैसेट न हो तो पहले चरण में शांत बैठकर चारों ओर जो ध्वनियाँ हो रही है, उन्हें चुपचाप पंद्रह मिनट तक सुनते रहें, फिर दूसरे चरण में प्रवेश करें।

9. प्रार्थना ध्यान

प्रार्थना एक भाव-दशा है—निसर्ग के साथ बहने की, एक होने की प्रक्रिया है। यदि प्रार्थना में तुम बोलना चाहो तो बोल सकते हो—लेकिन याद रहे कि तुम्हारी बातचीत अस्तित्व को प्रभावित नहीं करने जा रही है, वह तुम्हें प्रभावित करेगी। तुम्हारी प्रार्थना परमात्मा के मन को बदलने वाली नहीं है, वह तुम्हें बेशक बदल सकती है। और अगर वह तुम्हें नहीं बदलती है तो समझो कि वह मन की एक चालाकी-भर है। यह विराट आकाश तुम्हारे साथ होगा, यदि तुम उसके साथ हो सको। इसके अतिरिक्त प्रार्थना का कोई दूसरा ढंग नहीं है। मैं प्रार्थना करने को कहता हूँ—लेकिन यह ऊर्जा आधारित घटना हो, न कि कोई भक्ति की बात।

पहला चरण

तुम चुप हो जाओ; तुम अपने को खोल भर लो। दोनों हाथ सामने की ओर उठा लो। हथेलियाँ आकाशोन्मुख हों और सिर सीधा उठा हुआ रहे। और

तब अनुभव करो कि अस्तित्व तुममें प्रवाहित हो रहा है।

जैसे ही ऊर्जा या प्राण तुम्हारी बाँहों से होकर नीचे की ओर बहेगा, वैसे ही तुम्हें हल्के-हल्के कंपन का अनुभव होगा।

तब तुम हवा में कँपते हुए पत्ते की भाँति हो जाओ। शरीर को ऊर्जा से झनझना जाने दो—और जो भी होता हो, उसे होने दो। उसे पूरा सहयोग करो।

दूसरा चरण

दो या तीन मिनट के बाद—या जब भी तुम पूरी तरह भरे हुए अनुभव करो, तब तुम आगे झुक जाओ और माथे को पृथ्वी से लगा लो। दोनों हाथ सिर के आगे पूरे फैले रहेंगे और हथेलियाँ भी पृथ्वी को स्पर्श करेंगी।

पृथ्वी की ऊर्जा के साथ दिव्य ऊर्जा के मिलन के लिए तुम वाहन बन जाओ। अब पृथ्वी के साथ प्रवाहित होने का, बहने का अनुभव करो। अनुभव करो कि पृथ्वी और स्वर्ग, ऊपर और नीचे, यिन और यांग, पुरुष और नारी—सब एक महा आलिंगन में आबद्ध हैं। तुम बहो, तुम घुलो। अपने को पूरी तरह छोड़ दो और सर्व में निमज्जित हो जाओ।

दोनों चरणों को छह बार और दुहराओ, ताकि सभी सात चक्रों तक ऊर्जा गति कर सके। इन्हें अधिक बार भी दुहराया जा सकता है, लेकिन सात से कम पर छोड़ा तो बेचैनी अनुभव होगी—रात में न सो सकोगे। अच्छा हो कि यह प्रार्थना रात में करो। प्रार्थना के समय कमरे को अँधेरा कर लो और उसके बाद तुरंत सो जाओ।

सुबह में भी इसे किया जा सकता है, लेकिन तब अंत में पंद्रह मिनट का विश्राम आवश्यक हो जाएगा। अन्यथा तुम्हें लगेगा कि तुम तंद्रा में हो—नशे में हो। यह ऊर्जा में निमज्जन प्रार्थना है। यह प्रार्थना तुम्हें बदलेगी; और तुम्हारे बदलने के साथ ही अस्तित्व भी बदल जाएगा।

10. सामूहिक प्रार्थना ध्यान

सामूहिक प्रार्थना ध्यान के लिए कम-से-कम तीन व्यक्ति होने चाहिए। बड़ी संख्या के साथ करना अधिक श्रेयस्कर है। और संध्या का समय सर्वाधिक योग्य है इसके लिए।

पहला चरण

एक घेरे में खड़े हो जाओ, आँखें बंद कर लो और अगल बगल के मित्रों के हाथ अपने हाथ में ले लो। फिर धीरे-धीरे, लेकिन आनंदपूर्वक और तेज स्वर में 'ओम्'—ऐसा उच्चार शुरू करो। बीच-बीच में, उच्चार के अंतराल के बीच एक

मौन की घाटी को प्रविष्ट होने दो। अपनी और अपने परिवेश की दिव्यता और पूर्णता का अनुभव करो और अपने अहंकार को घुलकर उच्चार में निमज्जित हो जाने दो।

जिनके पास आँखें हैं, वे देखेंगे कि समूह के बीच से ऊर्जा का एक स्तंभ ऊपर उठ रहा है। कोई अकेला आदमी बहुत-कुछ नहीं कर सकता है—लेकिन, यदि पाँच सौ व्यक्ति सम्मिलित होकर इस प्रार्थना में योग दें, तो इसकी बात ही कुछ और है।

दूसरा चरण

दस मिनट के बाद, समूह के नेता के इशारे पर जब हाथ से हाथ छूटकर नीचे आ जाएँ, तो तब सब कोई जमीन पर झुक जाओ पृथ्वी माता को प्रणाम करो, और ऊर्जा को पृथ्वी में प्रविष्ट हो जाने दो।

11. रात्रि ध्यान

रात्रि, सोने के पूर्व, बिस्तर पर लेट जाएँ, कमरे में अँधेरा कर लें, और आँख बंद करके जोर से श्वास मुँह से बाहर निकालें।

निकालने से शुरू करें—एग्जेहलेशन, लेने से नहीं, निकालने से। जोर से श्वास मुँह से बाहर निकालें, और निकालते समय 'ओऽऽऽऽऽऽ' की ध्वनि करें। जैसे-जैसे ध्वनि साफ होने लगेगी, 'ओम्' अपने-आप निर्मित हो जाएगा, आप सिर्फ ओऽऽऽऽऽऽऽ... का उच्चार करें। ओम् का आखिरी हिस्सा, अपने-आप, जैसे ध्वनि व्यवस्थित होगी—आने लगेगा।

आपको 'ओम्' नहीं कहना है, आपको सिर्फ 'ओ' कहना है—'म्' को आने देना है। पूरी श्वास को बाहर फेंक दें, फिर होंठ बंद कर लें और शरीर को श्वास लेने दें। आप मत लें।

निकालना आप को है, लेना शरीर को है, लेने का काम शरीर कर लेगा। श्वास रोकनी नहीं है। लेते समय आपको कुछ भी नहीं करना है—न लेना है, न रोकना है—बस, छोड़ना है।

तो दस मिनट तक ओऽऽऽऽऽऽ की आवाज़ के साथ श्वास को छोड़ें—मुँह से, फिर नाक से श्वास लें, फिर मुँह से छोड़े, फिर नाक से लें ... और ऐसे ओऽऽऽ की आवाज करते-करते सो जाएँ।

इससे निद्रा गहरी और स्वप्नहीन हो जाएगी तथा सुबह उठने पर एक अपूर्व ताजगी का अनुभव होगा।

12. जिबरिश

अँग्रेजी का 'जिबरिश' शब्द 'जब्बार' नाम के एक सूफी संत से बना है।

जब्बार अक्सर अनर्गल, अनाप-शनाप भाषा में बोला करते थे। वे इस भाँति बोलते थे कि कोई समझ नहीं पाता था कि वे क्या बोल रहे हैं। इसलिए लोगों ने उनकी भाषा को 'जिबरिश' नाम ही दे दिया–जब्बार से जिबरिश।

ईसाइयों के एक मत में इस तरह के ध्यान को ग्लासोलेलिया कहते हैं, टाकिंग इन टंग्ज।

अत: इस ध्यान-प्रयोग में आपको भी जब्बार बन जाना है।

यह एक घंटे का ध्यान है; बीस-बीस मिनट के तीन चरण हैं।

सायं तीन से छह बजे के बीच इसे करें।

पहला चरण

खुले आकाश के नीचे विश्रामपूर्ण मुद्रा में लेट जाएँ और खुली आँख से आकाश में झाँकें।

किसी-बिंदु-विशेष पर नहीं, बल्कि संपूर्ण आकाश में।

दूसरा चरण

अब बैठ जाएँ, आँखें खुली रखें और आकाश के सामने जिबरिश में–यानी अर्थहीन, अनाप-शनाप बोलना शुरू करें। बीस मिनट के लिए 'जब्बार-जैसे' बन जाएँ–जो भी मन में आए, बोलें, चीखें, चिंघाड़ें, किलकारियाँ मारें, ठहाके लगाएँ–कुछ भी।

लेकिन इसे सार्थक बनाने की कोशिश न करें। क्योंकि तब इसका कोई अर्थ नहीं रह जाएगा; तब सब व्यर्थ हो जाएगा। ध्यान रहे, आप किसी व्यक्ति से नहीं, बृहत् आकाश से बोल रहे हैं। और आकाश कुछ भी नहीं समझता। भाषा इसमें सहयोगी नहीं है। भाषा से मन का कभी अतिक्रमण नहीं होता। आकाश के सामने, आकाश के समक्ष ऊल-जलूल बात करने से मन तत्काल गिर जाता है, उसकी जरूरत ही नहीं रह जाती है। लेकिन मन कहेगा–यह क्या कर रहे हो? पागल हो गए हो? पर मन की न सुनें। उसे कह दें–जरा प्रतीक्षा करो, जो मैं करता हूँ, मुझे करने दो।

बस, बीस मिनट इसका खूब मजा लें।

तीसरा चरण

शांत हो जाएँ, आँखें बंद कर लें और विश्राम में चले जएँ। अब भीतर के आकाश में–अंतर्आकाश में झाँकें।

बीस मिनट अनाप-शनाप बक चुकने पर आप अपने को इतने शांत और

आकाशवत् महसूस करेंगे कि आप कल्पना भी नहीं कर सकते कि आपके भीतर इतना बड़ा आकाश है।

लेकिन, इसे अकेले करें।

13. शिवनेत्र ध्यान

यह एक घंटे का ध्यान है और इसमें दस-दस मिनट के छह चरण हैं। साधकों के सामने जरा हटकर, थोड़ी ऊँचाई पर, एक नीले रंग का प्रकाश—यानी बिजली का बल्ब जलता है, जो प्रकाश को घटाने-बढ़ाने वाले एक यंत्र[1] के द्वारा, दस मिनट में तीन बार, बारी-बारी धीमा और तेज किया जाता है। उसके सहारे ही यह ध्यान संचालित होता है।

पहला चरण

बिल्कुल स्थिर बैठें। हल्के-हल्के, बिना आँखों में कोई तनाव लाए सामने जल रहे प्रकाश को देखें।

दूसरा चरण

आँखें बंद कर लें और ऊपर के भाग को हौले-हौले दाएँ से बाएँ और बाएँ से दाएँ हिलाएँ; और साथ-ही-साथ यह भी अनुभव करते रहे कि आपकी आँखों ने पहले चरण के समय जो प्रकाश पीया है, वह अब 'शिवनेत्र'—यानी 'तीसरी आँख' में प्रवेश कर रहा है।

यह सचमुच घटित होता है।

दोनों चरणों को बारी-बारी तीन बार दोहराएँ।

14. अग्निशिखा ध्यान

अच्छा हो कि शाम के समय अग्निशिखा ध्यान किया जाए; और यदि मौसम गर्म हो तो कपड़े उतारकर। इस ध्यान-विधि में पाँच-पाँच मिनट के तीन चरण हैं।

पहला चरण

कल्पना करें कि आपके हाथ में एक ऊर्जा का गोला है—गेंद है। थोड़ी देर में यह गोला कल्पना से यथार्थ-सा हो जाएगा। वह आपके हाथ पर भारी हो जाएगा।

---

1. प्रकाश को घटाने-बढ़ाने वाले यंत्र (डिमिंग स्विच) के साथ 300 वॉट का नीले रंग का प्रकाश इसके लिए आदर्श है, लेकिन साधारण नीले प्रकाश या मोमबत्ती से भी काम चलाया जा सकता है।

दूसरा चरण

ऊर्जा की इस गेंद के साथ खेलना शुरू करें। इसके वजन को, इसके द्रव्यमान को अनुभव करें। जैसे-जैसे यह ठोस होता जाए, इसे एक हाथ से दूसरे हाथ में फेंकना शुरू करें। यदि आप दक्षिणहस्तिक हैं तो दाएँ हाथ से शुरू करें और बाएँ हाथ से अंत और यदि वामहस्तिक हैं तो यह प्रक्रिया उलटी होगी।

गेंद को हवा में उछालें, अपने चारों ओर उछालें, अपने पैरों के बीच से उछालें—लेकिन ध्यान रहे कि गेंद जमीन पर न गिरे। अन्यथा खेल फिर से शुरू करना पड़ेगा। इस चरण के अंत में गेंद को बाएँ हाथ में लिए हुए दोनों हाथ सिर के ऊपर उठा लें और फिर गेंद को दोनों हथेलियों के बीच में रख लें। अब गेंद को नीचे लाएँ और अपने सिर पर आकर उसे टूट-फूट जानें दें, ताकि उसकी ऊर्जा से आपका शरीर आपूरित हो जाए। कल्पना करें कि आप पर ऊर्जा की वर्षा हो रही है—और आपके शरीर के चारों ओर ऊर्जा का आवरण बन गया है।

अब आपके चारों तरफ से ऊर्जा आपकी तरफ आकर्षित होने लगेगी, उसकी पर्त-दर-पर्त आप पर बरसेगी। यहाँ तक कि दूसरे चरण के अंत में आप ऊर्जा की सात पर्तों में समा जाएँगे।

भाव के साथ नाचें, इसका मजा लें, इसमें स्नान करें—और अपने शरीर को भी इस उत्सव में भाग लेने दें।

तीसरा चरण

जमीन पर झुक जाएँ और दोनों हाथों को प्रार्थना की मुद्रा में सामने फैला दें—और फिर कल्पना करें कि आप ऊर्जा की अग्निशिखा हैं—आपसे होकर ऊर्जा भूमि से ऊपर उठ रही है। धीरे-धीरे आपके हाथ, आपकी भुजाएँ आपके सिर के भी ऊपर उठ जाएँगी और आपका शरीर अग्निशिखा का आकार ले लेगा।

15. त्राटक ध्यान-1

यह ध्यान चालीस मिनट का है व उसमें बीस-बीस मिनट के दो चरण हैं।

पहला चरण

पाँच या छह फुट की ऊँचाई पर ओशो का एक बड़ा-सा फोटो दीवार पर इस प्रकार टाँगें कि फोटो पर पर्याप्त प्रकाश पड़े। शरीर पर कम-से-कम और ढीले वस्त्र रखें। फोटो से चार-पाँच फुट की दूरी पर खड़े हो जाएँ। दोनों हाथ ऊपर उठाएँ, एकटक ओशो के फोटो को देखें—और 'हू-हू-हू' की तीव्र आवाज लगातार करते हुए उछलना शुरू करें। ओशो की उपस्थिति अनुभव करें और

'हू-हू' की तीव्र आवाज करें। न आँखें बंद करें, न पलकें झपकाएँ। आँसू आते हों तो आने दें। आँखें फोटो पर एकाग्र रखें और शरीर में जो भी कंपन और क्रियाएँ होती हों, उसे सहयोग करके तीव्र करें।

महामंत्र–'हू' की चोट से भीतर की काम-ऊर्जा ऊपर की ओर उठेगी तथा ओशो के फोटो से दिव्य-ऊर्जा का शक्तिपात आप पर होता रहेगा।

दूसरा चरण

अब सारी क्रियाएँ–'हू-हू' की आवाज, उछलना और ओशो के चित्र को एकटक देखना–सब बंद कर दें। शरीर को बिल्कुल स्थिर कर लें, आँखें मूँद लें और भीतर की ऊर्जा को अनुभव करें। गहरे ध्यान में डूब जाएँ। बीस मिनट के बाद गहरे ध्यान से वापिस लौट आएँ।

इस प्रकार यह त्राटक ध्यान पूरा होगा।

16. त्राटक ध्यान-2

यह प्रयोग एक घंटे का है। पहला चरण चालीस मिनट का और दूसरा बीस मिनट का।

पहला चरण

कमरे को चारों ओर से बंद कर लें और एक बड़े आकार का दर्पण अपने सामने रखें। कमरा बिल्कुल अँधेरा होना चाहिए। अब एक दीपक या मोमबत्ती जलाकर दर्पण के बगल में इस प्रकार रखें कि उसकी रोशनी सीधी दर्पण पर न पड़े। सिर्फ आपका चेहरा ही दर्पण में प्रतिबिंबित हो, न कि दीपक की लौ। अब दर्पण में अपनी दोनों आँखों में बिना पलक झपकाए देखते रहें–लगातार चालीस मिनट तक। अगर आँसू निकलते हों तो उन्हें निकलने दें, लेकिन पूरी कोशिश करें कि पलक गिरने न पाए। आँखों की पुतलियों को भी इधर-उधर न घूमने दें–ठीक दोनों आँखों में झाँकते रहें।

दो-तीन दिन के भीतर ही विचित्र घटना घटेगी–आपके चेहरे दर्पण में बदलने प्रारंभ हो जाएँगे। आप घबरा भी सकते हैं। कभी-कभी बिल्कुल दूसरा चेहरा आपको दिखाई देगा, जिसे आपने कभी नहीं जाना है कि वह आपका है। पर ये सारे चेहरे आपके ही हैं। अब आपके अचेतन मन का विस्फोट प्रारंभ हो गया है। कभी-कभी आपके विगत जन्म के चेहरे भी उसमें आएँगे। करीब एक सप्ताह के बाद यह शक्ल बदलने का क्रम बहुत तीव्र हो जाएगा; बहुत सारे चेहरे आने-जाने लगेंगे, जैसा कि फिल्मों में होता है। तीन सप्ताह के बाद आप पहचान

न पाएँगे कि कौन-सा चेहरा आपका है। आप पहचानने में समर्थ न हो पाएँगे, क्योंकि इतने चेहरों को अपने आते-जाते देखा है। अगर आपने इसे जारी रखा, तो तीन सप्ताह के बाद, किसी भी दिन, सबसे विचित्र घटना घटेगी--अचानक आप पाएँगे कि दर्पण में कोई चेहरा नहीं है--दर्पण बिल्कुल खाली है और आप शून्य में झाँक रहे हैं। यही महत्त्वपूर्ण क्षण है।

तभी आँखें बंद कर लें और अपने अचेतन का साक्षात् करें जब दर्पण में कोई प्रतिबिंब न हो, तो सिर्फ आँखें बंद कर लें, भीतर देखें–और आप अचेतन का साक्षात् करेंगे।

वहाँ आप बिल्कुल नग्न हैं–निपट जैसे आप हैं। सारे धोखे वहाँ तिरोहित हो जाएँगे। यह एक सत्य है, पर समाज ने बहुत-सी पर्तें निर्मित कर दी हैं ताकि मनुष्य उससे अवगत न हो पाए। एक बार आप अपने को पूरी नग्नता में देख लेते हैं, तो आप बिल्कुल दूसरे आदमी होने शुरू हो जाते हैं। तब आप अपने को धोखा नहीं दे सकते हैं। अब आप जानते हैं कि आप क्या हैं और जब तक आप यह नहीं जानते कि आप क्या हैं, आप कभी रूपांतरित नहीं हो सकते। कारण, कोई भी रूपांतरण इस नग्न-सत्य के दर्शन में ही संभव है: यह नग्न-सत्य किसी भी रूपांतरण के लिए बीजरूप है। अब आपका असली चेहरा सामने है, जिसे आप रूपांतरित कर सकते हैं। और वास्तव में, ऐसे क्षण में रूपांतरण की इच्छा-मात्र से रूपांतरण घटित हो जाएगा, और कुछ भी करने की जरूरत नहीं है।

दूसरा चरण

अब आँखें बंद कर विश्राम में चले जाएँ।

17. त्राटक ध्यान-3

यह प्रयोग बहुत शक्तिशाली है और बेजोड़ असरदार भी। खासकर जब इसे ऐसे विषय पर किया जाए, जो मन को बेहद पसंद हो।

त्राटक की यह विधि यों तो मन की किसी भी प्रिय वस्तु पर की जा सकती है, लेकिन ज्यादा अच्छा है ओशो के चित्र पर त्राटक करना। इसके लिए आप ओशो का ऐसा चित्र उपयोग में लाएँ, जिसमें उनकी आँखें–आप कहीं से भी देखें–आपकी ओर देखती हों।

त्राटक करते समय चित्र को अपने सिर से थोड़ा ऊपर रखें : सूरज डूबने के पूर्व या सोने के पहले इसे किया जा सकता है। यह एक घंटे का ध्यान है और सिर्फ दो चरणों का। पहला चरण है चालीस मिनट का और दूसरा बीस मिनट का।

पहला चरण

सबसे पहली बात, इस प्रयोग में चालीस मिनट तक लगातार अपलक ताकते रहना है। सारी चेतना आँखों में इकट्ठी हो जाए—इसलिए आपको बिल्कुल आँख ही हो जाना है। हर चीज को, पूरे शरीर को बिल्कुल ही भूल जाएँ और सिर्फ आँख बन जाएँ। बिना पलक झपकाए सिर्फ देखते रहें। आँखों में इस तरह केंद्रित होकर चेतना आपको तनाव की चरम सीमा तक ले जाएगी। आँख शरीर में सबसे ज्यादा कोमल और सुकुमार हिस्सा है। यही कारण है शरीर के किसी दूसरे अंग की बजाय आँख बहुत जल्दी तनावपूर्ण हो सकती है; और आँखों के तनावपूर्ण होने से पूरा मनस् ही तनावपूर्ण हो जाता है। आँखें मन के द्वार-भर हैं।

जब आप मात्र आँख ही रह जाते हैं तो मन का तनाव बढ़ते-बढ़ते अपनी आखिरी सीमा तक पहुँच जाता है। और तनाव के उस चरम शिखर से गिरने पर विराम की परम घाटी को आप उपलब्ध होते हैं। विचारों का चलना स्वत: रुक जाता है। और धीरे-धीरे, जैसे-जैसे आप इसमें आगे बढ़ते हैं, चेतना आँखों में और भी ज्यादा केंद्रित होती जाती है।

तो आप, बस, सिर्फ होश से भर रहेंगे, भीतर कोई चिंतन नहीं चल सकेगा। क्योंकि आँखें विचार नहीं कर सकती हैं।

आँखों के द्वारा कोई भी चिंतन संभव नहीं है। जब संपूर्ण चेतना आँखों में केंद्रित हो जाती है, तो मन को सोचने के लिए कोई ऊर्जा ही नहीं मिल पाती है; और फलस्वरूप मन में विचारों का उठना तत्क्षण रुक जाता है।

तो जब आँखें झपकना चाहती हों, तो उसी क्षण सचेतन होने और इस स्थिति को दूर हटाने की जरूरत है, क्योंकि सोचने के लिए ऊर्जा प्राप्त करने की यह मन ही कोशिश कर रहा है।

यही कारण है कि प्रयोग के समय निरंतर स्थिर दृष्टि से अपलक देखते रहने की आवश्यकता है। आँखों के थोड़ा-सा हिलने से भी मन को सक्रिय होने के लिए ऊर्जा मिल जाती है। इसलिए, आँखों को हिलाएँ नहीं, सिर्फ स्थिर दृष्टि से अपलक देखते रहें। जब आँखों को बिना हिलाए अपलक देखते हैं तो मन भी स्थिर हो जाता है।

मन आँखों के साथ ही गति करता है। आँखें मन का बाह्य अंग हैं, उसी का दूसरा छोर है। आँखें द्वार हैं, वैसा द्वार, जो अंदर की ओर मन में खुलता है और बाहर की ओर संसार में भी। आँखें अगर पूर्णतया स्थिर हो जाएँ तो मन वस्तुत: रुक जाता है चाहने पर भी नहीं चल सकता। अगर मन रुक जाता है,

तो आपकी आँखों का हलन-चलन भी रुक जाता है।

अत: इस प्रयोग में आँखों से शुरू करना है, क्योंकि मन से शुरू करना अति कठिन है। आँख बाह्य चीज है और आप इसके साथ जरूर कुछ कर सकते हैं।

तो, सामने रखे चित्र की दोनों आँखों में सिर्फ अपलक देखते रहें। चित्र की दोनों आँखों से आपकी दोनों आँखें बिल्कुल बंध जाएँ। कोई गति न हो—और शरीर भी बिल्कुल स्थिर हो। आँसू बहने लगें तो बहने दो।

सिर्फ दोनों आँखों में अपलक देखते रहने से ही भीतर कुछ घटित होना शुरू हो जाता है।

दूसरा चरण

आँखें बंद कर पूर्ण विश्राम में चले जाएँ—लेट जाएँ।

इस प्रयोग का राज यह है कि स्थिर दृष्टि मन को भी स्थिर करती है और मन की बजाय आँखों को स्थिर करना ज्यादा सुगम है।

संकेत—ओशो ने अन्यत्र एक जगह इस संदर्भ में कहा है—

'यह प्रयोग करते करते, ध्यान में थोड़ी गहराई बढ़ने के बाद, चित्र पर एकाग्र दृष्टि जमाने पर एक समय ऐसा आएगा कि चित्र अदृश्य हो जाएगा, वहाँ बिल्कुल शून्य प्रतीत होगा।'

'तब, जैसे ही चित्र शून्य हो जाए, आँखें बंद कर लें। ऐसे क्षण में मुझसे संपर्क स्थापित हो सकता है। उसमें समय और दूरी कोई व्यवधान नहीं डाल सकते।' आगे उन्होंने कहा है—'मैं जब तक इस शरीर में हूँ, यह संपर्क बना लेना बिल्कुल ही आसान है। मेरे शरीर के छूटने के बाद, फिर बहुत कठिनाई होगी। और अगर अभी संपर्क सध जाए, तो मेरे शरीर के छूटने के बाद भी संपर्क मुझसे बना रहेगा।'

18. कीर्तन ध्यान

कीर्तन अवसर है— परमात्मा के प्रति अपने आनंद और अहोभाव को निवेदित करने का। उसकी कृपा से जो जीवन मिला, जो आनंद और चैतन्य मिला, उसके लिए परमात्मा के प्रति हमारे हृदय में जो प्रेम और धन्यवाद का भाव है, उसे हम कीर्तन में नाचकर, गाकर, उसके नाम-स्मरण की धुन में मस्ती में थिरककर अभिव्यक्त करते हैं। कीर्तन उत्सव है—भक्ति-भाव से भरे हुए हृदय का। व्यक्ति की भाव-ऊर्जा का समूह की भाव ऊर्जा में विसर्जित होने का अवसर है कीर्तन।

इस प्रयोग में शरीर पर कम और ढीले वस्त्रों का होना तथा पेट का खाली

होना बहुत सहयोगी है। कीर्तन ध्यान एक घंटे का उत्सव है, जिसके पंद्रह-पंद्रह मिनट के चार चरण हैं। संध्या का समय इसके लिए सर्वोत्तम है।

पहला चरण

पहले चरण में कीर्तन-मंडली संगीत के साथ एक धुन गाती है–जैसे 'गोविंद बोलो, हरि गोपाल बोलो, राधा रमण हरिगोपाल बोलो।'

इस धुन को पुन: गाते हुए आप नृत्यमग्न हो जाएँ। धुन और संगीत में पूरे भाव में डूबें और अपने शरीर और भावों को बिना किसी सचेतन व्यवस्था के थिरकने तथा नाचने दें। नृत्य और धुन की लयबद्धता में अपनी भाव-ऊर्जा को सघनता और गहराई की ओर विकसित करें।

दूसरा चरण

दूसरे चरण में धुन का गायन बंद हो जाता है, लेकिन संगीत और नृत्य जारी रहता है। अब संगीत की तरंगों से एकरस होकर नृत्य जारी रखें। भावावेगों एवं आंतरिक प्रेरणाओं को बच्चों की तरह निस्संकोच होकर पूरी तरह से अभिव्यक्त होने दें।

तीसरा चरण

तीसरा चरण पूर्ण मौन और निष्क्रियता का है।

संगीत के बंद होते ही आप अचानक रुक जाएँ। समस्त क्रियाएँ बंद कर दें और विश्राम में डूब जाएँ। जाग्रत हुई भाव-ऊर्जा को भीतर-ही-भीतर काम करने दें।

चौथा चरण

चौथा चरण पूरे उत्सव की पूर्णाहुति का है।

पुन: शुरू हो गए मधुर संगीत के साथ आप अपने आनंद, अहोभाव और धन्यवाद के भाव को नाचकर पूरी तरह से अभिव्यक्त करें।

19. सूफी दरवेश नृत्य

यह एक प्राचीन सूफी विधि है, जो हमें चैतन्य साक्षी में केंद्रित करती है। इस विधि की शांत, मद्धम, संगीतपूर्ण लयबद्ध स्वप्निलता हमें अपने आत्म-स्रोत को अनुभव करने में विशेष सहयोगी है।

लंबे समय तक शरीर के गोल घूमने से चेतना का तादात्म्य शरीर से टूट जाता है- शरीर तो घूमता रहता है, परंतु भीतर एक अकंप, अचल चैतन्य का बोध स्पष्ट होता चला जाता है।

इस प्रयोग को शुरू करने से तीन घंटे पूर्व तक किसी भी प्रकार का आहार या पेय नहीं लेना चाहिए, ताकि पेट हल्का और खाली हो। शरीर पर ढीले वस्त्र रहें तथा पैर में जूते या चप्पल न हों तो ज्यादा अच्छा है।

इसके लिए समय का कोई बंधन नहीं है, आप घंटों इसे कर सकते हैं।

सूर्यास्त के पहले का समय इस प्रयोग के लिए सर्वोत्तम है। यह केवल दो चरणों का ध्यान है।

पहला चरण

अपनी जगह बना लें, जहाँ आपको घूमना है। आँखें खुली रहेंगी। अब दाहिने हाथ को ऊपर उठा लें–कंधों के बराबर ऊँचाई तक, और उसकी खुली हथेली को आकाशोन्मुख रखें। फिर बाएँ हाथ को उठाकर नीचे इस तरह से झुका लें कि हथेली जमीन की ओर उन्मुख रहे। दाईं हथेली से ऊर्जा आकाश से ली जाएगी और बाईं हथेली से पृथ्वी को लौटा दी जाएगी।

अब इसी मुद्रा में एंटि-क्लॉकवाइज–याने बाएँ से दाएँ–घूमें। घूमते समय शरीर और हाथ ढीले हों–तने हुए न हों। धीमे-धीमे शुरू कर गति को लगातार बढ़ाते जाएँ–जब तक कि गति आपको पूरा ही न पकड़ ले।

गति के बढ़ाने से चारों ओर की वस्तुएँ और पूरा दृश्य अस्पष्ट होने लगेगा, तब आँखों से उन्हें पहचानना छोड़ दें और उन्हें और अधिक अस्पष्ट होने में सहयोग दें। वस्तुओं, वृक्षों और व्यक्तियों की जगह एक प्रारंभहीन और अंतहीन गोला-प्रवाह-मात्र रह जाए।

घूमते समय ऐसा अनुभव करें कि पूरी घटना का केंद्र नाभि है और सब कुछ नाभि के चारों ओर हो रहा है। इसमें किसी प्रकार की आवाज या भावावेगों का रेचन, कैथार्सिस न करें। जब आपको लगे कि अब आप और नहीं घूम सकते, तो इतनी तेजी से घूमें कि आपका शरीर और आगे घूमने में असमर्थ होकर आप-ही-आप जमीन पर गिर पड़े। याद रहे, भूलकर भी व्यवस्था से न गिरें। यदि आपका शरीर ढीला होगा, तो जमीन पर गिरना भी हल्के से हो जाएगा और किसी प्रकार की चोट नहीं लगेगी। मन का कहना मानकर शरीर को समय से पहले न गिरने दें।

दूसरा चरण

गिरते ही पेट के बल लेट जाएँ, ताकि आपकी खुली हुई नाभि का स्पर्श पृथ्वी से हो सके। यदि पेट के बल लेटने में अड़चन होती हो तो ही पीठ के बल लेटें। पूरे शरीर का–नाभि सहित–पृथ्वी से स्पर्श होने दें। पृथ्वी से एक छोटे बच्चे

की भाँति चिपक जाएँ और उन दिनों की अनुभूतियों को पुनरुज्जीवित कर लें, जब आप छोटी उम्र में अपनी माँ की छाती पर चिपके रहा सकते थे। अब आँखें बंद कर लें और शांत और शून्य होकर इस स्थिति में कम-से-कम पंद्रह मिनट तक पड़े रहें। अनुभव करें कि नाभि के माध्यम से आप पृथ्वी से एक हो गए हैं—व्यक्ति विसर्जित हो गया है विराट् में, व्यक्ति मिट गया है और परमात्मा ही रह गया है।

20 ओंकार-साधना

खाली बैठ जाओ, होंठ बंद कर लो, जीभ को तालू से लग जाने दो, रीढ़ सीधी हो और तुम भीतर ओंकार का नाद करने लगो। ओंकार के नाद को भीतर करने का मतलब है कि तुम ओंठ से आवाज बाहर मत निकालो, अंदर ही गुँजाओ। लेकिन गुँजाओ इतने जोर से कि बाहर के लोगों को सुनाई पड़े। ओंठ से न निकले, सुनाई जरूर पड़े। तुम्हारे रोएँ-रोएँ से निकले, तुम एक गूँज बन जाओ।

बड़ा मीठा अनुभव होता है, भीतर जैसे अमृत झरने लगता है थोड़े ही दिनों में। और यह अभी असली ओंकार नहीं है। नकली ओंकार इतना कर देता है तो असली की तो बात ही मत करो, उसकी तो कोई तुलना ही नहीं हो सकती। तुम सिर्फ आँख बंद करके, रीढ़ सीधी करके—रीढ़ सीधी इसलिए ताकि तुम्हारे भीतर सारा शून्य सीधा खड़ा हो जाए और तुम ओंकार को गुँजाने लगो। जब श्वास बाहर जाए तो तुम ओंकार की ध्वनि करो— ओम् ... ओम् ... जब श्वास भीतर जाएगी तब तो ध्वनि न कर पाओगे। तो एक रिद्म, एक लय पैदा हो जाएगी, शून्य रहेगा फिर श्वास बाहर जाएगी, फिर ओंकार की ध्वनि।

करो इतने जोर से कि बाहर कोई गुजरता हो तो उसे सुनाई पड़े। जैसे एक मधुमक्खियों का जत्था जा रहा हो तो एक गूँज मालूम पड़ती है, ऐसी ही गूँज बाहर मालूम पड़ेगी। और वह गूँज तुम्हारे शरीर को भी स्वस्थ करेगी, तुम्हारे बिखरे मन को बाँधेगी और तुम्हारे भीतर एक अपूर्व शांति का जन्म होगा—और एक मस्ती छा जाएगी।

ध्वनि की अपनी सुरा है। इसीलिए तो संगीत सुनते-सुनते तुम्हारा सिर हिलने लगता है, जैसे शराबी का हिल रहा हो। संगीत की अपनी सुरा है, वैसी सूक्ष्म कोई भी सुरा नहीं, और सब शराबें स्थूल हैं।

अगर तुमने अपने भीतर ओंकार के नाम को गुँजाया—और ध्यान रखना कि यह तुम्हारा नाद है, अभी तुम्हें असली नाद का पता ही नहीं है, तो भी तुम्हारे भीतर एक मस्ती पैदा होगी, तुम एक मदमस्ती में जीने लगोगे। तुम चलोगे और

ढंग से स्फूर्ति और होगी, उठोगे और ढंग से, आँखों में एक नशा छाया रहेगा। जैसे जिंदगी में पहली दफा एक उत्सव की घड़ी आई है।

अगर तुम इस तरह ओंकार की ध्वनि करते रहो—करते रहो, करते रहो, करते रहो—तो किसी दिन अचानक तुम पाओगे कि तुम्हारी धुन तो जारी ही है, एक और धुन तुम्हारे भीतर पैदा हो रही है। वह उसी दिन पैदा होती है, जिस दिन तुम्हारी वाणी पूरी कस जाती है और तैयार होती है, साज राजी होता है। उस दिन तुम पाओगे—एक धुन तो तुम कर रहे हो, जो अब कुछ भी नहीं है, एक फीका स्वर है, कार्बन कॉपी है—असली धुन अब पैदा हो रही है।

तब तुम अपनी धुन को बंद कर देना, तब तुम सुननेवाले बन जाना। अब तक तुम कर्त्ता थे, अब तुम सुननेवाले बन जाना। अब तुम आँखें गड़ा लेना भीतर। अब तुम प्राणों को थाम लेना, क्योंकि भीतर जो घट रहा है, वह अपूर्व है, वह अतुलनीय है, उसकी कोई उपमा नहीं है। भीतर अमृत की धार बहने लगेगी, रोआँ-रोआँ किसी अपूर्व प्रकाश से भर जाएगा। अंधकार गया, दुर्दिन गए—महासुख बरसेगा। मिलन का क्षण करीब आएगा।

ओंकार तुम शुरू करो मगर तुम खींचे मत जाना, और प्रतीक्षा करना उस दिन की, जिस दिन भीतर का ओंकार फूटने लगे। उस दिन तुम जिद मत करना अपने ओंकार को थोपने की। उस दिन तुम बिल्कुल चुप हो जाना। तुम्हारा ओंकार तो सिर्फ आयोजन था, ताकि रास्ता बन जाए उस ओंकार के बहने के लिए, ताकि तुम्हारे यंत्र से मार्ग बन जाए उस ओंकार को झेलने के लिए। तुम्हारा ओंकार तो सिर्फ पूर्व तैयारी थी, रिहर्सल था। असली नाटक तो तब शुरू होता है, जब तुम्हारा ओंकार तो गया और उसका ओंकार शुरू हुआ।

एक ओंकार सतनाम।

21. मंत्र-साधना

मन को जो मार दे, वह मंत्र है। मन की जिससे मृत्यु घटित हो जाए, वह मंत्र है। और मन जब नहीं रह जाता, तो तुम्हारे और शरीर के बीच जो सेतु है, वह टूट जाता है। मन ही जोड़े हुए है तुम्हें शरीर से। अगर बीच का सेतु, बीच का संबंध टूट जाए, तो शरीर अलग, तुम अलग हो जाते हो। और जिसने जान लिया अपने को शरीर से अलग और मन से शून्य, वह शिवत्व को उपलब्ध हो जाता है। वह परम केवली है।

इसलिए मंत्र को समझ लो, उसका प्रयोग जीवन में क्रांति ला सकता है।

पर एक-एक कदम बढ़ना जरूरी है, और धैर्य रखना होगा। मंत्र बहुत धीरज का प्रयोग है। अधैर्य जिनके मन में बहुत ज्यादा है, उन्हें मंत्र से लाभ न होगा, नुकसान हो सकता है। क्योंकि वैसे ही तुम काफी परेशान हो, मंत्र एक और नई परेशानी बन जाएगी, अगर अधैर्य हुआ।

तो मंत्र के साथ अत्यंत धैर्य चाहिए अन्यथा उस झंझट में मत पड़ना। फल की बहुत जल्दी आकांक्षा मत करना। वह जल्दी आएगा भी नहीं, क्योंकि वह परम फल है। यह कोई मौसमी फूल नहीं है कि बोया और पंद्रह दिन के भीतर आ गया। जन्म-जन्म लग जाते हैं। और एक कठिन बात जो समझ लेने की है वह यह है कि जितना धैर्य हो, उतना जल्दी फल आ जाएगा, और जितना अर्धर्य हो, उतनी ज्यादा देर लग जाएगी। एक आदमी जा रहा था रास्ते से, उसका जूता काट रहा था। जूता छोटा था, वह जूते को गालियाँ दे रहा था और परेशान था। नसरुद्दीन ने कहा--मेरे भाई, थोड़ी देर रुक जाते तो पैर के नाप का तो हो जाता। कच्चा तोड़ लिया?'

मंत्र कभी कच्चा मत तोड़ना, नहीं तो बुरे फँस जाओगे। जूते को तो कोई फेंक दे, मंत्र को फेंकना बहुत मुश्किल है, क्योंकि जूता तो बाहर है, मंत्र भीतर होता है। और अगर गलती से मंत्र में फँस गए, तो निकलना बहुत मुश्किल हो जाता है। बहुत-से धार्मिक लोग पागल हो जाते हैं–उसका कारण है कि मंत्र में फँस गए, कुछ जल्दी कर ली तोड़ने की, फल, पक नहीं पाया था, कच्चा तोड़ लिया।

पके तो फल बहुत मीठा हो जाता है, कच्चा बहुत तिक्त होगा, बहुत कड़वा होगा, जहरीला होगा। पहली पर्त है शरीर। तो मंत्र का पहला प्रयोग शरीर से शुरू करना जरूरी है क्योंकि वहीं तुम हो, वहीं से इलाज शुरू होगा। अगर तुमने वह पर्त छोड़कर मन का इलाज शुरू किया तो बीमारी तुम्हारी रह जाएगी–मिटेगी नहीं, कल नहीं परसों, कच्चा फल हाथ आएगा।

ध्यान रखना, यात्रा वहीं से शुरू की जा सकती है, जहाँ तुम खड़े हो, कहीं और से यात्रा की तो वह सपना है। तुम अभी शरीर हो, तो अभी मंत्र को शरीर से शुरू करना होगा। उचित होगा कि प्रयोग खुले में मत करना, बंद में करना। छोटा कमरा हो, बंद हो, और बिल्कुल खाली हो, वहाँ कोई भी चीज न हो।

इसलिए मंदिर, मस्जिद या चर्च बहुत अच्छा है–जहाँ कुछ भी नहीं है, कोई सामान नहीं। या घर में एक कोना साफ कर लेना, जहाँ कुछ भी नहीं है। वहाँ देवी-देवताओं को भी मत रखना, वे भी उपद्रव हैं, बिल्कुल खाली कर देना। बस, खालीपन ही एक परमात्मा है, बाकी सब चीजें मन का ही खेल हैं।

तो कमरे को बिल्कुल खाली रखना है। जितना शून्य हो उतना अच्छा है, क्योंकि इसी शून्य के भीतर तलाश है। यह कमरा तुम्हारे भीतर के शून्य का प्रतीक हो। और छोटा हो, क्योंकि मंत्र में उसका उपयोग है। और खाली हो, उसका भी उपयोग है।

पूर्व तैयारी

विधि को समझ लो। पहले दस दिन शांत बैठ जाना। शांत बैठने के पहले—क्योंकि शांत बैठना आसान नहीं है—भीतर, पाँच मिनट नाचना, उछलना, कूदना। और दिल खोलकर उछलना कूदना, नाचना—ताकि शरीर के रग-रग, रेशे-रेशे में जो रेस्टलेसनेस, जो बेचैनी है, वह निकल जाए। तभी तुम उस मिनट शांति से बैठ पाओगे

शांति से बैठने के लिए यह जरूरी है रेचन। दस-पाँच मिनट—जितना तुम्हें ठीक लगे, जितनी तुम्हारी बचैनी हो, उस हिसाब से तुम नाचना, कूदना, डोलना। शरीर को सब तरफ से हिलाना, ताकि फिर दस मिनट शरीर हिलने की आकांक्षा न करे। उसकी हिलने की तृप्ति कर देना। दस मिनट शरीर को हिलाना, डुलाना, नाचना, कूदना, दौड़ना—फिर बैठ जाना। और फिर बैठ जाना बिल्कुल थिर, दस मिनट अब शरीर न हिले।

आँख आधी खुली रखना, क्योंकि आँख जब पूरी खुली होती है, तो तुम दरवाजे पर खड़े हो अपने मकान के। पीठ मकान की तरफ, मुँह संसार की तरफ। एकदम से पीठ न मुड़ेगी, एकदम से परिवर्तन आसान नहीं—तुम सिर्फ आधी आँख खोलना, आधी संसार की तरफ बंद और आधी अपनी तरफ खुली। आधी आँख खुली होने का यही अर्थ है कि आधा संसार देख रहे हैं, आधा अपने को। यहीं से शुरू करना, जल्दी की कोई आवश्यकता नहीं है।

आधी आँख जब खुली होती है, तो तुम एक तंद्रा-जैसी स्थिति अनुभव करोगे। तो अपनी नाक के शीर्ष भाग को देखते रहना। बस, उतनी ही आँख खोलनी है। एकाग्रता नहीं करनी है। शांत भाव से नाक का अगला हिस्सा दिखाई पड़ रहा है—नासाग्र भाग पड़ रहा है।

पहला चरण

अब 'ओम्' का पाठ जोर से शुरू करना—शरीर से, क्योंकि शरीर में तुम हो। तो जोर से ओम् की ध्वनि करना कि कमरे की दीवारों से टकराकर तुम पर गिरने लगे। इसलिए खाली कमरा जरूरी है। खाली होगा तो प्रतिध्वनि होगी। जितनी प्रतिध्वनि हो, उतनी लाभ की है। अगर तुमने ईसाइयों के कैथेड्रल देखे

हों तो वह मंत्र के लिए बनाया गया था। वहाँ कुछ भी बोलो तो ध्वनि हजारों गुनी होकर तुम पर लौट आती है। हिंदुओं ने मंदिर बनाया है अर्द्धवृत्त में–सिर्फ इसलिए कि उसके गुंबज में ध्वनि टकराकर वापस लौट आएगी। वृत्ताकार वस्तु में कोई भी ध्वनि बाहर नहीं जा सकती है, भीतर लौट आती है।

वे मंत्र के लिए थे।

तो तुम बैठ जाना, जोर से ओंकार–ओम् ... ओम् ...। जितने जोर से कर सको–क्योंकि शरीर का उपयोग करना है। तुम्हारा पूरा शरीर निमज्जित हो जाए ओम् में। ऐसा लगने लगे कि तुमने अपनी पूरी जीवन-ऊर्जा ओम् में लगा दी, कुछ बचाया नहीं। जैसे इसी पर जीवन-मरण टिका है।

इससे कम में मंत्र पूरा नहीं होता। ऐसे धीरे-धीरे मुर्दे की तरह कहते रहो, आधे-आधे, उससे हल न होगा। समग्र भाव से कहा, जैसे कि इसी पर निर्भर है कि अगर तुमने पूरी तरह ओम् कहा, तो ही तुम बचोगे, अन्यथा मर जाओगे। दाँव पर लगा देना–जैसे सिंहनाद होने लगे। आधी आँख खुली, आधी बंद, जोर से ओम् का पाठ–और तुम इतनी जल्दी-जल्दी ओम् कहना कि ओवरलैपिंग हो जाए, एक मंत्र-उच्चार के ऊपर दूसरा मंत्र उच्चार हो जाए–ओम्...ओम्।

दो ओम् के बीच जगह मत छोड़ना। पसीना-पसीना हो जाना, सारी ताकत लगा देना। थोड़े ही दिनों में तुम पाओगे कि पूरा कक्ष ओम् से भर गया। तुम पाओगे कि पूरा कक्ष तुम्हें साथ दे रहा है, ध्वनि लौट रही है। अगर तुम कोई गोल कक्ष खोज पाओ तो ज्यादा आसान होगा। अगर गुंबदवाला कक्ष खोज पाओ तो और भी आसान होगा। भीतर बिल्कुल कुछ भी न हो, ताकि ध्वनि पूरी तरह तुम पर बरसने लगे। तुम्हारा शरीर स्नान से गुजर जाएगा और तुम पाओगे कि ऐसी शीतलता जल के स्नान से भी कभी नहीं मिलती। जब चारों तरफ से ओंकार तुम पर बरसने लगेगा, लौटने लगेगा, तुम्हारी ध्वनि वर्तुलाकार हो जाएगी। तुम पाओगे कि शरीर का रोआँ-रोआँ प्रसन्न हो रहा है। रोएँ-रोएँ से रोग झड़ रहा है। शांति, स्वास्थ्य प्रगाढ़ हो रहा है। तुम हैरान होकर पाओगे कि तुम्हारे शरीर की बहुत-सी तकलीफें अपने-आप खो गईं, क्योंकि यह बड़ा गहरा स्नान है। और बड़ी गहराई तक इसकी पकड़ और पहुँच है। शरीर ध्वनि का ही जोड़ है, और ओंकार से अद्‌भुत कोई ध्वनि नहीं।

तो पहले दस मिनट ओंकार का उच्चार जोर से, शरीर के माध्यम से।

दूसरा चरण

अब आँखें बंद कर लेना। जीभ तालू से लग जाए। इस तरह मुँह बंद कर लेना कि कोई जगह न बचे, क्योंकि अब जीभ का उपयोग नहीं करना है।

दूसरा कदम है, दस मिनट तक अब ओम् का उच्चार करना भीतर, मन में। अभी तक कक्ष था चारों तरफ, अब शरीर है चारों तरफ। अभी तक मकान के भीतर थे तुम, अब शरीर है चारों तरफ, अभी तक मकान के भीतर थे तुम, अब शरीर मकान है। इस दस मिनट में अब तुम अपने भीतर मन में ही ओम् को गुँजाना—ओंठ का, जीभ का, कंठ का कोई उपयोग न करना—सिर्फ मन में ओम् ... ओम्...ओम्... केवल गति वही रखना, तीव्रता वही रखना।

जैसे तुमने कमरे को भर दिया था ओंकार से, ऐसे ही अब शरीर को भीतर से भर देना ओंकार से ... कि शरीर से भीतर ही कंपन होने लगे—ओम्-ओम् दोहराने लगे पैर से लेकर सिर तक। और इतनी तेजी से यह ओम् करना है, जितनी तेजी से तुम कर सको। और दो ओम् के बीच जरा भी जगह मत छोड़ना क्योंकि मन का एक नियम है कि वह एक साथ दो विचार नहीं कर सकता। एक साथ दो विचार असंभव हैं। अगर तुमने इतने जोर से गुँजाया कि दो ओम् के बीच में जरा-सी भी संधि न बची, तो कोई विचार न आ सकेगा, अगर जरा-सी भी संधि बची तो विचार आ जाएगा, संधि-शून्य उच्चार।

और ध्यान रखना शरीर का उपयोग नहीं करना इसमें। आँखें इसीलिए अब बंद कर लीं, शरीर थिर है; मन में ही गूँज करनी है। शरीर से ही हटकर गूँज मन पर वापिस गिरेगी, जैसे कमरे से टकराकर गिर रही थी। उससे शरीर शुद्ध हुआ, इससे मन शुद्ध होगा। और जैसे-जैसे गूँज गहन होने लगेगी, तुम पाओगे कि मन विसर्जित होने लगा, एक गहन शांति—जैसी तुमने कभी नहीं जानी, उसका स्वाद मिलना शुरू हो जाएगा।

तीसरा चरण

दस मिनट तक तुम भीतर गुंजार करना—और दस मिनट के बाद गर्दन झुका लेना कि तुम्हारी दाढ़ी तुम्हारी छाती को छूने लगे। दो-चार दिन तकलीफ भी मालूम होगी गर्दन में, उसकी फिक्र मत करना, वह चली जाएगी।

तीसरे चरण में दाढ़ी छाती को छूने लगे। जैसे गर्दन कट गई, उसमें कोई जान न रही। और अब तुम मन में भी ओम् का गुंजार मत करना, अब तुम सुनने की कोशिश करना। जैसे ओंकार हो ही रहा है और तुम सिर्फ सुननेवाले हो—करनेवाले नहीं। क्योंकि मन के बाहर तभी जा सकोगे, जब कर्त्ता छूट जाएगा। अब तुम साक्षी हो जाना। अब तुम गर्दन झुकाकर यह कोशिश करना कि भीतर ओंकार चल रहा है, मैं उसे सुनूँ। गालिब का बहुत प्रसिद्ध वचन है—'दिल के आइने में है तस्वीरे यार, जब जरा गर्दन झुकाई देख ली।

वह गर्दन झुकाना जरूरी है। जैसे ही गर्दन झुकती है, दिल का आइना सामने आ जाता है। और उस परमप्रिय की तस्वीर वहाँ है, प्रतिबिंब वहाँ है, लेकिन गर्दन झुकाना तुम्हें नहीं आता। तुम तो गर्दन अकड़ाकर चलते हो! जहाँ गर्दन झुकाने की बात आई, वहीं तुम और तन जाते हो। तुम अगर परमात्मा को खो रहे हो, तो सिर्फ अकड़ से ... कि तुम गर्दन झुकाने को राजी नहीं–समर्पण की तुम्हारी तैयारी नहीं। यह तो प्रतीक है। गर्दन को लटका देना है, जैसे कट गई, ताकि तुम झुक सको। और जैसे ही गर्दन झुकती है, भीतर देखना आसान हो जाता है, जैसे ही गर्दन झुकती है, विचार मुश्किल हो जाते हैं।

तो तुम झुककर सुनने की कोशिश करना। अभी तक तुम मंत्र का उच्चार कर रहे थे, अब तुम मंत्र के साक्षी बनने की कोशिश करना। और तुम चकित होओगे कि भीतर सूक्ष्म उच्चार चल रहा है। वह ओम् जैसा है, वह ओम् नहीं है, क्योंकि भाषा में उसे लेना कठिन है–ठीक ओम् जैसा है। तुम अगर शांति से सुनोगे तो अब वही सुनाई पड़ेगा।

शरीर से तुम हट गए, पहले मंत्र के प्रयोग ने तुम्हें शरीर से काट दिया, दूसरे मंत्र के प्रयोग ने तुम्हें मन से काट दिया। अब तीसरे मंत्र का प्रयोग साक्षी का है। तो दो चरण तो तुम मंत्र करोगे, तीसरे चरण में तुम मंत्र को सुनोगे। श्रावक बनोगे, साक्षी बनोगे। दो तक कर्त्ता रहोगे–क्योंकि शरीर और मन कर्त्तृत्व का हिस्सा है, और तीसरा चरण, साक्षी-भाव का है। शरीर कटा, मन कटा, तब तुम बच गए। प्याज के छिलके अलग हुए, अब सिर्फ शुद्ध अस्तित्व बचा। वही शिवत्व है। और एक बार इसका स्वाद आ जाए, तो फिर तुम जल्दी-जल्दी जाने लगोगे। फिर स्वाद ही खींचने लगेगा। फिर स्वाद एक मैगनेट बन जाता है।

मंत्र की यह प्रक्रिया–तीसरा चरण–जितनी देर तुम रह सको, सँभालना। तुम इस भाँति इस प्रयोग को करना। और तीन महीने चिंता मत करना कि क्या परिणाम आ रहे हैं। तुम परिणाम का विचार ही मत करना, तुम सिर्फ किए जाना। तुम एक तारीख तय कर लेना कि तीन महीने के बाद फलाँ तारीख को लौटकर सोचेंगे कि कुछ हुआ कि नहीं। और तीन महीने अगर धैर्य से किया, तो बड़े मीठे रस से भर जाओगे, जिसको कबीर ने 'गूँगे का गुड़' कहा है। और एक बार वह गुड़ का स्वाद आ जाए, फिर कोई कठिनाई नहीं है। फिर संसार स्वप्नवत् हो जाता है। जीवन एक अभिनय से ज्यादा नहीं रह जाता। तुम साक्षी हो जाते हो। तुम्हारी साक्षित्व ही शिवत्व है।

संकेत–प्रत्येक चरण दस मिनट करना है।

तीन

साधना सोपान

ओशो द्वारा पुनरुद्घाटित ध्यान की 21 निष्क्रिय विधियाँ।

प्रवेश के पूर्व–

1. निष्क्रिय ध्यान-1
2. निष्क्रिय ध्यान-2
3. बहना, मिटना, तथाता
4. कल्पना-भोग
5. संतुलन ध्यान-1
6. संतुलन .ध्यान-2
7. मूलबंध–ब्रह्मचर्य-उपलब्धि की सरलतम विधि
8. यौन-मुद्रा–काम-ऊर्जा के ऊर्ध्वगमन की एक सरल विधि
9. निश्चिल-ध्यान-योग
10. अनापानसती-योग
11. इक्कीस दिवसीय मौन
12. स्वप्न में सचेतन प्रवेश की दो विधियाँ
13. आत्मोपलब्धि की पाँच तांत्रिक विधियाँ
14. सजग मृत्यु और शरीर से अलग होने की विधि
15. जाति-स्मरण के प्रयोग
16. प्राण-साधना
17. अंतर्प्रकाश साधना
18. अंतर्वाणी साधना
19. संयम साधना-1
20. संयम साधना-2
21. शांति-सूत्र–नियति की स्वीकृति।

प्रवेश के पूर्व

आगे के इन पृष्ठों में ध्यान की निष्क्रिय विधियाँ संगृहीत की गई हैं। ये ध्यान विधियाँ, ओशो के विविध प्रवचन-संकलपनों-यथा

1. मैं मृत्यु सिखाता हूँ,
2. साधना-पथ,
3. युक्रांत–पाक्षिक पत्रिका,
4. जिन-सूत्र : भाग तीसरा,
5. ध्यान एक वैज्ञानिक दृष्टि,
6. ताओ उपनिषद् : भाग-दूसरा,
7. कहे कबीर दिवाना,
8. सूली ऊपर सेज पिया की,
9. गीता-दर्शन : दसवाँ अध्याय
10. महावीर : मेरी दृष्टि में,
11. संन्यास : अँग्रेजी (द्विमासिक)
12. दि बुक ऑफ सिक्रेट भाग पहला,
13. रजनीश दर्शन (द्विमासिक)
14. ताओ उपनिषद् : पहला भाग,
15. दि अल्टीमेट अल्केमी : पहला भाग,

16-17-18. गीता दर्शन : चौथा अध्याय,

19. गीता दर्शन : ग्यारहवाँ अध्याय ... से क्रमश: संगृहीत की गई हैं।

इन विधियों में संलग्न होने से पहले इनका ठीक से अध्ययन कर लेना उचित होगा–पश्चात् आप अपनी रुझान समस्या व जरूरत के अनुकूल विधि चुनकर उसका अभ्यास कर सकेंगे।

इनमें कुछ विधियाँ तो ऐसी हैं, जिनके लिए अलग से समय निकालने की आवश्यकता ही नहीं है, अपने काम में लगे हुए आप इनका अभ्यास कर सकते हैं।

जैसे 'मूलबंध' है या 'यौन-मुद्रा'–इनके अभ्यास के लिए अलग से समय निकालने की आवश्यकता नहीं है। जहाँ भी, जब भी मन को काम-वासना पकड़े, तभी और वहीं इन विधियों का अभ्यास करना है।

या फिर 'आत्मोपलब्धि की पाँच तांत्रिक विधियाँ की छठवी विधि है। काम-काज में लगे हुए ही उसे साधना है, उसे निरंतर करना है।

1. निष्क्रिय ध्यान-1

आराम से किसी भी आसन में, जैसा आपको सुविधापूर्ण लगे, बैठ जाएँ। रीढ़ और गर्दन बिल्कुल सीधी रखनी है। शरीर के सारे हलन-चलन को छोड़ दें। फिर आँखें बंद कर लें। आँखें बंद करते समय यह ध्यान रहे कि आँखों पर कोई तनाव न पड़े। पलकों को बिल्कुल ढीला छोड़ देना है। ओंठ बंद हों और जीभ तालू से लगी हो। श्वास शांत, धीमी, पर गहरी लेनी है–और ध्यान नाभि के पास रखना है।

नाभि-केंद्र पर श्वास के कारण जो कंपन मालूम होता है, उसके प्रति कोई प्रतिक्रिया नहीं करें, उस पर कोई विचार नहीं करें। शब्द न हों और हम अकेले साक्षी हों। जो भी हो रहा है, हम केवल उसे दूर खड़े जान रहे हैं, ऐसे भाव में अपने को छोड़ देना है, उसके प्रति जागरूक बने रहना है। केवल देखते रहना है–विचार को, श्वास को, नाभि-स्पंदन को–और कोई प्रतिक्रिया नहीं करनी है।

ऐसे ही क्षण में कुछ होता है, जो हमारे चित्त की सृष्टि नही है। जो हमारी सृष्टि नहीं, वरन् जो हमारा होना है, हमारी सत्ता है–वह उद्घाटित हो जाती है और हम आश्चर्यों के आश्चर्य स्वयं के समक्ष खड़े हो जाते हैं।

2. निष्क्रिय ध्यान-2

ध्यान में, हमें उस जगह जाना है, जहाँ मरने का कोई उपाय नहीं रह जाता– भीतर-भीतर, ... और भीतर। बाहर की वह सारी परिधि छोड़ देनी है, जो मृत्यु में छूट जाती है। मृत्यु में शरीर छूट जाता है, भाव छूट जाते हैं, विचार छूट जाते हैं, मित्रता छूट जाती है–रह जाते हैं सिर्फ अकेले हम, सिर्फ चेतना रह जाती है।

तो ध्यान में सब छोड़कर मर जाना है। सिर्फ इतना ही रह जाए कि 'मैं जानता हुआ, द्रष्टा-मात्र रह जाऊँ'। इस ध्यान-विधि में चार चरण हैं।

पहला चरण

प्रथम चरण है, शरीर की शिथिलता–रिलेग्जेशन। शरीर को इतना शिथिल छोड़ देना है कि ऐसा लगने लगे कि वह दूर ही पड़ा रह गया है, हमारा उससे

कुछ लेना-देना नहीं है। शरीर से सारी ताकत को भीतर खींच लेना है। हमने शरीर में ताकत डाली है। जितनी ताकत हम शरीर में डालते हैं, उतनी पड़ती है; जितनी हम खींच लेते हैं, उतनी खिंच जाती है।

आपने कभी ख्याल किया है—किसी से झगड़ा हो जाए तो आपके शरीर में ज्यादा ताकत कहाँ से आ जाती है? आप इतना बड़ा पत्थर उठाकर फेंक सकते हैं क्रोध की हालत में, जितना बड़ा पत्थर आप शांति की हालत में हिला भी न सकते थे। कभी आपने सोचा है कि शरीर आपका ही है, लेकिन यह ताकत कहाँ से आ गई? यह ताकत आप डाल रहे हैं। जरूरत पड़ गई है, खतरा है, मुसीबत है, दुश्मन सामने खड़ा है, पत्थर को उठाएँगे नहीं तो ज़िंदगी खतरे में पड़ जाएगी। और आप अपनी सारी ताकत शरीर में डाल देते हैं।

शरीर में हमारी शक्ति डाली हुई है, लेकिन निकालने का हमें कोई पता नहीं कि हम वापिस कैसे निकालें। रात में हमें इसलिए आराम मिल पाता है कि अपने-आप शक्ति भीतर वापिस चली जाती है और शरीर शिथिल होकर पड़ जाता है, सुबह हम फिर ताजा हो जाते हैं। लेकिन कुछ लोग रात को भी अपनी शक्ति बाहर नहीं निकाल पाते हैं, शरीर में शक्ति रह ही जाती है। तब नींद मुश्कल हो जाती है। इनसोमनिया या नींद का न आना सिर्फ एक ही बात का लक्षण है कि शरीर में डाली गई ताकत पीछे लौटने का रास्ता नहीं जानती है।

इस ध्यान-प्रयोग के पहले चरण में शरीर से सारी शक्ति को भीतर खींच लेना है। और यह बड़े मजे की बात है कि सिर्फ भाव करने से शक्ति अंदर वापिस लौट जाती है। अगर थोड़ी देर तक कोई मन में यह भाव करता रहे कि मेरी शक्ति अंदर वापिस लौट रही है और शरीर शिथिल होता जा रहा है, तो वह पाएगा कि शरीर शिथिल हो गया। ओर शरीर उस जगह पहुँच जाएगा कि खुद ही अपना हाथ उठाना चाहे तो नहीं उठा सकेगा। इतना सब शिथिल हो जाएगा।

पहली बात है, शरीर से सारे प्राण का भीतर वापिस पहुँच जाना। तो शरीर खोल की तरह बाहर पड़ा रह जाएगा—और बराबर ऐसा दिखाई पड़ेगा कि हम अलग हो गए हैं और शरीर की खोल बाहर पड़ी है—वस्त्रों की भाँति।

अत: इस प्रथम चरण में पहले बैठ जाएँ या लेट जाएँ—जैसा आपको सुविधापूर्ण लगे। लेट जाना सरल पड़ेगा। फिर आँखें बंद कर लें। आँख बंद करने का अर्थ पलकों पर तनाव डालना नहीं है—बस, पलकों को ढीला छोड़ दें और आँखों को स्वत: बंद हो जाने दें। शरीर को भी ढीला छोड़ दें और दो-तीन मिनट तक हृदयपूर्वक भीतर यह भाव करें कि 'शरीर शिथिल हो रहा है ... शरीर

शिथिल हो रहा है... शरीर शिथिल हो रहा है'... यह भाव करते हुए शरीर को भी हर ओर से ढीला छोड़ते चले जाएँ।

दूसरा चरण

फिर दूसरी बात है श्वास को शिथिल छोड़ना। श्वास और गहरे में प्राणों को पकड़े हुए है। इसलिए श्वास के टूटते ही आदमी मर जाता है। श्वास शरीर और आत्मा के बीच सेतु है, वहीं से हम बँधे हुए हैं।

बहुत प्रयोग इस संबंध में होते हैं। अगर कोई व्यक्ति अपनी श्वास को पूरा शिथिल छोड़ दे, शांत छोड़ दे, तो क्या होता है? धीरे-धीरे श्वास उस जगह आ जाती है कि भीतर पता ही नहीं चलता है कि श्वास चल रही है कि नहीं चल रही है। कई बार शक हो जाता है कि कहीं मैं मर तो नहीं गया। श्वास इतनी शांत हो जाती है कि पता ही नहीं चलता कि चल रही है या नहीं चल रही है।

श्वास को ठहराना नहीं है। जिसने ठहराया, उसकी श्वास कभी नहीं ठहरेगी। यदि ठहराया तो श्वास बाहर निकलने की कोशिश करेगी।

अगर बाहर रोका तो भीतर जाने की कोशिश करेगी। इसलिए अपनी तरफ से कुछ नहीं करना, सिर्फ शिथिल छोड़ते जाना है—शांत... शांत और शांत। धीरे-धीरे श्वास एक बिंदु पर जाकर ठहर जाती है। श्वास एक क्षण को भी ठहर जाए, तो उसी क्षण आत्मा और शरीर के बीच अनंत फासला दिखाई पड़ जाता है। जैसे बिजली चमक जाए अभी—और मुझे आप सबके चेहरे दिखाई पड़ जाएँ एक क्षण में। फिर बिजली खो जाए। ... लेकिन मैंने आपके चेहरे देख लिए। ठीक एक क्षण को जब श्वास बिल्कुल मध्य में ठहर जाती है, तो उस क्षण में बिजली पूरे व्यक्तित्व में कौंध जाती है—और दिखाई पड़ जाता है कि शरीर अलग, मैं अलग। मृत्यु घटित हो गई।

तीसरा चरण

तीसरे तल पर मन को शिथिल छोड़ना है। क्योंकि अगर श्वास भी शिथिल हो जाए और मन शिथिल न हो पाए, तो बिजली कौंध जाएगी, लेकिन आपको दिखाई नहीं पड़ेगा कि क्या हुआ। क्योंकि मन तो अपने विचारों में उलझा रहेगा। अगर यहाँ बिजली चमक जाए और मैं अपने खयालों में खोया रहूँ, तो बिजली चमक जाएगी, तब मुझे पता चलेगा कि कुछ हो गया। लेकिन तब तक बिजली चमक चुकी है और मैं अपने विचारों में खोया रह गया हूँ।

बिजली तो चमक जाएगी श्वास के ठहर जाते ही, लेकिन उस पर ध्यान तभी जाएगा जब विचार भी बंद हो गए। नहीं तो ध्यान नहीं जाएगा और मौका

चूक जाएगा। इसलिए तीसरी चीज है विचार को शिथिल छोड़ देना। तो तीसरे चरण में मन को भी शिथिल छोड़ दें, और भाव करें कि विचार शांत होते जा रहे हैं ... विचार शांत होते जा रहे हैं ... विचार शांत होते जा रहे हैं।'

चौथा चरण

ये तीन चरण हम प्रयोग करेंगे और चौथे चरण में हम दस मिनट–या उससे अधिक, जितनी देर तक आप इस अवस्था में रह सकते हों–के लिए चुपचाप बैठे रहेंगे। इस अंतिम चरण में जो भी भीतर होता है, उसे साक्षी-भाव से देखते हुए मौन में ठहर जाना है। इसी मौन के किसी क्षण में मृत्यु घटित हो जाती है और आप होशपूर्वक देखते रह जाते हैं ... कि आप मृत्यु के भी द्रष्टा हैं, मृत्यु भी पार है।

यही अमृत की उपलब्धि है।

3. बहना, मिटना, तथाता

पहला प्रयोग–पाँच मिनट

आँखें आहिस्ता से बंद कर लें और शरीर को ढीला छोड़ दें। किसी तरह का शरीर पर कोई तनाव, स्ट्रेन न रह जाए। कल्पना करें–पहाड़ों के बीच में एक बड़ी नदी बही जा रही है। जोर की लहर है, जोर का बहाव है, पहाड़ी नदी है। भीतर देखें कि दो पहाड़ों के बीच में एक बड़ी नदी तेजी से बही जाती है। जोर का बहाव है, जोर की आवाज है, लहरें हैं, तेज गति है–और नदी बही जा रही है।

देखें, उसे स्पष्ट देखें, नदी तेजी से बही जा रही है, वह साफ दिखाई पड़ने लगी है। इस नदी में आपको उतर जाना है, लेकिन तैरना नहीं है, जस्ट फ्लोटिंग। इस नदी में आप उतर जाएँ और बहना शुरू कर दें। हाथ-पैर न चलाएँ सिर्फ बहे जाएँ, बहे जाएँ, बहे जाएँ। हाथ-पैर चलाएँ ही मत, तैरना नहीं है, सिर्फ बह जाना है। नदी में हमने अपने को छोड़ दिया है–और नदी भागी चली जा रही है–और हम बहे उसमें चले जाते हैं।

... बहे जा रहे हैं, बहे जा रहे हैं, बहे जा रहे हैं। कहीं पहुँचना नहीं है, किसी किनारे पर नहीं जाना है, कोई मंजिल नहीं है। इसलिए तैरने का कोई सवाल नहीं है– बस सिर्फ बहना है। छोड़ दें और बहें। नदी में बहने की जो अनुभूति होगी, वह फिर ध्यान को समझने में सहयोगी होगी।

एक पाँच मिनट के लिए अपने को उस नदी में छोड़ दें और बहते जाएँ।

नदी का कोई अंत नहीं है, वह बही ही चली जा रही है। आप भी उसमें बहते रहें। कुछ करना नहीं है। हाथ-पैर भी नहीं चलाना है, सिर्फ बहते जाना है, बहते जाना है।

देखें, नदी बही जा रही है, आप भी उसके साथ बहने लगे हैं। जरा भी तैरना नहीं है। पाँच मिनट के लिए मैं चुप हो जाता हूँ–आप बहने का, फ्लोटिंग का अनुभव करें। बहे जा रहे हैं, बहे जा रहे हैं। नदी में छोड़ दिया है। जरा भी तैरना नहीं है, हाथ-पैर भी नहीं हिलाना है, बहे जा रहे हैं। जैसे एक सूखा पत्ता नदी में बहता चला जाता हो, ऐसे ही छोड़ दें।

देखें, बहते जाएँ... नदी तेजी से बहती जा रही है, लहरें तेजी से भागी जा रही हैं, आप भी नदी में छूट गए हैं और बहे जा रहे हैं। कुछ करना नहीं है, बहते चले जाना है। बिल्कुल छोड़ दें और बह जाएँ। नदी और तेजी से बही जा रही है, बही जा रही है, इसको ठीक से अनुभव कर लें। बहने की इस प्रतीति को, बहने के इस अनुभव को ठीक से समझ लें 'क्या है'

फिर ध्यान में वह सहयोगी होगा। ठीक से समझ लें कि यह बह जाने का अनुभव क्या है–जब हाथ-पैर भी नहीं चल रहे हैं और नदी हमें लिए जा रही है, लिए जा रही है, लिए जा रही है। सब कुछ नदी कर रही है, हम कुछ भी नहीं कर रहे हैं, हम सिर्फ बह रहे हैं, एक सूखे पत्ते की तरह।

अब धीरे-धीरे आँख खोल लें और दूसरा प्रयोग, पाँच मिनट के लिए, मैं कहता हूँ, वह समझ लें और दूसरा प्रयोग करें। धीरे-धीरे आँख खोल लें।

दूसरा प्रयोग–पाँच मिनट

ध्यान है, समर्पण। ध्यान है, अपने को खो देना। ध्यान है, मिट जाना। ध्यान है, सब भाँति विसर्जित हो जाना। हमारा गिरना जरूरी है, हमारा मिटना जरूरी है, हमारा होना बाधा है। जैसे एक वृक्ष को कोई काट दे और वृक्ष गिर जाए, जैसे एक बीज जमीन पर पड़ा हो और टूटे और मिट जाए, ठीक ऐसे ही, हमें भी भीतर से बिखर जाना और मिट जाना है।

दूसरा प्रयोग इस मिटने की दिशा में समझें। आँख बंद कर लें और अपने को ढीला छोड़ दें। पहली बात हमने समझी बहने की, दूसरी बात समझें मिटने की–बिल्कुल मिट जाने की। आँख बंद करें। बहुत आहिस्ता से आँख बंद कर लें और शरीर को ढीला छोड़ दें। आँख बंद कर ली है, शरीर ढीला छोड़ दिया है।

देखें, सामने एक चिता जल रही है। लकड़ियाँ हैं, जोर से आग की लपटें

पकड़ गई हैं, चिता जोर से जल रही है। चिता को जलता हुआ देखें। लकड़ियों में आग पकड़ गई है। चिता का जलना शुरू हो गया है। ठीक से देखें, चिता को आग पकड़ गई है। लपटें जोर से ऊपर भाग रही हैं। आकाश की तरफ, चिता जल रही है।

दूसरी बात खयाल से देखें कि इस चिता को आप देख ही नहीं रहे हैं, इस चिता पर चढ़े हुए हैं; आप ही इस चिता पर चढ़ा दिए गए हैं। सब मित्र, प्रियजन चारों ओर खड़े हुए हैं, आग लगा दी गई है, आप चिता पर चढ़ा दिए गए हैं। लकड़ी ही नहीं, आप भी जल रहे हैं। लकड़ियों में लपटें लगी हैं और आप भी जले जा रहे हें। थोड़ी देर में सब राख हो जाएगा–लकड़ी भी और आप भी। अपने को ही चिता पर चढ़ा हुआ अनुभव करें।

देखें, सामने अपना ही शरीर उस चिता पर चढ़ा हुआ है और आग में जला जा रहा है। एक पाँच मिनट इस अनुभव को करें, ताकि मिटने का बोध खयाल में आ सके। एक दिन चिता जलेगी ही। एक दिन आप उस पर चढ़ेंगे ही। सभी को उस पर चढ़ जाना है। तो आज अपने मन के सामने ठीक से देख लें–चिता की जलती हुई लपटें, आकाश की तरफ भागती हुई अग्नि-शिखाएँ और आप चढ़े हैं। लकड़ियाँ ही नहीं जल रही हैं, आप भी जले जा रहे हैं।

देखें, जोर से लपटें बढ़ती चली जाती हैं, आपका शरीर भी जला जा रहा है। थोड़ी देर में आग भी बुझ जाएगी, राख रह जाएगी, लोग विदा हो जाएँगे, मरघट खाली, सुनसान हो जाएगा। अब देखें, चिता पर चढ़े हुए हैं आप। मैं चुप हो जाता हूँ, लपटें जलती रहेंगी।

आपको कुछ करना नहीं है, लपटें जलेंगी, जला देंगी–सब राख हो जाएगा। थोड़ी देर भीड़ खड़ी रहेगी मित्रों की, प्रियजनों की–आसपास–फिर वे भी विदा हो जाएँगे, फिर राख ही पड़ी रह जाएगी। मरघट सुनसान रह जाएगा।

देखें, शुरू करें, लपटें साफ देखें। ऊपर आप ही चढ़े हुए हैं और जल रहे हैं। कुछ करना नहीं है। जलने में क्या करना है? जल जाना है। आग काम कर देंगी। लपटें काम कर देंगी। आपको तो कुछ नहीं करना है, जल जाना है, मिनट जाना है। पाँच दिन के लिए आग पर, चिता पर अपने को चढ़ा हुआ देखते रहें। फिर धीरे-धीरे लपटें बुझ जाएँगी, सब शांत हो जाएगा।

इस मिट जाने के अनुभव को ठीक से स्मरण रख लेना, वे ध्यान में काम पड़ सकेंगे। लपटें बढ़ती जा रही हैं, शरीर जलता जा रहा है, आप भी मिटते चले जा रहे हैं। सब धुआँ हो जाएगा, सब राख हो जाएगी, मरघट शांत हो जाएगा।

जरा भी अपने को बचाने की कोशिश मत करना, छोड़ देना लपटों में–ताकि सब जल जाए, सब मिट जाए, सब राख हो जाए।

देखें, लपटें बढ़ती चली जाती हैं, धुआँ बढ़ता चला जाता है, सब जला जा रहा है। आप भी जले जा रहे हैं, मिटे जा रहे हैं–इसे बहुत साफ देख लें ताकि यह ध्यान में सहयोगी हो जाए। क्योंकि ध्यान भी एक तरह की मृत्यु ही है।

देखें, साफ देखें–सब जल रहा है, सब मिट रहा है, सब समाप्त हो रहा है। और आपको कुछ भी नहीं करना है। बस मिट रहा है, सब समाप्त हो रहा है। और आपको कुछ भी नहीं करना है, बस जल जाना है, मिट जाना है। आग सब काम कर रही है, जलाए दे रही है। लपटें भागी चली जा रही हैं, सब मिटता चला जा रहा है। नदी में तो तैर भी सकते हैं, यहाँ तो तैर भी नहीं सकते हैं। यहाँ तो तैरने का कोई उपाय ही नहीं है। सब मिटा जा रहा है। लपटें सब समाप्त किए दे रही हैं।

देखें, धुआँ रह जाएगा, राख रह जाएगी, मरघट सुनसान हो जाएगा, लोग विदा हो जाएँगे। हवाएँ चल रही हैं, लपटें और जोर से बढ़ी जा रही हैं। हवाएँ लपटों को बढ़ाए दे रही हैं–सब जला जा रहा है, सब जला जा रहा है। थोड़ी देर में सब राख हो जाएगा। हवाओं में लपटें और जोर पकड़ रही हैं।

देखें, सब जल गया है, लपटें बुझती जा रही हैं, राख पड़ी रह गई है, लोग विदा होने लगे हैं, मरघट पर सन्नाटा छा गया है। हवाएँ फिर भी चलती रहेंगी, राख उड़ती रहेगी, मरघट पर कोई न होगा। लोग विदा होने लगे, सब सन्नाटा हो गया, आप मिट गए हैं, राख ही पड़ी रह गई है।

इसे ठीक से देख लें। यह ध्यान में देखना अत्यंत जरूरी है। ठीक से देख लें, सब पड़ा हुआ है। राख ही पड़ी रह गई है। बुझे हुए अंगार रह गए हैं। लोग जा चुके हैं और मरघट पर कोई नहीं है। आग भी बुझ गई है और आप भी मिट गए हैं।

अब धीरे-धीरे आँख खोल लें और तीसरे प्रयोग को समझें और उसे करें। धीरे-धीरे आँख खोल लें और बैठ जाएँ।

पहली बात है यह समझ लेना कि बहने का अर्थ क्या है, दूसरी बात है यह समझ लेना कि मिटने का क्या अर्थ है, और अब तीसरी बात समझनी है, तीसरी बात का नाम है, 'तथाता'–'सचनेस'

यह तीसरी बात उन दोनों से ज्यादा आगे ले जानेवाली है। यह तीसरा बिंदु है, तथाता। तो पाँच मिनट चीजें ऐसी हैं, हमें कुछ करना नहीं है। करने का

कोई उपाय भी नहीं है। हम नहीं थे, तब भी चीजें ऐसी थीं। समुद्र तब भी इसी तरह शोर करता रहा, कौवे बोलते रहे, पक्षी चिल्लाते रहे, रास्ता चलता रहा। हम नहीं होंगे, तब भी चीजें ऐसी ही होंगी।

तो जब हम हैं, तब भी चीजें ऐसी रहें तो अड़चन क्या है, कठिनाई क्या है? हमारे 'होने-न-होने' का इस सारे से क्या संबंध?

आँख बंद करें आहिस्ता से। आँख ढीली छोड़ दें, शरीर को आराम में छोड़ दें। शरीर को ढीला, रिलेक्स छोड़ दें। आँख बंद कर लें, शरीर ढीला छोड़ दें और अब तीसरे प्रयोग में उतरें।

तीसरा प्रयोग–पाँच मिनट

तथाता, चीजें ऐसी हैं। हमें कुछ करना नहीं है–चीजें ऐसी हैं ही, जगत् ऐसा है ही। फिर कौन-सी तकलीफ है...चीजें ऐसी हैं? बच्चा बच्चा है, बूढ़ा बूढ़ा है, स्वस्थ स्वस्थ है, बीमार बीमार है, पक्षी आवाज कर रहे हैं, घास रही है, आकाश नीला है; कहीं धूप पड़ रही है, कहीं छाया है–ऐसा है।

अब खयाल करें, चीजें ऐसी हैं। हमारा कोई विरोध नहीं है, इन चीजों के बीच में हम भी हैं।

एक पाँच मिनट ऐसा खयाल करें–कोई विरोध नहीं है, कोई विरोध नहीं है, कोई विरोध नहीं है–जो है, जैसा है, हम उससे राजी हैं, न कुछ हम कुछ बदलना चाहते हैं, न कुछ हम मिटाना चाहते हैं, न कुछ हम बनाना चाहते हैं–जैसा है, वैसा है, हम उससे राजी हैं।

एक पाँच मिनट के लिए इस राजी होने की स्थिति में अपने को छोड़ दें। देखें, यह कौवे की आवाज और तरह की सुनाई पड़ेगी। जब हम राजी हो जाएँगे तो यह कौवे की आवाज और तरह की सुनाई पड़ेगी। कोई विरोध नहीं है तो हमारे और इसके बीच की दीवार टूट जाएगी।

सुनें–सड़क की आवाज और तरह की सुनाई पड़ेगी। अगर हमारा कोई विरोध नहीं है तो सड़क की आवाज और तरह की सुनाई पड़ेगी। समुद्र का शोर अब दुश्मन की तरह नहीं मालूम पड़ता, एक डिस्टर्बेंस नहीं मालूम पड़ता।

सुनें, हमारा कोई विरोध नहीं है–जो है जैसा है–है। पाँच मिनट के लिए जो है, उससे राजी होकर डूब जाएँ। देखें, अब धूप वैसी मालूम नहीं पड़ती, जो है, है। कुछ भी वैसा मालूम नहीं पड़ता। हम शत्रु की तरह नहीं हैं, एक मित्र की तरह हैं–जो है, उससे राजी हैं।

इस तीसरे सूत्र को भी ठीक से ध्यान में रख लेना–तथाता, सचनेस, चीजें

ऐसी हैं। इसे ठीक से समझ लेना कि चीजें ऐसी हैं–कोई विरोध नहीं, कोई शत्रुता नहीं। कुछ अन्यथा हो, इसकी आकांक्षा नहीं, चीजें ऐसी हैं। धूप गरम है, छाया सर्द है, समुद्र अपने काम में लगा है, रास्ते पर चलने वाले लोग अपने काम में लगे हैं, जरा भी विरोध न रखें–बस, ऐसा हो रहा है, हो रहा है, हो रहा है ... और हम जान रहे हैं। कुछ बदलना नहीं है, कुछ मिटाना नहीं है, कुछ परिवर्तन नहीं करना है।

इस तीसरे सूत्र को ठीक से समझ लेना, क्योंकि ध्यान की गहराई में जाने के लिए यह अत्यंत जरूरी है। चीजें ऐसी हैं।

अब धीरे-धीरे आँख खोल लें।

4. कल्पना-भोग

किसी सुंदर युवती को देखकर जाने क्यों मन उसकी ओर आकर्षित हो जाता है। मेरी उम्र पचास की हो गई है, फिर भी ऐसा क्यों होता है? मुझे क्या करना चाहिए, कृपया मार्ग-दर्शन करें।

जाग के अपने मन में दबी हुई वासनाओं का अंतर्दर्शन करना होगा। अब मत दबाओ, कम-से-कम अब मत दबाओ।

अब तक दबाया, उसका यह दुष्फल है, अब इस पर ध्यान करो। क्योंकि अब उम्र भी नहीं है कि तुम स्त्रियों के पीछे दौड़ो। वह बात जँचेगी नहीं।

अब, जो जीवन में नहीं हो सका है उसे ध्यान में घटाओ। अब एक घंटा रोज आँख बंद करके कल्पना को खाली छूट दो, वो किन्हीं पापों में ले जाए–जाने दो, तुम रोको मत, तुम साक्षी-भाव से उसे देखो कि यह मन जो-जो कर रहा है–मैं देखूँ।

जो शरीर के द्वारा पूरी नहीं कर पाए, वह मन के द्वारा पूरा हो जाने दो। तुम नियम से कामवासना के लिए एक घंटा ध्यान में लगा दो। आँख बंद कर लो और जो-जो तुम्हारे मन में कल्पनाएँ उठती हैं, स्वप्न उठते हैं–जिनको तुम दबाते होओगे निश्चित ही–उनको प्रकट होने दो।

घबराओ मत, क्योंकि तुम अकेले हो। किसी के साथ कोई पाप कर भी नहीं रहे हो। किसी को कोई चोट पहुँचा भी नहीं रहे हो।

किसी के साथ तुम कोई अभद्र व्यवहार भी नहीं कर रहे हो ... कि किसी स्त्री को घूर के देख रहे हो। तुम अपनी कल्पना को ही घूर रहे हो।

लेकिन पूरी तरह घूरना और उसमें कंजूसी मत करना। मन बहुत कहेगा

कि 'अरे इस उम्र में यह क्या कर रहे हो?' मन बहुत बार कहेगा कि यह तो पाप है। मन बहुत बार कहेगा कि शांत हो जाओ, कहाँ के विचारों में पड़े हो। मगर उस मन की मत सुनना—कहना कि एक घंटा तो दिया है इसी ध्यान के लिए, इस पर ही ध्यान करेंगे। और एक घंटा जितनी स्त्रियों को जितना सुंदर बना सको, बना लेना। इस एक घंटे में जितने 'कल्पना-भोग' में डूब सको, डूब जाना। और साथ-साथ पीछे खड़े देखते रहना कि मन क्या-क्या कर रहा है—बिना रोके, बिना निर्णय किए कि पाप है, कि अपराध है। कुछ फिकर मत करना।

तो जल्दी ही, तीन-चार महीने के निरंतर प्रयोग के बाद हलके हो जाओगे, मन से धुआँ निकल जाएगा। तब तुम अचानक पाओगे बाहर स्त्रियाँ हैं, लेकिन तुम्हारे मन में देखने की कोई आकांक्षा नहीं रह गई और जब तुम तुम्हारे मन में किसी को देखने की आकांक्षा नहीं रह जाती, तब लोगों का सौंदर्य प्रकट होता है। वासना तो अंधा कर देती है, सौंदर्य को देखने कहाँ देती है? वासना ने कभी सौंदर्य जाना? वासना ने तो अपने ही सपने फैलाए। वासना दुष्पूर है, उसका कोई अंत नहीं है।

तुम चकित होओगे, अगर तुमने एक-दो महीने भी इस प्रक्रिया को बिना किसी विरोध को भीतर उठाए, बिना अपराध-भाव के निश्चित मन से किया तो तुम अचानक पाओगे धुँए की तरह कुछ बातें खो गईं। महीने दो-महीने के बाद तुम पाओगे—तुम बैठे रहते हो, घड़ी बीत जाती है, कोई कल्पना नहीं आती। कोई वासना नहीं उठती।

5. संतुलन-ध्यान-1

लाओत्से के साधना-सूत्रों में से एक गुप्त सूत्र, जो उसकी किताबों में उल्लिखित नहीं है। पर वह कानों-कान लाओत्से की परंपरा में चलता रहा है। वह साधना है—पालथी मारकर बैठ जाएँ और भीतर अनुभव करें कि एक तराजू बैलेंस है—जिसके दोनों पलड़े आपकी दोनों छातियों के पास लटके हुए हैं। और उसका काँटा ठीक आपकी दोनों आँखों के बीच—तीसरी आँख जहाँ समझी जाती है—वहाँ स्थित है।

तराजू की डंडियाँ आपके मस्तिष्क में हैं, उसके दोनों पलड़े आपकी दोनों छातियों के पास लटके हुए हैं।

चौबीस घंटे ध्यान रखें कि वे दोनों पलड़े बराबर रहें और काँटा सीधा रहे।

लाओत्से कहता है कि अगर भीतर इस तराजू को साध लिया, तो सब सध जाएगा।

लेकिन आप बड़ी मुश्किल में पड़ेंगे। जब आप इसका प्रयोग करेंगे, तब आपको पता चलेगा कि जरा-सी साँस भी ली नहीं ... कि एक पलड़ा नीचे हो जाएगा, दूसरा पलड़ा ऊपर हो जाएगा। अकेले बैठे हैं और एक आदमी बाहर निकल गया दरवाजे से–उसको देखकर–उसने कुछ किया भी नहीं है–लेकिन इतने में ही एक पलड़ा ऊपर हो जाएगा।

लाओत्से ने कहा है कि भीतर चेतना को एक संतुलन दें। जीवन में सुख हो या दुख, सम्मान हो या अपमान, अँधेरा हो या उजाला–भीतर के तराजू को साधते चले जाएँ। तो चेतना एक दिन उस परम संतुलन पर आ जाती है, जहाँ जीवन तो नहीं हो, अस्तित्व होता है, जहाँ लहरें नहीं होतीं, सागर होता है, जहाँ मैं नहीं होता, सब होता है।

6. संतुलन ध्यान-2

तिब्बत की एक छोटी-सी विधि है–बैलेंसिंग–'संतुलन' उस विधि का नाम है।

कभी घर में खड़े हो जाएँ सुबह स्नान करके, दोनों पैर फैला लें और खयाल करें कि ... आपके दाएँ पैर पर ज्यादा जोर पड़ रहा है कि बाएँ पैर पर ज्यादा जोर पड़ रहा है? अगर बाएँ पर पड़ रहा है तो फिर आहिस्ते से जोर को दाएँ पैर पर ले जाएँ। दो क्षण दाएँ पैर पर जोर रखें, फिर बाएँ पर ले जाएँ।

एक पंद्रह दिन, सिर्फ शरीर का भार, बाएँ पर है कि दाएँ पर–इसको बदलते रहें। और यह तिब्बती प्रयोग कहता है कि फिर इस बात का प्रयोग करें कि दोनों पर भार न रह जाए।

एक तीन सप्ताह का प्रयोग और जब आप बिल्कुल बीच में होंगे–भार न बाएँ पर होगा, न दाएँ पर होगा–जब आप बिल्कुल बीच में होंगे–तब आप ध्यान में प्रवेश कर जाएँगे। ठीक उसी क्षण में आप ध्यान में चले जाएँगे।

ऊपर से देखने पर लगेगा, इतनी-सी आसान बात। करेंगे तो आसान भी मालूम पड़ेगी और कठिन भी। बहुत सरल मालूम पड़ती है, दो पंक्तियों में कही जा सकती है, लेकिन लाखों लोग इस छोटे-से प्रयोग के द्वारा परम आनंद को उपलब्ध हुए हैं। जैसे ही आप बैलेंस्ड होते हैं–न बाएँ पर रह जाते, न दाएँ पर रह जाते–दोनों के बीच में रह जाते हैं, वैसे ही आप पाते हैं कि वह बैलेंसिंग,

संतुलन–आपकी कांशसनेस का, आपकी चेतना का भी हो गया, चेतना भी बैलेंस्ड हो गई, चेतना भी संतुलित हो गई।

और तब तत्काल तीर की तरह भीतर गति हो जाती है।

7. मूलबंध-ब्रह्मचर्य-उपलब्धि की सरलतम विधि

जीवन ऊर्जा है–शक्ति है। लेकिन साधारणत: तुम्हारी जीवन-ऊर्जा नीचे की ओर प्रवाहित हो रही है। इसलिए तुम्हारी जीवन-ऊर्जा अंतत: कामवासना बन जाती है। कामवासना तुम्हारा निम्नतम चक्र है। तुम्हारी ऊर्जा नीचे गिर रही है। और सारी ऊर्जा धीरे-धीरे केंद्र पर इकट्ठी हो जाती है। इसलिए तुम्हारी सारी शक्ति कामवासना बन जाती है।

वह जो मूलाधार चक्र है–जहाँ से ऊर्जा काम-ऊर्जा बनती है, उसे बाँध लेना है, उसे सिकोड़ लेना है। इसलिए योग ने– पतंजलि ने–हठयोग ने–बहुत-सी प्रक्रियाएँ खोजी हैं 'मूल' को बाँधने की। मूल अगर बँध जाए, तो ऊर्जा अपने-आप ऊपर उठने लगती है, क्योंकि नीचे का द्वार बंद हो जाता है, अवरुद्ध हो जाता है।

एक छोटा-सा प्रयोग, जब भी तुम्हारे मन में कामवासना उठे तो करो। तो धीरे-धीरे तुम्हें राह साफ हो जाएगी। जब भी तुम्हें लगे कि कामवासना मन को पकड़ रही है, तब डरो मत; शांत होकर बैठ जाओ और जोर से श्वास को बाहर फेंको–उच्छ्वास। भीतर मत लो श्वास को–क्योंकि जैसे ही तुम भीतर गहरी श्वास लेते हो, श्वास काम-ऊर्जा को नीचे की तरफ धकाती है।

तो जब तुम्हें कामवासना पकड़े, तब एग्ज़्हेल करो, बाहर फेंको श्वास को। नाभि को भीतर खींचो, पेट को अंदर लो और श्वास को बाहर फेंको। जितनी फेंक सको। धीरे-धीरे अभ्यास होने पर तुम संपूर्ण रूप से श्वास को बाहर फेंकने में सफल हो जाओगे।

जब सारी श्वास बाहर फिक जाती है, तो तुम्हारा पेट और नाभि वैक्यूम हो जाता है, शून्य हो जाता है। और जहाँ कहीं शून्य हो जाती है, वहीं आस-पास की ऊर्जा शून्य की तरफ प्रवाहित होने लगती है। शून्य खींचता है, क्योंकि प्रकृति शून्य को बरदाश्त नहीं करती है, शून्य को भरती है। तुम्हारी नाभि के पास शून्य हो जाए, तो मूलाधार से ऊर्जा तत्क्षण नाभि की तरफ उठ जाती है।

और तुम्हें बड़ा रस मिलेगा–जब तुम पहली दफा अनुभव करोगे कि एक गहन ऊर्जा बाण की तरह आकर नाभि में उठ गई। तुम पाओगे तुम्हारा सारा तन-

मन गहन स्वास्थ्य से भर गया... एक ताजगी।

ठीक वैसे ही अनुभव होगा ताजगी का–जैसे संभोग के बाद उदासी का होता है, जैसे ऊर्जा के स्खलन के बाद एक शिथिलता पकड़ लेती है। संभोग के बाद जैसे विषाद का अनुभव होता है– वैसे ही अगर ऊर्जा नाभि की तरफ उठ जाए तो तुम्हें हर्ष का अनुभव होगा, एक प्रफुल्लता घेर लेगी। ऊर्जा का रूपांतरण शुरू हुआ। तुम ज्यादा शक्तिशाली, ज्यादा सौमनस्यपूर्ण, ज्यादा उत्फुल्ल, सक्रिय, अनथ के और विश्रामपूर्ण मालूम पड़ोगे। जैसे गहरी नींद के बाद उठे हो, ताजगी आ गई हो।

इसलिए जो लोग भी मूलाधार से शक्ति को सक्रिय कर लेते हैं, उनकी नींद कम हो जाती है। जरूरत ही नहीं रह जाती। वे थोड़े घंटे सोकर उतने ही ताजा हो जाते हैं।

ऊर्जा का ऊर्ध्वगमन बड़ा अनूठा अनुभव है। और पहला अनुभव होता है मूलाधार से, जब ऊर्जा का नाभि की तरफ संक्रमण होता है।

यह मूलबंध की सहजतम प्रक्रिया है कि तुम श्वास को बाहर फेंक दो। नाभि शून्य हो जाएगी, ऊर्जा उठेगी नाभि की तरफ–मूलाधार का द्वार अपने-आप बंद हो जाएगा। वह द्वार खुलता है ऊर्जा के धक्के से। जब ऊर्जा मूलाधार में नहीं रह जाती, वह धक्का नहीं पड़ता, द्वार बंद हो जाता है।

इसे अगर तुम निरंतर करते रहे, अगर इसे तुमने एक सतत् साधना बना लिया–और इसका कोई पता किसी को नहीं चलता–तुम इसे बाजार में खड़े होकर कर सकते हो, किसी को पता भी नहीं चलेगा, तुम दुकान पर बैठे हुए कर सकते हो, किसी को पता भी नहीं चलेगा। अगर एक आदमी दिन में कम-से-कम तीन सौ बार क्षणभर को मूलबंध लगा ले, तो कुछ ही महीनों के बाद पाएगा–कामवासना तिरोहत हो गई; काम ऊर्जा रह गई, वासना तिरोहित हो गई।

और तीन सौ बार करना बहुत कठिन नहीं है। यह मैं सुगमतम मार्ग कह रहा हूँ, जो ब्रह्मचर्य की उपलब्धि का हो सकता है। फिर और कठिन मार्ग हैं, जिनके लिए सारा जीवन छोड़ के जाना पड़ेगा। पर कोई जरूरत नहीं है। यह किसी को पता भी नहीं चलेगा कि कब तुमने बाहर फेंक दिया साँस को। बाजार में अपनी दुकान पर, कुर्सी पर, दफ्तर में बैठे हुए, कब तुमने चुपचाप आपने पेट को खींच लिया।

एक क्षण में ऊर्जा ऊपर की तरफ स्फुरण कर जाती है। और तुम पाओगे कि उसके बाद घड़ी-आधा-घड़ी के लिए तुम एकदम शांत हो गए, हलके हो

गए, एक नई ताजगी आ गई।

बस तुमने अगर एक बार सीख लिया कि ऊर्जा कैसे नाभि तक आए, फिर चिंता नहीं करनी है। तुम ऊर्जा को, जब भी कामवासना उठे, नाभि में इकट्ठा करते जाओ। जैसे-जैसे ऊर्जा बढ़ेगी नाभि में अपने-आप ऊपर की तरफ उठने लगेगी। जैसे बर्तन में पानी भरता है तो पानी की सतह उठती है।

असली बात मूलाधार का बंद हो जाना है। घड़े के नीचे का छेद बंद हो गया, अब नीचे की ऊर्जा इकट्ठी होती जाएगी, घड़ा अपने-आप भरता जाएगा। एक दिन तुम अचानक पाओगे कि धीरे-धीरे नाभि के ऊपर ऊर्जा आ रही है, तुम्हारा हृदय एक नई संवेदना से आप्लावित हुआ जा रहा है।

जिस दिन हृदय-चक्र पर आएगी तुम्हारी ऊर्जा, तुम पाओगे, भर गए तुम प्रेम से। तुम जहाँ भी उठोगे, बैठोगे, तुम्हारे चारों तरफ एक हवा बहने लगेगी प्रेम की। दूसरे लोग भी अनुभव करेंगे कि तुममें कुछ बदल गया, तुम अब वही नहीं हो। तुम कोई और ही तरंग लेकर आए हो। तुम्हारे साथ कुछ और ही लहर आती है। कि उदास प्रसन्न हो जाता है। कि दुखी थोड़ी देर को दुख भूल जाता है। कि अशांत शांत हो जाता है। कि तुम जहाँ छू देते हो, जिसे छू देते हो, उस पर ही एक छोटी-सी प्रेम की बरसात हो जाती है।

लेकिन, हृदय में ऊर्जा आएगी, तभी यह होगा। ऊर्जा जब बढ़ेगी—हृदय से कंठ में आएगी—तब तुम्हारी वाणी में एक माधुर्य आ जाएगा।

जब तुम्हारी वाणी में एक संगीत, एक सौंदर्य आ जाएगा, तुम साधारण-से शब्द बोलोगे और उन शब्दों में काव्य होगा। दो शब्द किसी से कह दोगे और उसे तुम तृप्त कर दोगे। तुम चुप भी रहोगे, तो तुम्हारे मौन में भी संदेश छिप जाएँगे। तुम न भी बोलोगे, तो भी तुम्हारा अस्तित्व बोलेगा। ऊर्जा कंठ पर आ गई।

ऊर्जा ऊपर उठती जाती है, एक घड़ी आती है कि तुम्हारे तीसरे नेत्र पर ऊर्जा का आविर्भाव होता है। तब तुम्हें पहली दफा दिखाई पड़ना शुरू होता है—तुम अंधे नहीं होते। उसके पहले तुम अंधे हो। क्योंकि उसके पहले तुम्हें सिर्फ आकार दिखाई पड़ते हैं, निराकार नहीं दिखाई पड़ता, और वही असली में है।

मूलाधार अंधा चक्र है। इसलिए तो हम कामवासना को अंधी कहते हैं। वह अंधी है, उसके पास आँख बिल्कुल नहीं है। आँख तो खुलती है—तुम्हारी असली आँख—जब तीसरे नेत्र पर ऊर्जा आकर प्रकट होती है। जब लहरें तीसरे नेत्र को छूने लगती हैं—तीसरे नेत्र के किनारे पर तुम्हारी लहरें आकर टकराने लगती हैं—तब पहली दफा तुम्हारे भीतर दर्शन की क्षमता जगती है।

ऊर्जा जब तीसरी-आँख में प्रवेश करती है, तो अनुभव शुरू होता है। और ऐसे व्यक्ति के वचनों में तर्क का बल नहीं होता, सत्य का बल होता है। ऐसे व्यक्ति के वचनों में एक प्रामाणिकता होती है, जो वचनों के भीतर से आती है—किन्हीं प्रमाणों के आधार पर नहीं। ऐसे व्यक्ति के वचन को ही हम शास्त्र कहते हैं। ऐसे व्यक्ति के वचन वेद बन जाते हैं—जिसने जाना है, जिसने जीया है, जिसने परमात्मा को चखा है—पिया है; जिसने परमात्मा को पचाया है।

जो परमात्मा के साथ एक हो गया है।

फिर ऊर्जा और ऊपर जाती है—सहस्रार को छूती है। पहला, सबसे नीचे का चक्र है, 'मूलाधार', और सबसे अंतिम चक्र है 'सहस्रार'। उसे हम सहस्रार कहते हैं—आखिरी चक्र को, क्योंकि वह ऐसा है—जैसे सहस्र पंखुड़ियों वाला कमल हो। बड़ा सुंदर है। और जब खिलता है तो भीतर ऐसी ही प्रतीति होती है, जैसे पूरा व्यक्तित्व सहस्र पंखुड़ियों वाला कमल हो गया, पूरा व्यक्तित्व खिल गया।

जब ऊर्जा टकराती है सहस्रार से, तो उसकी पंखुड़ियाँ खिलनी शुरू हो जाती हैं। सहस्रार के खिलते ही व्यक्तित्व से आनंद का झरना बहने लगता है। मीरा उसी क्षण नाचने लगती है। 'पद घुँघरू बाँध मीरा नाची।' उसी क्षण चैतन्य महाप्रभु पागलों की तरह उन्मत्त होकर नाचने लगते हैं। उसी क्षण चेतना तो नाचती है, शरीर का रोआँ-रोआँ भी आनंदित हो उठता है।

8. यौन-मुद्रा काम-ऊर्जा के ऊर्ध्वगमन की एक सरल विधि

एक तो यौन का जैविक, बायोलॉजिकल पहलू है—पौद्गलिक, पदार्थगत, जो शरीर से जुड़ा हुआ है—शरीर के अणुओं से जुड़ा है, दूसरा यौन का शक्तिगत, आत्मिक पहलू है—जो मन से, चेतना से जुड़ा हुआ है।

बॉयोलाजिकल हिस्सा हम सबको प्रत्यक्ष है—जिसे हम वीर्य कहें, यौन-ऊर्जा कहें—या कोई और नाम दें, लेकिन एक और पहलू भी उसके पीछे जुड़ा हुआ है, जो आत्मगत है, शक्तिगत है। उसे आत्म-ऊर्जा—या जो भी नाम हम देना चाहें, दे सकते हैं।

यह ऐसे है, जैसे कि एक लोहे का चुंबक होता है। एक तो लोहे का टुकड़ा होता है, जो साफ दिखाई पड़ता है। लेकिन, अगर हम उसके आस-पास लोहे के टुकड़े रखें, तो चुंबक की मैगनेटिक शक्ति उसे खींच लेती है। एक क्षेत्र है, जिसके भीतर वह शक्ति काम करती है।

यह जमीन हमें खींचे हुए हैं, उसका हमें पता नहीं चलता है, क्योंकि वह

दिखाई पड़ने वाली बात नहीं है। जो दिखाई पड़ता है, वह जमीन है, जो नहीं दिखाई पड़ता है, वह उसका ग्रेविटेशन है। जो दिखाई पड़ता है, वह शरीर है, वह जो नहीं दिखाई पड़ता है वह मनस् और आत्मा है।

ठीक ऐसे ही—काम के साथ, यौन के साथ, दो पहलुओं को समझ लेना जरूरी है—जो दिखाई पड़ता है, वह जैविक कोष्ठ है, जो नहीं दिखाई पड़ता है, वह काम-ऊर्जा है। इस सत्य को ठीक से न समझने से आगे बातें फैलाकर देखनी कठिन हो जाती हैं।

इस देश के योगियों ने कहा है कि काम-ऊर्जा, सैक्स-इनर्जी, नीचे से ऊपर की तरफ ऊर्ध्वगमन कर सकती है। वैज्ञानिक कहता है—हम शरीर में काटकर भी देख लेते हैं, योगी के वीर्यकण तो वहीं पड़े रहते हैं। उसी जगह, जहाँ साधारण आदमी के शरीर में पड़े होते हैं। वीर्य ऊपर चढ़ता हुआ दिखाई नहीं पड़ता है।

वीर्य ऊपर चढ़ता भी नहीं है, चढ़ भी नहीं सकता। लेकिन जिस काम-ऊर्जा के चढ़ने की बात की है, उसे हम समझ नहीं पाए। वीर्य-कणों कीभी बात नहीं है, वीर्य-कणों के साथ एक और ऊर्जा जुड़ी है, जो दिखाई नहीं पड़ती है। वह ऊर्जा ऊर्ध्वगमन कर सकती है। जब कोई व्यक्ति यौन-संबंध से गुजरता है, तो उसके जैविक परमाणु तो उसके शरीर को छोड़ते ही हैं, साथ ही उसकी काम-ऊर्जा,.उसकी सैक्स-एनर्जी आकाश में खो जाती है—और यौन-कण नए व्यक्ति को जन्म देने की यात्रा पर निकल जाते हैं।

संभोग के क्षण में दो घटनाएँ घटती हैं—एक जैविक और एक साइकिक। एक तो जीवशास्त्र की दृष्टि से घटनाएँ घटती हैं—जैसा कि बायोलॉजिस्ट अध्ययन कर रहे हैं। वह वीर्य-कण का स्खलन है। वह वीर्य-कण का यात्रा पर निकलना है और अपने विरोधी कणों की खोज में—जिससे कि नए जीवन को वह जन्म दे पाए। पर जिसकी योग खोज करता है, वह दूसरी घटना है। कृत्य के साथ ही मनस् की शक्ति स्खलित होती है, जो कि शून्य में खो जाती है।

इस मनस् शक्ति को ऊपर ले जाने के उपाय हैं। जब वीर्य के ऊर्ध्वगमन की बात कही जाती है, तो कोई शरीरशास्त्री, कोई डॉक्टर भूलकर यह न समझे कि वह वीर्य की, या वीर्य-कणों के ऊपर से जाने की बात है। वीर्य-कण ऊपर नहीं जा सकते। उनके लिए कोई मार्ग नहीं है शरीर में—ऊपर। सहस्रार तथा अस्तित्व तक पहुँचने के लिए कोई उपाय नहीं है उनके पास। जो चीज ऊपर जा सकती है, वह मैगनेटिक फोर्स है। वह जो मैगनेटिक फोर्स है, उसके ही नीचे जाने पर वीर्य-कण सक्रिय होते हैं।

काम-ऊर्जा अनंत है, महावीर ने उसे अनंतवीर्य कहा है। अनंतवीर्य से अर्थ जैविक वीर्य से नहीं है–'सीमेन' से नहीं है। अनंतवीर्य से अर्थ उस काम-ऊर्जा का है, जो निरंतर मन से शरीर तक उतरती है–पर जो मन से नहीं आती है। वह आती है आत्मा से मन तक, और मन से शरीर तक। ये उसकी सीढ़ियाँ हैं। उसके बिना वह उतर नहीं सकती। अगर बीच में से मन टूट जाए, तो आत्मा और शरीर के बीच सारे संबंध टूट जाएँगे।

जिस शक्ति को योग और तंत्र ने काम-ऊर्जा कहा है, वह जीवशास्त्रीय काम-ऊर्जा नहीं है। वह काम-ऊर्जा ऊपर की तरफ पुनः गति कर सकती है। किसी व्यक्ति में भी वह काम-ऊर्जा ऊपर की तरफ गति कर जाए, तो उसकी ज़िंदगी उतनी ही सरल, इन्नोसेंट और निर्दोष हो जाएगी, जितनी छोटे बच्चे की होती है। वह यौन-ऊर्जा नीचे की तरफ सहज आती है, प्रकृति की तरफ से आती है।

अगर किसी मनुष्य को इस ऊर्जा को ऊपर ले जाना है, तो यह सहज नहीं होगा, प्रकृति की तरफ से नहीं होगा, यह संकल्प से होगा। यह मनुष्य के प्रयास, मनुष्य की आकांक्षा अभीप्सा और श्रम से होगा। मनुष्य को इस दिशा में श्रम करना पड़ेगा, क्योंकि प्रकृति से उलटी दिशा में बहना पड़ेगा।

नदी में अगर नीचे की तरफ बहना हो–सागर की तरफ–तब तैरने की कोई भी जरूरत नहीं है। तब हम हाथ-पैर छोड़कर सागर की तरफ बह सकते हैं। नदी ही सागर की तरफ ले जाएगी, हमें कुछ भी करना नहीं है। लेकिन अगर नदी के मूलस्रोत की तरफ, उद्‌गम की तरफ जाना हो, तो फिर तैरना पड़ेगा, श्रम उठाना पड़ेगा। फिर एक संघर्ष होगा–नदी की धारा से संघर्ष।

जो लोग भी ऊपर की तरफ जाना चाहते हैं, उन्हें दूसरी बात समझ लेनी चाहिए कि संकल्प और संघर्ष मार्ग होगा। ऊपर जाया जा सकता है; और ऊपर जाने के अपूर्व आनंद हैं। क्योंकि नीचे जाकर जब सुख मिलता है–क्षणिक ही सही–तो ऊपर जाकर क्या मिल सकता है, उसकी हम कल्पना भी नहीं कर सकते।

यौन-ऊर्जा नीचे बहकर जो लाती है वह सुख है, ऊपर उठकर जो लाती है वह आनंद है।

संकल्प, शक्तियों के रूपातंरण का नाम है। जब चित्त माँगता है यौन, जब चित्त माँगता है दूसरे को, अपोजिट को–स्त्री पुरुष को, पुरुष स्त्री को, जब चित्त माँगता है दूसरे की तरफ बहो– तब बहाव का रूपांतरण करना पड़ेगा। चित्त जिस

ढंग से दूसरे को माँगता है उससे उल्टी प्रक्रिया करनी पड़ेगी, ताकि चित्त की यह माँग परमात्मा की, मोक्ष की माँल बन जाए।

इसके लिए दो-तीन बातें खयाल में लेनी जरूरी हैं।

जैसे ही चित्त यौन की माँग करता है, सेक्स की माँग करता है—शरीर सेक्स की तैयारी करने लगता है। यौन-केंद्र से, भूलाधार से दूसरी माँग का स्फुरण शुरू हो जाता है। यौन-केंद्र बहिर्गामी हो जाता है। इस क्षण में, तंत्र कहता हैकि अगर यौन-केंद्र को अंतर्गामी किया जा सके, भीतर की तरफ खींचा जा सके—जिसे 'यौन-मुद्रा' का नाम दिया गया है, तो तत्काल आप दो क्षण में पाएँगे कि शरीर ने यौन की माँग बंद कर दी।

माँग लेकिन पैदा हो गई थी, शक्ति जग गई थी, इस शक्ति को ऊपर ले जाया जा सकता है। जैसे ही हम सेक्स का विचार करते हैं, वैसे ही हमारा चित्त जननेंद्रिय की तरफ बहने लगता है। तो तुरंत जननेंद्रिय को भीतर की ओर खींच ले, जननेंद्रिय से बाहर जानेवाले सब द्वार बंद हो जाएँगे। ऊर्जा जग गई है, उस क्षण में हम आँखों को बंद कर लें, आँख बंद करके सिर को छत की तरफ अंदर से—जैसे ऊपर से देख रहे हों, ऐसे देखना शुरू कर दें। ऐसे निरंतर प्रयास से आप एक महीने-भर के भीतर पाएँगे कि आपके भीतर से कोई चीज नीचे से ऊपर की तरफ जानी शुरू हो गई है।

यह वस्तुत: अनुभव होगा कि कोई चीज ऊपर बहने लगी, कोई चीज ऊपर उठने लगी। उसे कोई 'कुंडलिनी' के नाम से कहता है, उसे कोई और नाम दे सकता है।

इसमें दो बिंदुओं पर ध्यान देना जरूरी है—एक तो 'सेक्स-सेंटर' पर, 'मूलाधार' पर, और दूसरे 'सहस्रार' पर। सहस्रार हमारे ऊपर का केंद्र है—और मूलाधार हमारे सबसे नीचे का केंद्र है। मूलाधार को सिकोड़ लें भीतर की तरफ, उसमें जो शक्ति पैदा हुई है वह शक्ति मार्ग खोज रही है, और अपने चित्त को ले जाएँ ऊपर की तरफ, क्योंकि वही मार्ग खुला रह जाता है।

चित्त जिस तरह देखता है—उसी तरफ शरीर की शक्ति बहनी शुरू हो जाती है—यह ट्रांसफार्मेशन की छोटी-सी विधि है। इसका अगर प्रयोग करें तो ब्रह्मचर्य बिना सप्रेशन के फलीभूत होता है।

यह सप्रेशन नहीं है, यह सब्लिमेशन है। यह दमन नहीं है। दमन का तो मतलब है कि ऊपर द्वार नहीं खुला है और नीचे के द्वार पर रोके चले जा रहे हैं। तब उपद्रव होगा, तब विक्षिप्तता होगी, पागलपन होगा। अगर मार्ग है शक्ति

के लिए, तो दमन नहीं होगा, सिर्फ ऊर्ध्वगमन होगा, शक्ति नीचे से ऊपर की तरफ उठनी शुरू हो जाएगी।

यह तो प्रायोगिक बात मैंने आपसे कही। यह प्रयोग करें और समझें। यह कोई सैद्धांतिक बात नहीं है। न कोई बौद्धिक या शास्त्रीय बात है। यह करोड़ों लोगों की अनुभूत घटना है और सरलतम प्रयोग है। और एक बार मस्तिष्क के ऊपरी छोरों पर रस के फूल खिलने शुरू हो जाएँ, तो आपकी जिंदगी से यौन विदा होने लगेगा। वह धीरे-धीरे खो जाएगा और एक नई ही ऊर्जा का, नई शक्ति का, नए वीर्य का, नई दीप्ति का, नए आलोक का और नए संसार का जन्म होगा।

फिजिओलॉजी से इसका कोई लेना-देना नहीं है। जो शक्ति ऊपर उठेगी, उसे हम शरीर को काटकर देखें, तो वह कहीं भी नहीं मिलेगी, वह मैगनेटिक फील्ड की तरह है। हम हड्डियों को तोड़ें-फोड़ें तो वह कहीं भी नहीं मिलेगी। वह शारीरिक घटना नहीं है, वह घटना साइकिक है। वह घटना मनस् में घटती है।

शरीर के तल पर लेकिन अंतर पड़ने शुरू हो जाएँगे। उस शक्ति के नीचे प्रवाहित होने पर शरीर के वीर्य-कणों का प्रवाह बाहर की तरफ होता है। यदि वह शक्ति नीचे नहीं बहेगी, तो शरीर के वीर्य-कण भी बाहर की ओर बहने बंद हो जाएँगे और शरीर संरक्षित होगा। लेकिन शरीर के संरक्षण के लिए यह प्रयोग नहीं है। क्योंकि शरीर की उम्र है और वह मरेगा, जन्म और मृत्यु के बीच फासला जितना है, वह पूरा कर लेगा। जो बड़ी घटना घटेगी, वह साइकिक एनर्जी की है, वह मनस्-ऊर्जा की है।

जितनी मनस्-ऊर्जा व्यक्ति के पास हो, उतना ही व्यक्ति का विस्तार होने लगता है, उतना ही वह फैलने लगता है, उतना ही वह विराट् होने लगता है। और जिस दिन एक कण भी व्यक्ति की मनस्-ऊर्जा का नीचे की तरफ प्रवाहित नहीं होता, उसी दिन व्यक्ति घोषणा कर सकता है—'अहं ब्रह्मास्मि'। वह कह सकता है– 'मैं ब्रह्म हूँ'।

यह 'अहं ब्रह्मास्मि' की घोषणा कोई तार्किक निष्पत्ति, कोई लॉजिकल कंक्लूजन नहीं है, यह एक एग्जिस्टेंशियल कंक्लूजन है, यह एक अस्तित्वगत अनुभव है। जिस दिन विराट् से संबंध होता है, उस दिन पता चलता है कि मैं व्यक्ति नहीं हूँ, विराट् हूँ।

लेकिन ये विराट् का अनुभव विराट् शक्ति के संरक्षण से हो सकता है। और इस शक्ति का संरक्षण, जब तक काम-ऊर्जा ऊपर की तरफ प्रवाहित न हो, तब तक असंभव है।

9. निश्चल-ध्यान-योग

ध्यान के सैकड़ों प्रकार हैं। और ध्यान के सैकड़ों मार्गों से लोग ध्यान को उपलब्ध हो सकते हैं। निश्चल-ध्यान-योग की तरफ पहुँचने के लिए भी सैकड़ों रास्ते हैं। और पृथ्वी पर अनेकानेक रास्तों से चलकर लोग लक्ष्य को उपलब्ध हो गए हैं—जिसे हम मन का ठहर जाना कहते हैं।

एक छोटी-सी सरल प्रक्रिया मैं आपसे कहूँगा, जिसे आप कर सकें। और आपको निश्चल मन की थोड़ी-सी झलक और छाया भी मिलनी शुरू हो जाए, तो आपकी ज़िंदगी रूपांतरित होने लगेगी। एक नए आदमी का जन्म आपके भीतर हो जाएगा। पुराना आदमी बिखरने लगेगा, एक नई चेतना, एक नया केंद्र, देखने का एक नया ढंग, जीने की एक नई प्रक्रिया, होने की एक नई व्यवस्था आपके भीतर पैदा हो जाएगी। जैसे अचानक अंधे की आँख खुल जाए, जैसे अचानक बहरे को कान मिल जाएँ, जैसे अचानक मरा हुआ पुनः जीवित हो जाए—ठीक ध्यान के प्रयोग से ऐसी ही व्यापक क्रांतिकारी घटना घटती है।

आपने चित्र देखे होंगे बच्चों के, जब वे माँ के पेट में गर्भ में होते हैं। माँ के पेट में बच्चा जिस हालत में होता है—गर्भ में, उस अवस्था में—मनोवैज्ञानिक कहते हैं, योग की गहरी खोज कहती है...कि माँ के पेट में जब बच्चा होता है—जिस आसन में, उस समय बच्चों के पास न्यूनतम मन होता है, न के बराबर मन होता है। कह सहते हैं कि होता ही नहीं। और बच्चे की चेतना, माँ के पेट में, मस्तिष्क में नहीं होती। और न ही बच्चे की चेतना हृदय में होती है।

शायद आपको पता नहीं कि माँ के पेट में बच्चे का हृदय नहीं धड़कता, नौ माह का बच्चा बिना हृदय की धड़कन के होता है। इसलिए एक बात और खयाल में लेना कि हृदय की धड़कन से जीवन का कोई संबंध नहीं है, क्योंकि बच्चा बिना हृदय की धड़कन के नौ महीने जिंदा रहता है।

जीवन गहरी बात है। चेतना जब भाव में होती है तो हृदय केंद्र होता है, और चेतना जब विचार में होती है तो मस्तिष्क केंद्र होता है। लेकिन मस्तिष्क बहुत बाद में विकसित होता है और हृदय नौ महीने बाद धड़कता है। उसके भी पहले, चेतना जिस केंद्र पर होती है, वह नाभि है। बच्चा माँ से, नाभि से जुड़ा रहता है, जीवन का पहला अनुभव बच्चे की नाभि पर होता है। जिन लोगों को मन के पार जाना है, उन्हें हृदय और मस्तिष्क दोनों से उतरकर नाभि के पास लौटना होता है। अगर वे फिर से अपनी चेतना को नाभि के पास अनुभव कर

सकें, तो मन तत्क्षण ठहर जाएगा।

तो इस ध्यान की प्रक्रिया में–जिसे मैं 'निश्चल-ध्यान-योग' की तरफ एक विधि कहता हूँ–दो बातें ध्यान में रखनी जरूरी हैं। जैसा कि सूफी-फकीरों को अगर आपने देखा है प्रार्थना करते, या मुसलमानों को अगर आपने नमाज पढ़ते देखा हो, तो जिस भाँति वे घुटने मोड़कर बैठते हैं, वैसे घुटने मोड़कर बैठ जाएँ (बच्चे के घुटने ठीक उसी तरह मुड़े होते हैं माँ के गर्भ में) आँखें बंद कर लें, शरीर को ढीला छोड़ दें, और श्वास को बिल्कुल शिथिल, रिलैक्स्ड छोड़ दें। क्योंकि श्वास जितनी धीमी और जितनी आहिस्ता होगी, आपके लिए उतना अच्छा होगा।

श्वास को शांत नहीं किया जा सकता, अगर आप रोकेंगे तो श्वास तेजी से चलने लगेगी। रोकें मत, सिर्फ ढीला छोड़ दें। आँख बंद कर लें और अपनी चेतना को भीतर नाभि के पास ले जाएँ। अपने ध्यान को आँख बंद कर वहीं लाएँ, जहाँ नाभि कंपित हो रही है, जहाँ श्वास के धक्के से पेट ऊपर-नीचे हो रहा है। थोड़ी देर में शरीर आपका आगे झुकेगा और फिर जाकर जमीन से लग जाएगा। तब आप ठीक उस हालत में आ जाएँगे, जिस हालत में बच्चा माँ के पेट में होता है।

शांत होने का इससे ज्यादा कीमती आसन जगत् में कोई भी नहीं है। आसन ऐसा हो जाए, जैसा गर्भ में बच्चे का होता है। और आपका ध्यान नाभि पर चला जाए। बच्चे का ध्यान और चेतना नाभि पर होती है। आपका ध्यान भी नाभि पर चला जाएगा।

अनेक बार ध्यान उचट जाएगा। कोई कहीं आवाज होगी, ध्यान चला जाएगा। कहीं कोई बोल देगा कुछ, ध्यान उचट जाएगा। विचार आ जाएगा और ध्यान हट जाएगा। उससे लड़ें मत। अगर ध्यान हट जाए तो चिंता मत करें। जैसे ही खयाल आए कि ध्यान हट गया, तो वापिस अपने ध्यान को नाभि पर ले आएँ।

आप एक अज्ञात-अस्तित्व से जुड़े हैं नाभि के द्वारा ही। जैसे हम माँ से जुड़े होते हैं इस भौतिक संसार से, ऐसे ही इस बड़े जगत्, इस बड़े अस्तित्व से–इस प्रकृति या अस्तित्व के गर्भ से, नाभि से जुड़े होते हैं।

जैसे ही आप नाभि के निकट अपनी चेतना को लाते हैं, मन निश्चल हो जाता है।

जीसस का बहुत अद्भुत वचन है, शायद ही कोई ईसाई उसका अर्थ

समझ पाया हो। जीसस ने कहा कि तुम तभी मेरे प्रभु के राज्य में प्रवेश करोगे, जब तुम छोटे बच्चे की भाँति हो जाओ।

यूँ तो इसका अर्थ वही हुआ कि हम छोटे बच्चों की तरह सरल हो जाएँ, लेकिन गहरे वैज्ञानिक अर्थ में इसका अर्थ होता है कि हम बच्चे की उस आंतरिक अवस्था में हो जाएँ, जब बच्चा होता ही नहीं, माँ ही होती है–और बच्चा माँ के सहारे ही जी रहा होता है। न उसमें हृदय की धड़कन होती है, न उसका अपना मस्तिष्क होता है–बच्चा, पूरा समर्पित, माँ के अस्तित्व का अंग होता है।

ठीक ऐसी ही हालत 'निश्चल-ध्यान-योग' में घटती है। आप शांत हो जाते हैं। परमात्मा के साथ एक हो जाते हैं और परमात्मा के द्वारा आप जीने लगते हैं।

10. अनापानसती-योग

एक सरल-सी प्रक्रिया पर रोज दिनभर खयाल रखें, चलते, उठते, बैठते, सोते–जब तक खयाल रहे, श्वास पर खयाल रहे, पूरे वक्त स्मृति श्वास पर रहे। श्वास भीतर जा रही है तो हमारी स्मृति भी उसके साथ भीतर जाए–बोध भी कि श्वास भीतर गई, श्वास बाहर जा रही है तो बोध भी श्वास के साथ बाहर जाए।

आप श्वास पर ही तैरने लगें, श्वास पर ही चेतना की नाव को लगा दें। बाहर जाए तो बाहर, भीतर जाए तो भीतर, श्वास के साथ ही आपका भी कंपन होने लगे। और इसे बिल्कुल न भूलें कभी। जब भी भूल जाएँ और जब याद आए, फौरन फिर शुरू कर दें। घूमने गए हैं, बगीचे में गए हैं–कहीं भी गए हैं, कार में बैठे हैं तो इसको नहीं छोड़ देना है, इसको सतत् ही स्मरण रखें।

तो एक दिन तीन-चार दिन में स्मरण टिकने लगेगा। और जैसे-जैसे स्मरण टिकने लगेगा, वैसे-वैसे ही आपका चित्त शांत होने लगेगा। ऐसी शांति, जो आपने कभी नहीं जानी होगी। क्योंकि जब चित्त पूर्ण श्वास के साथ चलने लगता है तो विचार अपने-आप बंद होने लगते हैं, विचार का उपाय नहीं रहता। क्योंकि ये बातें एक साथ नहीं हो सकतीं। श्वास पर चित्त होगा तो विचार बंद होंगे, और विचार पर चित्त जाएगा तो श्वास पर नहीं रहेगा। दोनों बातें एक साथ नहीं हो सकतीं, यह असंभव है।

इसलिए मैं श्वास पर ध्यान रखने के लिए कह रहा हूँ–ताकि विचार वहाँ से खो जाएँ और विचार सीधे हटाने तो बहुत कठिन हैं, क्योंकि वह तो दबाना हो जाता है। यहाँ हम हटा नहीं रहे विचारों को, विचार से कोई संबंध ही नहीं; हम तो अपनी पूरी चेतना को दूसरी जगह लिए जा रहे हैं। और चूँकि चेतना वहाँ

नहीं होती जहाँ विचार हैं, इसलिए उनको हट जाना पड़ता है।

तो विचार छोड़ने का खयाल ही नहीं करना है। श्वास पर ध्यान चला जाए तो विचार छूट जाते हैं। क्योंकि श्वास बिल्कुल दूसरा तल है, जहाँ विचार नहीं हैं। और विचार एक दूसरा तल है, जहाँ श्वास का स्मरण नहीं हो सकता। तो ये बिल्कुल ही विरोधी प्रक्रियाएँ हैं। और अगर एक तल पर से जाते हैं, तो दूसरे से आपने-आप मुक्ति हो जाती है। तो पूरे समय—ऐसा नहीं कि कभी, थोड़ी-बहुत देर, क्योंकि तब फिर गहरा नहीं हो पाएगा। तो पूरे समय श्वास पर ध्यान रखें। सुबह उठें तो पहला स्मरण श्वास का, रात सोएँ तो अंतिम स्मरण श्वास का।

श्वास पर पूरे वक्त ध्यान रखें। और घंटा, आधा घंटा कभी भी एकांत में बैठकर ध्यान रखें। आँखें बंद कर लें और श्वास पर ही ध्यान रखें। क्योंकि बाहर चलते हैं, काम करते हैं, बार-बार चूक हो जाती है। पैर में कांटा गड़ गया है, तो ध्यान कहाँ श्वास पर रहा—ध्यान तो काँटे पर चला गया। प्यास लगी तो ध्यान पानी पर चला जाएगा। एक घंटे के लिए कहीं एकांत मिल जाए, तो वहाँ बैठ जाएँ।

रात बहुत बढ़िया होगी। कहीं भी दीवार से टिक जाएँ और बैठ जाएँ, और पूरा घंटा श्वास को देखने में ही बिता दें। तो पंद्रह दिनों में उतना बड़ा काम हो जाएगा, जो आप अकेले पंद्रह वर्षों में नहीं कर पाएँगे।

हो सकता है कि इसमें दो-चार घटनाएँ घटें—पर उनकी चिंता नहीं करनी है। जैसे, श्वास पर जितना ध्यान देंगे, नींद कम हो जाएगी, उसकी जरा भी चिंता कर करें। जितनी देर नींद खुली रहे, बिस्तर पर श्वास पर ही ध्यान रहे। चार-पाँच दिन श्वास पर ध्यान रखने से नींद उड़ भी जा सकती है—उस पर जरा भी चिंता न करें। क्योंकि श्वास पर ध्यान रखने से नींद से जो काम होता है, वह पूरा हो जाता है—विश्राम मिल जाता है।

नींद दो तरह से खत्म होती है—तनाव से भी और विश्राम से भी। चिंता से भी नींद खत्म होती है, क्योंकि चिंता इतना तनाव से भर देती है कि मस्तिष्क शिथिल ही नहीं हो पाता। तो नींद खत्म हो जाती है। और अगर कोई ध्यान का प्रयोग करे, तो चित्त इतना शांत हो जाता है कि नींद से जो शांति की जरूरत थी, वह पूरी हो जाती है। इसलिए नींद का कोई कारण नहीं रह जाता, वह विदा हो जाती है। तो उसका ध्यान नहीं करेंगे, जरा भी फिक्र नहीं करेंगे।

और कुछ अजीब-अजीब अनुभव हो सकते हैं, तो उन पर भी चिंता नहीं करेंगे। वे अलग-अलग सबको हो सकते हैं, एक-से होते भी नहीं। उसकी बात

किसी दूसरे से आप मत करें। क्योंकि दूसरा सिर्फ हँसेगा और आपको पागल समझेगा।

क्योंकि वैसा अनुभव उसको नहीं हो रहा है। इसलिए उसको दूसरे से कहना ही मत कभी; वह सबको अलग-अलग होता है। हो सकता है श्वास पर ध्यान देते समय किसी को एकदम ऐसा लगे कि उसका शरीर बहुत बड़ा हो गया है और एकदम फैल गया है—विस्तार हो गया है उसके शरीर का। और वह एकदम घबरा जाए कि यह क्या हुआ। अब उठ सकेंगे कि नहीं उठ सकेंगे? इतना भारी हो जाए कि एकदम पत्थर हो जाए। इतना हलका हो जाए कि ऐसा लगे कि जमीन से ऊपर उठ गया है। जमीन और हमारे बीच फासला हो गया है। मैं ऊपर उठा जा रहा हूँ। मैं लौट पाऊँगा या नहीं लौट पाऊँगा?

गहन अंधकार का अनुभव हो सकता है। तेज चमकती बिजलियों का अनुभव हो सकता है। सुगंध अनुभव हो सकती है अजीब तरह की। दुर्गंध अनुभव हो सकती है। कुछ भी हो सकता है। बहुत तरह की बातें हो सकती हैं।

तो उनको चुपचाप खुद ही अपने भीतर रखें, किसी से कहें ही नहीं। जब मैं आपको मिलूँगा तो आप मुझको कहें। और मुझसे कहकर फिर आप दुबारा उसकी किसी से बात मत करें।

उसके कई कारण हैं—एक तो दूसरा कभी उस बात पर विश्वास नहीं कर सकता। कभी नहीं करेगा, क्योंकि वैसा उसको हो नहीं रहा है। और वह हँसेगा और उसकी हँसी आपको नुकसान पहुँचाएगी। बहुत गहरा नुकसान पहुँचाएगी। दूसरी बात है कि हमें जो अनुभव होते हैं, अगर हम उनकी बात करें तो वे फिर दुबारा नहीं होते। क्योंकि वे होते हैं अनायास और जब हम उनकी बात कर देते हैं, तो फिर नहीं होते।

और भी एक बड़े मजे की बात है कि ये जो गहरी अनुभूतियाँ हैं, उनको बिल्कुल रहस्य की तरह छिपाना चाहिए, नहीं तो ये बिखर जाती हैं। उनमें भी बड़ी ताकत है।

जैसे कि हम तिजोरी में धन छिपा देते हैं। और जैसे कि हम कपड़े पहनते हैं और सूरज की गर्मी को भीतर रोक लेते हैं। सर्दी पड़ रही है तो हम कपड़े पहने हुए हैं—इसलिए कि सर्दी हमारी गर्मी को खींच लेगी बाहर, और शरीर मुश्किल में पड़ जाएगा।

तो पूरे वक्त हमारा शरीर बाहर के संपर्क में अपनी गर्मी को खो रहा है। जब बहुत गहरी अनुभूति अंदर होती है तो एक खास तरह की शक्ति पैदा होती

हैं उन अनुभवों के साथ। अगर आपने बात की तो वह तत्काल बिखर जाती है, खो जाती है।

तो उसकी बात ही नहीं करना। निकटतम संबंधियों से भी बात मत करना। पत्नी से भी नहीं कहना। उसको बिल्कुल अपने अंदर छिपा लेना, ताकि वह बढ़े, गहरी हो और गहरे अनुभवों में ले जाए।

श्वास पर ध्यान केंद्रित करना बहुत गहरा प्रयोग है। इसमें किसी तरह का तनाव और परेशानी भी नहीं है। और मैं हर तरह की विधियों की बात करता हूँ–सिर्फ इस कारण कि बहुत तरह के लोग हैं, न जाने किसको कौन-सी विधि कब पकड़ में आ जाए। तो जिसको पकड़ में आ जाए, वह उस पर चला जाए।

एक सौ बारह विधियाँ हैं ध्यान की। बहुत अच्छा होगा कि मैं एक बार उन एक सौ बारह विधियों पर सात-आठ दिन बैठकर बात करूँ–ताकि एक पूर्ण संकलन पूरी विधियों का अलग हो जाए।

11. इक्कीस दिवसीय मौन

इक्कीस दिन के पूर्ण एकांत और मौन में–गहरे ध्यान के विशेष प्रयोग-काल में साधक को किन नियमों का पालन करना चाहिए?

सक्रिय ध्यान प्रत्येक दिन एक बार अवश्य करो और श्वास पर सतत् ध्यान रखे। न पढ़ो, न लिखो, न चिंतन ही करो–क्योंकि पढ़ना-लिखना प्राण-शरीर (इथरिक-बॉडी) के द्वारा संपन्न नहीं होता है। यह क्रिया मनस्-शरीर (मेंटल-बॉडी) के द्वारा संपादित होती है, और ऊर्जा को दूसरी दिशा में प्रवाहित कर देती है।

टहलने के लिए जा सकते हो; क्योंकि टहलना प्राण-शरीर का हिस्सा है। इसलिए, अगर प्राण-शरीर अस्वस्थ हो, तो तुम टहलना पसंद नहीं करोगे। सभी शारीरिक क्रियाएँ प्राण-शरीर से संबंधित हैं, वे प्राण-शरीर के द्वारा ही संपादित होती हैं।

इसलिए इस प्रयोग-अवधि में देखने में भी संयम बरतना–कारण कि देखने की क्रिया प्राण-शरीर के द्वारा संपन्न नहीं होती है, बल्कि मनस्-शरीर के द्वारा संपन्न होती है, और फलस्वरूप देखने में हमारी शक्ति गलत दिशा की ओर बहने लगती है।

भ्रमण के लिए जाओ तो आखें अधखुली हों। क्योंकि अधखुली आँखें रास्ते के अलावा और कुछ नहीं देख सकतीं। नई उत्तेजनाएँ हों, तो ही

विचार-प्रक्रिया संभव हो सकती है। अगर इंद्रिया हमेशा ऊब में हों, अकेलेपन में हों, तो सोच-विचार संभव नहीं हो सकता।

इसलिए विषय-परिवर्तन पर दृष्टि मत रखो, क्योंकि वह विचार को उकसाता है।

तुम्हें नीरसता के परिवेश में ही रहना चाहिए--मात्र एक कमरे में, ताकि निरंतर वही फर्श दिखाई पड़े, वह बिल्कुल नीरस और ऊबानेवाला होना चाहिए, ताकि विचार को सक्रिय होने का मौका न मिले। तो उस हालत में तुम कुछ सोच ही नहीं सकते।

विचार के लिए नई उत्तेजाएँ आवश्यक हैं। चिंतन हमेशा कुछ नए की अपेक्षा रखता है, ताकि विचार निर्मित हो सके। इसलिए साधक को ऐसा मौका नहीं देना चाहिए।

किसी व्यक्ति को मत देखना, तब विचार सक्रिय नहीं होंगे। क्योंकि टेबल, कुर्सी या बिस्तर के साथ तुम संवाद नहीं कर सकते। लेकिन, अगर किसी व्यक्ति को देखते हो--हालांकि उससे बात भी नहीं करते, तो भी विचार सक्रिय होने लगते हैं, क्योंकि उससे संवाद संभव है। हर क्षण अपनी श्वास के प्रति होशपूर्ण रहो--ताकि तुम्हारी पूरी ऊर्जा एवं ध्यान बाह्य वस्तुओं पर न होकर भीतर श्वास पर हो।

चाहो तो टहलने के लिए निकल सकते हो, लेकिन तब सिर्फ टहलना ही, और कुछ मत करना, सिर्फ टहलने से ही प्रयोजन रखना। इससे लाभ होगा।

प्राण-शरीर के अलावा अन्य किसी भी शरीर से संपन्न होने वाली क्रियाओं में संलग्न नहीं होना चाहिए।

दिन में एक या दो बार स्नान कर सकते हो, वह प्राण-शरीर से ही संबंधित है। हर चीज को ध्यानपूर्वक, साक्षी-भाव से देखते रहो। तुम टहलने के लिए निकले हो या चाय पी रहे हो, उन्हें साक्षी-भाव से देखते रहो।

इन इक्कीस दिनों में बहुत-सी घटनाएँ घटेंगी, इसलिए थोड़ा इस संबंध में भी समझ लेना अच्छा होगा। प्रथम सप्ताह में अगर बहुत कम नींद की आवश्यकता महसूस हो तो चिंतित न होना। यह संभव है--क्योंकि सोचने-विचारने आदि बहुत-सारी क्रियाओं को, जो तुम साधारणत: किया करते थे, अब छोड़ दिया है। श्वास पर निरंतर ध्यान से इतनी ऊर्जा का जन्म होगा कि लंबे समय तक आलस्य में नहीं रह सकते हो, तुम इतने जीवंत और प्राणवान हो जाते हो कि नींद बहुत कम महसूस होगी।

अत: निद्रा आती हो तो ठीक–नहीं आती हो, तो भी ठीक। उससे कोई हानि नहीं होने जा रही है। इसके बहुत-से कारण हैं। पहला, जब तुम श्वास पर ध्यान देते हो तो श्वास लयबद्ध हो जाती है। और उस लयबद्धता से पूरा व्यक्तित्व संगीतपूर्ण हो जाता है। उस लयबद्धता से ऊजा का संरक्षण होता है।

साधारणत: हमारी श्वास लयबद्ध नहीं होती है, श्वास की गति बड़ी ऊलजलूल एवं विक्षिप्त होती है। और इस कारण ऊर्जा का व्यर्थ निष्कासन होता है। लयबद्धता और समस्वरता से ऊर्जा संरक्षित होती है। और चूँकि तुम हर क्षण जागरूक हो, श्वास पर ध्यान देने में अत्यल्प ऊर्जा का व्यय होता है। क्योंकि यह कोई काम नहीं है, श्वास पर ध्यान देने में तुम कुछ कर नही रहे हो, यह एक तरह की अक्रिया है; तुम बस होशपूर्ण हो।

जिस क्षण तुम कुछ करने लगते हो–चाहे वह सोच-विचार ही क्यों न हो, क्रिया शुरू हो जाती है। और इससे ऊर्जा का अपव्यय होता है।

चौबीसों घंटे निरंतर श्वास पर ध्यान देने का अर्थ हुआ–अति अल्प ऊर्जा का खर्च, ताकि अधिकतम ऊर्जा का संरक्षण हो। उससे तुम ऊर्जा का एक भंडार हो जाते हो। यही ऊर्जा कुंडलिनी-जागरण में काम आएगी। अन्यथा हम शक्ति का अपव्यय कर-करके इस मामले में बिल्कुल दीन-हीन हो गए हैं। और तब कुंडलिनी के यात्रा-पथ से जब ऊर्ध्वगमन के लिए हम कोशिश करते हैं, तो इतनी ऊर्जा ही नहीं होती है हमारे पास कि वह ऊपर की ओर यात्रा कर सके।

नीचे जाने में कोई बहुत ज्यादा ऊर्जा की जरूरत नहीं है, पर ऊर्ध्वगमन के लिए ऊर्जा के एक विशाल भंडार की आवश्यकता है। तभी ऊपर के लिए द्वार खुल सकते हैं, वरना नहीं। इसलिए जिनके पास बहुत थोड़ी ऊर्जा शेष रह गई है, उनके लिए एकमात्र काम-वासना का द्वार ही खुला है।

साधारणत: हम सोचते हैं कि कामुक व्यक्ति बड़ा ऊर्जावान होता होगा, जो कि बिल्कुल गलत है। अति ऊर्जावान व्यक्ति कामुक कभी नहीं हो सकता, क्योंकि तब उसकी जीवन-शक्ति ऊपर की ओर यात्रा करने लगती है। कामुकता भी शक्ति है, पर बहुत अल्प मात्रा की। उससे तुम ऊपर नहीं उठ सकते, सिर्फ नीचे ही जा सकते हो। उस हालत में सिर्फ अधोगमन ही एकमात्र संभावना बचती है–क्योंकि ऊर्जा कहीं-न-कहीं जाना चाहेगी, वह एक जगह स्थिर नहीं रह सकती।

ऊर्जा का स्वभाव ही गतिशील रहना है। इसलिए अगर वह ऊपर नहीं जा सकती, तो नीचे जाएगी ही। इससे अन्यथा कोई उपाय नहीं है। अगर वह ऊपर की ओर यात्रा करने लगती है, तो नीचे का द्वार स्वत: धीरे-धीरे बंद होने लगता है।

इसलिए श्वास पर ध्यान देकर तुम अपनी सारी क्रियाओं को इंकार कर देते हो। और इस प्रकार ऊर्जा इकट्ठी होती है।

दूसरी बात--सिर्फ होश और जागरूकता जीवन-ऊर्जा को ओजपूर्ण बनाने में काफी मदद पहुँचाती है। यह ठीक वैसा ही है, जैसे कि अगर तुम पर एक समूह का ध्यान पड़े तो तुम ज्यादा जीवंत महसूस करते हो और आलस्य विदा हो जाता है--क्यों?

नेता अपने को बड़ा प्राणवान अनुभव करते हैं, क्योंकि एक समूह का बराबर उन्हें ध्यान मिलता रहता है, उनकी ओर देखने-मात्र से उन्हें शक्ति उपलब्ध होती है। जिस क्षण से लोगों का ध्यान मिलना उन्हें बंद होता है, वे मृतप्राय हो जाते हैं। नेता होने का जो सुख है, वह यही है कि समूह द्वारा ध्यान दिए जाने से वे ज्यादा जीवंत और प्रफुल्लित अनुभव करते हैं।

ऐसा इसलिए होता है, क्योंकि जब बहुत-से लोग तुम्हारी ओर देख रहे हों, तो तुम स्वयं सावधान और जागरूक हो जाते हो। वही जागरूकता जीवन-ऊर्जा को उत्पन्न करती है। इसलिए जब तुम अपनी श्वास के प्रति जागरूक होते हो, तो उससे तुम्हारी जीवन-ऊर्जा का भीतरी स्रोत स्पर्शित होता है।

इसलिए जब निद्रा समाप्त हो जाए तो चिंतित मत होना। और अगर किसी ऐसी चीज की वजह से तुम्हारे मन में उथल-पुथल होने लगे, जिसके बारे में तुमने कभी सोचा ही नहीं था, तो भी इसके लिए चिंता मत करना, उसे साक्षीपूर्वक देखते रहना। अचेतन में जो कुछ दबा पड़ा है, वह मुक्त होगा और मन की ऊपरी सतह पर आएगा। बाहर फेंके जाने के पहले, उसे मन के चेतन भाग में आना ही होगा।

अगर उसे दबा दोगे, तो वह फिर अचेतन में चला जाएगा। अगर उसका अनुसरण करोगे, तो उससे व्यर्थ ही शक्ति का अपव्यय होगा।

इसलिए निरंतर श्वास पर ध्यान रखना और पृष्ठभूमि में जो कुछ भी दिखाई पड़ता या अनुभव में आता हो, उसे उदासीनभाव से देखते रहना। उन चीजों के प्रति बिल्कुल उदासीनता का भाव रखना, मानो उनसे तुम्हें कोई मतलब ही नहीं है। और श्वास पर हमेशा ध्यान रखना। श्वास पर ध्यान तुम्हारी जागरूकता का केंद्र होगा और परिधि पर बहुत-सारी घटनाएँ घटती रहेंगी। वहाँ पर विचार होंगे, कंपन होंगे ... लेकिन परिधि पर ही, केंद्र पर नहीं, केंद्र पर तो सिर्फ श्वास पर ध्यान रखना है। जैसे कि तुम मुझे सुन रहे हो और मेरी आवाज तुम तक पहुँच रही है। पर यह आवाज मूल ध्यान-क्षेत्र के अंदर नहीं है, तुम मुझे

सुन रहे हो, यही केंद्र पर है। आवाज तो परिधि पर, बाहरी सतह पर सुनी जा रही है। अवचेतन आवाज को सुन रहा है, तुम इस तथ्य के प्रति चेतन हो सकते हो। जब तुम इसके प्रति चेतन नहीं हो, तो अवचेतन का इस पर भी ध्यान है, यह वहाँ है।

बहुत-सी चीजें तुम्हारे ध्यान में आएँगी। वैसी चीजें, जो कि मूर्खतापूर्ण प्रतीत होंगी। जो अतर्क्य, अविश्वसनीय, काल्पनिक, दुस्वप्न आदि प्रतीत होंगी। पर तुम अपनी श्वास को ही देखते रहना—और उन मूर्खतापूर्ण चीजों को उभरने देना, उनके प्रति, बस उदासीन रहना। ठीक उसी तरह, जैसे कि सड़क पर अनेक लोग गुज़र रहे हैं—और तुम भी उस रास्ते से गुजर रहे हो, पर उन सबसे तुम्हें कोई प्रयोजन नहीं है।

और तब उन भाव-चित्रों से तुम मुक्त हो जाओगे, उनका रेचन हो जाएगा। और प्रथम सप्ताह के बाद तुम पर एक बिल्कुल ही नई शांति का आविर्भाव होगा। क्योंकि जब तक अचेतन का पूरा निष्कासन नहीं हो जाता है, हम कभी भी पूर्ण मौन को अनुभव नहीं कर पाते। जिस क्षण यह अचेतन निष्कासन के बाद हलका होता है, उसके बाद अचेतन के भीतर कोई शोरगुल नहीं बच रहता है।

उदासी या विषाद का कोई भाव गहरे अचेतन में कहीं दबा पड़ा होगा, तो वह बाहर आएगा और तुमको बिल्कुल आंदोलित और उद्विग्न कर देगा। वह मात्र एक विचार नहीं होगा, बल्कि वह तुम्हारी भावदशा होगी। बहुत सारी चित्तदशाएँ उभरेंगी। कभी बड़ी प्रफुल्लता का अनुभव होगा, तो कभी उदासी का— ये भावदशाएँ हैं।

तो जिस तरह विचारों के प्रति तुम उदासीन रहे हो, उसी तरह इन भावदशाओं के प्रति भी उदासीन रहना, उन्हें आने-जाने देना, वे स्वत: आएँगे और जाएँगे। उनके चलते कोई चिंता की जरूरत नहीं है। वे भी अवचेतन में दबे हैं और उनका निष्कासन होगा। तब उसके बाद कुछ अज्ञात अनुभवों की घटनाएँ घटेंगी।

इस प्रयोग में बहुत कुछ संभव है। हर व्यक्ति को अलग-अलग अनुभव होंगे। लेकिन जो कुछ भी हो, भयभीत मत होना। भयभीत होने की जरा भी आवश्यकता नहीं है।

उदाहरण के लिए तुम्हें अनुभव हो सकता है कि तुम मर रहे हो। और अनुभव इतना तीव्र और स्पष्ट प्रतीत होगा कि और दूसरी कोई संभावना ही नहीं दिखाई पड़ेगी। उसे समग्र-भाव से स्वीकार कर लेना।

विचार, भावदशाएँ, अनुभव—ये सब बड़े तीव्र और सत्य प्रतीत होंगे, उन्हें स्वीकार कर लेना। अगर अनुभव हो कि मृत्यु आ रही है तो उसका स्वागत करना और श्वास पर ध्यान रखना।

अनुभूतियों के प्रति उदासीन रहना कठिन है, पर विचारों और भावदशाओं के प्रति तुम उदासीन रह सकते हो। यह सब घटित होगा। ऐसा लगेगा कि मृत्यु आ रही है—अब सिर्फ एक क्षण की बात है कि तुम करोगे। यह इतना तीव्र होगा कि चारों ओर से यह तुममें प्रवेश करेगा। हर चीज इस घटना के लिए तत्पर और सहयोगी प्रतीत होगी और इससे निकलने का कोई रास्ता नहीं सूझेगा। इसलिए इसे स्वीकार कर लो, इसका स्वागत करो। और जिस क्षण तुम इसका स्वागत करते हो, तुम इसके प्रति उदासीन रहते हो। अगर इससे लड़ने और इसे रोकने की कोशिश करते हो, तो हर चीज विकृत हो जाएगी।

मृत्यु का अनुभव होगा। कभी-कभी लगेगा कि तुम अस्वस्थ हो गए हो। तुम वस्तुत: बीमार नहीं हो, यह अस्वस्थता का भाव भी अवचेतन में दबा है, जो कि अब स्वतंत्र होकर निष्कासित हो रहा है। इसलिए बहुत तरह की बीमारियों का अनुभव होगा, जो एक क्षण पहले बिल्कुल अज्ञात थीं। इनके प्रति भी उदासीनता का भाव रखो और श्वास पर ध्यान बनाए रखो। किसी भी विचार, गतिविधि, भाव या घटना में श्वास पर ध्यान अवश्य रखना चाहिए।

प्रथम सप्ताह के बाद कुछ मानसिक अनुभूतियाँ होंगी। शरीर काफी विशाल लग सकता है या बिल्कुल छोटा।

कभी ऐसा भी प्रतीत हो सकता है कि शरीर है ही नहीं। इस शरीर-शून्यता के बोध से भयभीत न होना। कभी ऐसे क्षण आ सकते हैं कि तुम महसूस ही नहीं कर पाओ कि तुम्हारा शरीर कहाँ पर है? कभी-कभी शरीर तुम्हारे सामने दिखाई पड़ सकता है—बैठा हुआ या लेटा हुआ। पर इससे भयभीत मत होना। बिजली के झटके जैसा भी कभी अनुभव हो सकता है।

प्रत्येक बार जब कोई नया चक्र खुलता है, तो 'बिजली के झटके सदृश' अनुभव होगा। और पूरा शरीर आंदोलित हो उठेगा। इसमें कभी बाधा नहीं डालना, बल्कि इन प्रतिक्रियाओं के साथ सहयोग करना। इसमें अवरोध पैदा करने का अर्थ होगा कि तुम स्वयं के विरोध में चले गए हो। कंपन, झटका, बिजली का झटका, गर्मी, ठंडक—कुछ भी चक्रों पर अनुभव हो, उनके साथ सहयोग करना, तुमने स्वयं इन्हें आमंत्रित किया है, इसलिए रुकावट मत डालना। नहीं तो तुम्हारी ऊर्जा व्यर्थ के अंतरसंघर्ष में उलझ जाएगी।

दूसरे सप्ताह के बाद जो भी घटनाएँ घट रही हैं, उन्हें उदासी-भाव से देखते हुए अगर तुम श्वास पर ध्यान देते रहे, सारी मानसिक अनुभूतियों को अगर स्वीकार करते हुए सहयोग किया, तो तीसरे सप्ताह में पूर्ण शून्यता का बोध होगा। मानो हर चीज मिट गई हो, अनस्तित्व में समा गई हो। सिर्फ शून्यता ही शेष रह जाएगी।

तीसरे सप्ताह के बाद तुम्हें लगेगा, 'इससे बाहर न जाएँ' और पहले सप्ताह के बाद लगेगा कि 'प्रयोग को छोड़कर चले जाएँ।' प्रथम सप्ताह के बाद यह भाव इतना जोर पकड़ता है कि लगता है कि इस नासमझियों से कब निकल भागें। पर इस पर कभी ध्यान मत देना, इक्कीस दिनों के लिए कहीं नहीं जाना है।

एक बार निश्चयपूर्वक अपने मन से कह दो कि इक्कीस दिनों के बाद ही बाहर जाना संभव है, उसके पहले नहीं। इक्कीस दिनों के बाद वाले ये दिन बड़े लाभप्रद होते हैं। अगर तुम आनंद से भरे हो, और ऐसा लगता हो कि इसमें कोई व्यवधान न हो, सिर्फ शून्यता और आनंद में ही रहने की इच्छा हो, तो प्रयोग-अवधि को थोड़ा बढ़ा ले सकते हो– पर इक्कीस दिनों के पहले तो किसी हालत में भी इसे नहीं तोड़ना है।

कोई अनुभव, जिसे तुम लिख लेना चाहते हो, उसे एकांत से बाहर आने के बाद ही लिखना, उससे पूर्व नहीं। प्रयोग के बाद एक-दो समय निकालकर बैठना और सारी चीजें, जो चाहते हो, लिखना। इक्कीस दिन के अंदर तो कुछ भी नहीं लिखना है। कुछ याद करने की कोशिश मत करना। जो कुछ भी भीतर घटित हुआ है, वह स्मृति में पूरी स्पष्टता के साथ अंकित रहेगा, क्योंकि मन ने इसे स्मरण करने की भी कोशिश नहीं की है।

तुम किसी चीज को भूल सकते हो, अगर उसे याद करने की कोशिश किए हो, पर तुम वैसी चीजों को नहीं भूल सकते, जिन्हें याद करने के लिए कभी प्रयास नहीं किए हो। तब वह अपने समग्र रूप में तुम्हारी स्मृति में आएगी। और अगर नहीं आती है, तो इसका अर्थ है कि वह किसी काम की नहीं होगी। इसलिए उसे छोड़ ही देना।

अभी व्यर्थ की चीजों की स्मृतियाँ तुममें भरी हैं। तुम उसे याद करने की कोशिश करते हो, जो कि व्यर्थ है—पर तुम समझते नहीं हो कि वह व्यर्थ है।

मन स्वत: ही कार्य करता है, जो कुछ भी याद रखने-योग्य है, वह सदा ही स्मरण रहता है। इसलिए दिन, तारीख आदि कुछ भी याद करने की कोशिश

मत करना, उसकी कोई आवश्यकता नहीं है। जो भी अनुभूतियाँ घटित हुई हैं, वह तुम सहज ही स्मरण कर पाओगे, जो कुछ भी याद रखने-योग्य है, वह प्रयोग से बाहर आने के बाद भी तुम्हारे साथ होगा। इसलिए जाओ और जितना जल्दी हो सके, इस प्रयोग में उतरो।

कभी-कभी लगता है कि श्वास रुक गई है, ऐसा क्यों होता है?

कभी-कभी तुम श्वास को अनुभव नहीं कर पाओगे। ऐसा नहीं है कि श्वास चल ही नहीं रही है। पर तुम अनुभव इसलिए नहीं कर पाते हो, क्योंकि वह इतनी लयबद्ध हो जाती है कि तुम्हें लगता है कि वह बिल्कुल ठहर गई है। हम सिर्फ बीमारियों को ही अनुभव कर पाते हैं, स्वास्थ्य को नहीं। जब तुम्हारे सिर में दर्द होता है, तभी तुम्हें अपने सिर का पता चलता है। उसी तरह से हमारी श्वास इतनी बेसुरी और अस्वाभाविक है कि उसका हमें पता चलता है, वरना उसका अनुभव नहीं होता है। यह जान लेना चाहिए कि स्वाभाविक, शांत और लयबद्ध होने के बाद भी श्वास चलती रहती है, तब उसका सिर्फ पता-भर नहीं चलता है। पर श्वास-प्रश्वास जारी रहती है।

तुम्हें श्वास पर ध्यान देना है। शुरू में इसका अनुभव होगा, पर धीरे-धीरे यह अनुभव कम होता चला जाएगा, श्वास बड़ी सूक्ष्म होती चली जाएगी। और इसके साथ-साथ स्थूल श्वास पर होश और जागरूकता भी कम होती चली जाएगी, क्योंकि अब तुम्हें सूक्ष्म प्राण पर ध्यान देना है। और तब जैसे ही लगे कि श्वास नहीं चल रही है, तो इस 'अ-श्वास' के प्रति ही होशपूर्ण रहना, इस समस्वरता के प्रति ही होशपूर्ण रहना। तब होश—और जागरूकता ... और गहराई में प्रवेश करेगी।

इसके लिए तुम्हें कोई प्रयास नहीं करना है—बस, तुम जागरूक रहो। और अगर ऐसा लगे कि श्वास का अनुभव नहीं हो रहा है, तो इस 'अ-श्वास' की स्थिति के प्रति भी जागे रहो। यह बड़े ही आनंद का क्षण होगा। जागरूकता जितनी सूक्ष्म होती जाएगी, उतना ही यह प्राण-शरीर के तल तक पहुँचती है। तुम हरदम प्राण-शरीर में स्थित नहीं हो।

जब तुम अपनी श्वास पर ध्यान देते हो, तो सबसे पहले शारीरिक श्वास यानी स्थूल श्वास के प्रति ही जागे होते हो। यह जागरूकता स्थूल श्वास के प्रति है। तुम अपने स्थूल शरीर और श्वसन-यंत्र के प्रति जाग्रत हो, पर अब श्वास का यात्रा-पथ पीछे छूट रहा है। जब यह सूक्ष्म और संगीतपूर्ण हो जाता है, तब तुम प्राण-शरीर के प्रति जाग्रत होते हो, पर श्वास वहाँ क्रियाशील है। हाँ, यह

उतना ज्यादा नहीं होगा—क्योंकि उतनी अधिक श्वास की अब जरूरत नहीं है।

अगर तुम क्रोध में हो तो ज्यादा आक्सीजन की जरूरत पड़ती है, क्रोध में नहीं हो तो उतनी अधिक आक्सीजन की आवश्यकता नहीं रहती है। अगर काम-वेग से पीड़ित हो तो ज्यादा आक्सीजन की जरूरत पड़ती है; और इसीलिए श्वास तीव्र हो जाती है। इसीलिए आवश्यकतानुसार श्वास की मात्रा घटती-बढ़ती रहती है। अगर तुम पूर्ण मौन हो, तो श्वास की जरा भी आवश्यकता नहीं है। इसलिए श्वास उतनी ही चलेगी जितने की आवश्यकता है। न्यून-से-न्यून, जितने से जिंदा रह सकते हो; और जिंदा रहने के लिए बहुत थोड़े की ही जरूरत है। इसलिए इस स्थिति को समझ लो।

तुम्हें एक स्थिति का पता था, जब श्वास का अनुभव होता था। अब एक दूसरी स्थिति के प्रति चैतन्य हो, जबकि श्वास के चलने का अनुभव नहीं हो रहा है। जो भी स्थिति आए, उसके प्रति जागरूक रहो। होश सदा ही मौजूद रहना चाहिए। अगर कुछ भी अनुभव नहीं हो रहा हो, तो इस 'गैर-अनुभव' की स्थिति के प्रति भी जागे रहो। कुछ भी अनुभव नहीं हो रहा है, पर इसका भी होश तुम्हें रहना चाहिए। तुम्हें सो नहीं जाना है, क्योंकि यही क्षण है, जिसकी तुम अपेक्षा कर रहे थे, अगर सो जाते हो तो वह सप्ताह बेकार गया।

जो कुछ भी घटित हो, उसके प्रति सचेतन रहो; श्वास नहीं चल रही है, इसके प्रति भी होश कायम रखो। और पूर्ण शांति में श्वास का अस्तित्व प्राय: नहीं रहता है। बिल्कुल थोड़े की जरूरत है, और उतनी ही श्वास चलती है। मात्रा बहुत घट गई है और लयबद्धता बढ़ गई है, इसलिए श्वास का पता नहीं चलता है।

12. स्वप्न में सचेतन प्रवेश की दो विधियाँ

भगवान श्री, इसे स्पष्ट करने की कृपा करें कि कौन-से ऐसे पहलू हैं, जिससे कि स्वप्न देखते समय भी होश कायम रखा जा सके?

यह उन सभी के लिए महत्त्वपूर्ण सवाल है, जिनकी ध्यान में अभिरुचि है, क्योंकि ध्यान वस्तुत: स्वप्न-प्रक्रिया का अतिक्रमण किया जाना है। तुम सतत् स्वप्न देख रहे हो—न सिर्फ रात्रि में, न सिर्फ निद्रा में—बल्कि तुम पूरे दिन स्वप्न में हो।

यह पहली बात खयाल में ले लेनी चाहिए कि जब तुम जागे हुए हो, उस समय भी तुम स्वप्न देखते हो। दिन में किसी समय आँखें बंद कर लो, शरीर को शिथिल होने दो—और तुम पाओगे कि भीतर स्वप्न चल रहा है। यह कभी

बंद नहीं होता है, यह सिर्फ दैनिक कार्यों के चलते दबा रहता है। यह दिन में 'आकाश के तारों जैसा' है।

रात्रि में तारे दिखाई पड़ते हैं, दिन में दिखाई नहीं पड़ते। पर वे वहाँ हमेशा ही मौजूद हैं। वे सिर्फ सूर्य की रोशनी की वजह से अदृश्य हो गए हैं। अगर तुम एक गहरे कुएँ के भीतर चले जाओ, तो दिन में भी वहाँ से तारों को देख सकते हो। तारों को देखने के लिए अँधेरे की एक खास मात्रा की जरूरत है, तारे आकाश में सदा ही मौजूद हैं। ऐसा नहीं है कि वे रात्रि में ही होते हैं और दिन में नहीं होते हैं, वे हमेशा वहाँ होते हैं।

रात्रि में तुम उन्हें आसानी से देख सकते हो, पर दिन में वे नहीं दिखाई पड़ते, क्योंकि सूर्य की रोशनी बाधा डालती है। वही स्वप्न के संबंध में भी सत्य है। ऐसा नहीं है कि जब तुम सोए होते हो, सिर्फ तभी स्वप्न देखते हो। सोने की हालत में स्वप्न आसानी से अनुभव में आते हैं।

क्योंकि रोजमर्रा के बाह्य क्रिया-कलाप बंद हो जाने के कारण भीतरी क्रिया-कलाप देखे और अनुभव किए जा सकते हैं। सबेरे जब तुम निद्रा से उठते हो, भीतर स्वप्न-प्रक्रिया जारी रहती है—तुम्हारे क्रियाशील हो जाने के बाद भी। ये रोजमर्रा के क्रिया-कलाप सिर्फ स्वप्न को दबा देते हैं, पर स्वप्न जारी रहता है। अपनी आँखें बंद कर लो, आराम कुर्सी पर शरीर को शिथिल छोड़ दो—और अचानक तुम स्वप्न अनुभव कर सकते हो। तारे वहाँ मौजूद हैं, वे कहीं नहीं गए थे। स्वप्न वहाँ हमेशा मौजूद है, उसकी गतिविधि सतत् है।

दूसरी बात—अगर स्वप्न हर क्षण चल रहा हो, तो तुम्हें वस्तुत: जागा हुआ नहीं कहा जा सकता। रात्रि में तुम ज्यादा सोए हुए हो और दिन में थोड़ा कम। अंतर सापेक्ष है, क्योंकि स्वप्न अगर हर क्षण विद्यमान है, तो इस स्थिति को जाग्रत की संज्ञा नहीं दी जा सकती है। जाग्रत तो तुम तभी कहे जा सकते हो, जब भीतर कोई स्वप्न शेष नहीं रह गया हो।

हम बुद्धि को प्रज्ञावान, परम-जाग्रत कहते हैं। यह जागृति क्या है? यह जागृति सभी आंतरिक स्वप्नों की गतिविधियों का ठहर जाना है—अब भीतर कोई स्वप्न नहीं रहा, भीतर गति करते हैं, पर वहाँ अब कोई स्वप्न नहीं है। यह ऐसा ही है, मानो आकाश में अब कोई तारे नहीं रहे, शुद्ध आकाश ही रह गया है। जब स्वप्न-जाल समाप्त हो जाते हैं, तो तुम शुद्ध आकाश बन जाते हो। इस शुद्धता, इस निर्दोषता, इस स्वप्न-शून्य चेतना को ही प्रज्ञा या समाधि कहते हैं।

सदियों से सारे संसार में अध्यात्म ने—पूर्व एवं पश्चिम दोनों ही ने घोषणा

की है कि मनुष्य सोया हुआ है। जीसस यही कहते हैं, बुद्ध यही कहते हैं, उपनिषद् के ऋषि इसी की उद्‌घोषणा करते हैं कि मनुष्य सुषुप्तावस्थ में है। इसलिए जब तुम रात्रि में सोए हुए हो, तो अपेक्षाकृत ज्यादा सोए हुए हो, दिन में अपेक्षाकृत कम सोए हुए हो। इस सदी में गुर्जियेफ ने इस तथ्य पर बहुत जोर डाला है कि मनुष्य सोया हुआ है। उसने कहा है कि मनुष्य एक प्रकार की निद्रा ही है। हर एक गहरी नींद में है।

ऐसा कहने का क्या कारण है? कारण यह है कि तुम नहीं जाते, तुम स्मरण नहीं कर सकते कि तुम कौन हो? क्या तुम्हें पता है कि तुम कौन हो?

रास्ते में कोई तुम्हें मिल जाए और उससे पूछो कि वह कौन है—और वह कोई जवाब न दे पाए, तो तुम उसके संबंध में क्या सोचोगे? तुम समझोगे कि या तो वह पागल है, नशे में है—या सोया हुआ है। अगर वह कौन है का उत्तर नहीं दे पाए, तो तुम उसके संबंध में क्या अनुमान करने जा रहा हो?

अध्यात्म के मार्ग पर प्रत्येक उसी हालत में है। तुम जवाब नहीं दे सकते कि तुम कौन हो। यह पहला अर्थ हुआ, जब गुर्जियेक या जीसस या अन्य कोई कहता है कि मनुष्य सोया हुआ है।

तुम अपने प्रति चेतन नहीं हो। तुम स्वयं को नहीं जानते। तुमने स्वयं का कभी साक्षात्कार नहीं किया है। बाह्य जगत् की बहुत सारी चीजों को तुम जानते हो, पर स्वयं के बारे में तुम्हें कुछ पता नहीं है।

यह आत्म-अज्ञान ही निद्रा है। और जब तक यह स्वप्न पूर्णरूप से समाप्त न हो जाए, तुम स्वयं अपने प्रति जाग्रत नहीं हो सकते। पर एकाएक स्वप्न अगर रुक भी जाए, तो तुम अपने को पहचानने में समर्थ नहीं हो पाओगे, तुम बेहोशी अनुभव करोगे—और घबराहट भी। तुम चेष्टा करोगे पुनः स्वप्न में जाने की, क्योंकि वह ज्ञात है, उससे तुम अच्छी तरह परिचित हो, उससे तुम्हारा तालमेल बैठा हुआ है।

यह कैसे घटित हो? इसके लिए एक मार्ग है। विशेषकर झेन-परंपरा में जो 'सडन-पाथ' के नाम से जाना जाता है। इन एक सौ बारह विधियों में बहुत-सी ऐसी विधियाँ हैं, जो तुम्हें अचानक जाग्रत कर दें। लेकिन वह बहुत ज्यादा हो जाएगा, और तुम इसे झेलने में समर्थ न हो पाओगे। तुन टूट जाओगे, और मर भी सकते हो, क्योंकि स्वप्न के साथ तुम इतने लंबे अरसे तक जीए हो कि स्वप्न-शून्य स्थिति में तुम कौन हो, इसका तुम्हें स्मरण ही नहीं रह गया है। तुम्हें स्मरण ही नहीं रह गया है।

अगर यह पूरा विश्व खो जाए और तुम अकेले छूट जाओ, तो यह इतना बड़ा आघात होगा कि तुम मर जाओगे। यही घटित होगा अगर तुम्हारी चेतना से सारे स्वप्न तिरोहित हो जाएँ। तुम्हारा संसार विदा हो जाएगा, क्योंकि स्वप्न ही तुम्हारा संसार था। हम वस्तुत: संसार में नहीं रहते हैं। हमारे लिए संसार वस्तुत: बाह्य चीजों का जोड़ नहीं है, बल्कि हमारे स्वप्नों का जोड़ है। इसलिए प्रत्येक व्यक्ति अपने निजी स्वप्न-जगत् में जीता है।

ध्यान रहे, यह एक ही संसार नहीं है, जिसकी हम चर्चा करते रहते हैं। भौगोलिक अर्थ में तो ऐसा है, पर मनोवैज्ञानिक अर्थ में जितने मन हैं उतने जगत् हैं। हर एक मन का अपना एक जगत् है; और अगर तुम्हारा स्वप्न बिल्कुल तिरोहित हो जाए, तो तुम्हारा जगत् भी तिरोहित हो जाता है। बिना स्वप्न के तुम्हारे लिए जीना मुश्किल है। यही कारण है कि 'अकस्मात विधि' सामान्यत: प्रयोग में नहीं लाई जाती है, सिर्फ 'क्रमिक-विधि' ही इस्तेमाल की जाती है।

इसे ध्यान में रखना चाहिए कि 'क्रमिक-विधि' का उपयोग इसलिए नहीं किया जाता है कि इसकी कोई अनिवार्यता है। तुम इसी क्षण समाधि में छलांग लगा सकते हो, कोई अवरोध नहीं है। कोई अवरोध नहीं रहा है, तुम सदा से ही वही प्रज्ञा हो। पर उसका अचानक साक्षात्कार खतरनाक और भयानक सिद्ध हो सकता है। तुम उसे झेलने में अपने को सक्षम नहीं पाओगे, वह तुम्हारे लिए बहुत ज्यादा हो जाएगी।

क्रमिक विधि का प्रयोग होता है–इसलिए नहीं कि ज्ञान के लिए समय की आवश्यकता है, ज्ञान के लिए समय की आवश्यकता नहीं है। फिर क्रमिक विधि कौन-सी भूमिका अदा करती है?

वह वस्तुत: तुम्हें सीधा ज्ञान प्राप्ति के लिए मदद नहीं करती, वह तो सिर्फ तुम सत्य को सहन कर सको, इसके लिए तुम्हें तैयार-भर करती है। वह तुम्हें इस योग्य और इतना शक्तिशाली बनाती है, कि जब घटना घटे तो तुम उसे झेल पाओ। इस स्वप्न का, इस गहरी निद्रा का कैसे अतिक्रमण किया जाए, इसके लिए दो आसान विधियों की चर्चा आज मैं करूँगा।

पहली विधि

पहली विधि है–तुम ऐसा व्यवहार करना शुरू करो मानो यह पूरा जगत् एक स्वप्न-मात्र है–जो कुछ भी तुम कर रहे हो, स्मरण रखो कि यह एक स्वप्न है। जब तुम भोजन कर रहे हो, या टहल रहे हो, तो उस समय स्मरण रखो कि यह एक स्वप्न है। जब तक तुम जागे हुए हो, अपने मन को हर क्षण इस स्मरण

से भरे रहने दो कि हर चीज स्वप्न है।

इसे स्मरण रखना, स्वप्न को बदलने के लिए कुछ मत करना, सिर्फ इसे सतत् स्मरण रखना। तीन सप्ताह निरंतर यह स्मरण रखने की कोशिश करो कि तुम जो कुछ भी कर रहे हो, वह स्वप्न है। शुरू में यह कठिन मालूम पड़ेगा, मन के पुराने ढाँचे में तुम बार-बार गिर पड़ोगे और सोचने लगोगे कि यह सत्य है। तुम्हें अपने को सतत् जागरूक रखना पड़ेगा ताकि ध्यान बना रहे कि यह स्वप्न है।

अगर तीन सप्ताह तक लगातार इस धारणा को बरकरार रखते हो, तो चौथे या पाँचवें सप्ताह में, किसी वक्त-स्वप्न देखते वक्त- अचानक तुम्हें स्मरण आएगा कि यह स्वप्न है।

स्वप्न में सचेतन रूप से प्रवेश की यह एक विधि है। और अगर रात्रि में स्वप्न देखते वक्त तुम यह स्मरण रख सकते हो कि यह स्वप्न है, तो दिन में स्मरण रखने में कि यह भी एक स्वप्न है, किसी श्रम की आवश्यकता नहीं पड़ेगी, तब तुम इसे जानोगे।

प्रारंभ में, जब तुम इसका अभ्यास करोगे, तो इस पर विश्वास करके चलना पड़ेगा, इस विश्वास के साथ प्रारंभ करना पड़ेगा कि यह स्वप्न है। लेकिन, रात स्वप्न में जब तुम स्मरण कर सकोगे कि यह स्वप्न है, तो फिर तुम्हारे लिए यह एक तथ्य हो जाएगा। तब सबेरे जागते वक्त तुम्हें ऐसा नहीं लगेगा कि तुम नींद से जाग रहे हो, बल्कि ऐसा लगेगा कि तुम एक स्वप्न से जाग रहे हो और दूसरे में प्रवेश कर रहे हो। तब यह एक तथ्य हो जाएगा और चौबीस घंटे इस स्वप्न का बोध बना रहेगा। तब तुम अपने का स्व-केंद्र पर स्थित पाओगे। तुम अगर स्वप्न देख रहे हो, और उन्हें स्वप्न ही समझ रहे हो, तो स्वप्न-द्रष्टा भी तुम्हारे अनुभव में आने लगेगा।

दूसरी विधि

गुर्जियेफ ने इस दूसरी विधि का उपयोग किया था। यह दूसरी विधि इस्लाम की सूफी-परंपरा से आती है। उन लोगों ने इस पर बड़ी गहराई तक काम किया है।

इस दूसरी विधि में हर क्षण यह स्मरण रखना है कि 'मैं हूँ' जो कुछ भी तुम कर रहे हो, उसमें इस स्मरण को जोड़ लो कि 'मैं हूँ'। तुम पानी पी रहे हो या भोजन कर रहे हो–स्मरण रखो–'मैं हूँ'। खाते जाओ और स्मरण भी कायम रखो कि 'मैं हूँ'। इसे भूलना मत।

यह थोड़ा कठिन है। कारण कि पहले ही तुम समझते हो कि तुम्हें पता

है कि तुम कौन हो। तो फिर इसे स्मरण किए जाने की क्या जरूरत है? तुम कभी स्मरण नहीं करते, पर यह एक बहुत शक्तिशाली प्रयोग है। जब टहल रहे हो, तो स्मरण रखो 'मैं हूँ'।

टहलना जारी रखो, पर निरंतर इस आत्म-स्मरण–'मैं हूँ-मैं हूँ' पर ध्यान रखो। इसे भूलना मत।

तुम मुझे सुन रहे हो, अभी इसे यहीं करके देखो। तुम मुझे सुन रहे हो तो इसे सुनते जाना साथ ही मैं हूँ-मैं हूँ ... इस स्मरण पर ध्यान रखना। इसे मैं हूँ को अपनी चेतना का, होश का अंग बन जाने दो।

यह बड़ा ही कठिन है। लगातार एक मिनट तक भी तुम यह स्मरण कायम नहीं रख सकते हो। कभी कोशिश करो–अपनी घड़ी को अपने सामने रख लो और सेकेंड वाली सुई को देखो। हर सेकेंड को होशपूर्वक देखते जाओ। एक सेकेंड, दो सेकेंड, तीन सेकेंड, इस तरह देखते जाओ।

इसमें दो चीजें करो–सेकेंड वाली सुई की गति को भी देखो और लगातार 'मैं हूँ-मैं हूँ'–इसे भी स्मरण करते रहो, हर सेकेंड के साथ 'मैं हूँ' का भी स्मरण करते जाओ पाँच-छह सेकेंड के अंदर ही तुम अनुभव करोगे कि तुम भूल गए हो। अचानक तुम्हें याद आएगा कि बहुत सेकेंड गुजर गए। और 'मैं हूँ' का मैं स्मरण नहीं रख सका।

लगातार एक मिनट तक भी स्मरण रख पाना एक चमत्कार है। और अगर एक मिनट तक स्मरण रख सकते हो तो यह विधि तुम्हारे काम की है; तब से करो। इस प्रयोग के द्वारा तुम स्वप्न के पार जाने में समर्थ हो पाओगे–और यह जानने में भी कि स्वप्न स्वप्न है।

यह विधि कैसे काम करती है? अगर तुम पूरे दिन 'मैं हूँ' का समरण करते हो, तो यह तुम्हारी नींद में प्रवेश कर जाएगा। और जब तुम स्वप्न देख रहे होओगे, तो लगातार यह भी स्मरण बना रहेगा कि 'मैं हूँ'। अगर स्वप्न में तुम स्मरण रख पाते हो कि मैं हूँ, तो अचानक स्वप्न स्वप्न हो जाते हैं, सत्य नहीं प्रतीत होते। तब स्वप्न तुम्हें धोखा नहीं दे सकता, तब स्वप्न सत्य-जैसा प्रतीत नहीं हो सकता है–यही मेकेनिज़म है।

स्वप्न सत्य जैसा भासता है, क्योंकि आत्मस्मरण को तुम चूक रहे हो तुम, 'मैं हूँ' के स्मरण को चूक रहे हो। अगर स्वयं का समरण नहीं है तो स्वप्न सत्य प्रतीत होने लगते हैं, अगर स्वयं का स्मरण है, तो तथाकथित सत्य स्वप्न हो जाते हैं। यही स्वप्न और सत्य में अंतर है। अगर तुम हो, तो संपूर्ण जगत् स्वप्नवत् है,

अगर तुम स्वयं नहीं हो, तो स्वप्न सत्य हो जाते हैं। इसलिए या तो तुम हो सकते हो, या स्वप्न हो सकता है, दोनों एक साथ नहीं हो सकते हैं।

इसलिए पहली बात–'मैं हूँ' के स्मरण को निरंतर जारी रखो। सिर्फ 'मैं हूँ' इतना ही। 'राम' या 'श्याम' मत कहो। किसी नाम का उपयोग मत करो, क्योंकि तुम वह नहीं हो। सिर्फ उपयोग करो–'मैं हूँ'। हर क्रियाकलाप में इस प्रयोग को जोड़ो और इसे अनुभव करो।

भीतर जितने तुम वास्तविक हो जाते हो, तुम्हारे चारों ओर बाहर का जगत् उतना ही मिथ्या हो जाता है, 'मैं' सत्य हो जाता है और 'जगत' मिथ्या हो जाता है। या तो 'जगत्' सत्य है, या 'मैं' सत्य है, दोनों एक साथ सत्य नहीं हो सकते। अभी तुम अनुभव करते हो कि तुम एक स्वप्न हो, इसलिए जगत सत्य है। जरा जोर को बदलो; स्वयं सत्य बनो और जगत् असत्य हो जाएगा।

गुर्जियेफ ने इस विधि पर निरंतर काम किया। उसके प्रमुख शिष्य पी. डी. ऑस्पेंस्की ने वर्णन किया है कि जब गुर्जियेफ उस पर इस विधि का उपयोग कर रहा था–और उसने तीन महीने तक लगातार 'मैं हूँ-मैं हूँ' के स्मरण का प्रयोग किया, तो तीन महीने के बाद सब कुछ ठहर गया, विचार स्वप्न–सब बंद हो गए, सिर्फ एक ही ध्वनि रह गई–शाश्वत, संगीतनुमा–'मैं हूँ-मैं हूँ '

लेकिन तब यह कोई प्रयास की बात नहीं रही, यह एक सहज क्रिया थी। तब गुर्जियेफ ने ऑस्पेंस्की को कमरे के बाहर बुलाया–तीन महीने तक वह कमरे में बंद रखा गया था और उस बीच बाहर जाने का उसे आदेश नहीं था, और गुर्जियेफ उसे बाहर रास्ते पर ले गया। ऑस्पेंस्की ने अपनी डायरी में लिखा है–

'तब पहली बार मैं समझ पाया कि जीसस के कथन ... कि 'मनुय एक निद्रा है' ... का क्या अर्थ है। मुझे लगा कि पूरा नगर ही सोया हुआ है। लोग सड़कों पर चल रहे हैं निद्रा की हालत में। दुकानदार नींद में ही चीजें बेच रहा है। ग्राहक नींद में ही खरीद रहा है। पूरा नगर सोया हुआ था। मैंने गुर्जियेफ की ओर देखा–सिर्फ वही भर जागा था, बाकी पूरा शहर सोया था।'

वे क्रोध में थे, झगड़ रहे थे, प्रेम कर रहे थे, खरीद-फरोख्त–हर चीज नींद में ही कर रहे थे।

ऑस्पेंस्की कहा है–'अब मैं उनका चेहरा देख सका, उनकी आँखें देख सका–और पाया कि वे निद्रा में हैं; वे वहाँ मौजूद नहीं हैं। अंदर का केंद्र ही खोया हुआ है, वे वहाँ मौजूद नहीं हैं।

ऑस्पेंस्की ने गुर्जियेफ को कहा कि 'शहर के लोगों को क्या हो गया

हैं? प्रत्येक सोया हुआ प्रतीत होता है!'

गुर्जियेफ ने कहा, शहर को कुछ नहीं हुआ है, कुछ तुममें ही घटित हुआ है, तुम्हारी बेहोशी कुछ टूटी है, शहर जैसा-का-तैसा है। यह वही जगह है, जहाँ तीन माह पूर्व तुम घूमा करते थे, पर तुम यह देख नहीं सकते थे कि लोग सोए हुए हैं, क्योंकि तुम खुद ही सोए हुए थे। अब तुम देख सकते हो, क्योंकि तुममें थोड़ी जागरूकता का आविर्भाव हुआ है। 'मैं हूँ' के स्मरण का प्रयोग लगातार तीन महीने तक करने से बहुत थोड़ी-सी मात्रा में तुम होशपूर्ण हुए हो। तुम्हारी चेतना का कुछ हिस्सा स्वप्न-प्रक्रिया का अतिक्रमण कर गया है। यही कारण है कि तुम अब देख सकते हो कि हर एक निद्रा में है, हर एक चलता-फिरता है बेहोशी में—मानो एक सम्मोहन में हो।'

पर यह किसी को भी घटित होगा। अगर तुम स्वयं का स्मरण कर सके, तब तुम जानोगे कि किसी को भी स्वयं का स्मरण नहीं है, और इसी हालत में सारे लोग चल-फिर रहे हैं—पूरा संसार ही सोया हुआ है।

पर जब तक तुम जागे हुए हो, तभी से शुरू करो, हर क्षण 'मैं हूँ' का स्मरण रखो।

मेरा मतलब यह नहीं है कि 'मैं हूँ' शब्द को रटते रहना है, बल्कि वैसा अनुभव करना है।

स्नान कर रहे हो तो अनुभव करो 'मैं हूँ'। ठंडे जल का स्पर्श होने दो, ठंडे जल की शीतलता का अनुभव होने दो—और साथ ही 'मैं हूँ' का स्मरण भी।

ध्यान रहे, मैं यह नहीं कह रहा हूँ कि 'मैं हूँ' शब्द की पुनरावृत्ति करते जाना है। तुम इसे दोहरा सकते हो, पर इससे तुममें कोई होश का आविर्भाव नहीं होगा। पुनरावृत्ति तुम्हारी निद्रा को और गहरी बना सकती है। कुछ लोग हैं, जो बहुत शब्दों को दुहरा रहे हैं, वे 'राम-राम' का जाप करते रहते हैं। इस तरह बिना होश के, बिना जागरूकता के 'राम-राम' दोहराए चले जाने से यह नींद लाने वाली दवाओं जैसा काम करने लगता है।

'मैं हूँ' का स्मरण कोई शाब्दिक मंत्र नहीं है, उसे बोलकर दोहराते नहीं रहना है। उसे अनुभव करो और अपने होने के प्रति संवेदनशील रहो। यह अनुभव, यह संवेदनशीलता तुम्हारे मन की गहरी-से-गहरी पर्तों में समा जानी चाहिए। तब, एक दिन अचानक तुम अपने को पहली बार अपने केंद्र पर जागे हुए पाओगे।

और अब सारा जगत् स्वप्न हो जाता है। और तब तुम जान सकते हो कि तुम्हारे स्वप्न, स्वप्न हैं। और इसे जानते ही स्वप्न तत्काल बंद हो जाते हैं। वे तभी

तक जारी रह सकते हैं, जब तक वे सत्य प्रतीत होते हों। स्वप्न तत्काल बंद हो जाते हैं, जब वे असत्य दिखाई पड़ने लगते हैं। और एक बार स्वप्न के रुकने पर तुम बिल्कुल दूसरे आदमी हो जाते हो, पुराना आदमी मर चुका, सोया हुआ आदमी मर चुका। पहली बार तुम होश से भरते हो। तब पहली बार इस सोए हुए जगत् में तुम जागे हुए होते हो। तुम बुद्ध हो जाते हो—परम-जाग्रत।

इस जागरण के बाद कोई दुख नहीं है। इस जागरण के बाद कोई मृत्यु नहीं है। इस जागरण के बाद अब कोई भय नहीं। तुम पहली बार हर चीज से मुक्त होते हो—परम स्वतंत्रता को उपलब्ध होते हो। घृणा, क्रोध, लालच—सभी गिर जाते हैं, तुम प्रेम हो जाते हो। प्यारे नहीं, तुम सब प्रेम ही बन जाते हो।

13. आत्मोपलब्धि की पाँच तांत्रिक विधियाँ

'विज्ञान भैरव तंत्र'— तंत्र-विद्या का अति प्राचीन व दुर्लभ ग्रंथ है। ओशो के शब्दों में—'इस ग्रंथ से अद्‌भुत ग्रंथ इस पृथ्वी पर दूसरा नहीं है।'

'विज्ञान भैरव तंत्र' में भगवान शिव ने अपनी प्रिया पार्वती को आत्मोपलब्धि की एक सौ बारह विधियाँ बताई हैं।

उन पर ही 1972-73 में ओशो ने अस्सी प्रवचन देकर दूसरी बार इस परम विद्या का अनावरण किया है।

उन अस्सी प्रवचनों में से चुनकर, एक अमृत-प्रवचन इस पुस्तक में दिया जा रहा है।

विज्ञान भैरव के पाँच सूत्र

पहला सूत्र

भृकुटियों के बीच अवधान को स्थिर कर विचार को मन के सामने करो। फिर सहस्रार तक रूप को श्वास-तत्त्व से, प्राण से भरने दो। वहाँ वह प्रकाश की तरह बरसेगा।

दूसरा सूत्र

सांसारिक कामों में लगे हुए, अवधान को दो श्वासों के बीच टिकाओ। इस अभ्यास से थोड़े दिनों में ही नया जन्म होगा।

तीसरा सूत्र

ललाट के मध्य में सूक्ष्म श्वास को, प्राण को टिकाओ। जब वह सोने के क्षण में हृदय तक पहुँच जाएगा, तब स्वप्न और स्वयं मृत्यु पर अधिकार हो जाएगा।

चौथा सूत्र

आत्यंतिक भक्तिपूर्वक श्वास के दो संधि-स्थलों पर केंद्रित होकर ज्ञाता को जान लो।

पाँचवाँ सूत्र

मृतवत् लेटे रहो। क्रोध को क्षुब्ध होकर उसमें ठहरे रहो। या पुतलियों को घुमाए बिना एकदम घूरते रहो। या कुछ चूसो और चूसना बन जाओ।

पहली विधि–शिवनेत्र खोलने की।

'भृकुटियों के बीच अवधान को स्थिर कर विचार को मन के सामने करो। फिर सहस्रार तक रूप को श्वास तत्त्व से प्राण भरने दो। वहाँ वह प्रकाश की तरह बरसेगा।'

यह विधि बहुत गहरी विधियों में से एक है, इसे समझने की कोशिश करो।

'भृकुटियों के बीच अवधान...।

आधुनिक शरीरशास्त्र कहता है, वैज्ञानिक शोध कहती है कि दो भृकुटियों के बीच जो ग्रंथि है, वह शरीर का सबसे रहस्यपूर्ण भाग है, जिसका नाम पाइनिजल ग्रंथि है। यही तिब्बतियों की 'तीसरी आँख' है और यही 'शिवनेत्र' है–तंत्र के शिव का 'त्रिनेत्र'।

दो आँखों के बीच एक तीसरी आँख भी है, लेकिन वह सक्रिय नहीं है। यह है, और यह किसी भी समय सक्रिय हो सकती है। निसर्गत: यह सक्रिय नहीं है। इसको सक्रिय करने के लिए इसके संबंध में तुमको कुछ करना पड़ेगा। यह अंधी नहीं है, सिर्फ बंद है।

यह विधि–तीसरी आँख खोलने की विधि है।

भृकुटियों के बीच अवधान....।

आँखें बंद कर लो और तब दोनों आँखों को भृकुटियों के बीच स्थिर करो। आँखों को बंद रखते हुए ठीक बीच में दृष्टि को स्थिर करो–मानो कि दोनों आँखों से तुम देख रहे हो–और समग्र अवधान को वहीं लगा दो।

यह विधि एकाग्र होने की सबसे सरल विधियों में है। शरीर के किसी दूसरे भाग में इतनी आसानी से तुम अवधान को नहीं उपलब्ध हो सकते। यह ग्रंथि अवधान को अपने में समाहित करने में कुशल है। यदि तुम इस पर अवधान

दोगे, तो आपकी दोनों आँखें तीसरी आँख से सम्मोहित हो जाएँगी। वे थिर हो जाएँगी, वे वहाँ से हिल न सकेंगी। यदि तुम शरीर के किसी दूसरे हिस्से पर अवधान दो तो वहाँ कठिनाई होगी। तीसरी आँख अवधान को पकड़ लेती है, अवधान को मजबूर-सा कर देती है। अवधान के लिए चुंबक का काम करती है।

इसलिए दुनिया-भर की सभी विधियों में इसका समावेश किया गया है। अवधान को प्रशिक्षित करने में यह सरलतम है, क्योंकि इसमें तुम ही चेष्टा नहीं करते, यह ग्रंथि भी तुम्हारी मदद करती है। यह चुंबकीय है, तुम्हारे अवधान को यह बलपूर्वक खींच लेती है। यह उसे समाहित करती है। तंत्र के पुराने ग्रंथों में कहा गया है कि अवधान तीसरी आँख का भोजन है। यह भूखी है, जन्मों-जन्मों से भूखी रही है। जब तुम इसे अवधान देते हो, यह जीवित हो उठती है। जीवित हो उठती है, क्योंकि उसे भोजन मिल गया और जब तुम जान लोगे कि अवधान इसका भोजन है—जान लोगे कि तुम्हारे अवधान को यह चुंबक की तरह खींच लेती है—तब अवधान कठिन नहीं रह जाएगा, सिर्फ सही बिंदु को जानना है।

इसलिए आँखें बंद कर लो और दोनों आँखों को बीच में घूमने दो—और उस बिंदु को अनुभव करो। जब तुम उस बिंदु के करीब होगे, अचानक तुम्हारी आँखें थिर हो जाएँगी। और जब उन्हें हिलाना कठिन हो जाए, तब जाने कि सही बिंदु मिल गया।

'भृकुटियों के बीच अवधान को स्थिर कर विचार को मन के सामने करो।'

अगर यह अवधान प्राप्त हो जाए तो पहली बार एक अद्‌भुत बात तुम्हारे अनुभव में आएगी। पहली बार तुम देखोगे कि तुम्हारे विचार तुम्हारे सामने चल रहे हैं, तुम साक्षी हो जाओगे। जैसे सिनेमा के परदे पर दृश्य देखते हो, वैसे तुम देखोगे—विचार आ रहे हैं और तुम साक्षी हो। एक बार तुम्हारा अवधान त्रिनेत्र केंद्र पर स्थिर हो जाए, तुम तुरंत विचारों के साक्षी हो जाओगे।

आमतौर से तुम साक्षी नहीं होते, तुम विचारों के साथ तादात्म्य कर लेते हो। यदि क्रोध है तो तुम क्रोध हो जाते हो। यदि एक विचार चलता है तो उसके साक्षी होने की बजाए तुम विचार के साथ हो जाते हो, उससे तादात्म्य कर साथ-साथ चलने लगते हो। तुम विचार ही बन जाते हो, विचार का रूप ले लेते हो। जब कामवासना होती है तब तुम कामवासना बन जाते हो। जब क्रोध उठता है, तब क्रोध बन जाते हो, और जब लोभ आता है, तब लोभ ही बन जाते हो। कोई भी विचार तुम्हारे साथ एकात्म हो जाता है और उसके और तुम्हारे बीच अवकाश नहीं रहता।

जब तुम अपनी खिड़की से आकाश को या राह-चलते लोगों को देखते हो, तब तुम उनसे तादात्म्य नहीं करते, तब अलग होते हो, मात्र दर्शक रहते हो—बिल्कुल अलग। वैसे ही, अब जब क्रोध आता है तब तुम उसे विषय की तरह देखते हो, अब तुम वह नहीं सोचते कि मुझे क्रोध हुआ, तुम यही अनुभव करते हो कि तुम क्रोध से घिरे हो, क्रोध की एक बदली तुम्हारे चारों ओर घिर गई है। और जब तुम खुद क्रोध नहीं रहे, तो क्रोध नपुंसक हो जाता है, तब वह तुमको नहीं प्रभावित कर सकता, अब तुम अस्पर्शित रह जाते हो। क्रोध आता है और जाता है, और तुम अपने में केंद्रित रहते हो।

लेकिन तीसरी आँख पर स्थिर होते ही तुम एकाएक साक्षी हो जाते हो। तीसरी आँख के जरिए तुम साक्षी बनते हो। इस शिवनेत्र के द्वारा तुम विचारों को बैठे देख सकते हो—जैसे आसमान पर तिरते बादलों को, या राह-चलते लोगों को देखते हो। यह पाँचवीं विधि साक्षित्व को प्राप्त करने की विधि है।

'भृकुटियों के बीच अवधान को स्थिर कर विचार को मन के सामने करो।' ... अब अपने विचारों को देखो, विचारों का साक्षात्कार करो।

'फिर सहस्रार तक रूप को श्वास-तत्त्व से, प्राण से भरने दें। वहाँ वह प्रकाश की तरह बरसेगा।

जब अवधान भृकुटियों के बीच शिवनेत्र के केंद्र पर स्थिर होता है, तब दो चीजें घटित होती हैं। एक कि तुम एकाएक साक्षी बन जाते हो। और यही चीज दो ढंगों से हो सकती है—एक, तुम साक्षी हो जाओ तो तुम तीसरी आँख पर स्थिर हो जाओगे, साक्षी हो, जो भी हो रहा है उसके साक्षी हो।

तुम बीमार हो, शरीर में पीड़ा है, तुमको दुख और संताप है—जो भी हो, तुम उसके साक्षी रहो, जो भी हो उससे तादात्म्य न करो, बस साक्षी रहो; दर्शक भर। और यदि साक्षित्व संभव हो जाए तो तुम तीसरे नेत्र पर स्थिर हो जाओगे। दूसरा, ठीक इससे उलटा भी हो सकता है—यदि तुम तीसरी आँख पर स्थिर हो जाओ तो तुम साक्षी हो जाओगे। ये दोनों एक ही बात हैं।

इसलिए, पहली बात—तीसरी आँख पर केंद्रित होते ही साक्षी आत्मा का उदय होगा; अब तुम अपने विचारों का सामना कर सकते हो। और दूसरी बात—और अब तुम श्वास-प्रश्वास की सूक्ष्म व कोमल तरंगों को भी अनुभव कर सकते हो, अब तुम श्वसन के रूप को ही नहीं, उसके तत्त्व को, सार को, प्राण को भी समझ सकते हो।

इसका प्रभाव अनुभव किया जा सकता है। जब तुम किसी प्राणवान्

व्यक्ति के पास होते हो, तुम अपने भीतर भी किसी शक्ति को उगते देखते हो। और जब किसी बीमार के पास होते हो, तुमको लगता है कि तुम चूसे जा रहे हो, तुम्हारे भीतर से कुछ निकाला जा रहा है। जब तुम अस्पताल जाते हो, तब थके-थके क्यों अनुभव करते हो? वहाँ चारों ओर से तुम चूसे जाते हो। अस्पताल का पूरा माहौल बीमार होता है और वहाँ सब किसी को अधिक प्राण की, अधिक जीवनी-शक्ति की जरूरत है। इसलिए वहाँ जाकर अचानक तुम्हारा प्राण तुमसे बहने लगता है।

जब तुम भीड़ में होते हो, तुम घुटन क्यों महसूस करते हो? इसलिए कि वहाँ तुम्हारा प्राण चूसा जाने लगता है। और जब तुम प्रात:काल अकेले आकाश के बीच या किसी वृक्ष के नीचे होते हो, तब फिर अचानक तुम अपने में किसी शक्ति का, प्राण का उदय अनुभव करते हो। प्रत्येक को एक खास मात्रा में अवकाश की जरूरत है। और जब वह अवकाश नहीं मिलता है, तुमको घुटन महसूस होती है।

पहले यह समझने की कोशिश करो कि 'रूप' और 'श्वास तत्त्व' का क्या अर्थ है। जब तुम साँस लेते हो, तब सिर्फ वायु की ही साँस नहीं लेते। वैज्ञानिक तो यही कहते हैं कि तुम वायु की ही साँस लेते हो–जिसमें आक्सीजन, हाइड्रोजन तथा अन्य तत्त्व रहते हैं। वे कहते हैं कि तुम वायु की साँस लेते हो। लेकिन तंत्र कहता है कि हवा तो मात्र वाहन है, असली चीज नहीं। दरअसल तुम प्राण की साँस लेते हो। हवा तो माध्यम भर है, प्राण उसका तत्त्व है, सार है। तुम न सिर्फ हवा की, बल्कि प्राण की साँस लेते हो।

तीसरी आँख पर केंद्रित होकर तुम श्वास के सार-तत्त्व को–श्वास नहीं, प्राण को देख सकते हो। और अगर तुम प्राण देख सको तो तुम उस बिंदु पर पहुँच गए, जहाँ से छलाँग लग सकती है, क्रांति घटित हो सकती है।

सूत्र कहता है–'सहस्रार तक रूप को प्राण से भर जाने दो...'। और जब तुमको प्राण का एहसास हो, तब तुम कल्पना करो कि तुम्हारा सिर प्राण से भर गया है। सिर्फ कल्पना करो, किसी प्रयत्न की जरूरत नहीं है।

यह सूत्र कहता है कि जब तुम भृकुटियों के बीच स्थिर हो और प्राण को अनुभव करते हो, तब रूप को भरने दो। अब कल्पना करो कि प्राण तुम्हारे पूरे मस्तिष्क को भर रहा है–विशेषकर सहस्रार को, जो सर्वोच्च मनस्-केंद्र है। उस क्षण तुम कल्पना करो और वह भर जाएगा। कल्पना करो कि वह प्राण तुम्हारे सहस्रार से प्रकाश की तरह बरसे, और वह बरसने लगेगा। और उस प्रकाश की

वर्षा में तुम ताजा हो जाओगे, तुम्हारा पुनर्जन्म हो जाएगा, तुम बिल्कुल नए हो जाओगे। आंतरिक जन्म का यही अर्थ है।

यहाँ दो बातें हैं। एक, तीसरी आँख पर केंद्रित होकर तुम्हारी कल्पना पुंसत्व को, शुद्धि को उपलब्ध हो जाती है। यही कारण है कि शुद्धता पर, पवित्रता पर इतना बल दिया गया है। इस साधना में उतरने के पहले शुद्ध बनो। तंत्र के लिए शुद्धि कोई नैतिक धारणा नहीं है। शुद्धि इसलिए अर्थपूर्ण है कि यदि तुम तीसरी आँख पर स्थिर हुए और तुम्हारा मन अशुद्ध रहा, तो तुम्हारी कल्पना खतरनाक सिद्ध हो सकती है—तुम्हारे लिए भी और दूसरों के लिए भी। यदि तुम किसी की हत्या करने की सोच रहे हो, उसका महज विचार भी मन में है, तो सिर्फ कल्पना से उस आदमी की मृत्यु घटित हो जाएगी। यही कारण है कि शुद्धता पर इतना जोर दिया जाता है।

कई बार तुमने हत्या करने की सोची है, लेकिन भाग्य से वहाँ कल्पना ने काम नहीं किया। यदि वह काम करे, यदि वह तुरंत वास्तविक हो जाए तो वह दूसरों के लिए ही नहीं, तुम्हारे लिए भी खतरनाक सिद्ध होगी। क्योंकि कितनी ही बार तुमने आत्महत्या करने की भी सोची है। अगर मन तीसरी आँख पर केंद्रित है तो आत्महत्या का विचार भी आत्महत्या बन जाएगा। तुमको विचार बदलने का भी समय नहीं मिलेगा। वह तुरंत घटित हो जाएगी। सो जब तुम तीसरे नेत्र पर केंद्रित हो जाओ, तब कल्पना करो कि सहस्रार से प्राण बरस रहा है, जैसे कि तुम किसी वृक्ष के नीचे बैठे हो और फूल बरस रहे हैं, या तुम आकाश के नीचे हो और कोई बदली बरसने लगी, या सुबह में तुम बैठे हो और सूरज उग रहा है और उसकी किरणें बरसने लगी हैं। कल्पना करो और तुरंत तुम्हारे सहस्रार से प्रकाश की वर्षा होने लगेगी। यह वर्षा मनुष्य को पुनर्निर्मित करती है, उसको नया जन्म दे जाती है। तब उसका पुनर्जन्म हो जाता है।

दूसरी विधि—नया जन्म

'सांसारिक कामों में लगे हुए, अवधान को दो श्वासों के बीच टिकाओ। इस अभ्यास से थोड़े ही दिनों में नया जन्म होगा।'

'सांसारिक कामों में लगे हुए, अवधान को दो श्वासों के बीच टिकाओ।'

श्वासों को भूल जाओ और उनके बीच में अवधान को लगाओ। एक साँस भीतर आती है, इसके पहले कि वह लौट जाए, उसे बाहर छोड़ा जाए—वहाँ एक अंतराल होता है।

'सांसारिक कामों में लगे हुए, अवधान को दो श्वासों के बीच टिकाओ।

इस अभ्यास से थोड़े ही दिनों में नया जन्म होगा।'

लेकिन, इसको लगातार करना है, यह छठी विधि निरंतर करने की है। इसलिए कहा गया है–'सांसारिक कामों में लगे हुए।' जो भी तुम कर रहे हो उसमें अवधान को दो श्वासों के अंतराल में स्थिर रखें। लेकिन कामकाज में लगे हुए ही इसे साधना है। इसे सांसारिक कामों में लगे हुए ही करना है, उनसे अलग होकर इसे न करें। यह साधना ही तब करो, जब तुम कुछ और काम कर रहे हो। तुम भोजन कर रहे हो, खाए जाओ और अंतराल पर अवधान रखो; तुम चल रहे हो, चलते जाओ और अंतराल पर अवधान को टिकाओ; तुम सोने जा रहे हो, लेटो और नींद को आने दो–लेकिन तुम अंतराल के प्रति सजग रहो।

कामकाज क्यों? क्योंकि कामकाज मन को विकर्षित करता है। कामकाज में तुम्हारे अवधान को बार-बार बुलाना पड़ता है। विकर्षित न हो; अंतराल में थिर रहो। कामकाज भी न रुके, चलता रहे। तब तुम्हारे अस्तित्व के दो तल हो जाएँगे–करना और होना। अस्तित्व के दो तल हो गए–एक करने का जगत और दूसरा होने का जगत्; एक परिधि है और दूसरा केंद्र। परिधि पर काम करते रहो, रुको नहीं; लेकिन केंद्र पर भी सावधानी से काम करते रहो।

क्या होगा? तुम्हारा कामकाज तब अभिनय हो जाएगा–मानों तुम कोई पार्ट अदा कर रहे हो। उदाहरण के लिए, तुम किसी नाटक में खेल रहे हो, तुम राम बने हो या क्राइस्ट बने हो। यद्यपि तुम राम या क्राइस्ट का अभिनय करते हो, तो भी तुम स्वयं बने रहते हो।

केंद्र पर तुम जानते हो कि तुम कौन हो और परिधि पर तुम राम या क्राइस्ट या किसी का पार्ट अदा करते रहते हो। तुम जानते हो, तुम राम नहीं हो, राम का अभिनय भर कर रहे हो। तुम कौन हो, तुमको मालूम है। तुम्हारा अवधान तुममें केंद्रित है और तुम्हारा काम परिधि पर जारी है।

यदि इस विधि का अभ्यास हो तो पूरा जीवन एक लंबा नाटक बन जाएगा। तुम एक अभिनेता होगे, अभिनय भी करोगे और सदा अंतराल में केंद्रित रहोगे। जब तुम अंतराल को भूल जाओगे, तब तुम अभिनेता नहीं रहोगे, तब तुम कर्त्ता हो जाओगे। तब वह नाटक नहीं रहेगा, उसे तुम भूल से जीवन समझ लोगे। यही हम सबने किया है। हर आदमी सोचता है कि वह जीवन जी रहा है। यह जीवन नहीं है, यह तो एक रोल है, एक पार्ट है–जो समाज ने, परिस्थितियों ने, संस्कृति ने देश की परंपरा ने तुमको थमा दिया है और तुम अभिनय कर रहे हो। और तुम इस अभिनय के साथ तादात्म्य भी कर बैठे हो। उसी तादात्म्य को तोड़ने

के लिए यह विधि है।

यह विधि, छठी विधि, तुमको एक मनोनाट्य, एक खेल बना देती है। तुम दो श्वासों के अंतराल में थिर हो और जीवन परिधि पर चल रहा है। यदि तुम्हारा अवधान केंद्र पर है तो तुम्हारा अवधान परिधि पर नहीं है, परिधि पर जो है, वह उपावधान है, वह कहीं तुम्हारे अवधान के पास घटित होता है। तुम उसे अनुभव कर सकते हो, उसे जान सकते हो, पर वह महत्त्वपूर्ण नहीं है। वह ऐसा है, जैसे तुमको नहीं घटित हो रहा है।

मैं इसे दोहराता हूँ—यदि तुम इस छठी विधि की साधना करो तो तुम्हारा समूचा जीवन ऐसा हो जाएगा, तब स्वप्न और स्वयं मृत्यु पर अधिकार हो जाएगा।'

तुम आधिकाधिक गहरी पर्तों में प्रवेश कर रहे हो।

'ललाट के मध्य में सूक्ष्म श्वास (प्राण) टिकाओ।' अगर तुम तीसरी आँख जान गए हो तो तुम ललाट के मध्य में स्थित सूक्ष्म श्वास को, अदृश्य प्राण को भी जान गए। और तब तुम यह भी जान गए कि वह ऊर्जा, वह प्रकाश बरसता है।

'जब यह हृदय तक पहुँचती है...जब यह वर्षा तुम्हारे हृदय तक पहुँचेगी, सोने के क्षण में, स्वप्न और स्वयं मृत्यु पर अधिकार हो जाएगा।'

इस विधि को तीन हिस्सों में लो। एक—श्वास के भीतर जो प्राण है, जो उसका सूक्ष्म अदृश्य, अपार्थिव अंश है, उसे तुम्हें अनुभव करना होगा। यह तब होता है, जब तुम भृकुटियों के बीच अवधान को थिर रखते हो। तब यह आसानी से घटित होता है। अगर तुम अवधान को अंतराल में टिकाते हो, तो भी घटित होता है, लेकिन उतनी आसानी से नहीं। यदि तुम नाभि-केंद्र के प्रति सजग हो, जहाँ श्वास आता है और छूकर चला जाता है, तो भी यह घटित होता है—पर कम आसानी से। उस सूक्ष्म प्राण को जानने का सबसे सुगम मार्ग है, तीसरी आँख में थिर होना। वैसे तुम जहाँ भी केंद्रित होगे, यह घटित होगा, तुम प्राण को प्रभावित होते अनुभव करोगे।

यदि तुम प्राण को अपने भीतर प्रवाहित होता अनुभव कर सको, तो तुम यह भी जान सकते हो कि कब तुम्हारी मृत्यु होगी। यदि तुम सूक्ष्म श्वास को, प्राण को महसूस करने लगो, तो मरने के छह महीने पहले तुम अपनी आसन्न मृत्यु को जानने लगते हो।

कैसे इतने संत अपनी मृत्यु की तिथि बता देते हैं?

यह आसान है। क्योंकि यदि तुम प्राण के प्रवाह को जानते हो, तो जब उसकी गति उलट जाएगी, तब उसको भी तुम जान लोगे। मृत्यु के छह महीने पहले प्रक्रिया उलट जाती है, प्राण तुम्हारे बाहर जाने लगता है। तब इसके प्रतिकूल श्वास—वही श्वास भीतर लेने की बजाए बाहर निकलने लग जाती है। तुम इसे नहीं जान पाते हो, क्योंकि तुम उसके अदृश्य भाग को नहीं देखते, केवल दृश्य को देखते हो, केवल बाहर को देखते हो। और वाहन तो एक ही रहेगा। अभी श्वास प्राण को भीतर ले जाता है और वहाँ छोड़ देता है। फिर वाहन बाहर खाली वापस जाता है और प्राण से पुनः भरकर भीतर जाता है।

इसलिए याद रखो कि भीतर जानेवाला श्वास और बाहर जानेवाला श्वास, दोनों एक नहीं हैं। वाहन के रूप में तो पूरक श्वास और रेचक श्वास एक ही हैं, लेकिन जहाँ पूरक प्राण से भरा होता है, वहाँ रेचक उससे रिक्त रहता है। तुमने प्राण को पी लिया और श्वास खाली हो गया।

जब तुम मृत्यु के करीब होते हो, तब उलटी प्रक्रिया चालू होती है। भीतर आनेवाला श्वास—पूरक—तब प्राण-विहीन हो जाता है, रिक्त हो जाता है। और चूँकि तुम्हारा शरीर अस्तित्व से प्राण को ग्रहण करने में असमर्थ हो जाता है, इसलिए तुम मरते हो। तुम्हारी जरूरत न रही। पूरी प्रक्रिया उलट जाती है। अब जब श्वास बाहर जाता है तब प्राण को साथ लिए बाहर जाता है। इसलिए जिसने सूक्ष्म प्राण को जान लिया, वह अपनी मृत्यु का दिन भी तुरंत जान सकता है। छह महीने पहले प्रक्रिया उल्टी हो जाती है।

'ललाट के मध्य से सूक्ष्म श्वास (प्राण) को टिकाओ। और जब सोने के क्षण में वह हृदय तक पहुँच जाएगा, तब स्वप्न और स्वयं मृत्यु पर अधिकार हो जाएगा।

जब तुम नींद में उतर रहे हो, तभी इस विधि को साधना है, अन्य समय में नहीं! ठीक सोने का समय इस विधि के अभ्यास के लिए उपयुक्त समय है। तुम नींद में उतर रहे हो, धीरे-धीरे नींद तुम पर हावी हो रही है—क्षणों के भीतर तुम्हारी चेतना लुप्त होगी, तुम अचेत हो जाओगे—उस क्षण के आने के पहले तुम अपने श्वास और उसके सूक्ष्म अंश प्राण के प्रति सजग हो जाओ और उसे हृदय तक जाते हुए अनुभव करो। अनुभव करते जाओ कि यह हृदय तक आ रहा है, हृदय तक आ रहा है। प्राण हृदय से होकर तुम्हारे शरीर में प्रवेश करता है। इसलिए यह अनुभव करते ही जाओ कि प्राण हृदय तक आ रहा है। और इस निरंतर अनुभव के बीच ही नींद को आने दो। तुम अनुभव करते जाओ और नींद

को आने दो, नींद को तुम अपने में समेट लेने दो।

यदि यह संभव हो जाए कि तुम अदृश्य प्राण को हृदय तक जाते देखो और नींद को भी, तो तुम अपने सपनों के प्रति भी सजग हो जाओगे। तब तुमको बोध रहेगा कि तुम स्वप्न देख रहे हो। आमतौर से हम नहीं जानते हैं कि हम स्वप्न देख रहे हैं। जब तुम सपना देखते हो, तब तुम समझते हो कि यह यथार्थ ही है, वह भी तीसरी आँख के कारण ही संभव होता है।

क्या तुमने किसी को नींद में देखा है? उसकी आँखें ऊपर चली जाती हैं और तीसरी आँख में थिर हो जाती हैं। यदि नहीं देखा है तो देखो। आपका बच्चा सोया है, उसकी आँखें खोलकर देखा कि उसकी आँखें कहाँ हैं? उसकी आँख की पुतलियाँ ऊपर चढ़ी हैं और त्रिनेत्र पर केंद्रित हैं। मैं कहता हूँ कि बच्चों को देखो, सयानों को नहीं। सयाने भरोसे योग्य नहीं हैं, क्योंकि उनकी नींद गहरी नहीं होती, वे सोचते भर हैं कि सोये हैं। बच्चों को देखो, उनकी आँखें ऊपर को चढ़ जाती हैं।

इसी तीसरी आँख में थिरता के कारण तुम अपने सपनों को सच मानते हो, तुम यह नहीं समझ सकते कि वे सपने हैं। वह तुम तब जानोगे, जब सुबह जागोगे। तब तुम जानोगे कि मैं स्वप्न देख रहा था, लेकिन वह बाद का अनुदर्शन है। स्वप्न में तुम नहीं समझ सकते कि यह स्वप्न है। यदि समझ जाओ तो दो तल हो गए—स्वप्न है और तुम सजग हो, जागरूक हो।

जो नींद में स्वप्न के प्रति जाग सके, उसके लिए यह सूत्र चामत्कारिक है। यह कहता है—स्वप्न पर और स्वयं मृत्यु पर अधिकार हो जाएगा।' यदि तुम स्वप्न के प्रति जागरूक हो जाओ, तो तुम दो काम कर सकते हो, एक कि तुम स्वप्न नहीं पैदा कर सकते। आमतौर से तुम स्वप्न नहीं पैदा कर सकते। आदमी कितना नपुंसक है। तुम स्वप्न भी नहीं पैदा कर सकते। अगर तुम कोई खास स्वप्न देखना चाहो तो नहीं देख सकते, यह तुम्हारे हाथ में नहीं है। मनुष्य कितना शक्तिहीन है। स्वप्न भी उससे नहीं निर्मित किए जा सकते। तुम स्वप्नों के शिकार भर हो, उनके स्रष्टा नहीं। स्वप्न तुममें घटित होता है, तुम कुछ नहीं कर सकते। न तुम उसे रोक सकते हो, न उसे पैदा कर सकते हो।

लेकिन अगर तुम यह देखते हुए नींद में उतरो कि हृदय प्राण से भर रहा है, निरंतर हर श्वास में प्राण से स्पर्शित हो रहा है, तो तुम अपने स्वप्नों के मालिक हो जाओगे। और यह मालकियत बहुत अनूठी है, दुर्लभ है। तब तुम जो स्वप्न भी देखना चाहो, देख सकते हो। ठीक सोने के समय भाव करो कि मैं

यह स्वप्न देखना चाहता हूँ, और तुम वह स्वप्न देख लोगे। और सोते समय कहो कि मैं फलाँ स्वप्न नहीं देखना चाहता, और वह स्वप्न कभी तुम्हारे मन में प्रवेश नहीं करेगा।

लेकिन अपने स्वप्नों का मालिक बनने का क्या प्रयोजन है? क्या यह व्यर्थ नहीं है?

नहीं, यह व्यर्थ नहीं है। एक बार तुम स्वप्नों के मालिक हो गए, तो दुबारा तुम स्वप्न नहीं देखोगे, वह व्यर्थ हो गया। जब तुम स्वप्नों के मालिक होते हो, स्वप्न बंद हो जाते हें, उनकी जरूरत नहीं रह जाती। और जब स्वप्न बंद होते हैं, तब तुम्हारी नींद का गुण-धर्म ही और होता है। वह गुण-धर्म वही है, जो मृत्यु का है।

मृत्यु गहन नींद है। अगर तुम्हारी नींद मृत्यु की तरह गहरी हो जाए, तो उसका अर्थ है कि सपने विदा हो गए। सपने नींद को उथली बना देते हैं सपनों के चलते तुम सतह पर ही घूमते रहते हो। सपनों में उलझे रहने के कारण तुम्हारी नींद उथली हो जाती है। और जब सपने नहीं रहते, तब तुम नींद के समुद्र में उतर जाते हो, उसकी गहराई छू लेते हो। वही मृत्यु है।

इस विधि के द्वारा पहले तो तुम स्वप्नों के मालिक हो जाओगे। उसका अर्थ हुआ कि सपना बंद हो जाएगा। या यदि तुम खुद सपना देखना चाहोगे तो देख भी सकते हो। लेकिन तब तक वह ऐच्छिक सपना होगा। वह अनिवार्य नहीं रहेगा, वह तुम पर लादा नहीं जाएगा, तुम उसके शिकार नहीं होगे। और तब तुम्हारी नींद का गुण-धर्म ठीक मृत्यु-जैसा हो जाएगा, तब तुम जानोगे कि मृत्यु भी नींद है।

इसीलिए यह सूत्र कहता है-'नींद और स्वयं मृत्यु पर अधिकार हो जाएगा।' अब तुम जानोगे कि मृत्यु एक लंबी नींद है, और वह सहयोगी है-और सुंदर भी। क्योंकि वह तुमको नवजीवन देती है, वह तुमको सब-कुछ नया देती है फिर तो मृत्यु भी समाप्त हो जाती है। स्वप्न के शेष होते ही मृत्यु समाप्त हो जाती है।

मृत्यु पर नियंत्रण पाने, अधिकार पाने का दूसरा अर्थ भी है। अगर तुम समझ लो कि मृत्यु नींद है, तो तुम उसको निर्देश दे सकते हो। और अगर तुम अपने सपनों को निर्देश दे सकते हो तो मृत्यु को भी दे सकते हो। तब तुम चुनाव कर सकते हो कि तुम कहाँ पैदा हो, कब पैदा हो, किससे पैदा हो, और किस रूप में पैदा हो। तब तुम अपने जन्म के भी मालिक हो गए।

यह सूत्र कहता है-...'स्वयं मृत्यु पर।' तब कोई व्यक्ति अपने को एक विशेष तरह का जन्म भी दे सकता है, विशेष तरह का जीवन भी दे सकता है।

हम लोग तो शिकार हैं। हम नहीं जानते हैं कि क्यों जनमते हैं और क्यों मरते हैं? कौन हमें निर्देशित करता है और क्यों? कोई कारण नहीं दिखाई देता। सब कुछ अराजकता, आकस्मिकता-जैसा है। ऐसा इसलिए है कि हम मालिक नहीं हैं। एक बार मालिक हो जाएँ तो फिर ऐसा नहीं रहेगा।

चौथी विधि–आत्यंतिक भक्तिपूर्वक

'आत्यंतिक भक्तिपूर्वक श्वास के दो संधि-स्थलों पर केंद्रित होकर ज्ञाता को जान लो।'

इन विधियों के बीच जरा-जरा भेद है, जरा-जरा रूपांतरण है। और यद्यपि विधियों में वे जरा-जरा से हैं तो भी तुम्हारे लिए वे भेद बहुत हैं। अकेला एक शब्द बहुत फर्क पैदा करता है। 'आत्यंतिक भक्तिपूर्वक श्वास के दो संधि-स्थलों पर केंद्रित होकर..।'

भीतर आनेवाले श्वास का एक संधि-स्थल है, जहाँ से वह लौटता है। और बाहर जानेवाले श्वास का भी वैसा ही दूसरा संधि-स्थल है। इन दो संधि-स्थलों .. (उनकी चर्चा हम कर चुके हैं।) .... के साथ यहाँ जरा-सा भेद किया गया है। हालांकि यह भेद विधि में तो जरा-सा ही है, लेकिन साधक के लिए बड़ा भेद है। एक ही शर्त जोड़ी गई है–'आत्यंतिक भक्तिपूर्वक', ... और पूरी विधि बदल जाती है।

इसके प्रथम रूप में भक्ति का सवाल नहीं था। वह मात्र वैज्ञानिक विधि थी। तुम प्रयोग करो और वह काम करेगी। लेकिन लोग हैं जो ऐसी शुष्क, वैज्ञानिक विधियों पर काम नहीं करेंगे। इसलिए जो हृदय की ओर झुके हैं, जो भक्ति के जगत् के हैं, उनके लिए जरा-सा भेद किया गया है-'आत्यंतिक भक्ति, प्रेम, श्रद्धा के साथ श्वास के दो संधि-स्थलों पर केंद्रित होकर ज्ञाता को जान लो।'

अगर तुम वैज्ञानिक रुझान के नहीं हो, अगर तुम्हारा मन वैज्ञानिक नहीं है तो तुम इस विधि को प्रयोग में लाओ। आत्यंतिक भक्ति, प्रेम, श्रद्धा के साथ श्वास के दो संधि-स्थलों पर केंद्रित होकर ज्ञाता को जान लो। यह कैसे संभव होगा? भक्ति तो किसी के प्रति होती है; चाहे वो कृष्ण हो या क्राइस्ट। लेकिन तुमको स्वयं के प्रति, श्वास के दो संधि-स्थलों के प्रति भक्ति कैसे होगी? यह तत्त्व तो गैर-भक्तिवाला है। लेकिन व्यक्ति-व्यक्ति पर निर्भर है।

तंत्र का कहना है कि शरीर मंदिर है। तुम्हारा शरीर परमात्मा का मंदिर

है, उसका निवास-स्थान है। इसलिए इसे मात्र अपना शरीर या एक वस्तु न मानो। यह पवित्र है, धार्मिक है। जब तुम एक श्वास भीतर ले रहे हो, तब तुम ही श्वास नहीं ले रहे हो, तुम्हारे भीतर परमात्मा भी श्वास ले रहा है। तुम चलते-फिरते हो इसे इस तरह देखो—आप नहीं, स्वयं परमात्मा ही तुममें चल रहा है। तब सब चीज पूरी तरह भक्तिपूर्ण हो जाती है।

अनेक संतों के बारे में कहा जा सकता है कि वे अपने शरीर को प्रेम करते थे। वे उसके साथ ऐसा व्यवहार करते थे, मानो वे शरीर उनकी प्रेमिकाओं के रहे हों। तुम भी अपने शरीर को यह व्यवहार दे सकते हो। उसके साथ यंत्रवत् व्यवहार भी कर सकते हो। वह भी एक रुझान है, एक दृष्टि है। तुम इसे अपराधपूर्ण, पाप-भरा और गंदा भी मान सकते हो। और इसे चमत्कार भी समझ सकते हो, परमात्मा का घर भी समझ सकते हो। यह तुम पर निर्भर है। यदि तुम अपने शरीर को मंदिर मान सको, तो यह विधि तुम्हारे काम आ सकती है—'आत्यंतिक भक्तिपूर्वक...।'

जब तुम भोजन कर रहे हो, तब इसका प्रयोग करो। यह न सोचो कि तुम भोजन कर रहे हो, सोचो कि परमात्मा तुममें भोजन कर रहा है। और तब परिवर्तन को देखो। तुम वही चीज खा रहे हो; तुम ही खा रहे हो, लेकिन तुरंत सब कुछ बदल जाता है। अब तुम परमात्मा को भोजन दे रहे हो। तुम स्नान करते हो, कितना मामूली, अदना काम है। लेकिन दृष्टि बदल दो, अनुभव करो कि तुम अपने में परमात्मा को स्नान करा रहे हो। तब यह विधि आसान होगी—'आत्यंतिक भक्तिपूर्वक श्वास के दो संधि-स्थलों पर केंद्रित होकर ज्ञाता को जान लो।'

पाँचवी विधि—मृतवत् हो जाना

'मृतवत् लेट रहो। क्रोध से क्षुब्ध होकर भी उसमें ही ठहरे रहो। या पुतलियों को घुमाए बिना घूरते रहो। या कुछ चूसो और चूसना बन जाओ।'

'मृतवत् लेट रहो..।' प्रयोग करो कि तुम एकाएक मर गए हो। शरीर को छोड़ दो, क्योंकि तुम मर गए हो। मात्र कल्पना करो कि मैं मृत हूँ, मैं शरीर को नहीं हिला सकता हूँ, आँख भी नहीं हिला सकता हूँ, मैं चीख भी नहीं सकता हूँ, रो भी नहीं सकता हूँ, मैं कुछ भी नहीं कर सकता हूँ, मैं मरा हुआ हूँ। और तब देखो कि कैसा लगता है। लेकिन अपने को धोखा मत दो। तुम शरीर को थोड़ा हिला सकते हो, नहीं हिलाओ नहीं। यदि मच्छर भी जा आए, तो भी शरीर को मृत ही समझो।

यह एक बहुत व्यवहृत विधि है; बहु-व्यवहृत विधि। 'मृतवत् लेट रहो;

क्रोध से हूँ, क्षुब्ध होकर उसमें ही ठहरे रहो।

सही बात है कि जब तुम मर रहे हो तो वह कोई सुख का क्षण नहीं होगा। वह आनंदपूर्ण नहीं हो सकता, जब तुम देखते हो कि तुम मर रहे हो। भय पकड़ेगा; मन में क्रोध उठेगा, या विषाद, उदासी, शोक, संताप–कुछ भी पकड़ सकता है। व्यक्ति-व्यक्ति में फर्क होगा।

सूत्र कहता है–'क्रोध से क्षुब्ध होकर उसमें ही ठहरे रहो, स्थिर रहो।' अगर तुमको क्रोध घेरे तो उसमें ही स्थित रहो; अगर उदासी घेरे तो उसमें भी। भय, चिंता, कुछ भी हो, उसमें ही ठहरे रहो, डटे रहो। तुम मर गए हो, फिर तुम क्या कर सकते हो? इसलिए वैसे-के-वैसे स्थित रहो। जो भी मन में हो, उसे वैसा ही रहने दो, क्योंकि शरीर तो मर चुका है।

यह ठहरना बहुत सुंदर है। अगर तुम कुछ मिनटों के लिए भी ठहर गए तो तुम पाओगे कि सब कुछ बदल गया। लेकिन हम हिलने लगते हैं। यदि मन में कोई आवेग उठता है, तो शरीर हिलने लगता है। उदासी आती है, तो भी शरीर हिलता है। इसे 'आवेग' इसीलिए कहते हैं कि वह शरीर में वेग पैदा करता है। मृतवत् महसूस करो और आवेगों को शरीर हिलाने की इजाजत मत दो। वे वहाँ रहें और तुम भी रहो–थिर, मृतवत्। कुछ भी हो, पर हलचल नहीं हो, गति नहीं हो, बस ठहरे रहो।

'या पुतलियों को घुमाए बिना घूरते रहो।'

यह–'या पुतलियों को घुमाए बिना घूरते रहो'–मेहर बाबा की विधि थी। वर्षों वे अपने कमरे की छत को घूरते रहे, निरंतर ताकते रहे। वर्षों वे जमीन पर मृतवत् पड़े रहे और पुतलियों को, आँखों को हिलाए बिना छत को एकटक देखते रहे। ऐसा वे लगातार घंटों, बिना कुछ किए, घूरते रहते थे, टकटकी लगाकर देखते रहते थे।

आँखों से घूरना अच्छा है, क्योंकि उससे तुम फिर तीसरी आँख में स्थिर हो जाते हो। और एक बार तुम तीसरी आँख में थिर हो गए, तो चाहने पर भी तुम पुतलियों को नहीं घुमा सकते। वे भी थिर हो जाती हैं–अचल।

मेहर बाबा इसी घूरने के जरिए उपलब्ध हो गए। और तुम कहते हो कि इन छोटे-छोटे अभ्यासों से क्या होगा। लेकिन मेहर बाबा लगातार तीन वर्षों तक बिना कुछ किए छत को घूरते रहे थे। तुम सिर्फ तीन मिनट के लिए ऐसी टकटकी लगाओ, और तुमको लगेगा कि तीन वर्ष गुजर गए। तीन मिनट भी बहुत लंबा समय मालूम पड़ेगा–लगेगा कि समय नहीं चलता है और घड़ी बंद हो गई

है। लेकिन मेहर बाबा घूरते ही रहे, घूरते ही रहे। धीरे-धीरे विचार मिट गए, गति बंद हो गई। और मेहर बाबा मात्र चेतना रह गए। वे मात्र घूरना बन गए, टकटकी बन गए। और तब वे आजीवन मौन रह गए। टकटकी के द्वारा वे अपने भीतर इतने शांत हो गए कि उनके लिए फिर शब्द-रचना असंभव हो गई।

'या पुतलियों को घुमाए बिना ताकते रहो। या किसी चीज को चूसो और चूसना बन जाओ।'

यहाँ जरा-सा रूपांतरण है। कुछ भी काम दे देगा। तुम मर गए, यही काफी है। 'क्रोध से क्षुब्ध होकर उसमें ठहरे रहो।' केवल यह अंश एक विधि बन सकता है। तुम क्रोध में हो, लेट रहो और क्रोध में स्थित रहो, पड़े रहो। इससे हटो नहीं, कुछ करो नहीं, स्थिर पड़े रहो। कृष्णमूर्ति इसी की चर्चा किए चले जाते हैं। उनकी पूरी विधि इस एक चीज पर निर्भर है– 'क्रोध से क्षुब्ध होकर उसमें ठहरे रहो।'

यदि तुम क्रुद्ध हो और क्रुद्ध रहो– उससे हिले नहीं; हटे नहीं। और अगर तुम वैसे ठहर सको तो क्रोध चला जाएगा। और तुम दूसरे आदमी होकर उससे निकलोगे। और एक बार तुमने क्रोध को, उससे आंदोलित हुए बिना देख लिया कि तुम उसके मालिक हो गए।

'या पुतलियों को घुमाए बिना एकटक घूरते रहो। या किसी चीज को चूसो और चूसना बन जाओ।'

यह अंतिम विधि शारीरिक है और प्रयोग में सुगम है। क्योंकि चूसना पहला काम है, जो कि कोई बच्चा करता है। चूसना जीवन का पहला कृत्य है। बच्चा जब पैदा होता है, तब वह पहले रोता है। तुमने यह जानने की कोशिश नहीं की होगी कि बच्चा क्यों रोता है? सच में वह रोता नहीं है, वह रोता हुआ मालूम पड़ता है। वह सिर्फ हवा को पी रहा है, चूस रहा है। अगर वह नहीं रोए तो मिनटों के भीतर वह मर जाएगा। क्योंकि रोना हवा लेने का पहला प्रयत्न है। जब वह पेट में था, बच्चा साँस नहीं लेता था, बिना साँस लिए वह जीता था। वह वही क्रिया कर रहा था, जो भूमिगत समाधि लेने पर योगीजन कर रहा था।

सूत्र कहता है–'या किसी चीज को चूसो और चूसना बन जाओ।' किसी भी चीज को चूसो। हवा को चूसो, लेकिन तब हवा को भूल आओ और चूसना ही बन जाओ। इसका क्या अर्थ हुआ?

तुम कुछ चूस रहे हो, इसमें तुम चूसने वाले हो, चोषण नहीं। तुम चोषण के पीछे खड़े हो। यह सूत्र कहता है कि पीछे मत खड़े रहो। कृत्य में सम्मिलित

हो जाओ और चोषण बन जाओ। किसी चीज से भी तुम प्रयोग कर सकते हो। अगर तुम दौड़ रहे हो तो दौड़–दौड़ना ही बन जाओ; दौड़ने वाले न रहो। दौड़ना बन जाओ; दौड़ बन जाओ और दौड़नेवाले को भूल जाओ। अनुभव करो कि भीतर कोई दौड़नेवाला नहीं है, मात्र दौड़ने की प्रक्रिया है। वह प्रक्रिया तुम हो–सरिता-जैसी प्रक्रिया। भीतर कोई नहीं है, भीतर सब शांत हैं। और केवल यह प्रक्रिया है।

चूसना, चोषण–अच्छा है, लेकिन तुमको यह कठिन मालूम पड़ेगा, क्योंकि हम इसे बिल्कुल भूल गए हैं। यह कहना भी ठीक नहीं है कि बिल्कुल भूल गए हैं, क्योंकि हम उसका विकल्प तो निकालते रहते हैं। माँ के स्तन की जगह सिगरेट ले लेती है और तुम उसे चूसते रहते हो। यह स्तन ही है–माँ का स्तन, मा का चुचुक। और जो गर्म धुआँ निकलता है, वह माँ का गर्म दूध है।

इसलिए छुटपन में जिनको माँ के स्तन के पास उतना नहीं रहने दिया गया, जितना वे चाहते थे, वे पीछे चलकर धूम्रपान करने लगते हैं। यह विकल्प है और विकल्प से भी काम चल जाएगा। इसलिए अगर तुम सिगरेट पीते हो, तो धूम्रपान ही बन जाओ। सिगरेट को भूल जाओ, पीनेवाले को भूल जाओ और धूम्रपान ही बने रहो।

एक विषय है, जिसे तुम चूसते हो, विषयी है जो सूचता है, और उसके बीच चूसने की, चोषण की प्रक्रिया है। तुम चोषण बन जाओ, प्रक्रिया बन जाओ।

इसे प्रयोग करो। पहले कई चीजों से प्रयोग करना होगा और तब तुम जानोगे कि तुम्हारे लिए क्या चीज सही है। तुम पानी पी रहे हो। ठंडा पानी भीतर जा रहा है। तुम पीना बन जाओ। पानी न पीओ, पानी को भूल जाओ, अपने को भूल जाओ, अपनी प्यास को भी, औ मात्र पीना बन जाओ, प्रक्रिया बन जाओ। प्रक्रिया में ठंडक है, स्पर्श है, प्रवेश है और पीना है–वही सब बन रहो।

क्या होगा?... यदि तुम चोषण बन जाओ तो क्या होगा?

यदि तुम चाषण बन जाओ तो तुम निर्दोष हो जाओगे–ठीक वैसा, जैसा प्रथम दिन जनमा हुआ शिशु होता है। क्योंकि वह प्रथम प्रक्रिया है। एक तरह से तुम पीछे की ओर यात्रा करोगे। लेकिन उसकी ललक, लालसा भी तो है। आदमी का पूरा अस्तित्व उस स्तन-पान के लिए लालायित है, तड़पता है। इसके लिए वह कई प्रयोग करता है, लेकिन कुछ भी काम नहीं आता, क्योंकि मूल बिंदु ही खो रहा है। जब तक तुम चूसना नहीं बन जाते, तब तक कुछ भी काम नहीं आएगा। इसलिए इसे प्रयोग में लाओ।

एक आदमी को मैंने यह विधि दी थी। उसने कई विधियाँ प्रयोग की थीं, तब वह मेरे पास आया। उससे मैंने कहा—यदि मैं समूचे संसार में से केवल एक चीज ही तुम्हें चुनने को कहूँ, तो तुम क्या चुनोगे? और मैंने तुरंत उसे यह भी कहा कि आँख बंद करो और इस पर कुछ भी सोचे बिना मुझे बताओ।

जब वह डरने लगा, झिझकने लगा, तब मैंने कहा—न डरो और न झिझको, मुझे स्पष्ट बताओ। उसने कहा—यह तो बेहूदा मालूम पड़ता है, लेकिन मेरे सामने एक स्तन उभर रहा है। और यह कहकर वह अपराधी अनुभव करने लगा। तब मैंने कहा—मत अपराध अनुभव करो, स्तन में गलत क्या है? सर्व-सुंदर चीजों में स्तन एक है, फिर अपराध-भाव क्यों?

लेकिन उस आदमी ने कहा—यह चीज तो मेरे लिए ग्रस्तता बन गई है। इसलिए अपनी विधि बताने के पहले आप कृपा कर यह बताएँ कि मैं क्यों स्त्रियों के स्तनों में इतना उत्सुक हूँ? जब भी मैं किसी स्त्री को देखता हूँ पहले उसका स्तन ही मुझे दिखाई देता है। शेष शरीर उतने महत्त्व का नहीं रहता। और यह बात उसके साथ ही लागू नहीं है। क्योंकि केवल साथ-साथ प्रत्येक के साथ यह लागू है। और यह बिल्कुल स्वाभाविक है, क्योंकि माँ का स्तन ही जगत् के साथ आदमी का पहला परिचय बनता है। यह बुनियादी है।

जगत् के साथ पहला संपर्क माँ का स्तन बनता है। यही कारण है कि स्तन में इतना आकर्षण है, स्तन इतना सुंदर लगता है, उसमें एक चुंबकीय शक्ति है। यह चुंबकीय शक्ति तुम्हारे अचेतन से आती है, वह पहली चीज है, जिसके साथ तुम संपर्क में आए और यह संपर्क मधुर था, बहुत मधुर था। यह सुंदर लगा। इसी ने भोजन दिया, शक्ति दी, प्रेम दिया, सब कुछ दिया। यह संपर्क कोमल, ग्रहणशील और निमंत्रण जैसा। और यह मनुष्य के मन में सदा वैसा ही बना रहा है।

इसलिए मैंने उस व्यक्ति से कहा था कि मैं तुमको विधि दूँगा। और यही विधि थी, जो मैंने उसे दी। किसी चीज को चूसो और चूसना बन जाओ।

मैंने बताया कि 'आँख बंद कर लो और अपनी माँ का स्तन याद करो। या और कोई स्तन, जो तुम्हें पसंद हो। कल्पना करो और ऐसे चूसना शुरू करो कि वह असली स्तन है। शुरू करो।

उसने चूसना शुरू किया। तीन दिनों के अंदर वह इतनी तेजी से, इतने पागलपन के साथ चूसने लगा और वह इसके साथ इतना मंत्रविद्ध-सा हो गया कि उसने एक दिन आकर मुझसे कहा—यह तो समस्या बन गई है—रात-दिन मैं

चूसता ही रहा हूँ। और यह इतना सुंदर है और इससे ऐसी गहरी शांति पैदा होती है। और तीन महीनों के भीतर उसका चोषण एक मौनमुद्रा बन गया। तुम समझ नहीं सकते कि वह कुछ कर रहा है। लेकिन अंत में चूसना जारी था। सारी समय यह चूसता रहता। यह जप बन गया।

तीन महीने बाद उसने मुझसे कहा, 'कुछ अनूठा मेरे साथ घटित हो रहा है। निरंतर कुछ मीठा द्रव्य मेंरे सिर से मेरी जीभ पर बरसता है और यह इतना मीठा और शक्तिदायक है कि मुझे किसी और भोजन की जरूरत नहीं नहीं। भूख समाप्त हो गई और भोजन मात्र औपचारिक हो गया है। परिवार में समस्या बने इसलिए मैं दूध पी लेता हूँ। लेकिन कुछ मुझे मिल रहा है, जो बहुत मीठा, बहुत जीवनदायी है। मैंने उसे यह विधि जारी रखने को कहा।

तीन महीने और– और वह एक दिन नाचता हुआ, पागल-सा मेरे पास आया और बोला–'चूसना तो चला गया; लेकिन अब मैं दूसरा ही आदमी हूँ। अब मैं वहीं नहीं हूँ, जो आपके पास आया था। मेरे लिए कोई द्वार खुल गया है। कुछ टूट गया है और कोई आकांक्षा शेष नहीं रही। अब मैं कुछ भी नहीं चाहता–न परमात्मा, न मोक्ष। अब जो है, जैसा है, ठीक है। मैं उसे स्वीकारता हूँ और आनंदित हूँ।'

इसे प्रयोग में लाओ। किसी चीज को चूसों और चूसना बन जाओ। यह अनेक के लिए उपयोगी होगा, क्योंकि यह इतना आधारभूत है।

14. सजग मृत्यु और शरीर से अलग होने की विधि

मनुष्य के संकल्प की बड़ी संभावनाएँ हैं, लेकिन हमें कुछ खयाल में नहीं हैं। मृत्यु का स्वेच्छा से प्रयोग संकल्प का गहरे से गहरा प्रयोग है। क्योंकि साधारणत: जीवन के पक्ष में संकल्प करना कठिन नहीं हैं– हम जीना ही चाहते हैं। मृत्यु के पक्ष में संकल्प करना बहुत कठिन है।

लेकिन, जिन्हें भी सच में ही जीने का पूरा अर्थ जानना हो, उन्हें एक बार मरकर जरूर देखना चाहिए। क्योंकि बिना मरकर देखे वे कभी नहीं जान सकेंगे कि उनके पास कैसा जीवन है। एक बार वे स्वेच्छा से मरकर देख लें। फिर मृत्यु है ही नहीं।

सिर्फ पूर्ण संकल्प से कि मेरी चेतना सिकुड़ गई है, मैं अपने को चारों तरह से सिकोड़ लेता हूँ। आँख बंद करके मैं अपने का सिकोड़ता हूँ–भाव करता

हूँ कि मेरी चेतना सिकुड़ रही है। अपने पैरों से यात्रा भीतर की तरफ शुरू कर दी—उस केंद्र पर ऊर्जा इकट्ठी होने लगी, जहाँ से फैली थी, सब किरणें वापस लौटने लगीं।

इसका सघन मन से किया गया प्रयोग एक क्षण में अचानक सारे शरीर को मृत कर देता है और कोई एक भीतर जीवित बिंदु रह जाता है, सारा शरीर मुर्दे की तरह रह जाता है और सारे शरीर के भीतर एक बिंदु जीवित हो जाता है।

यह जीवित बिंदु अब भली भांति देखा जा सकता है कि शरीर से भिन्न है। ऐसे ही जैसे अँधेरे में बहुत-सी किरणें फैली हों और पता न चलता हो कि क्या किरण है और क्या अँधेरा। सारी किरणें सिकुड़कर एक जगह आ जाएँ, तो अँधेरा और किरणों का कंट्रास्ट साफ हो जाए।

जब हमारे भीतर प्राण की ऊर्जा इकट्ठी एक बिंदु पर आकर घनीभूत हो जाती है, तो सारा शरीर अलग और वह बिंदु अलग मालूम होने लगता है। अब थोड़े संकल्प की जरूरत है कि आप शरीर से बाहर हो सकते हैं। सिर्फ सोचें कि मैं बाहर हूँ, आप बाहर हैं। अब बाहर से खड़े होकर इस शरीर को पड़ा हुआ देख सकते हैं कि यह मुर्दे की तरह पड़ा हुआ है। छोटी-सी एक धागे की तरह कोई चीज इस शरीर से अब भी जोड़े रहेगी। वही द्वार है आने-जाने का। एक सिल्वर कार्ड, एक रजत-रज्जु उस शरीर की नाभि से आपको जोड़े रहेगी।

जैसे ही यह बिंदु बाहर आएगा, वैसे ही एक और नई हैरानी का अनुभव होगा कि इस बिंदु ने फिर नए शरीर का रूप ले लिया—यह फिर फैलकर एक नया शरीर बन गया। यह शरीर सूक्ष्म शरीर है। यह शरीर बिल्कुल इसकी प्रतिलिपि है, जैसा यह शरीर है।

लेकिन है बहुत धूमिल—फिल्म की तरह ट्रांसपेरेंट—पारदर्शी। अगर हाथ को हिलाएँ, तो उसके आर-पार निकल जाएगा, लेकिन उसका कुछ बिगड़ेगा नहीं।

इस संकल्प की साधना पहला तत्त्व है सारे प्राणों को एक बिंदु पर इकट्ठा कर लेना। और जब एक बिंदु पर वे इकट्ठे हो जाएँ तो आप छलांग लगाकर बाहर निकल जाते हैं।

सिर्फ बाहर निकलने की इच्छा और बाहर निकलना घटित हो जाता है। और सिर्फ इच्छा कि वापिस भीतर चलें और वह हो जाता है।

इसमें कुछ करने का नहीं है, बस सिर्फ ऊर्जा को इकट्ठी करना है। एक

दफा ऊर्जा इकट्ठी हो जाए, तो आप बाहर भीतर हो सकते हैं। उसमें कोई कठिनाई नहीं है। यह अनुभव एक बार साधक को हो जाए, तो उसकी जीवन-यात्रा तत्काल ही बदल जाती है, रूपांतरित हो जाती है।

कल तक फिर जिसे वह जीवन कहता था, अब जीवन न कह सकेगा। कल तक जिसे मृत्यु कहता था, उसे मृत्यु भी न कह सकेगा। कल तक जिन चीजों के लिए दौड़ रहा था, अब दौड़ जरा मुश्किल हो जाएगी। कल तक जिन चीजों के लिए लड़ रहा था, अब लड़ना मुश्किल हो जाएगा। कल तक जिन चीजों की उपेक्षा की थी, अब उपेक्षा न कर सकेगा।

ज़िंदगी बदलेगी, क्योंकि एक ऐसा अनुभव ज़िंदगी में आया है कि इसके बाद ज़िंदगी वही नहीं हो सकती, जो इसके पहले थे। इसलिए प्रत्येक ध्यान के साधक को एक न एक दिन 'आउट ऑफ बॉडी एक्सपीरियेंस'–शरीर के बाहर जाने का अनुभव करना चाहिए। यह अनिवार्य चरण है, जो उसके भविष्य के लिए बड़े अद्‌भुत परिणाम ले आता है।

कठिन नहीं है यह, संकल्प-भर चाहिए। संकल्प कठिन है, यह प्रयोग कठिन नहीं है। इसलिए कोई सीधा चाहे कि इस प्रयोग को कर ले, तो जरा मुश्किल पड़ेगी। पहले उसे छोटे-छोटे संकल्प के प्रयोग करने चाहिए। जब वह छोटे-छोटे प्रयोगों में सफल होता जाता है, तो उसकी संकल्प की सामर्थ्य बढ़ती चली जाती है।

बहुत छोटे-से निर्णय करें और उनको जीने की कोशिश करें। और उस जीने की कोशिश को धीरे-धीरे जब आपको ऐसा भरोसा आने लगे कि अब मैं कोई बड़ा संकल्प कर सकता हूँ, तो थोड़े बड़े संकल्प करें। अंतिम संकल्प साधक को करने जैसा है, 'स्वेच्छा से मरने का'। किसी दिन जब आपको यह लगे कि अब मैं यह कर सकता हूँ, तो करें।

जिस दिन आप उस संकल्प को करके शरीर को मुर्दे की तरह देख लेंगे, उस दिन से दुनिया का कोईधर्म-शास्त्र आप के लिए कोई नई बात कहने वाला नहीं रह जाएगा, उस दिन से दुनिया का कोई गुरु नई बात न बता सकेगा।

15. जाति-स्मरण के प्रयोग

जाति-स्मरण का अर्थ है, पिछले जन्मों के स्मरण की विधि, पहले जो हामरा होना हुआ है, उनके स्मरण की विधि। जाति स्मरण ध्यान का ही एक विशेष प्रयोग है। जैसे नदी है और कोई पूछे कि नहर क्या है, तो हम कहेंगे कि

नदी एक विशेष प्रयोग है—सुनियोजित, नदी का ही , पर नियंत्रित, व्यवस्थित।

नदी है अव्यवस्थित, अनियंत्रित।

नदी भी पहुँचेगी कहीं, लेकिन पहुँचने की कोई मंजिल का पक्का नहीं। लेकिन नहर निश्चित है कि कहीं पहुँचेगी। ध्यान तो बड़ी नदी है. पहुँचेगी सागर तक। पहुँच ही जाएगी। परमात्मा तक पहुँचा ही देगा ध्यान, लेकिन ध्यान के और अवांतर प्रयोग भी हैं। ध्यान की छोटी-छोटी शाखाओं को नियोजित करके नहर की तरह भी बहाया जा सकता है। जाति-स्मरण उनमें एक है। ध्यान की शक्ति को हम अपने पिछले जन्मों की तरह भी प्रवाहित कर सकते हैं।

ध्यान रहे, कोई स्मृति कभी नहीं मिटती है—सिर्फ दबती है या उभरती है। दबी हुई स्मृति, मिटी हुई मालूम पड़ती है। अगर मैं आपसे पूछूँ कि 1950 की 1 जनवरी को आपने क्या-क्या किया था तो ऐसा तो नहीं है कि आपने कुछ भी न किया होगा, लेकिन आप कुछ भी नहीं बता पाएँगे कि 1 जनवरी 1950 को आपने क्या किया। एकदम खाली हो गया है 1 जनवरी 1950 का दिन। पर खाली न रहा होगा, जिस दिन बीता होगा, उस दिन भरा हुआ था, लेकिन आज खाली हो गया है।

दस साल बाद आज के दिन का भी कोई पता नहीं चलेगा। पर उसे जानने का भी उपाय है, ध्यान को उसकी तरफ भी ले जाया जा सकता है। जैसे ही ध्यान का प्रकाश उस पर पड़ेगा, आप हैरान हो जाएँगे कि वह उतना ही जीवंत वापिस दिखाई पड़ने लगेगा, जितना जीवंत उस दिन भी न रहा होगा। जैसे कोई टॉर्च लेकर अँधेरे कमरे में आए और उसे घुमाए—वह बाईं तरफ रखे तो दाईं तरफ अँधेरा हो जाता है, लेकिन दाईं तरफ मिट नहीं जाता, वह टॉर्च को घुमाए और दाँई तरफ ले आए, तो दाईं तरफ फिर जीवित हो जाता है, लेकिन बाईं तरफ छिप जाता है।

ध्यान का एक फोकस है। और अगर विशेष दिशा में प्रवाहित करना हो तो ध्यान का टार्च की तरह प्रयोग करना पड़ता है, अगर परमात्मा की तरफ ले जाना हो तो ध्यान का दीए की तरह प्रयोग करना पड़ता है, दीए का कोई फोकस नहीं होता, दीया अनफोकस्ड है। दीया सिर्फ जलता है, चारों तरफ रोशनी उसकी फैल जाती है। इसलिए जो भी है वह दीए की रोशनी में प्रकट हो जाता है। लेकिन टार्च, दीए का फोकस के रूप में प्रयोग है। उसमें हम सारी रोशनी को बाँधकर एक तरफ फैलाते हैं।

इसलिए यह हो सकता है कि दीए के कमरे में जलने से चीजें दिखाई

पड़ें–पर साफ दिखाई न पड़ें। साफ दिखाई पड़ने के लिए दिए की रोशनी को हम एक ही जगह बाँधकर डालत हैं, वह टार्च बन जाती है। तब फिर एक चीज पूरी साफ दिखाई पड़ती है, लेकिन शेष सब चीजे दिखाई पड़नी बंद हो जाती हैं। असल में एक चीज को अगर साफ देखना हो तो सारे ध्यान को एक ही दिशा में ले जाना पड़ेगा, शेष सब तरफ अंधेरा कर लेना पड़ेगा।

जिसे सीधे जीवन के सत्य को ही जानना है, वह तो दीए की तरह ध्यान को विकसित करेगा, अन्य कोई प्रयोजन नहीं है उसे। लेकिन, अगर कोई विशेष प्रयोग करने हों–जैसे पिछले जन्मों के स्मरण का, तो फिर ध्यान को एक दिशा में प्रवाहित करना होगा। उस दिशा में प्रवाहित करने के दो तीन सूत्र आपसे कहता हूँ।

पूरे सूत्र नहीं कहता हूँ, क्योंकि शायद ही किसी को प्रवाहित करने का ख्याल हो। जिनको ख्याल हो, वे मुझे अलग से मिल सकते हें। लेकिन दो-तीन सूत्र आपसे कहता हूँ। उतने से आप प्रयोग न कर सकेंगे, लेकिन बात भर समझ सकेंगे। सबके लिए प्रयोग करना शायद उचित भी नहीं है, इसलिए पूरी बात नहीं कहूँगा। क्योंकि कई बार प्रयोग आपको खतरे में उतार दे सकता है। एक घटना आपसे कहूँ, उससे ख्याल आ जाएगा।

एक प्रोफेसर महिला कोई दो-तीन वर्ष तक ध्यान के संबंध में मेरे निकट में रही। उसका आग्रह था कि जाति-स्मरण का प्रयोग करना है, पिछला जन्म जानना है, उसे मैंने जाति-स्मरण के प्रयोग करवाए।

मैंने उनसे बहुत कहा कि यह प्रयोग अभी न करो तो अच्छा है। ध्यान पूरा विकसित हो जाए, तब जाति-स्मरण के प्रयोग से कोई खतरा नहीं होता है। लेकिन ध्यान पूरा विकसित न हो तो, खतरे हो सकते हैं। क्योंकि एक ही जन्म की स्मृतियों को झेलना भी बहुत बोझिल है, दो-चार जन्म की स्मृतियाँ एकदम से द्वार तोड़कर भीतर आ जाएँ, तो आदमी पागल भी हो सकता है।

इसलिए प्रकृति ने व्यवस्था की है आप भूलते चले जाएँ। जानने से ज्यादा भूलने की व्यवस्था की गई है। जितना आप स्मरण करते हैं, उससे ज्यादा स्मरण विस्मरण करवा दिया जाता है। ताकि आपके चित्त के ऊपर ज्यादा बोझ कभी न हो जाए। चित्त की सामर्थ्य बढ़ जाए, तो ज्यादा बोझ झेला जा सकता है। लेकिन सामर्थ्य न बढ़े और बोझ आ जाए, तो कठिनाई शुरू हो जाती है।

पर उनका आग्रह था, उन्होंने नहीं माना और प्रयोग किया। जिस दिन उनको पिछले जन्म की स्मृति की धारा टूटी, उिस दिन रात के कोई दो बजे

वे भागी हुई मेरे पास आईं। उनकी हालत एकदम खराब थी, बहुत ही मुश्किल पड यगी थीं। उन्होंने कहा–'अब किसी तरह इसको बिकुल बंद हा जाना चाहिए, मैं तो उस तरफ देखना भी नहीं चहाती।

लेकिन स्मृति की धारा टूटने पर एकदम से बंद करे ना इतना आसान नहीं है। द्वार टूट जाए, तो उसे एकदम से बंद कर देना बहुत मुश्किल है। क्योंकि द्वार खुलता नहीं है टूटता है। वक्त लगा कोई पंद्रह दिन, तभी वह स्मृतियों की धारा बंद हो सकती है।

कठिनाई क्या आ गई? उन देवी को अत्यंत पवित्र एवं चरित्रवान होने का दावा था, और पिछले जन्म की स्मृति आई कि वह वेश्या थी। और जब वेश्या होने के सारे चित्र उभरने शुरू हुए, वह डांवाडोल हो गईं।

वह स्मृति ऐसी नहीं आती कि कोई वेश्या थी, ऐसी नहीं है वह स्मृति। यही जो अब चरित्रवान है, वंही वेश्या थी।

अक्सर ऐसाहोता है कि पिछले जन्म में जो वेश्या हो, वह इस जन्म में बहुत सती हो जाए। वह पिछले जन्म की प्रतिक्रिया है, पिछले जन्म का दुख–भाव हैं वह पिछले जन्म की पीड़ादायक स्मृति है, जो उसे सती बना देती है। अक्सर एंसा हो जाता है कि पिछले जन्म के गुंडे इस इस जन्म में महात्मा हो जाते हैं, इस जम्न के महात्मा अगले जन्म में गुंडे हो जाते हैं। अक्सर यह प्रतिक्रिया हो जाती है। उकस कारण यह है कि जो हम जान लेते हैं उससे पीड़ित हो जाते हें, उससे हम विपरीत चले जाते हैं। चित्त का जो पेंडुलम है, वह बिल्कुल विपरीत दिशा में घूमता रहता है।

उन देवी को जब पूर्व–जन्म का स्मरण आया, तो उन्हें बहुत पीड़ा हुई। पीड़ा यह हुई कि उनका अहंकार गल गया और टूट गया। जो उन्होंने जाना, वह कंपा देने वाला सिद्ध हुआ। मैंने उनको कहा था कि इसे याद करने की तैयारी रखनी चाहिए, अगर तैयारी न हो तो याद नहीं करनी चाहिए।

इसलिए मैं आपको दो सूत्र कहता हूँ, जिनसे आप जाति–स्मरण का जो अर्थ है वह समझ सकें। लेकिन उसमें प्रयोग नहीं हो सकेगा, जिन्हें करना होगा, उन्हें अलग से ही सोचना पड़ेगा।

पहली बात, अगर जाति–स्मरण में उतरना हो, अतीत जन्म को जानना हो, तो भविष्य की तरफ से चित्त को मोड़ना पड़ता है। हमारा चित्त भविष्यगामी है। हमारा चित्त फ्यूचर सेंटर्ड है आमतौर से, अतीतगामी नहीं है। अभी जो आने को है, उसकी तरफ हम उत्सुकत हैं।

इसलिए तो हम ज्योतिषियों के पास पूछते फिरते हैं कि कल क्या होने वाला है--भविष्य में क्या होने वाला है। भविष्य के प्रति हम उत्सुक हैं कि क्या होने वाला है।

जिस व्यक्ति को अतीत-स्मरण करना हो, उसे भविष्य की उत्सुकता बिलकुल छोड़ देनी पड़ती है, क्योंकि चित्त का जो फोकस है, उसकी जो धारा है, अगर वह भविष्य की तरफ बह रही है, तो उसकी टार्च की धारा अतीत की तरफ नहीं बह सकती। तो पहला काम यह करना पडता है कि भविष्योन्मुखता बिलकुल तोड़ देनी पड़ती है कुछ महीनों के लिए, यह निश्चित समय के लिए। छह महीने के लिए भविष्य को नहीं सोचूँगा, भविष्य का ख्याल आ जाएगा तो उसको नमस्कार कर लूँगा–भविष्य है ही नहीं, ऐसा छह महीने मान कर चलूँगा, और पीछे की तरफ बहूँगा, पहली बात। और जैसे ही भविष्योन्मुखता टूटती है, चित्त की धारा पीछे की तरफ मुड़नी शुरू हो जाती है।

पहले तो इसी जन्म में पीछे लौटना पड़ेगा, एकदम पिछले जन्म में नहीं लौटा जा सकता इसके प्रयोग हैं कि इस जन्म में हम पीछे की तरफ कैसे लौटें। जैसे कि मैंने कहा, 1 जनवरी 1950 को आपने क्या किया, इसका आपको कोई पता नहीं है। पर इसका प्रयोग है, इसे जाना जा सकता है।

जैसे मैं ध्यान के लिए कहता हूँ, ऐसा ध्यान करें। और दस मिनट के बाद जब ध्यान में चित्त चला जाए–शरीर शिथिल हो जाए, श्वास शिथिल हो जाए, मन शांत हो जाए, तब एक ही बात चित्त में रह जाए कि 1 जनवरी 1950 को क्या हुआ, सारा चित्त इस पर घूमने लगे। चित्त में चारों ओर गूँजता हुआ यह एक स्वर रह जाए तो आप दो-चारदिन में पाएँगे कि अचानक एक दिन जैसे पर्दा उठ गया और 1 जनवरी आ गई और सुबह से साँझ तक एक-एक चीज दौड़ रही है और आपने इस तरह 1 जनवरी देखी, जैसे आपने उस दिन भी न देखी होगी, क्योंकि इतना होश आपने उस दिनभी न रखा होगा।

पहले इसी जन्म में पीछे लौटकर प्रयोग करना पड़ेगा, फिर पाँच वर्ष तक प्रयोग को ले जाना बहुत सरल है। पाँ वर्ष की उम्र तक पीछे लौटना बहुत सरल है, बहुत कठिन नहीं है, लेकिन पाँच वर्ष के बाद बड़ी बाधा पड़ती है।

इसलिए आमतौर से हमारी स्मृति पाँच वर्ष के उम्र के पहले की नहीं होती, पीछे-से-पीछे की स्मृति पाँच वर्ष के करीब की होती है। हाँ, कुछ लोगों में तीन वर्ष तक हो सकती है। लेकिन तीन वर्ष पहले बहुत मुश्किल बात हो जाती है। वहाँ एकदम द्वार अटक जाता है--जैसे सब बंद हो गया। लेकिन जो

व्यक्ति इसमें समर्थ हो जाएगा, वह पाँच वर्ष की उम्र तक की– किसी भी दिन की स्मृति को पूरा जगानेलगेगा। वह पूरी तरह जगने लगती हैं। उसकी इस तरह जाँच कर लेनी चाहिए।

जैसे आज का दिन गुजर रहा है, तो आज के दिन की कुछ बातें नोट करके ताले में बंद कर दें और दो साल बातद आज के दिन को याद करके। वह सब खो जाएगा आज का दिन, और तब स्मरण करें। और स्मरण करके फिर ताला तोड़ें, और फिर मिलाएँ कि वह बात मेल खा गई कि नहीं। आप हैरान होंगे कि जितनी बातें आपने लिखी थीं, उनेस बहुत ज्यादा बातें और भी याद आई हैं जो आप उस दिन भी नोट नहीं कर पाए थे। वे बातें याद आ जाएँगी।

इसको बुद्ध ने नाम दिया है, 'आलय-विज्ञान' इसका मतलब होता है, 'स्टोर हाऊस ऑफ कांशसनेस'। जैसे घर में एक कबाड़खाना होता है, जहाँ हम सब बेकार हो गई चीजों को डालते चले जाते हैं–ऐसा चित्त स्मृतियों को संग्रह करने वाला एक स्टोर हाऊस है, जहाँ सब चीजें संगृहीत होती चली जाती हैं। जन्मों-जन्मों की। वे कभी वहाँ से हटती नहीं है, क्योंकि कब जरूरत पड़ जाए उनकी। इसलिए ये वहाँ संगृहीत होती हैं।

शरीर बदल जाता है, लेकिन वह स्टोर-आउस हमारे साथ चलता है। कब जरूरत पड़ जाएगी उसकी, कुछ कहा नहीं जा सकता है। और ज़िंदगी में जो-जो हमने किया है, जो-जो जाना है। जो-जो हमने भोगा है, जो-जो जिया है, वह सब वहाँ संगृहीत है।

जिस व्यक्ति को यह पाँच वर्ष तक स्मरण आने लगे वह पाँच वर्ष के पीछे उतर सकता है। बहुत कठिनाई नहीं है, प्रयोग यही रहेगा पाँच वर्ष के पीछे उतरने का। पाँच वर्ष के पीछे फिर एक दरवाजा है, जो वहाँ तक ले जाएगा जहाँ तक जन्म हुआ, पृथ्वी पर आना हुआ। फिर एक कठिनाई मालूम होती है क्योंकि माँ के पेट की स्मृतियाँ हैं– वे भी मिटती नहीं हैं, उसमें भी प्रवेश किया जा सकता है। और तब उस क्षण तक पहुँचा जा सकता हे। जिस क्षण कंसेप्शन होता है–जिस क्षण माँ और पिता के अणु मिलते हैं और आत्मा प्रवेश करती है। वहाँ तक पहुँच जाने के बाद ही पिछले जन्मों में उतरा जा सकता है, सीधे नहीं उतरा जा सकता है।

इतनी यात्रा पीछे करनी पड़े, तब पिछले जन्म में भी सरका जा सकता हैं पिछले जन्म में सरकने पर पहला स्मरण जो आएगा, वह अंतिम घटना का आएगा।

ध्यान रहे, जैसे कि हम किसी फिल्म को उलटा चलाएँ, तो समझ में नहीं आएगी। या कोई आदमी किसी उपन्यास को उलटा पढ़े, तो समझ में बिल्कुल नहीं आएगा। बहुत मुश्किल में पड़ जाएगा। क्योंकि यह बिल्कुल उलटा है—घटना घटने का जो क्रम था, उससे यह बिल्कुल उलटा क्रम है। अगर आप पीछे लौटेंगे, तो जन्म पहले आएगा और पिछले जन्म की मृत्यु बाद में आएगी, मृत्यु पहले आएगी, बुढ़ापा आएगा--फिर जवानी आएगी, फिर बचपन आएगा। तो उलटा क्रम होगा और उलटे क्रम में पहचानना बहुत मुश्किल होगा।

इसलिए पहली दफा स्मरण आ जाने पर बड़ी बेचैनी और तकलीफ शुरू होती है, क्योंकि पहचानना मुश्किल होता है कि यह क्या हो रहा है। पिछले जन्म की स्मृतियों का जो सबसे बड़ा कठिन श्रम है, वह यह है कि उलटे में उसको देखना पड़ेगा जो सीधे में घटा था। इसलिए पिछले जन्म की स्मृति आ जाने पर भी उसे व्यवस्थित करने में बहुत समय लग जाता है। साफ-साफ व्यवस्थित करने में कि कैसी घटना घटी होगी, उसका क्या तारतम्य रहा होगा।

अगर हम उलटा देख सकें, तो हम बहुत हैरान होंगे—क्योंकि तलाक अगर पहले घट जाए, फिर प्रेम हो, फिर विवाह हो, तो हमको चीजें पहली दफा दिखाई पड़ेंगी कि यह तो बहुत हैरानी की बात है। तब हमें दिखाई पड़ेगा कि तलाक घटनातो बहुत अनिवार्य था।

जिस तरह का प्रेम हुआ था, उसमें तलाक होने ही वाला था। और जिस तरह का विवाह हुआ था, उसकी तालक की परिणति थी। लेकिन जब हमने विवाह किया था, तब हमने सोचा भी नहीं था कि इसमें तलाक घट सकता है। लेकिन तलाक उसी विवाह का फल था।

अगर हम इस बात को पूरी तरह देख लेंगे, तो आज प्रेम करना बहुत कठिन हो जाएगा। क्योंकि उसमें तलाक हमें पहले से दिखाई पड़ सकता है, मित्रता करने से पहले शत्रुता का आगमन दिखाई पड़ सकता है।

पिछले जन्म की स्मृति इस जन्म को एकदम अस्त-व्यस्त कर देगी, क्योंकि आप फिर उसी तरह से नहीं जी सकेंगे, जैसा आप पिछले जन्म में जीए थे। उस बार ऐसा लगा था और अभी भी ऐसा लग रहा है कि धन इकट्ठा करते जा रहे हैं तो बड़ी सफलता मिल जाएगी, बड़ा आनंद मिल जाएगा—पर उसमें दिखाई पड़ेगा कि दुख मिला और फिर धन इकट्ठा कर रहे हैं। दुख मिलना पहले दिखाई पड़ जाएगा—और धन इकट्ठा करना पीछे दिखाई पड़ेगा।

और तब यह साफ दिखाई पड़ेगा कि धन इकट्ठा करना सुख में ले जाने

का आधार नहीं था, वह ले गया दुख में। मित्र बनाना शत्रु बनाने में ले गया। जिसे हम प्रेम करना कहते थे, वह घृणा में ले गया है। जिसे हम मिलन कहते थे, वह विरह में ले गया है। तब चीजें अपने पूरे अर्थ में प्रकट होंगी और वह अर्थ हमारे इस जीवन के जीने को एकदम बदल देगा, क्योंकि तब बड़ी अन्यथा बात हो जाएगी।

यह स्मरण संभव है, आवश्यक नहीं, संभव है अनिवार्य नहीं। और कभी-कभी तो ध्यान करते-करते आकस्मिक रूप से भी टूट पड़ता है। बिना कोई प्रयोग किए भी अगर ध्यान करते-करते पिछले जन्मों की स्मृतियाँ आकस्मिक रूप से प्रकट हो जाएँ, तो उनमें बहुत रस मत लेना। देख लेना और साक्षी-भाव ही रखना। क्योंकि साधारणत: चित्त की इतनी सामर्थ्य नहीं होती कि इतने अनंत उपद्रवों को एक साथ झेल सके। उस झेलने में विक्षिप्त हो जाने की पूरी संभावना है।

लेकिन उस धारा को तोड़ने की दिशा में जाना बहुत आवश्यक नहीं है, किन्हीं को उसकी उत्सुकता हो तो प्रयोग कर सकते हैं। लेकिन उन प्रयोगों से पहले ध्यान में काफी गहरे प्रयोग जरूरी है—ताकि मन इतना शांत और शक्तिशाली हो जाए कि कोई भी चीज जब टूट पड़े तो आप उसको साक्षी-भाव से देख सकें।

और अगर कोई व्यक्ति साक्षी-भाव में विकसित हो जाता है तो पुराने जन्म देखे गए सपने से ज्यादा नहीं मालूम पड़ते हैं। तब उसे कोई पीड़ा नहीं होती। तब ऐसा लगता है, यह सपना हमने देखा था। सपने से ज्यादा उनका अर्थ नहीं रह जाता। जब हमें पुराने दो चार जन्म याद आ जाते हैं, और सपने की तरह मालूम पड़ने लगते हैं, तो यह जन्म भी तत्काल सपने की तरह मालूम पड़ने लगता है।

जिन लोगों ने इस जगत को माया कहा है, उनके जगत को माया कहने का और कोई बुनियादी कारण नहीं है, वह कोई दार्शनिक बात नहीं है, उसका बुनियादी कारण जाति-स्मरण ही है। जिन्होंने भी पिछले जन्म स्मरण किए हैं, उन्हें यह सब मामला माया हो गया है, एकदम सपना हो गया है। क्योंकि कहाँ हैं वे मित्र, जो पिछले जन्म में थे? कहाँ हैं वे मकान? कहाँ है वह पत्नी? कहाँ हैं वे बेटे? कहाँ गई वह दुनिया? कहाँ गया है वह सब, जिसको हमने इतना सत्य मान रखा था कि वह है? कहाँ गईं वे चिंताएँ, जिनके लिए हम रातभर नहीं सोए थे? कहाँ गए वे दुख—वे पीड़ाएँ—जिनको हमने पहाड़ समझ रखा था और ढोया था?

अगर पिछला जन्म याद आ जाए और सत्तर वर्ष आप जीए थे। तो उन सत्तर वर्षों में जो देखा गया था, वह एक सपना मालूम पड़ेगा या सत्य? एक सपना ही मालूम पड़ेगा। जो आया और गया। अगर एक बार पिछले जन्मों का स्मरण हो जाए, तो आप बड़ी मुश्किल में पड़ जाएँगे कि जो अभी देख रहा हूँ वह सत्य है? क्योंकि ऐसा तो बहुत बार देखा है—लेकिन सब मिट गया है,सब खो गया है।

तो एक सवाल उठ जाएगा कि जो तुम देख रहे हो, वह भी उतना ही सच है जितना वह था? वह भी एक सपने की तरह दौड़ जाएगा और मिट जाएगा। जैसे सब सपने हम तक पहुँच गए, वैसे यह सपना भी हम तक पहुँच गया है। यह अगर बोध हो जाए, तो माया का अनुभव होगा लेकिन इसके साथ दूसरा अनुभव भी होगा—एक अनुभव .. कि जगत् माया है, और दूसरा ... कि द्रष्टा सत्य है, दृश्य तो रोज बदल जाते हैं, हर बार बदल गए हैं, लेकिन द्रष्टा, देखने वाला वही है।

और ध्यान रहे। जब तक दृश्य सत्य मालूम होते हैं, तब तक द्रष्टा पर ध्यान नहीं जाता है, जब दृश्य एकदम असत्य हो जाते हैं, तब द्रष्टा पर ध्यान जाता है। इसलिए मैं कहता हूँ कि जाति-स्मरण का प्रयोग उपयोगी तो है, लेकिन थोड़े ध्यान में गहरे जाएँ और प्रयोग करें—तब। ध्यान में गहरे उतरें तो फिर जीवन को सपने की तरह देखने की क्षमता आ जाए।

16. प्राण-साधना

लाओत्से की साधना-पद्धति में भीतर एक अद्वैत में आबद्ध होने के बड़े सुगम उपाय हैं। एक उपाय की बात हम पहले करें।

लाओत्से मानता था कि तुम जो भी करो—उठो, बैठो, भोजन करो, यासोओ—जो भी करो, उसमें पूरे संयुक्त और लीन हो जाओ। अगर रास्ते पर चल रहे हो, तो चलना ही बन जाओ—इतना भी फासला मत रखो कि 'मैं चल रहा हूँ'। साक्षी की जिस साधना की चर्चा हम करते रहे हैं, या कृष्णमूर्ति जिस अवेयरनेस, जागरूकता की बात करते हैं, वे भी अद्वैत पर नहीं ले जा सकेंगे—एक जगह जाकर उनहें भी छोड़ देना होगा।

लाओत्से कहता है कि न जागरूकता, न साक्षी--वरन् एकता, लीनता। तुम जो कर रहे हो वही हो जाओ, करने वाला कोई अलग न बचे, हर क्रिया में इतनी समग्रता से एक हो जाओ कि भीतर कोई फसला न रहे। अगर भीतर का यह

फासला क्रियाओं में टूटता चला जाए, तो बुद्धि और वासना के बीच, इंद्रियों और ववेक के बीच, आत्मा और शरीर के बीच एक सेतु निर्मित हो जाता है। वे दोनों आलिंगन में आबद्ध हो जाते हैं।

इस आलिंगन को ही तंत्र ने 'आंतरिक मैथुन' कहा है, जब भीतर की चेतना भीतर की वासना से एक हो जाती है।

बुद्धि कहा है तंत्र ने पुरुष को, और स्त्री कहा है शरीर की प्रकृति को और जब भीतर की स्त्री भीतर के पुरुष से एक हो जाती है, तो परम समाधि फलित होती है।

लेकिन, अभी हमारे भीतर, कुछ शारीरिक व्यवस्थागत अनिवार्य फासले हो गए हैं। और जब तक वे फासले न टूट जाएँ, तब तक इस लीनता की साधना को साधना मुश्किल है। ये फासले यांत्रिक, मेकेनिकल हो गए हैं। और जब तक हम इन यांत्रिक व्यवस्थाओं को न तोड़ दें, नया न कर लें, तब तक केवल लीनता के प्रयोग से कुछ न होगा। अत: इन यंत्रवत भूलों को समझ लेना जरूरी है।

श्वास का जो प्राथमिक स्रोत है, उसे जापानी भाषा में 'तांदेन' कहते हैं। हमारी भाषा में तो कोई शब्द नहीं है। अगर ठीक श्वास चलती हो, तो नाभि से दो इंच नीचे, तान्देन से श्वास का संबंध होता है। व्यक्ति जितना अस्तित्व से अवच्छिन्न होगा, तान्देन से श्वास-बिंदु उतना ही दूर हटता जाएगा। तो जितने ऊपर से आप श्वास लेंगे, उतने ही तनाव से आप भरे होंगे और जितने नीचे ही नीचे से श्वास लेंगे, उतने ही विश्राम को उपलब्ध होंगे। और अगर तान्देन से श्वास लेंगे, तो तनाव बिल्कुल नहीं होगा।

बच्चे के जीवन में तनाव न होने का जो व्यवस्थागत कारण है, वह तान्देन से श्वास का चलना है। लेकिन कुछ कारण हैं कि हम लोगों को शिक्षादेते हैं कि पेट से श्वास मत लेना। एक तो यह पागलपन का ख्याल सारी दुनिया में फैल गया है कि छाती चौड़ी होनी चाहिए। तो छाती जितनी बड़ी करनी हो, उतनी श्वास छाती में भरनी चाहिए, उसे नीचे नहीं जाने देना।

स्त्रियाँ नाभि से श्वास नहीं ले पाती हैं। उसका भी एक गहरा कारण है उनके मन में एक गलत ख्याल बैठ गया है कि स्तन सुड़ौल और गोल होने चाहिए।

यह सब ख्याल भीतर एक खतरनाक स्थिति को पैदा करता है—वह है ऐंद्रिक और बौद्धिक तलों का अलगाव।

एक दूसरा महत्त्वपूर्ण कारण भी है—बच्चों को अपने शरीर का बोध सबसे पहले तब होता है, जब वह अपनी कामेंद्रिय को स्पर्श करता है। लेकिन तभी माँ-बाप उसे रोकते हैं। अगर बच्चा अपनी आँख, नाक छुए, तो माँ बहुत प्रसन्न होती है। लेकिन जब वह अननेंद्रिय छूता है, तो माँ बहुत परेशान और बेचैन हो जाती है। और तब बच्चे को पहली दफा पता चलता है कि शरीर में कोई हिस्सा है जो छूने योग्य नहीं है। यह माँ और बाप की आँखें देखकर बच्चे को पता चलता है।

इससे बच्चे की शरीर में एक भेद शुरू हो जाता है। और उसभेद के साथ ही श्वास ऊपर चलने लगती है। उसका कारण है—क्या तान्देन का जो बिंदु है अगर उस तक श्वास जाए तो जननेंद्रिय पर उसका असर पड़ता है। इस लिए जैसे ही हमें यह ख्याल आ गया कि जजनेंद्रिय पर उसका असर पड़ता है। इसलिए जैसे ही हमें यह ख्याल आ गया कि जननेंद्रिय हमारा हिस्सा नहीं है, वैसे ही मारा तान्देन सिकुड़ जाता है, सप्रेस्ड हो जाता है। और हम डरे हुए जीने लगते हैं कि कहीं जननेंद्रिय तक श्वास न चली जाए।

क्या आपको पता है कि रात सोते समय हर पुरुष को कम-से-कम बारह से अठारह बार जननेंद्रिय का 'हरेक्शन', उत्थान होता है। नियमित? उसका कारण कुल इतना है कि नींद में श्वास पूरी चलती है। और पूरी चलने से तान्देन पर चोट पड़ती है। तथा तान्देन का बिंदु और वीर्य ऊर्जा का बिंदु निकट है, सीमांत पर है। श्वास की चोट ही वीर्य को सक्रिय करती है। अगर तान्देन तक श्वास न पहुँचे, तो नपुंसकता तक फलित हो सकती है। ताओ को मानने वाले चिकित्सकों का ख्याल है कि अनेक पुरुषों की नपुंसकता केवल श्वास के तान्देन तक न पहुँचने की वजह से होती है। और इसीलिए अक्सर पहलवान नपुंसक हो जाते हैं।

तो तान्देन से श्वास तभी चल सकती है, जब आपने अपनी कामवासना को स्वीकार किया हो। असल में जब तक आपने अपनी पूरी वासनाओं को समग्र रूप से अंगीकार, स्वीकार न कर लिया हो, तब तक आपके भीतर अद्वैत निर्मित नहीं हो सकता है।

और एक बहुत आनंद की अद्‌भुत बात है कि जैसे ही कोई व्यक्ति अपनी वासना को उसकी समग्रता में स्वीकार कर लेता है, वैसे ही वह वासना से मुक्त हो जाता है।

तो, ताओत्से की साधना में जो उतरना चाहते हैं, उनका पहला काम यह

है कि वे श्वास को फेफड़ों से लेना बंद कर दें और नाभि से लेना शुरू करें। इसका अर्थ हुआ कि श्वास के आने और जाने के साथ आपको पेट ऊपर और नीचे गिरे तथा सीना शिथिल रहे। आप तीन सप्ताह का प्रयोग करके भी दंग रह जाएँगे कि श्वास के नाभि से चलने पर न मालूम आपका कितना क्रोध विलीन हो गया कितनी ईर्ष्या खो गई, कितना तनाव विलीन हो गया है। आपकी नींद गहरी हो गई है और आपका व्यक्तित्व संतुलित होने लगा है।

तो पहला सूत्र है, श्वास को धीरे-धीरे नाभि पर ले आना। दूसरा, ताओ की प्राण-साधना का हिस्सा है कि 'सदा श्वास बाहर जाए', इस पर ध्यान देना है, भीतर आती श्वास पर बिल्कुल ध्यान नहीं देना है। और जब श्वास बाहर जाए, तो जितने जोर से श्वास को उलीचा जा सके, उलीच देना है। और भीतर श्वास अपनी तरफ से नहीं लेनी है, सिर्फ जितनी जाए, जाने देनी है।

तो लाओत्से का दूसरा सूत्र है—सदा श्वास को फेंकिए, लेने को भूल ही जाइए। वह तो कृति स्वयं ही कर लेती है। और तीसरा सूत्र है लाओत्से का, कि जो श्वास का आना-जाना है, उसे अपने से पृथक न समझें—जब श्वास बाहर जाए तो समझें कि 'मैं बाहर चला गया' और जब श्वास अंदर आए तो समझें 'मैं भीतर आ गया', प्राण के साथ एक हो जाएँ।

अगर यह धीरे-धीरे जप की भाँति आपके भीतर गूँजने लगे कि श्वास में मैं बाहर गया, श्वास में भीतर आया। श्वास की यह सतत् क्रिया यदि जप बन जाए, तो अद्वैत फलित होता है। तो अद्वैत का अनुभव होता है।

17. अंतर्प्रकाश साधना

प्रकाश दिखाई नहीं पड़ता, कभी किसी ने देखा नहीं है—लेकिन हम कहते हैं—मैं प्रकाश देखता हूँ—और उससे हमारा मतलब होता है कि हम वस्तुओं को देखते हैं, जो प्रकाश के अभाव में दिखाई नहीं पड़तीं।

जब कोई भी चीज दिखाई नहीं पड़ती, तो यह हमारा अनुमान होता है कि अब प्रकाश नहीं है, और जब वस्तुएँ दिखाई पड़ती हैं, तो हम अनुमान करते हैं कि अब प्रकाश है। इसलिए बाह्य जगत् में भी प्रकाश एक अनुमान है।

अत:, अंर्तप्रकाश में प्रवेश के संबंध में प्रकाश का हम क्या अर्थ लेते है? अगर आप अपने को अनुभव कर सकते हैं, अगर आप अपने को देख सकते हैं, तो इसका अर्थ हुआ कि प्रकाश वहाँ है।

यह हैरानी की बात है, लेकिन हमने कभी इस ओर ध्यान नहीं दिया—कमरा

बिल्कुल अँधेरा है, तो आप यह नहीं कह सकते कि वहाँ कुछ भी है--पर इतना आप अवश्य कहेंगे कि 'मैं हूँ'। कमरे में अँधेरे के कारण कोई भी चीज दिखाई नहीं पड़ती, लेकिन एक चीज के बारे में आपका दृढ़-निश्चय होता है—और वह है आपके होने का भाव। उसके लिए किसी प्रमाण या किसी बाह्य-प्रकाश की जरूरत नहीं है। आप जानते हैं कि आप हैं, आप अनुभव करते हैं कि आप हैं। इसलिए एक सूक्ष्म प्रकाश वहाँ अवश्य होना चाहिए। उससे हम अवगत न हों, यह दूसरी बात है। हम उसके प्रति बेहोश हो सकते हैं, लेकिन वह है।

इसलिए अपनी दृष्टि को अंदर की ओर मोड़ें, सभी इंद्रियों को बंद कर लें, ताकि बाह्य-प्रकाश का कोई अनुभव न हो। बिल्कुल अँधेरे में चले जाएँ, आँखें बंद कर कोशिश करें भीतर देखने की। शुरू में आप पिट अँधेरा अनुभव करेंगे। इसका कारण यह है कि आप इसके लिए अभ्यस्त नहीं हैं। लेकिन आप भीतर प्रवेश करते चले जाएँ। भीतर जो अँधेरा है, उसे मात्र देखते रहें। धीरे-धीरे भीतर बहुत सारी चीजें दिखाई पड़नी शुरू हो जाएँगी। भीतर एक अंतर्प्रकाश कार्य करने लगता है।

प्रारंभ में यह बहुत मंद होगा। भीतर आप अपने विचारों को देखने लगेंगे, क्योंकि विचार वहाँ वस्तुएँ हैं। आप लड़खड़ाने लगेंगे अपने मन के इन साज-सामाना से। ये साज-सामाज भीतर बहुत बड़ी तादात में हैं। अनेकों स्मृतियाँ, वासनाएँ, अतृप्त वासनाएँ, विषाद, विचार आदि भरे पड़े हैं।

तो पहले भीतर उन अँधेरे में प्रवेश करने की कोशिश करें। तब एक धीमा प्रकाश अनुभव में आएगा। और वहाँ बहुत सारी चीजें दिखाई पड़नी शुरू होंगी। यह ठीक वैसे ही है, जैसे कोई सूर्य की तेज रोशनी में चलकर कमरे में प्रवेश करे, तो शुरू में तो कमरे में बिल्कुल अँधेरा लगेगा, लेकिन कुछ देर बाद—आँखों के समायोजित, एडजस्ट हो जाने पर—कमरे के अंदर की चीजें दिखाई पड़ने लगेंगी।

आँखों को व्यवस्थित होने में थोड़ा समय लगता है। अगर कोई लगातार सिर्फ नजदीक की चीजों को ही देखने में अपनी आँखों को लगाए हुए हो—जैसे कि पढ़ने, लिखने आदि में--तो वह 'अल्प दृष्टिवाला' 'शार्ट साईटेड' हो जाएगा। कारण ... आँखों का सतत उपयोग सिर्फ निकट की चीजों को देखने में करने से आँखों की यांत्रिक व्यवस्था उसी स्थिति में थिर हो जाती है।

और तब अगर वह दूर तारों को देखने कि तब कोशिश करता है तो वह देख नहीं सकता, क्योंकि निकट की चीजों को देखते रहने से उसकी आँखों की यांत्रिक व्यवस्था सख्त हो जाती है, अपना लचीलापन खो बैठती है।

ठीक यही बात, भीतर जब हम अपने विचारों को देखने चलते हैं, तो होती है। हम जन्मों-जन्मों से लगातार बाहर ही देखते रहे हैं, इसलिए देखने की यांत्रिक व्यवस्था उसी स्थिति में सख्त हो गई है। इसलिए भेतर देखने में कठिनाई होती है।

पर कोशिश करें, उस अँधेरे में देखने का प्रयास करें और जल्दबाजी न करें, क्योंकि जन्मों-जन्मों से आँखें बाहर देखने में अभ्यस्त हो गई हैं। वे बिल्कुल भूल ही गई हैं कि अंदर कैसे देखा जाता है। क्योंकि आपने उसका वैसा कभी उपयोग ही नहीं किया है।

इसलिए भीतर अँधेरे में देखने का प्रयास करें और धैर्य न खोएँ। अँधेरे में प्रवेश करते चले जाएँ। और तब तीन महीने के अंदर आप भीतर बहुत सारी चीजों को–जिन्हें आपने कभी नहीं समझा था कि वहाँ अंदर हो सकती हैं–देखने में सक्षम हो जाएँगे। और तब पहली बार आपको यह जाहिर होगा कि भीतर विचार मात्र वस्तुएँ हैं।

इतना ज्ञात होने के बाद–आप किसी विचार को अपनी इच्छानुसार कहीं भी रख सकते हैं। अगर आप चाहें तो बाहर भी फेंक सकते हैं। लेकिन अभी आप जिस स्थिति में हैं, उसमें आप विचारों को बाहर नहीं फेंक सकते–क्योंकि आप उन्हें पकड़ ही नहीं पाते। आप यह भी नहीं जानते कि विचार वस्तुएँ हैं–जिन्हें पकड़ा जा सकता है और बाहर फेंका जा सकता है। आप नहीं जानते कि ये विचार कहाँ पर स्थित हैं, कहाँ से आते हैं।

बहुत लोग कहते हैं, 'मैं भयभीत नहीं होना चाहता हूँ, मैं क्रोध करना नहीं चाहता हूँ'–पर वे कुछ कर नहीं सकते, क्योंकि वे नहीं जानते कि यह क्रोध कहा से आ रहा है, कहाँ पर संगृहीत है, कहाँ हैं इसकी जड़ें।

सभी विचार वस्तुमात्र हैं–एक संग्रह है। इसलिए हल्के प्रकाश में जब आपको भीतर विचार, इच्छाएँ, क्रोध, वासनाएँ, ईर्ष्या आदि दिखाई पड़नी शुरू हों तो उनसे लड़ें मत, सिर्फ उन्हें देखते रहें। क्योंकि सिर्फ देखते रहने से आप और होश से भरेंगे। भीतर देखते रहें। और मात्र देखते रहने से भीतर प्रकाश बढ़ता चला जाएगा। प्रकाश भीतर मौजूद है, जिसर्फ आपकी दृष्टि समायोजित होना है। और मात्र देखने रहने से ही यह दृष्टि समायोजित हो पाएगी। उस विशाल प्रकाश को देखने में समर्थ हो पाएगी।

और जब उस तीव्र प्रकाश में भीतर की सारी चीजें स्पष्ट हो जाती हैं, भीतर का जब कोई कोना अँधेरा नहीं रहता है, तब आप अपने मन के मालिक हो जाते हैं। तब आप किसी चीज को भीतर से बाहर कर सकते हैं। और चीजों

को अपने ढंग से सुव्यवस्थित कर सकते हैं। जब आप अपने मन के मालिक हो जाएँगे, तब आपको स्पष्ट होगा कि यह प्रकाश कहाँ से आ रहा है, इसका स्रोत कहाँ है।

सबसे पहले आपको प्रकाशित वस्तुओं का ज्ञान होगा और आप अपनी मनस-वस्तुओं के मालिक हो जाएँगे। और उसके बाद आपको प्रकाश के उद्‌गम का आभास मिलने लगेगा। अभी भी आप प्रकाश को नहीं देखेंगे, बल्कि उस सूर्य को देखेंगे जिससे प्रकाश आ रहा है। सर्वप्रथम आप मन की वस्तुओं से भिन्न होंगे और आपका मन उत्तरोत्तर साफ हो ता जाएगा। और तब आप प्रकाश के उद्‌गम को जान पाएँगे। ठीक मनस के केंद्र में ही वह स्रोत है।

और तब इस स्रोत में प्रवेश कर जाएँ। अब आप अपने मन को भूल सकते हैं, अब आप इसके मालिक हैं। अब सिर्फ मन को कहें–'रुक जाओ'- और मन ठहर जाएगा। इस मालकियत के लिए होश की आवश्यकता है। जब मन पर मालकियत हो जाती है। स्वयं चेतना पर ही आपकी मालकियत हो जाती है। जो इस प्रकाश-स्रोत में एक वार स्नान कर लेता है, वह अपनी शाश्वतता को देख पाता है। इस क्षण में आपका संपूर्ण भूत एवं भविष्य आपके सामने होता है। यह शाश्वत का क्षण है।यह अंत:प्रकाश में प्रवेश बड़ा घबराने वाला भी है, क्योंकि इसमें प्रवेश के साथ ही, जो भी आप अपने को अभी तक समझे हुए हैं, वह सब मिट जाएगा। आपका अहंकार, आपका व्यक्तित्व--सब मिटेगा। क्योंकि वे सब आपके अस्तित्व पर गंदगियों के आवरण हैं। सिर्फ शुद्ध अस्तित्व–जिसका न कोई नाम है और न रूप–बचेगा।

इस प्रकाश में प्रवेश के बाद परमात्मा में प्रवेश है। इसी बिंदु तक आपके प्रयास की आवश्यकता है। उसके बाद तो आप प्रभु-प्रसाद के क्षेत्र में प्रविष्ट होते हैं और परमात्मा की कोशिश ही काम करने लगती है।

18. अंतर्वाणी साधना

स्वधर्म! ... कैसे पहचानें क्या है स्वधर्म? पहचान हो सकती है। सूक्ष्म होंगे पहचान के सूत्र।

पहली बात–

अगर आप दुखी हैं जीवन में, तो पक्का समझ लेना कि आप स्वधर्म से च्युत हुए हैं। स्वधर्म से च्युत हो रहे हैं–क्योंकि जहाँ स्वधर्म की यात्रा होती है, वहीं आनंद फलित होता है, शांति फलित होती है। अशांत हों यदि, जान लेना

कि परधर्म के पीछे चल रहे हैं।

रुक जाना, पुन: सोच लेना, रि-कंसिडर कर लेना कि जो यात्र चुनी, जो कर रहे हैं, उससे दु:ख, पीड़ा और अशांति बढ़ती है, तो निश्चित ही वह मार्ग मेरा नहीं है।

दूसरी बात–

अगर कोई स्वधर्म के साथ चल रहा हो, तो उसके जीवन में स्वीकार का भाव बढ़ता जाएगा, वह हर स्थिति में अपने को संतुष्ट पाएगा।

तीसरी बात–

दैनंदिन कामों में कभी पता नहीं चलता कि स्वधर्म क्या है, परधर्म क्या है। स्वधर्म का पता अंत:वाणी के अतिरिक्त और कहीं से नहीं चलता है।

पहले मैंने दो लक्षण की बातें कहीं कि इसे आप पता लगा लेना कि ज़िंदगी ठीक मार्ग से जा रही है या नहीं। और तीसरे से मैं आपके स्वधर्म के केंद्र को ही छू लेने की सूचना देता हूँ। आपको पता नहीं–लेकिन आपकी अंतरात्मा को पता है कि क्या है आपका स्वधर्म।

तो घंटेभर के लिए, चौबीस घंटे में बंद कर लेना बाहर की दुनिया को। भूल जाना, छोड़ देना बाहर का बाहर, अपने भीतर डुबकी लगा लेना–मौन, सिर्फ भीतर ध्यान को मोड़कर सुनने की कोशिश करना कि भीतर कोई बोलता है? कोई आवाज है?

पहले बहुत-सी आवाजें सुनाई पड़ेंगी और पहचानने में कठिनाई न होगी कि बाहर की आवाजें हैं। मित्रों के शब्द याद आएँगे, शत्रुओं के शब्द–दुकान, बाजार, मंदिर, शास्त्र–सब याद आएँगे। पहचान सकेंगे भलीभांति कि बाहर के सुने हुए हैं। छोड़ दें, उन पर ध्यान न दें, और भीतर उतरें, और प्रतीक्षा करते रहें।

अगर तीन महीने कोई सिर्फ एक घंटा चुप बैठकर प्रतीक्षा कर सके धैर्य से, तो उसे भीतर की आवाज का पता चलना शुरू हो जाएगा और एक बार भीतर का स्वर पकड़ लिया जाए, तो आपको फिर जिंदगी में किसी से सलाह लेने की जरूरत नहीं पड़ेगी।

जब भी जरूरत हो, आँखें बंद करें और भीतर से सलाह ले लें। पूछ लें भीतर से कि क्या करना है? और स्वधर्म की यात्रा पर आप चल पड़ेंगे, क्योंकि भीतर से स्वधर्म की ही आवाज आती है, भीतर से कभी परधर्म की आवाज नहीं आती।

जो व्यक्ति अपने भीतर की इनर-वायस, अंतर्वाणी की नहीं सुन पाता, वह व्यक्ति कभी स्वधर्म के तप को पूरा नहीं कर पाएगा। लेकिन सब हो सकता है, सबके पास वह अंतर्वाणी का स्रोत है, जन्म के साथ ही वह स्रोत है, बस हमें उसका स्मरण नहीं है। हमने कभी उसे जगाया नहीं। हमने कभी कानों को प्रशिक्षित नहीं किया कि उस सूक्ष्म आवाज को पकड़ लें। जीसस, बुद्ध या महावीर, भीतर की आवाज से जीते हैं।

इसमें एक बात और याद दिला दूँ कि भीतर की आवाज एक बार सुनाई पड़नी शुरू हो जाए, तो आपको अपना गुरु मिल गया। वह गुरु भी भीतर बैठा हुआ है। लेकिन हम सब बाहर गुरु को खोजते फिरते हैं और गुरु भीतर बैठा हुआ है। परमात्मा ने प्रत्येक को वह विवेक, वह अंत:करण, वह कंसाइंस, वह अंतर की वाणी दी है, जिससे अगर हम पूछना शुरू कर दें, तो उत्तर मिलने शुरू हो जाते हैं। और वे उत्तर कभी गलत नहीं होते।

19. संयम साधना-1

कृष्ण ने दो निष्ठाओं की बात कही है—एक वे हैं, जो इंद्रियों का संयम कर लेते हैं—विषयों की तरफ इंद्रियों की जो यात्रा है, उसे विदा कर देते हैं। . ..यात्रा ही विदा कर देते हें। दूसरे वे हैं, जो विषयों को भोगते रहते हैं, फिर भी लिप्त नहीं होते। इन दोनों की साधनाएँ अलग-अलग हैं।

जो इंद्रियों को विषयों तक जाने ही नहीं देते, वे इंदियों और विषयों के बीच में जो सेतु है, ब्रिज है, उसे ही तोड़ देते हैं। दूसरे इंद्रियों को विषयों तक जाने देते हैं। इन दो सेतुओं का जो तोड़ना है, उसे खयाल में ले लेना जरूरी है। दोनों ही स्थितियों से एक ही परम-अवस्था उपलब्ध होती है।

इंद्रियाँ विषयों की तरफ भागती ही रहती हैं। रास्ते पर गुजरे हैं आप—सुंदर भवन दिखाई पड़ गया है, सुंदर चेहरा दिखाई पड़ गया है, सुंदर कार दिखाई पड़ गई है। आपको पता ही नहीं चलता कि जब आपने कहा 'सुंदर है' —तभी इंदियाँ दौड़ चुकीं।

ऐसा नहीं कि 'सुंदर है'—ऐसा जानने के बाद इंद्रियाँ दौड़ना शुरू करती हैं, इंद्रियाँ दौड़ चुकी हैं। तब उनका निष्कर्ष, कंक्लूजन है यह कि 'सुंदर है'।

'सुंदर' हमारी निष्पत्ति है, कारण नहीं। 'सुंदर' की वजह से आकर्षित होता है—ऐसा नहीं, बल्कि आकर्षित होने की वजह से 'सुंदर' का निष्कर्ष लेता है। यह हमारा बौद्धिक निष्कर्ष है। इंद्रियों ने तो अनुभव किया है 'आकर्षण' का। बुद्धि ने

निर्णय लिया है 'सुंदर' का। इंद्रियाँ पहुँच चुकीं, इंद्रियों ने स्पर्श कर लिया।

इंद्रियों की गति सूक्ष्म है। ऐसा नहीं कि जब अप किसी के शरीर को छूते हैं, तभी इंद्रियाँ छूती हैं, इंद्रियाँ पहुँच चुकीं, इंद्रियों ने स्पर्श कर लिया।

इंद्रियों की गति सूक्ष्म है। ऐसा नहीं कि जब अप किसी के शरीर को छूते हैं, तभी इंद्रियाँ छूती हैं, इंद्रियों के छूने के अलग-अलग मार्ग हैं। आँख देती है और छू लेती है।

देखना आँख के छूने का ढंग है, सुनना काम के छूने का ढंग है। ये सब छूने के ढंग हैं, सब इंद्रियाँ छूती हैं।

इंद्रिय का अर्थ है, स्पर्श की व्यवस्था-उपकरण। सूक्ष्म स्पर्श दूर से हो जाते हैं, स्थूल स्पर्श पास से करने पड़ते हैं।

इससे विपरीत काम भी चलता है पूरे समय-शरीर से सबको नहीं छुआ जा सकता। लेकिन एक परफ्यूम डालकर, बड़े सूक्ष्म तल पर गंध से सब-कुछ छुआ जा सकता है।

आवाज, गंध, ध्वनि, दृश्य, दर्शन-वे सब छूते हैं। जब आप सज-सँवर के घर से निकलते हैं, तब आप दूसरों की आँख से छूए जाने का निमंत्रण लेकर निकल रहे हैं। अगर कोई आँख से न छुए, तो आप बड़े उदास लौटेंगे। तो यह दोहरा काम चल रहा है, छूने का-छुए जाने का। प्रतिपल इस काम में संलग्न हैं। आपको पता भी नहीं चलता है कि यह हो रहा है। यह खयाल में भी नहीं आता।

इंद्रियाँ पूरे समय स्पर्श को लालायित हैं, स्पर्श देने को और लेने को आतुर हैं।

तो जो व्यक्ति इंद्रियों को विषयों तक जाने से रोकना है, उसे इंद्रियों की इस सूक्ष्म स्पर्श-व्यवस्था के प्रति जागरूक होना पड़ेगा। यह अत्यंत सूक्ष्म व्यवस्था है। इतनी शीघ्रता से घटित होता है इंद्रियों का स्पर्श कि आपको पता ही तब चलता है, जब घटित होता है। इसके प्रति जागना पड़ेगा, इसे देखना पड़ेगा। इसको स्मरण रखना पड़ेगा पूरे वक्त कि क्या हो रहा है। इसके प्रति होश से भरना पड़ेगा कि 'तुम्हारी आँख सिर्फ देख रही है या स्पर्श भी कर रही है?'

इन दोनों में फर्क है। अगर सिर्फ देखा हो, तो पीछे कोई लकीर नहीं छूटेगी, और अगर स्पर्श भी किया हो, तो पीछे लकीर छूटेगी। अगर सिर्फ देखा हो, तो लौटकर नहीं देखना पड़ेगा, तो स्मृति नहीं बनेगी, अगर स्पर्श भी किया हो, तो स्मृति बनेगी। अगर सिर्फ देखा हो, तो कल भी देखूँ, ऐसी आकांक्षा नहीं

जगेगी, अगर स्पर्श किया–फिर-फिर देखूँ'--ऐसी आकांक्षा जगेगी, अगर स्पर्श किया–फिर-फिर देखूँ–ऐसी आकांक्षा जगेगी।

तो आँख से सिर्फ देखने का काम लें, कान से सिर्फ सुनने का, हाथ से सिर्फ छूने का–स्पर्श करने का नहीं।

जो योगी इंद्रिय को विषय से तोड़ता है, वह विषय और इंद्रिय के बीच स्पर्श को, संस्पर्श को तोड़ता है। देखना तो नहीं तोड़ा जा सकता, देखने को तोड़ने से कुछ फर्क नहीं पड़ता, आँख से स्पर्श विदा होना चाहिए।

.... लेकिन कब होगा? जब आप जागेंगे तो स्पर्श विदा हो जाएगा।

क्या करेंगे? जब भी देखें, तब होश से यह भी देखें कि 'स्पर्श हो रहा है कि नहीं?' सिर्फ देख रहे हैं? मैंने स्पर्श किया कि देखा?

और जब आप पाएँगे कि दिखाई पड़ने लगा, 'स्पर्श किया', तभी आपको अनुभव हो जाएगा कि इंद्रियाँ जहाँ-जहाँ स्पर्श करती हैं, वहीं-वहीं बंधन को निर्मित करती हैं, जहाँ-जहाँ स्पर्श नहीं करतीं, वहाँ-वहाँ बंधन निर्मित नहीं होता।

संयमी का अर्थ है, जो इंद्रियों से उपकरण का काम लेता है–भोग का नहीं। संयमी का अर्थ है–जो इंद्रियों को भोगता नहीं, केवल उपयोग लेता है। भोग बंधन है, उपयोग बंधन नहीं है।

इसी स्पर्श की सूक्ष्म व्यवस्था को स्मरणपूर्वक देखने से व्यवस्था क्रमशः टूटती चली जाती है और इस तरह से पहली घटना घट सकती है संयम की–अर्थात् विषयों तक इंद्रियों का रस तिरोहित हो जाता है। ऐसा संयमी व्यक्ति परम सत्ता को उपलब्ध हो जाता है।

20. संयम साधना-2

कृष्ण कहते हैं--भोग करते हुए भी, भोग में होते हुए भी–स्पर्श करते हुए भी ज्ञानीजन बाहर हो जाते हैं।

इसकी प्रक्रिया और भी सूक्ष्म होगी, क्योंकि यह एक प्रतिशत के लिए है। अभी जो मैंने कहा, वह निन्यानबे प्रतिशत के लिए है।

...फिर क्या करें? ... कैसे सेतु टूटेगा? जब भोग करते हुए भी– पूरा भोग करते हुए भी जो भोग के क्षण में जाग सकता है... भोग के क्षण में।

भोजन कर रहे हैं... डूब रहे हैं... स्वाद की तरंगें बह रही हैं, स्वाद में उतर रहे हैं, ठीक उसी क्षण में स्वाद के प्रति जो जाग जाए। देखें कि डूब रहा

है, उतर रहा है। भागे नहीं, तोड़े नहीं, स्वाद पूरी तरह लेते हुए सिर्फ होश से भर जाए–तो अचानक दिखाई पड़ेगा कि 'मैं भोक्ता नहीं हूँ–भोग है, मैं द्रष्टा हूँ।' द्रष्टा का भोक्ता-भाव गिर जाता है।

संगीत को सुनेगा, कान गद्‌गद् होंगे, आनंदातिरेक में नाचने लगेंगे–कान पूरी तरह रसमग्न हो जाएगा, लेकिन भीतर जो चेतना है, वह जागकर देखेगी 'ऐसा हो रहा है'–'दिस इज हैपनिंग', और ऐसे स्मरण से कि 'ऐसा हो रहा है' तत्काल कोई गहरा सेतु टूट जाता है, जहाँ से भीतर की चेतना भोक्ता नहीं रह जाती, सिर्फ द्रष्टा रहती है। इस मार्ग से भी ज्ञानीजन उस परात्पर सत्य को उपलब्ध हो जाते हैं।

इस दूसरी साधना में एक कठिनाई है। डर है कि कहीं हम अपने को धोखा दे लें, डिसेप्शन का डर है, आत्म-वंचना का डर है।

एक आदमी कह सकता है कि 'ठीक है, हम तो वेश्या के घर नृत्य देखते हैं, साक्षी रहते हैं, रस लेते हैं पूरा, लेकिन ज्ञानीजन की तरह लेते हैं।'

परीक्षा बहुत कठिन है। लेकिन परीक्षाएँ भी निकाली गई हैं, तंत्र ने बहुत-सी परीक्षाएँ निकालीं। एक अद्‌भुत परीक्षा तंत्र ने निकाली है, वह मैं आपसे कहूँ।

वह परीक्षा यह थी कि जो व्यक्ति कहता है कि मैं भोगते हुए भी तटस्थ होता हूँ, द्रष्टा होता हूँ–तंत्र ने उसे कहा है कि तुम शराब पियो और शराब पीते हुए तुम होश में रहो। और हम शराब पिलाए चले जाएँगे, तुम होश में रहो। अगर घटना घट गई है साक्षी की, द्रष्टा की–भोगते हुए की अवस्था में–तो शराब में भी होश कायम रहना चाहिए। क्योंकि नशा करेंगी इंद्रियाँ, तुम जागे रहना, तुम मत सो जाना।

तंत्र ने अद्‌भुत प्रक्रिया निकाली नशे की जब गांजा, अफीम, शराब–इन सबका कोई असर नहीं हुआ साधक पर–वह जागा ही रहा उतने ही होश में, जितने होश में वह बिना नशे का था; तव सांप से भी जीभ पर काटने के प्रयोग किए गए और उसमें भी वह जागा रहा।

यह आमतौर पर हमें कठिन मालूम पड़ता है कि साधु-संन्यासी गाँजा पीए, शराब पीए, पर वह कभी गहरी परीक्षा थी। अब वह रोज साँझ को गाँजा पी रहे हैं।

लेकिन यह दूसरे वर्ग की ही परीक्षा है, पहले वर्ग की नहीं।

21. शांति-सूत्र–नियति की स्वीकृति

जीवन में छोटे-बड़े दुख के कारण कभी-कभी मन अशांत, निराश और बेचैन बन जाता है। तो संसार में ही रहकर मन सदा शांत, प्रसन्न और उत्साही कैसे रखें?

नियति की बात अगर ठीक से समझ लें तो मन शांत हो जाएगा। और कोई भी उपाय मन को शांत करने का नहीं है, और सब उपाय ऊपरी-ऊपरी हैं। उनसे थोड़ी-बहुत राहत मिल सकती है, लेकिन मन शांत नहीं हो सकता। लेकिन नियति की बात थोड़ी कठिन है, समझ में थोड़ी मुश्किल से पड़ती है।

मन अशांत होता है, नियति का विचार कहेगा–उस अशांति को स्वीकार कर लें–उसके विपरीत शांत होने की कोशिश मत करें। मन उदास है, नियति का विचार कहेगा–उदासी को स्वीकार कर लें, प्रफुल्लित होने की चेष्टा न करें। क्योंकि असली अशांति, अशांति के कारण नहीं, अशांति को दूर हटाने के विचार से पैदा होती है। असली उदासी, उदासी नहीं–'कैसे मैं प्रफुल्लित हो जाऊँ'–इस धारणा से, इस विचार से, इस आकांक्षा से पैदा होती है।

उदासी को स्वीकार कर लें, और आप पाएँगे शीघ्र ही कि उदासी विलीन हो गई है। उसकी स्वीकृति में ही उसका अंत है।

'कैसे दुखी न हों'–यह न पूछें, दुखी हैं, दुख को स्वीकार कर लें। वह भाग्य, वह नियति, वह है।

उससे लड़ें मत, उससे सब लड़ाई छोड़ दें। उसके पार जाने की आकांक्षा भी छोड़ दें। उससे विपरीत की माँग भी छोड़ दें। उसे स्वीकार कर लें कि यह मेरी नियति, यह मेरा भाग्य है– मैं दुखी हूँ, बात यहाँ पूरी हो गई। दुख से राजी हो जाएँ और फिर देखें कि दुख कैसे टिक सकता है। अशांति को स्वीकार कर लें और आप शांत हो जाएँगे।

हमारी अशांति अशांति नहीं है, हमारी अशांति शांति की चाह से पैदा होती है। इसलिए जो लोग शांति के लिए बहुत आकांक्षी हो जाते हैं, उनसे ज्यादा अशांत कोई भी नहीं होता। जिस दिन से आपको खयाल हो जाता है कि शांत कैसे होऊँ, उस दिन से आपकी अशांति और बढ़ जाती है। क्योंकि अशांति तो है ही, अब एक नई अशांति भी शुरू हो गई...कि शांत कैसे हो जाऊँ?

और अशांत आदमी कैसे शांत हो सकता है? और अशांत आदमी पूजा भी करेगा तो उसकी अशांति ही उसकी पूजा से प्रकट होगी। और अशांत आदमी ध्यान भी करेगा, तो उसका ध्यान भी उसकी अशांति से ही निकलेगा। अशांत

आदमी मंदिर भी जाएगा तो अपनी बेचैनी को साथ ले जाएगा। अशांत गीता भी पढ़ेगा, तो करेगा क्या? अशांति से अशांति ही निकल सकती है। इसलिए आप कुछ भी करें, करेगा कौन? वह जो अशांत है, वही कुछ करेगा।

ध्यान रहे, एक बहुत मनोवैज्ञानिक आधारभूत नियम है कि अगर आप अशांत हैं, तो आप जो भी करेंगे, अशांति उससे बढ़ेगी। कौन करेगा?

अशांत आदमी कुछ करेगा–वह और अशांति को दो-गुनी कर लेगा, तीन-गुनी कर लेगा।

ऐसा समझें कि एक लोभी आदमी है–और वह लोभ छोड़ने की कोशिश कर रहा है।

... वह करेगा क्या? यह लोभ छोड़ने की कोशिश भी लोभ से ही निकलेगी, वह लोभी आदमी है। तो अगर कोई उसको विश्वास दिला दे कि अगर वह इतना दान करता है, तो स्वर्ग में उसे भगवान के मकान के बिल्कुल पास मकान मिल जाएगा–अगर यह पक्का हो जाए, तो वह दान कर सकता है। मगर यह दान लोभ से निकलेगा, स्वर्ग में जगह बिल्कुल निश्चित हो जाए–यह लोभ–तो दान कर सकता है। मगर यह दान लोभ के विपरीत नहीं है, लोभ का हिस्सा है।

लोभी आदमी क्या करेगा? जो भी करेगा, वह लोभ के कारण ही कर सकता है। क्रोधी आदमी क्या करेगा? वह जो भी करेगा, क्रोध के कारण ही कर सकता है। आप जो हैं, उसके रहते आप जो भी करेंगे, वह आपसे ही निकलेगा। और अगर नीम से पत्ता निकलेगा, तो वह कड़वा होगा और आपसे जो पत्ता निकलेगा, वह आपके ही स्वाद वाला होगा।

नियति का विचार यह करता है कि आप कुछ करें मत–आप कर नहीं सकते कुछ; आप सिर्फ राजी हो जाएँ।

इसका प्रयोग करके देखें। अशांति आई है बहुत बार–और आपने शांत होने की कोशिश की और अब तक हो नहीं पाए, इस दूसरे प्रयोग को करके देखें–अशांति आए, स्वीकार कर लें कि 'मैं अशांत हूँ कि मुझे अशांति मिलेगी, मैंने ऐसा कर्म किया होगा कि मुझे अशांति मिल रही है, नियति में अशांति का ही पात्र हूँ मैं'–इसे स्वीकार कर लें, इस अशांति-से रत्ती-मात्र संघर्ष न करें।

...क्या होगा? जैसे ही आप स्वीकार करते हैं, अशांति तिरोहित होनी शुरू हो जाती है। क्योंकि स्वीकार का भाव ही उसकी मृत्यु बन जाता है। जिस चीज को हम स्वीकार कर लेते हैं, उसके हम पार हो जाते हैं। अशांत हैं, अशांति को स्वीकार कर

लें लड़ें मत, फिर देखें क्या होता है। स्वीकृति क्रांतिकारी तत्त्व है। और जिस बात को हम स्वीकार कर लेते हैं, उससे छुटकारा उसी क्षण शुरू हो जाता है।

हमारा उपद्रव क्या है? सुख को हम पकड़ते हैं, दु:ख को हम पकड़ते नहीं हैं, दु:ख से हम बचना चाहते हैं। ...सुख कहीं छूट न जाए, इस कोशिश में होते हैं। और हमें पता नहीं कि सुख और दु:ख एक ही सिक्के के पहलू हैं।

तो जब हम सुख को पकड़ते हैं, तब हमने दु:ख को पकड़ लिया, वह उसी का छिपा हुआ पहलू है। तो हम उल्टा काम कर रहे हैं, सुख पकड़ना चाहते हैं, दु:ख को हटाना चाहते हैं। यह नहीं होगा। या तो दोनों के लिए राजी हो जाएँ। दोनों हालत में आपके जीवन में क्रांति हो जाएगी।

लेकिन सुख-दु:ख तो हमारी समझ में आ जाते हैं, पर जब कोई आ जाता है—और कहता है—'शांति-अशांति'? तो लगता है यह कोई दूसरी बात कर रहा है।

बात वही है, वही-के-वही सिक्के हैं, नाम बदल गए हैं। आप शांति चाहते हैं, इसलिए आपको अशांत होना पड़ेगा, क्योंकि वह दूसरा हिस्सा कौन स्वीकार करेगा? आप शांति पा लेंगे तो अशांति कौन पाएगा? आधा हिस्सा कहाँ जाएगा? और सिक्के के दो पहलू अलग नहीं किए जा सकते। आप अशांति को भी राजी हो जाएँ, अगर शांति चाहते हैं, तो दोनों से राजी हो जाएँ।

दोनों के लिए राजी होने में ही क्रांति घट जाती है। क्योंकि साधारणतया मन दोनों के लिए राजी नहीं होता, एक के लिए राजी होता है। मन की तरकीब यह है कि आधे को पकड़ो, आधे को छोड़ो। यही मन का द्वंद्व है, यही उसका कष्ट है। जब आप दोनों के लिए राजी हो गए, आप मन के पार हो गए। या दोनों को छोड़ दें या दोनों को पकड़ लें—दोनों एक ही बात है।

जगत् में दो उपाय हैं, दो विधियाँ हैं—परम अनुभूति को पाने की दो विधियाँ हैं—दोनों को छोड़ दें—यह संन्यासी का मार्ग है। दोनों को पकड़ लें—यह गृहस्थ का मार्ग है। दोनों का परिणाम एक है, क्योंकि मन की तरकीब है एक को पकड़ना और एक को छोड़ना। दोनों को छोड़ें—तो भी मन छूट जाता है। क्योंकि मन आधे के साथ जी सकता है।

ये दो उपाय हैं—या तो दोनों छोड़ दें—सुख भी, दु:ख भी, शांति भी, अशांति भी। फिर आपको कोई अशांत न कर सकेगा, या दोनों पकड़ लें। दोनों पकड़ना 'सहज-योग' है। इन मित्र ने यही पूछा है कि घर में, संसार में रहते हुए कैसे शांति पाऊँ?

पहली बात

शांति पाने की कोशिश मत करें, अशांति को स्वीकार कर लें—आप शांत हो जाएँगे। फिर दुनिया में कोई आपको अशांत नहीं कर सकता। अगर मैं अशांति के लिए राजी हूँ, कौन मुझे अशांत कर सकता है? अगर मैं गाली के लिए राजी हूँ, तो कौन मेरा अपमान कर सकता है? मैं गाली के लिए राजी नहीं हूँ, इसलिए कोई मेरा अपमान कर सकता है। मैं अशांति के लिए राजी नहीं हूँ इसलिए कोई भी अशांत कर सकता है।

अगर हम ठीक से मन की प्रक्रिया को समझ लें, तो मन की प्रक्रिया को समझकर जीवन बदल जाता है। प्रक्रिया यह है कि मन हमेश चीजों को दो में तोड़ लेता है—मान-अपमान, सुख-दुख, शांति-अशांति, संसार-मोक्ष—दो में तोड़ लेता है और कहता है—एक नहीं चाहिए, अरुचिकर है, और एक चाहिए, वह रुचिकर है—बस, यह मन का खेल है।

इस मन से बचने के दो उपाय हैं—या तो दोनों के लिए राजी हो जाएँ—मन मर जाएगा, या दोनों को छोड़ दें—तो भी मन मर जाएगा। जो आपके लिए अनुकूल पड़े, वैसा कर लें—अन्यथा आपके शांत होने का फिर कोई उपाय नहीं है।

जब तक आप शांत होना चाहते हैं, तब तक शांत न हो सकेंगे। जब तक आप सुखी होना चाहते हैं, दु:ख आपका भाग्य होगा, और जब तक मोक्ष के लिए पागल हैं, संसार आपकी परिक्रमा होगी। दोनों के लिए राजी हो जाएँ—माँग ही छोड़ दें,—कह दें, 'जो होता है, मैं राजी हूँ'।

इसका थोड़ा प्रयोग करके देखें—चौबीस घंटे, ज्यादा नहीं। लड़ने का प्रयोग तो आप हजारों जन्मों से कर रहे हैं, एक चौबीस घंटे तय कर लें कि आज सुबह छह बजे से कल सुबह छह बजे तक जो भी होगा, उसको मैं स्वीकार कर लूँगा, जहाँ भी हो विरोध, द्वंद्व खड़ा नहीं करूँगा।

करके देखें, चौबीस घंटे में आपकी ज़िंदगी में एक नई हवा का प्रवेश हो जाएगा। जैसे कोई झरोखा अचानक खुल गया और ताज़ा हवा आपकी ज़िंदगी में आनी शुरू हो गई। फिर ये चौबीस घंटे कभी खत्म न होंगे। एक दफा इसका अनुभव हो जाए, फिर आप इसमें गहरे उतर जाएँगे।

कोई विधि नहीं है शांत होने की, शांत होना जीवन-दृष्टि है। कोई मैथड नहीं होता कि भगवान का नाम जप लिया और शांत हो गए। अशांति को स्वीकार करलें, दुःख को स्वीकार करलें, मृत्यु को स्वीकार कर लें, फिर आपकी कोई मृत्यु नहीं है।

जिसे हम स्वीकार कर लेते हैं, उसके हम पार हो जाते हैं।

खंड : दो

एक

साधना-सूत्र

ओशो के साधकों को लिखे गए ध्यान-साधना-संबंधी 21 पत्र

1. तीन सूत्र—साक्षी साधना के
2. चेतना के प्रतिक्रमण का रहस्यसूत्र
3. निद्रा में जागरण की विधि—जागृति में जागना
4. ब्रह्म का मौन संगीत
5. सुनने की कला
6. शरीर में घनिष्ठता से जीने का आनंद
7. सजग होकर स्वप्न देखना—एक ध्यान
8. स्मरण रखो एक का
9. ध्यान—मृत्यु पर
10. स्वयं को पाना हो तो दूसरों पर ज्यादा ध्यान मत देना
11. अदृश्य के दृश्य और अज्ञात के ज्ञात होने का उपाय—ध्यान
12. जीवन नृत्य है
13. स्वयं की कील
14. स्वीकार से दु:ख का विसर्जन
15. अवलोकन—वृत्तियों की उत्पत्ति, विकास व विसर्जन का
16. क्रोध के दर्शन से क्रोध की ऊर्जा का रूपांतरण
17. काम-ऊर्जा का रूपांतरण—संभोग में साक्षीत्व से
18. काम-वृत्ति पर ध्यान
19. विचारों के पतझड़
20. आनंदातिरेक और भगवत्-मादकता का मार्ग
21. संवेदनशीलता बढ़ाने का प्रयोग

साधना-सूत्र

यहाँ प्रस्तुत हैं ओशो के विभिन्न साधकों को संकेत कर व्यक्तिगत रूप से लिखे गए साधना-संबंधी इक्कीस पत्र।

ये पत्र 'प्रेम के फूल, ढाई आखर प्रेम का, अंतर्वीणा, पद घुँघरू बाँध, तत्वमसि तथा टरनिंग इन, गेटलेस गेट, दी साइलेंट म्यूजिक, व्हाट इज मेडीटेशन आदि विविध पत्र-संकलनों से चुने गए हैं।

इन पत्रों में साधना-सूत्रों की ओर सूक्ष्म इशारे हैं।

1. तीन सूत्र–साक्षी–साधना के

साक्षी-भाव की साधना के लिए इन तीन सूत्रों पर ध्यान दो–

1. संसार के कार्य में लगे हुए श्वास के आवागमन के प्रति जागे हुए रहो। शीघ्र ही साक्षी का जन्म हो जाता है।

2. भोजन करते समय स्वाद के प्रति होश रखो। शीघ्र ही साक्षी का आविर्भाव होता है।

3. निद्रा के पूर्व जब कि नींद आ नहीं गई है और जागरण जा रहा है–सम्हलो और देखो। शीघ्र ही साक्षी पा लिया जाता है।

2. चेतना के प्रतिक्रमण का रहस्य-सूत्र

अंधकार बाहर ही है। भीतर तो सदा ही आलोक है। ध्यान बहिर्गामी है तो रात्रि है। ध्यान अंतर्गामी बने तो रात्रि दूर हो जाती है, और सुबह का जन्म होता है। बाहर से हटाएँ मन को। मुड़ें भीतर की ओर। शब्द से न रहें–मौन हो। विचार से विश्राम लें–शून्य हो। बाह्य को भूलें–और स्मरण करें उसका जो भीतर है। जब भी समय मिले–चेतना की धारा को भीतर की ओर ले चलें। सोते समय–सोने के पूर्व आँखें बंद करें और भीतर देखें। जागते समय-ज्ञात हो कि

नींद टूट गई है तो आँखें न खोलें—पहले देखें भीतर। और धीरे-धीरे चेतना के क्षितिज पर सूर्योदय हो जाएगा।

3. निद्रा में में जागरण की विधि : जागृति में जागना

जागृति में ही जागें। निद्रा या स्वप्न में जागने का प्रयास न करें। जागृति में जागने के परिणामस्वरूप ही अनायास निद्रा या स्वप्न से भी जागरण उपलब्ध होता है। लेकिन उसके लिए करना कुछ भी नहीं है। कुछ करने से उसमें बाधाएँ पैदा हो सकती हैं। निद्रा तो जागरण का प्रतिफलन है। जो हम जागते में हैं, वही हम सोते में हैं। यदि हम जागते में ही सोए हुए हैं, तो निद्रा भी निद्रा है। जागते में विचारों का प्रवाह ही सोते में स्वप्नों का जाल है। जागने में जागते ही निद्रा में भी जागरण का प्रतिफलन शुरू हो जाता है। जागते में विचार नहीं तो फिर सोते में स्वप्न भी मिट जाते हैं।

4. ब्रह्म का मौन-संगीत

ध्वनि से ध्वनिशून्यता में जाना मार्ग है। धीरे-धीरे 'ओइम्-जैसी' ध्वनि का सुर उच्चार करो। और जैसे ध्वनिशून्यता में प्रवेश करे वैसे ही तुम भी कर जाओ, या किन्हीं दो ध्वनियों के अंतराल में ठहरो। और तुम स्वयं ध्वनिशून्यता हो जाओगे। या, एक झरने की अनवरत ध्वनि में नहाओ—या किसी अन्य की। या, कानों में अंगुलियाँ डालकर सब ध्वनियों की उद्गम ध्वनि को सुनो। और तब अकस्मात् तुम्हारे ऊपर ब्रह्म के मौन-संगीत का विस्फोट हो जाएगा। किसी भी ढंग से ध्वनिशून्यता के खड्ड में गिर जाओ—और तुम प्रभु को पा लोगे।

5. सुनने की कला

जो भी मैं कहता हूँ, उसमें नया कुछ नहीं है। न ही उसमें कुछ भी पुराना है। या वह दोनों हैं—पुराने-से-पुराना और नए-से-नया। और यह जानने के लिए तुम्हें मुझे सुनने की जरूरत नहीं। ओह!सुनो प्रात: पक्षियों के कलरव को—या फूलों को और धूप में चमकती घास की बालियों को—और तुम उसे सुन लोगे। और यदि तुम्हें सुनना नहीं आता, तो तुम मुझसे भी न जान सकोगे। इसलिए वास्तविक बात यह नहीं है कि तुम क्या सुनते हो—वरन् तुम कैसे सुनते हो। क्योंकि संदेशा तो सब जगह है—सब जगह—सब जगह। अब मैं तुम्हें सुनने की कला बतलाता हूँ—

घूमते रहो जब तक कि प्राय: निढाल न हो जाओ। या नाचो—या तीव्रता से श्वास लो और तब जमीन पर गिरकर सुनो। अथवा, जोर-जोर से अपना नाम दोहराओ जब तक कि थक न जाओ। और तब अचानक रुको और सुनो। अथवा, नींद-प्रवेश के बिंदु पर, जब कि नींद अभी भी नहीं आई हो और बाह्य-जागरण चला गया हो—अचानक सतर्क हो जाओ और सुनो। और, तब तुम मुझे सुन लोगे।

6. शरीर में घनिष्ठता से जीने का आनंद

शरीर में आत्मीयता से जियो। और, घनिष्ठता से। शरीर को अधिक अनुभव करो। और शरीर को अधिक अनुभव करने दो। यह आश्चर्यजनक है कि कितने ही लोग स्वयं की शारीरिक सत्ता के प्रति प्राय: अनभिज्ञ हैं। शरीर को अत्यधिक दबाया गया है और जीवन को नकारा गया है। इसी कारण यह मात्र एक मृत बोझ है, एक जीवंत आह्लाद नहीं। इसी कारण मैं जोर देता हूँ कि शरीर में वापिस लौट जाओ और उसकी गतिविधियों में आश्चर्यजनक उल्लास को पुन: प्राप्त करो। विशुद्ध गतिविधियों में इसे ध्यान ही बना लो और तुम्हें बहुत लाभ होगा। इतना कि समझ के बाहर हो।

7. सजग होकर स्वप्न देखना—एक ध्यान

स्वप्न देखने को सचेतन रूप से ध्यान बनाओ। और, भली-भाँति जानो कि सजग होकर स्वप्न देखना अवलोकन के नए द्वार खोलता है। लेट जाओ, विश्राम करो और स्वप्न देखो। पर सो नहीं जाना। भीतर सजग बने रहो। प्रतीक्षा करो और सतर्क रहो। मन में जो भी स्वप्न आए उसे देखो—स्वप्न देखो और संतुष्ट हो जाओ। संतुष्ट अपने स्वप्नों से—क्योंकि वे तुम्हारे हैं और स्मरण रखो कि तुम्हारे स्वप्नों की भाँति कुछ भी तुम्हारा नहीं हो सकता है—क्योंकि तुम स्वयं भी एक स्वप्न-सत्ता हो। और इसलिए भी, क्योंकि तुम्हारे स्वप्न में ही तुम्हारी इच्छाएँ वास्तविक होती हैं—सिर्फ तुम्हारे स्वप्नों में। लेकिन उनसे तादात्म्य मत करो। उनके साक्षी बनो। सजग रहो। और, तब, अचानक स्वप्न विलीन हो जाएगा। और, केवल तुम्हीं होओगे; और प्रकाश होगा।

8. स्मरण—एक का

सदैव एक का स्मरण रखो, जोकि शरीर के भीतर है। चलते हुए, बैठे हुए, खाते हुए—या कुछ भी करते हुए एक का स्मरण रखो, जोकि न तो चल

रहा है, न ही बैठा है, न ही खा रहा है। सब करना ऊपर सतह पर है। और सब करने के पार हमारा होना है। इसलिए सब करने में 'अकर्ता' के प्रति, चलने में 'अचल' के प्रति सजग रहो।

एक दिन मुल्ला नसरुद्दीन की पत्नी अपने कमरे की ओर भागी–जब उसने एक भारी धम्म की आवाज सुनी। 'घबराने वाली कोई बात नहीं'–मुल्ला ने कहा–'मेरा यह चोगा जमीन पर गिर गया था।' 'क्य?' .. और इतने जोर का धमाका हुआ?'–उसकी बीबी ने पूछा। 'हाँ, उस समय मैं उसके भीतर जो था'–मुल्ला ने कहा।

9. ध्यान–मृत्यु पर

मृत्यु के सीधे साक्षात से जीवन अधिक प्रामाणिक हो जाता है। लेकिन हम सदा मृत्यु के तथ्य से बचने की कोशिश करते हैं। और इससे जीवन मिथ्या और कृत्रिम बन जाता है। और मृत्यु से भी बदतर। क्योंकि प्रामाणिक मृत्यु का भी अपना एक सौंदर्य है। जबकि मिथ्या जीवन मात्र कुरूप है। मृत्यु पर ध्यान करो–क्योंकि मृत्यु का साक्षात किए बिना जीवन को जानने का उपाय नहीं है। और वह सब कहीं है। जहाँ कहीं जीवन है, मृत्यु भी है। वे, वास्तव में उसी एक घटना के दो पहलू हैं। और जब कोई यह जान लेता है–वह दोनों का अतिक्रमण कर जाता है। और केवल अतिक्रमण में चेतना समग्ररूपेण खिलती है। और होता है सत्ता का आनंद।

10. स्वयं को पाना हो तो दूसरों पर ज्यादा ध्यान मत देना

फकीर झुगान सुबह होते ही जोर से पुकारता–'झुगान! झुगान!' सूना होता उसका कक्ष। उसके सिवाय और कोई भी नहीं। सूने कक्ष में स्वयं की ही गूँजती आवाज को वह सुनता–'झुगान! झुगान!' उसकी आवाज को आसपास के सोए वृक्ष भी सुनते। वृक्ष पर सोए पक्षी भी सुनते। निकट ही सोया सरोवर भी सुनता। और फिर वह स्वयं ही उत्तर देता–'जी गुरुदेव! आज्ञा, गुरुदेव!' उसके इस प्रत्युत्तर पर वृक्ष हँसते। पक्षी हँसते। सरोवर हँसता। और फिर वह कहता–'ईमानदार बनो, झुगान! स्वयं के प्रति ईमानदार बनो।' वृक्ष भी गंभीर हो जाते। पक्षी भी। और वह कहता, 'जी, गुरुदेव।' और फिर कहता–'स्वयं को पाना है तो दूसरों पर ज्यादा ध्यान मत देना' वृक्ष भी चौंककर स्वयं का ध्यान करते। पक्षी भी। सरोवर भी।

और झुगान कहता–'जी, हाँ! जी, हाँ!' और फिर इस एकालाप के बाद झुगान बाहर निकलता तो वृक्षों से कहता–'सुना?' पक्षियों से कहता–'सुना?' सरोवर से कहता–'सुना?' और फिर हँसता। कहकहे लगाता।

कहते हैं वृक्षों को, पक्षियों को, सरोवरों को उसके कहकहे अभी भी याद हैं। लेकिन, मनुष्यों को? नहीं–मनुष्यों को कुछ भी याद नहीं है। यह मोनो नाटक (मोनो-ड्रामा) तुम्हारे बड़े काम का है। इसका तुम रोज अभ्यास करना। सुबह उठकर–उठते ही बुलाना जोर से। ध्यान रहे कि धीरे नहीं–बुलाना है जोर से। इतने जोर से कि पास-पड़ोस सुने, फिर कहना– 'स्वयं को पाना है तो दूसरों पर ज्यादा ध्यान मत देना।' और फिर कहना–'जी, हाँ, जी हाँ।' और यह सब इतने जोर से कहना कि तुम्हें ही नहीं औरों को भी इसका लाभ हो। फिर हँसते हुए बाहर आना। कहकहे लगाना और हवाओं से पूछना–'सुना?' बादलों से पूछना–'सुना?'

11. अदृश्य के दृश्य और अज्ञात के ज्ञात होने का उपाय–ध्यान

अदृश्य को दृश्य करने का उपाय पूछते हैं? दृश्य पर ध्यान दें। मात्र देखें नहीं, ध्यान दें, अर्थात् जब फूल को देखें तो स्वयं का सारा अस्तित्व आँख बन जाए। पक्षियों को सुनें तो सारा तन प्राण बन जाए। फूल देखें तो सोचें नहीं। पक्षियों को सुनें तो विचारें नहीं। समग्र चेतना (टोटल कॉन्शसनेस) से देखें या सुनें या सूँघे या स्वाद लें या स्पर्श करें। क्योंकि, संवेदनशीलता (सेंसटिविटी) के उथलेपन के कारण ही अदृश्य दृश्य नहीं हो पाता है और अज्ञात अज्ञात ही रह जाता है। संवेदना को गहरावें। संवेदना में तैरें नहीं, डूबें। इसे ही मैं ध्यान (मेडीटेशन) कहता हूँ। और ध्यान में दृश्य भी खो जाता है और अंततः दृश्य होता है और अज्ञात ज्ञात होता है। यही नहीं–अज्ञेय (अननोएबल) भी ज्ञेय हो जाता है। और ध्यान रखें कि जो भी मैं लिख रहा हूँ–उसे भी सोचें न, वरन् करें। 'कागज लेखी' से न कभी कुछ हुआ है, न हो ही सकता है। 'आँखन देखी' के अतिरिक्त कोई और द्वार नहीं है।

12. जीवन नृत्य है

आकाश से थोड़ा तालमेल बढ़ाएँ। आँखों को विराट को पीने दें। दिन हो या रात–जब भी मौका मिले आकाश पर ध्यान करें, आकाश को उतरने दें हृदय

में। शीघ्र ही बीच से परदा उठने लगेगा। भीतर और बाहर का आकाश आलिंगन करने लगेगा। स्वयं के मिटने में इससे सहायता मिलेगी। अहं के विसर्जन में इससे मार्ग बनेगा। और यदि अनायास ही आकाश पर ध्यान करते-करते तन-मन नृत्यु को आतुर हो उठें तो स्वयं को रोकना नहीं–नाचना। हृदयपूर्वक नाचना। पागल होकर नाचना। उस नृत्य से जीवन-रूपांतरण की अनूठी कुंजी हाथ लग जाती है। क्योंकि नृत्य ही है अस्तित्व। अस्तित्व के होने का ढंग ही नृत्यमय है। अणु-परमाणु नृत्य में लीन हैं–ऊर्जा अनंत रूपों में नृत्य कर रही है। जीवन नृत्य है।

13. स्वयं की कील

संसार का चक्र घूम रहा है, लेकिन उसके साथ तुम क्यों घूम रहे हो? शरीर और मन के भीतर जो है, उसे देखो। वह तो न कभी घूमा है, न घूम रहा है, न घूम सकता है। वही तुम हो। 'तत्त्वमसि, श्वेतकेतु'। सागर की सतह पर लहरें हैं, पर गहराई में? वहाँ क्या है? सागर को उसकी सतह ही समझ लें तो बहुत भूल हो जाती है। बैलगाड़ी के चाक को देखना। चाक घूमता है, क्योंकि कील नहीं घूमती है। स्वयं की कील का स्मरण रखो। उठते, बैठते, सोते, जागते उसकी स्मृति को जगाए रखो। धीरे-धीरे सारे परिवर्तन के पीछे उसके दर्शन होने लगते हैं, जोकि परिवर्तन नहीं है।

14. स्वीकार से दुःख का विसर्जन

दुःख को स्वीकार करें। दुःख से भागें नहीं। जो दुःख से भागता है, दुःख उससे कभी नहीं भागता। जो दुःख से नहीं भागता है, दुःख उससे भाग जाता है। यही शाश्वत नियम है। दुःख से बचने के लिए ध्यान न करें। ध्यान करें–ध्यान के लिए ही। ध्यान के आनंद के लिए ही ध्यान करें। और दुःख फिर खोजे से भी नहीं मिलेगा।

15. अवलोकन–वृत्तियों की उत्पत्ति, विकास व विसर्जन का

भीतर की आवाज पर ज्यादा-से-ज्यादा ध्यान दो। उसे सुनो एकाग्र होकर। उसके द्वारा साक्षी जन्म लेना चाह रहा है। क्रोध हो कि प्रेम–जैसे ही भीतर से कोई कहे–'देख ले। यह है तेरा क्रोध!–वैसे ही शांत-एकाग्रता से देखने में लग जाना। निश्चय ही, देखते ही वृत्ति विलीन हो जाएगी। तब वृत्ति को विलीन होते

देखना। विलीन हो गया देखना। वृत्ति का उठना, फैलना, विलीन होना, विलीन हो जाना—जब चारों स्थितियाँ समग्ररूपेण देख ली जाती हैं तब ही वृत्तियों का रूपांतरण (ट्रांसफोर्मेशन) होता है। और चित्तवृत्तियों का रूपांतरण ही निरोध है। और ऐसे निरोध को ही पतंजलि ने योग कहा है। योग द्वार है उसका, जोकि चित्त के पार है। और जो चित्त के पार है वही शाश्वत है, वही सत्य है।

16. क्रोध के दर्शन से क्रोध की ऊर्जा का रूपांतरण

जब क्रोध आए तो दो-चार गहरी साँसें लेना और क्रोध के साक्षी बनना। क्रोध न तो करना ही और न क्रोध से लड़ना ही। क्रोध को देखना। क्रोध के दर्शन से क्रोध की ऊर्जा (इनर्जी) क्षमा में रूपांतरित हो जाती है। पूछोगे—क्यों? ऐसे ही जैसे 100 डिग्री तापमान पर पानी वाष्पीभूत हो जाता है। या, ऐसे ही जैसे हाइड्रोजन और आक्सीजन के मिलने से जल निर्मित हो जाता है।

17. काम-ऊर्जा का रूपांतरण—संभोग में साक्षीत्व से

काम-वासना स्वाभाविक है। उससे लड़ना नहीं, अन्यथा उसके विकृत-रूप चित्त को घेर लेंगे। काम (सेक्स) को समझो और काम-कृत्य (सेक्स-ऐक्ट) को भी ध्यान का विषय बनाओ। काम में, संभोग में भी साक्षी (विटनेस) बनो। संभोग में भी साक्षी-भाव के जुड़ते ही काम-ऊर्जा (सेक्स इनर्जी) का रूपांतरण प्रारंभ हो जाता है। वह रूपांतरण ही ब्रह्मचर्य है। ब्रह्मचर्य काम का विरोध नहीं—काम-ऊर्जा का ही ऊर्ध्वगमन है। जीवन में जो भी है उसे मित्रता से और अनुग्रह से स्वीकार करो। शत्रुता का भाव अधार्मिक है। स्वीकार से परिवर्तन का मार्ग सहज ही खुलता है। शक्ति तो सदा ही तटस्थ है। वह न बुरी है, न अच्छी। शुभ या अशुभ उससे सीधे नहीं—वरन् उसके उपयोग से ही जुड़े हैं।

18. काम-वृत्ति पर ध्यान

काम-वासना से भयभीत न हों। क्योंकि भय हार की शुरूआत है। उसे भी स्वीकार करें। वह भी है और अनिवार्य है। हाँ—उसे जानें जरूर—पहचानें। उसके प्रति जागें। उसे अचेतन (अनकॉन्शस) से चेतन (कान्शस) बनावें। निंदा से यह कभी भी नहीं हो सकता है। क्योंकि, निंदा दमन (रिप्रेशन) है। और दमन वृत्तियों को अचेतन में ढकेल देता है। वस्तुतः तो दमन के कारण ही चेतना चेतन और अचेतन में विभाजित हो गई है। और यह विभाजन समस्त द्वंद्व (कंफ्लिक्ट)

का मूल है। यह विभाजन ही व्यक्ति को अखंड नहीं बन्ने देता है। और अखंड बने बिना शांति का, आनंद का, मुक्ति का कोई मार्ग नहीं है। इसलिए काम-वासना पर ध्यान करो। जब वह वृत्ति उठे तो ध्यानपूर्वक (मांइडफुली) उसे देखो। न उसे हटाओ, न स्वयं उससे भागो। उसका दर्शन अभूतपूर्व अनुभूति में उतार देता है। और ब्रह्मचर्य इत्यादि के संबंध में जो भी सीखा-सुना हो, उसे एक-बारगी कचरे की टोकरी में फेंक दो। क्योंकि, इसके अतिरिक्त ब्रह्मचर्य को उपलब्ध होने का कोई मार्ग नहीं है।

19. विचारों के पतझड़

विचारों के प्रवाह में बहना-भर नहीं। बस जागे रहना। जानना स्वयं को पृथक् और अन्य। दूर और मात्र द्रष्टा। जैसे राह पर चलते लोगों की भीड़ देखते हैं, ऐसे ही विचारों की भीड़ को देखना। जैसे पतझड़ में सूखे पत्तों को चारों ओर उड़ते देखते हैं, वैसे ही विचारों के पत्तों को उड़ते देखना। न उनके कर्त्ता बनना, न उनके भोक्ता। फिर शेष सब अपने-आप हो जाएगा। उस शेष को ही मैं ध्यान (मेडीटेशन) कहता हूँ।

20. आनंदातिरेक और भगवत्-मादकता का मार्ग

कल से निम्नलिखित ध्यान प्रारंभ करो। और जानो कि यह आदेश है। अब तुम मेरे इतने अपने हो कि सिवाय आदेश के मैं और कुछ नहीं कर सकता।

पूर्व-आवश्यकताएँ–

1. प्रफुल्लता से करो, 2. शिथिलता में करो और 3. आनंदित होओ, 4. प्रातः स्नान करने के बाद इसे करो।

ध्यान के चरण–

1. पहला चरण–लयबद्धता से गहरी श्वास लो। तेज नहीं, बल्कि धीमी गति से। दस मिनट के लिए।

2. मंद गति से लय में नाचो। आनंदित होओ। जैसे कि उसमें बह रहे हो। दस मिनट के लिए।

3. तीसरा चरण–महामंत्र हू-हू का उपयोग करो। हू–दस मिनट के लिए। नाचना व हिलना-डोलना चलता रहे। गंभीर मत होना।

4. चौथा चरण–आँखें बंद कर लो और मौन हो जाओ। अब नाचना, या

हिलना-डोलना नहीं करो। खड़े रहो, बैठ जाओ या लेट जाओ–जैसा भी तुम्हें ठीक लगे। पर ऐसे हो रहो, जैसे मर ही गए हो। गहरे डूबने का अनुभव करो। समर्पित हो जाओ और स्वयं को समग्र के हाथों में छोड़ दो। दस मिनट के लिए।

बाद की आवश्यकताएँ–

1. पूरे दिन आनंदातिरेक में जियो–भगवत्-मादकता में। उसमें बहो और खिलो। जब कभी मन डूबता-सा लगे–भीतर कहो–हू-हू–हू और बाहर हँसो। हँसो बिना किसी कारण के। और, इस पागलपन को स्वीकार करो।

2. सोने के पहले, महामंत्र हू-हू-हू का उच्चार करो। दस मिनट के लिए। और तब स्वयं पर हँसो।

3. प्रात: जब तुम्हें लगे कि जाग खुल गई है, पुन: महामंत्र हू-हू-हू का उच्चार करो। दस मिनट के लिए। और तब हृदयपूर्वक हँसते हुए दिन का प्रारंभ करो।

4. और, सदैव स्मरण रखो कि मैं तुम्हारे साथ हूँ।

21. संवेदनशीलता बढ़ाने का प्रयोग

कभी आराम कुर्सी पर बैठकर ही अनुभव करें कि कितनी संवेदनाएँ घट रही हैं–कुर्सी पर आपके शरीर का दबाव। कुर्सी से आपका स्पर्श। जमीन पर रखे आपके पैर। हवा का झोंका जो आपको छू रहा है। फूलों की गंध जो खिड़की से भीतर आ गई है। रसोई में बर्तनों की आवाज। बनते हुए भोजन की गंध जो आपके नासापुटों में भर गई है। छोटे बच्चे की किलकारी छूती है और आह्लादित कर जाती है। किसी का चीत्कार, किसी का रोना जो आपको कंपित कर जाता है। ... अगर कोई रोज पंद्रह मिनट चुप बैठकर अपने चारों तरफ की संवेदनाओं का अनुभव करे, तो भी बड़े गहरे ध्यान को उलब्ध होने लगेगा।

दो
ध्यानोपलब्धि

ध्यान में घटनेवाली घटनाओं, बाधाओं, अनुभूतियों, उपलब्धियों, सावधानियों, सुझावों तथा निर्देशों-संबंधी साधकों को लिखे गए ओशो के 21 पत्र।

1. अंततः सब खो जाता है
2. मौन के तारों से भर उठेगा हृदयाकाश
3. ऊर्जा-जागरण से देह-शून्यता
4. ध्यान-अशरीरी-भाव और ब्रह्म-भाव
5. कुंडलिनी ऊर्जा का ऊर्ध्वगमन
6. अलौकिक अनुभवों की वर्षा—कुंडलिनी-जागरण पर
7. तैयारी विस्फोट को झेलने की
8. अहिंसा—अनिवार्य छाया ध्यान की
9. गहरे ध्यान के बाद ही जाति-स्मरण का प्रयोग
10. सिद्धियों में रस न लेना
11. विचारों का विसर्जन
12. चक्रों के खुलते समय पीड़ा स्वाभाविक
13. कुछ भी हो ध्यान को नहीं रोकना
14. मन का रेचन ध्यान में
15. छलांग—बाहर—शरीर के, संसार के, समय के
16. समय के पूर्व शक्ति का जागरण हानिप्रद
17. पूर्व-जन्मों के बंद द्वारों का खुलना
18. साधना में धैर्य
19. ध्यान में पूरा डूबना ही फल का जन्म है
20. अनुभूति में बुद्धि के प्रयास बाधक
21. समष्टि को बाँट दिया ध्यान ही समाधि बन जाता है

1. अंततः सब खो जाता है

सुबह सूर्योदय के स्वागत में जैसे पक्षी गीत गाते हैं–ऐसे ही ध्यानोदय के पूर्व भी मन-प्राण में अनेक गीतों का जन्म होता है। बसंत में जैसे फूल खिलते हैं, ऐसे ही ध्यान के आगमन पर अनेक-अनेक सुगंधें आत्मा को घेर लेती हैं। और वर्षा में जैसे सब ओर हरियाली छा जाती है, ऐसे ही ध्यान-वर्षा में भी चेतना नाना रंगों से भर उठती है, यह सब और बहुत-कुछ भी होता है। लेकिन, यह अंत नहीं, बस आरंभ ही है। अंततः तो सब खो जाता है। रंग, गंध, आलोक, नाद–सभी विलीन हो जाते हैं। आकाश-जैसा अंतर्आकाश (इनर स्पेस) उदित होता है। शून्य, निर्गुण, निराकार। उसकी करो प्रतीक्षा। उसकी करो अभीप्सा। लक्षण शुभ हैं, इसीलिए एक क्षण भी व्यर्थ न खोओ और आगे बढ़ो। मैं तो साथ हूँ ही।

2. मौन के तारों से भर उठेगा हृदयाकाश

जब पहले-पहले चेतना पर मौन का अवतरण होता है, तो संध्या की भाँति सब फीका-फीका और उदास हो जाता है–जैसे सूर्य ढल गया हो, रात्रि का अँधेरा धीरे-धीरे उतरता हो और आकाश थका-थका हो दिनभर के श्रम से। लेकिन, फिर आहिस्ता-आहिस्ता तारे उगने लगते हैं और रात्रि के सौंदर्य का जन्म होता है। ऐसा ही होता है मौन में भी। विचार जाते हैं, तो उनके साथ ही एक दुनिया अस्त हो जाती है। फिर मौन आता है, तो उसके पीछे ही एक नई दुनिया का उदय भी होता है। इसलिए, जल्दी न करना। घबड़ाना भी मत। धैर्य न खोना। जल्दी ही मौन के तारों से हृदयाकाश भर उठेगा। प्रतीक्षा करो और प्रार्थना करो।

3. ऊर्जा-जागरण से देह-शून्यता

ध्यान शरीर की विद्युत-ऊर्ज़ा (बॉडी इलैक्ट्रिसिटी) को जगाता है–सक्रिय करता है–प्रवाहमान करता है। तू भय न करना। न ही ऊर्जा-गतियों को रोकने की चेष्टा करना। वरन्, गति के साथ गतिमान होना–गति के साथ सहयोग करना। धीरे-धीरे तेरा शरीर-भाव, भौतिक-भाव (मैटेरियल-सेंस) कम होता जाएगा और अभौतिक, ऊर्जा-भाव (नॉन मैटिरियल इनर्जी-सेंस) बढ़ेगा। शरीर नहीं ऊर्जा–शक्ति ही अनुभव में आएगी। शरीर की सीमा है–शक्ति की नहीं। शक्ति के पूर्णानुभाव में अस्तित्व (एग्जिस्टेंस) में तादात्म्य होता है। सम्यक् है तेरी स्थिति–अब सहजता से लेकिन दृढ़ता से आगे बढ़। जल्दी ही सफलता मिलेगी। सफलता सुनिश्चित है।

4. ध्यान–अशरीरी–भाव–और ब्रह्म–भाव

ध्यान में शरीर-भाव खोएगा। अशरीरी दशा निर्मित होगी। शून्य का अवतरण होगा। इससे भय न लें–वरन् प्रसन्न हों, आनंदित हों। क्योंकि यह बड़ी उपलब्धि है। धीरे-धीरे ध्यान के बाहर भी अशरीरी भाव फैलेगा और प्रतिष्ठित होगा। यह आधा काम है। शेष आधे में ब्रह्म-भाव का जन्म होता है। पूर्वार्ध है–अशरीरी-भाव। उत्तरार्ध है–ब्रह्म-भाव। और श्रम में लगें। स्रोत बहुत निकट है। और संकल्प करें। विस्फोट शीघ्र ही होगा। और समर्पण करें। और, स्मरण रखें कि मैं सदा साथ हूँ, क्योंकि अब बड़ा निर्जन पथ सामने है। मंजिल के निकट ही मार्ग सर्वाधिक कठिन होता है। सुबह के करीब ही रात और गहरी हो जाती है।

5. कुंडलिनी–ऊर्जा का ऊर्ध्वगमन

शरीर में विद्युत-ऊर्जा-जैसा संचार शुभ है। धीरे-धीरे शरीर-भाव मिट जाएगा और ऊर्जा का बोध ही बचेगा। भौतिक (मैटेरियल) शरीर एक भ्रांति है। वस्तुत तो है, वह ऊर्जा (एनर्जी) ही। ऊर्जा (लाइफ एनर्जी) ही अज्ञान में शरीर और ज्ञान में आत्मा प्रतीत होती है। मस्तिष्क में धक्के लगेंगे। लगेगा कि जैसे अब फटा, अब फटा। लेकिन भय न लाना। जीवन-ऊर्जा के हाथों में स्वयं को छोड़ दो। यही भगवत-समर्पण है। ऐसे ही ब्रह्मरंध को छोड़ दो। ऐसे ही सहस्र पंखुड़ियों वाले कमल की कली टूटेगी और फूल बनेगी। नाभि-केंद्र पर अपूर्व शांति का जो अनुभव हो रहा है, उसमें रमण करो। उसमें डूबो–उससे एक हो जाओ। जीवन-ऊर्जा का मूल-स्रोत ध्यान में आ रहा है–उसे पहचानो। और, अब किसी भी अनुभव के संबंध में सोच-विचार मत करो। अनुभव करो और अनुगृहीत होओ।

6. अलौकिक अनुभवों की वर्षा–कुंडलिनी–जागरण पर

कुंडलिनी जागती है, तो ऐसा ही होता है। विद्युत दौड़ती है शरीर में। मूलाधार पर आघात लगते हैं। शरीर गुरुत्वाकर्षण (ग्रेविटेशन) खोता मालूम पड़ता है; और अलौकिक अनुभवों की वर्षा शुरू हो जाती है। प्राण अनसुने नाद से आपूरित हो उठते हैं। रोआँ-रोआँ आनंद की पुलक में काँपने लगता है। जगत् प्रकाशपुंज मात्र प्रतीत होता है। इंद्रियों के लिए बिल्कुल अबूझ अनुभूतियों के द्वार खुल जाते हैं। प्रकाश में सुगंध आती है। सुगंध में संगीत सुनाई पड़ता है। संगीत

में स्वाद आता है। स्वाद में स्पर्श मालूम होता है। तर्क की सभी कोटियाँ (कैटेगरीज) टूट जाती हैं। और बेचारे अरस्तू के सभी नियम उलट-पुलट हो जाते हैं। कुछ भी कहा नहीं जाता है और फिर भी सब जीभ पर रखा प्रतीत होता है। 'गूँगे के गुड़' का अर्थ पहली बार समझ में आता है। आनंदित होओ कि ऐसा हुआ है। अनुगृहीत होओ कि प्रभु की अनुकंपा है।

7. तैयारी–विस्फोट को झेलने की

कुछ करो नहीं, बस देखो। नाटक के एक दर्शक की भाँति। नाट्यगृह में–पर नाटक में नहीं। शरीर नाट्यगृह है और तुम दर्शक हो। ऊर्जा उठती है–ऊर्ध्वगामी होती है तो ऐसे ही आघातों से तन-तंतु काँप-काँप उठते हैं। ऊर्जा अपना नया यात्रा-पथ निर्माण करती है तो आँधी में सूखे पत्तों की भाँति शरीर आंदोलित होता है। फिर जैसे-जैसे नए प्रवाह-पथ निर्मित हो जाएँगे, वैसे-वैसे ही शरीर की पीड़ा खो जाएगी। फिर आज जो आघात-जैसा प्रतीत होता है, वही आनंद की पुलक बन जाता है। ऐसे आनंद की जो कि शरीर में घटित होता है, पर शरीर का नहीं है। और निकट है वह क्षण। पर उसके पूर्व बहुत बार तूफान आएगा ऊर्जा का और चला जाएगा। तूफान उठेगा और शांत हो जाएगा। इससे चिंतित मत होना। क्योंकि, ऐसे ही विस्फोट (एक्सप्लोजन) की तैयारी होती है। गौरीशंकर के शिखर-अनुभव (पीक-एक्सपीरियेंसेज) के पूर्व अनेक छोटे-छोटे शिखरों के अनुभव से गुजरना पड़ता है। उससे ही विराट को बूँद में झेलने की क्षमता निर्मित होती है।

8. अहिंसा-अनिवार्य छाया ध्यान की

ध्यान से मांसाहार तो कठिनाई में पड़ेगा ही। अपने तथाकथित सुख के लिए अब दुःख किसी को भी न दे सकोगे। अहिंसा ध्यान की अनिवार्य छाया है। और, उस ध्यान में कुछ चूक है, जिससे कि अहिंसा सहज ही फलित नहीं होती है। अहिंसा को प्रयास से लाना पड़े तो भी ध्यान में भूल है। अहिंसा को भी जो साधते हैं, उन्हें वास्तविक अहिंसा का कोई पता ही नहीं है। अहिंसा तो आती है सहज ध्यान के साथ-साथ, बस, ऐसे ही जैसे सूर्य के साथ प्रकाश। आनंद मनाओ और प्रभु को धन्यवाद दो कि ऐसी ही अहिंसा का पदार्पण तुम्हारे जीवन में हो रहा हो।

9. गहरे ध्यान के बाद जाति-स्मरण का प्रयोग

विगत जन्म की स्मृति में उतर सकते हो। लेकिन, उसके पूर्व गहरे ध्यान (डीप मेडिटेशन) का प्रयोग अति आवश्यक है। उसके बिना चेतना को पीछे लौटाना अत्यंत कठिन है। और यदि किसी भाँति संभव भी हो तो खतरनाक भी। इसलिए, गहरे ध्यान के पूर्व मैं कोई सुझाव नहीं दे सकता हूँ। उसे कठोरता मत समझ लेना। ऐसा मैं करुणावश ही लिख रहा हूँ। साधारण चित्त अतीत-जन्म की स्मृतियों की बाढ़ को झेलने में समर्थ नहीं है। इसलिए, प्रकृति उस द्वार को बंद कर देती है। और पूर्ण तैयारी के बिना प्रकृति के नियमों से खेल लेखना महँगा सिद्ध होता है।

10. सिद्धियों में रस न लेना

योग से बहुत-कुछ संभव है—अतींद्रिय, अलौकिक। लेकिन, नियमातीत कुछ भी घटित नहीं होता है। अतींद्रिय अनुभवों और सिद्धियों के भी अपने नियम हैं। चमत्कार भी, जो नहीं जानते उन्हीं के लिए चमत्कार हैं। या फिर, अस्तित्व ही चमत्कार है। पर, जहाँ तक बने, सिद्धियों में रस न लेना। साधक के लिए उससे अकारण ही व्यवधान निर्मित होता है।

11. विचारों का विसर्जन

ध्यान में प्रकाश के साथ-साथ बीच-बीच में विचार आते हैं, तो उन्हें देखना—तीव्रता से पूरी चेतना से—समग्र एकाग्रता से। और, कुछ भी न करना—बस, द्रष्टा बनना। पर, दृष्टि प्रगाढ़ हो और पैनी। और, विचार खो जावेंगे। बड़े कमजोर हैं बेचारे। लेकिन, हमारी दृष्टि उनसे भी ज्यादा बेजान है—इसलिए कठिनाई है। अन्यथा, विचार से ज्यादा हवाई चीज और क्या हो सकती है?

12. चक्रों के खुलते समय पीड़ा स्वाभाविक

पीड़ा थोड़ी बढ़े, तो चिंतित मत होना। चक्र सक्रिय होते हैं, तो पीड़ा होती है। पीड़ा के कारण ध्यान को शिथिल न करना। वस्तुत: तो, चक्रों पर पीड़ा शुभ-लक्षण है। और, जैसे ही अनादि-काल से सुप्त चक्र पूर्णरूपेण सक्रिय हो उठेंगे, वैसे ही पीड़ा हो जाएगी। चक्रों की पीड़ा—प्रसव पीड़ा है। तेरा ही नया जन्म शांत होने को है। सौभाग्य मान और अनुगृहीत हो—क्योंकि स्वयं के जन्म को देखने से बड़ा और सद्भाग्य नहीं है।

13. कुछ भी हो ध्यान को नहीं रोकना

ध्यान में और भी शक्ति लगाओ। ध्यान के अतिरिक्त शेष समय में ध्यान की स्मृति (रिमेंबरिंग) बनाए रखो। जब भी स्मरण जाए–क्षण-भर को तत्काल भीतर डुबकी ले लो। मस्तिक में शीतलता और भी बढ़ेगी। उससे घबराना मत–बिलकुल बर्फ जमी हुई मालूम होने लगे तो भी नहीं। रीढ़ में संवेदना गहरी होगी और कभी-कभी अनायास कहीं-कहीं दर्द भी उभरेगा। उसे साक्षी-भाव से देखते रहना है। वह आएगा और अपना काम करके विदा हो जाएगा। नए चक्र सक्रिय होते हैं तो दर्द होता ही है। और कुछ भी हो तो ध्यान को नहीं रोकना है। जो भी ध्यान से पैदा होता है, वह ध्यान से ही विदा हो जाता है।

14. मन का रेचन ध्यान में

भय न करो। ध्यान में जो भी हो, होने दो। मन रेचन (केथारसिस) में है तो उसे रोको मत। चित्त-शुद्धि का यही मार्ग है। अचेतन (अनकॉन्शस) में जो भी दबा है, वह उभरेगा। उसे मार्ग दो ताकि उससे मुक्ति हो सके। उसे दबाया कि ध्यान व्यर्थ हुआ और उससे मुक्ति हुई नहीं कि ध्यान सार्थक हुआ। इसलिए, समस्त उभार का स्वागत करो। और उसे सहयोग भी दो। क्योंकि, अपने-आप जो कार्य बहुत समय लेगा, वह सहयोग से अल्पकाल में ही हो जाता है।

15. छलाँग–बाहर–शरीर के, संसार के, समय के

ध्यान में शरीर झूमता है तो भय न करना। वरन् उसे आनंद से सहयोग देना। शरीर के साथ झूमो। मन को भी झूमने दो। और आत्मा को भी। झूमना नृत्य बन जाएगा। और नृत्य की अति में ही छलाँग है। शरीर के बाहर–संसार के बाहर–समय के बाहर।

16. समय के पूर्व शक्ति का जागरण हानिप्रद

तृतीय नेत्र (थर्ड आई) की चिंता में तू न पड़। आवश्यक होगा तो मैं तुझसे उस दिशा में कार्य करने को कहूँगा। वह तेरी संभावना के भीतर है और बिना ज्यादा श्रम के ही सक्रिय भी हो सकती है। लेकिन, तू स्वयं उत्सुकता न ले। समय के पूर्व शक्ति का जागरण बाधा भी बन सकता है। और मूल-साधना से भटकाव भी। फिर सत्य के साक्षात्कार के लिए वह आवश्यक भी नहीं है।

और अनिवार्य तो बिल्कुल ही नहीं। कभी-कभी कुछ शक्तियाँ अनचाहे भी सक्रिय हो जाती हैं, लेकिन उनके प्रति भी उपेक्षा (इन्डिफरेंस) आवश्यक है। और नए सोपान पर गतिमय होने में सहयोगी भी। अब जब मैं तेरी चिंता करता हूँ तो तू सब चिंताओं से सहज ही विश्राम ले सकती है।

17. पूर्व-जन्मों के बंद द्वारों का खुलना

हाँ—तुम विगत किसी जन्म में योग विवेक से संबंधित थीं। अब, बहुत-सी बातें शीघ्र ही तुम्हें याद आ जाएँगी। क्योंकि, चाबी तुम्हारे हाथ में है। परंतु उनके बारे में कुछ भी सोचो। अन्यथा तुम्हारी कल्पना तुम्हारी स्मृतियों के साथ घुलमिल जाएगी और तब यह जानना बहुत मुश्किल होगा कि क्या वास्तविक है और क्या नहीं। इसलिए अब सतत् जागरूक रहो कि तुम्हें पूर्व-जन्मों के बारे में नहीं सोचना है। स्मृतियों को अपने से आने दो। तुम्हारी ओर से किसी सचेतन प्रयास की आवश्यकता नहीं है। इसके विपरीत वह एक बड़ी बाधा ही बनेगा। अचेतन को अपना कार्य करने दो। तुम मात्र साक्षी रहो। और जैसे-जैसे ध्यान गहरा होगा, बहुत से बंद द्वार तुम्हारे समक्ष खुलेंगे। लेकिन प्रतीक्षा करना न भूलो और रहस्यों को स्वयं प्रकट होने दो। बीज टूट चुका है और बहुत-कुछ होने को है। तुम मात्र प्रतीक्षा करो और साक्षी रहो।

18. साधना में धैर्य

साधना के जीवन में धैर्य सबसे बड़ी बात है। बीज को बो कर कितनी प्रतीक्षा करनी होती है। पहले तो श्रम व्यर्थ ही गया दिखता है। कुछ भी परिणाम आता हुआ प्रतीत नहीं होता। पर एक दिन प्रतीक्षा प्राप्ति में बदलती है। बीज फटकर पौधे के रूप में भूमि के बाहर आ जाता है। पर स्मरण रहे, जब कोई परिणाम नहीं दिख रहा था, तब भी भूमि के नीचे विकास हो रहा था। ठीक ऐसा ही साधक का जीवन है। जब कुछ भी नहीं दिख रहा होता, तब भी बहुत कुछ होता है। सच तो यह है कि—जीवन-शक्ति के समस्त विकास अदृश्य और अज्ञात होते हैं। विकास नहीं, केवल परिणाम दिखाई पड़ते हैं। साध्य की चिंता छोड़कर साधना करते चलें, फिर साध्य तो अपने-आप आता चला जाता है। एक दिन आश्चर्य से भरकर ही देखना होता है कि यह क्या हो गया है। मैं क्या था और क्या हो गया हूँ। तब जो मिलता है उसके समक्ष उसे पाने के लिए किया गया श्रम ना कुछ मालूम होता है।

19. ध्यान में पूरा डूबना ही फल का जन्म है

जल्दी न करें। धैर्य रखें। धैर्य ध्यान के लिए खाद है। ध्यान को सँभालते रहे। फल आएगा ही। आता ही है। लेकिन फल के लिए चिंतित न हों। क्योंकि वैसी चिंता ही फल के आने में बाधा बन जाती है। क्योंकि वैसी चिंता ही ध्यान को बँटा लेती है। ध्यान (मेडीटेशन) पूरा ध्यान (अटैनशन) माँगता है। बँटाव नहीं चलेगा। आंशिकता नहीं चलेगी। ध्यान तुम्हारी समग्रता (टोटलिटी) के बिना संभव नहीं है। इसलिए, ध्यान के कर्म पर ही लगो और ध्यान के फल को प्रभु पर छोड़ो। और फल आ जाता है, क्योंकि ध्यान में पूरा डूबना ही फल का जन्म है।

20. अनुभूति में बुद्धि के प्रयास बाधक

ध्यान तेरा रोज गहरा हो रहा है, यह जानकर अति आनंदित हूँ। बहुत-से अनुभव होंगे–लेकिन उन्हें बुद्धि से समझने के प्रयास में मत पड़ना। बुद्धि के प्रयास बाधा बन जाते हैं। और न ही कोई अनुभव पुनरुक्त हो ऐसी वासना ही करना। क्योंकि ऐसी वासना भी बाधा बन जाती है। जो हो उसके लिए प्रभु को धन्यवाद दे आगे बढ़ जाना है।

21. समष्टि को बाँट दिया ध्यान ही समाधि बन जाता है

ध्यान के बाद प्रार्थना किया कर कि ध्यान में मिली शांति और आनंद सब ओर बिखर जाए–सबको मिल जाए। ध्यान करना है तुझे, लेकिन फल समष्टि को बाँट देना है। तभी ध्यान समाधि बनता है।

तीन

जिज्ञासा समाधान

(साधकों के संग ओशो की ध्यान व साधना-संबंधी 21 प्रश्नोत्तर चर्चाएँ।)

1. क्या तुम ध्यान करना चाहते हो
2. ध्यान कैसे करें
3. मौन कैसे हों
4. स्वप्न में कैसे जागें
5. विचारों से कैसे मुक्त हों
6. शून्य कैसे हों
7. ध्यान की परिभाषा
8. निराकार के ध्यान की विधि
9. स्वाध्याय और ध्यान का अंतर
10. ध्यान की अंतिम अवस्था तथा दिन-प्रतिदिन वृद्धि
11. निर्विचार हो जाने पर मन की परिस्थिति
12. मन स्थिर करने का उपाय
13. मन में उठते बुरे भावों का निराकरण
14. ध्यानपूर्वक किए गए जाप का फल
15. ध्यान का रूप ले लेनेवाले जप
16. कल्पना से कल्पना कटती है
17. सजग जीने की विधि और सजगता से तात्पर्य
18. साक्षीत्व की प्रक्रिया
19. सजगता और साक्षीत्व का फर्क
20. साक्षी और तथाता में भेद
21. केवल होश और तथाता में साम्य

1. क्या तुम ध्यान करना चाहते हो

क्या तुम ध्यान करना चाहते हो? तो ध्यान रखना कि ध्यान में न तो तुम्हारे सामने कुछ हो, न पीछे कुछ हो। अतीत को मिट जाने दो और भविष्य को भी। स्मृति और कल्पना–दोनों को शून्य होने दो। फिर न तो समय होगा और न आकाश ही होगा। उस क्षण जब कुछ भी नहीं होता है–तभी जानना कि तुम ध्यान में हो।

2. ध्यान कैसे करें

ध्यान के लिए पूछते हो कि कैसे करें? कुछ भी न करो। बस, शांति से श्वास-प्रश्वास के प्रति जागो। होशपूर्वक श्वास-पथ को देखो। श्वास के आने-जाने के साक्षी रहो। यह कोई श्रमपूर्ण चेष्टा न हो, वरन् शांत और शिथिल विश्राम-पूर्ण बोध-मात्र हो। और फिर तुम्हारे अनजाने ही, सहज और स्वाभाविक रूप से एक अत्यंत प्रसादपूर्ण स्थिति में तुम्हारा प्रवेश होगा। इसका भी पता नहीं चलेगा तुम कब प्रविष्ट हो गए हो। अचानक ही तुम अनुभव करोगे कि तुम वहाँ हो, जहाँ कि कभी नहीं थे।

3. मौन कैसे हों

पूछते हो, मौन कैसे हों? बस हो जाओ। बहुत विधि और व्यवस्था की बात नहीं है। चारों ओर जो हो रहा है, उसे सजग होकर देखो और जो सुनाई पड़ रहा है, उसे साक्षी-भाव से सुनो। संवेदनाओं के प्रति होश तो पूरा हो, पर प्रतिक्रिया न हो। प्रतिक्रिया-शून्य सजगता से मौन सहज ही निष्पन्न होता है।

4. स्वप्न में कैसे जागें

स्वप्न में–'जो हम देख रहे हैं वह सत्य नहीं है, स्वप्न है'–इसे स्मरण रखने का उपाय है?

जो व्यक्ति जाग्रत अवस्था में यह स्मरण रखता है कि वह जो भी देख रहा है वह सब स्वप्न है, तब वह धीरे-धीरे स्वप्न में भी जानने लगता है कि जो वह देख रहा है, वह सत्य नहीं है। जाग्रत को क्योंकि हम सत्य मानते हैं, इसलिए स्वप्न भी सत्य मालूम होते हैं। जाग्रत में जो हमारे चित्त की आदत है, स्वप्न में उसी का प्रतिफलन होता है।

5. विचारों से कैसे मुक्त हों

विचारों से मुक्ति का क्या उपाय है?

साधारणतः जब तक मनुष्य प्रत्येक विचार की गति के साथ गतिमय होता रहता है, तब तक उसे विचारों से पैदा हो रही अशांति का अनुभव ही नहीं होता है। लेकिन जब वह रुककर—ठहरकर विचारों को देखता है, तभी उसे उनकी सतत् दौड़ और अशांति का प्रत्यक्ष होता है।

विचारों से मुक्ति की दिशा में यह आवश्यक अनुभूति है। हम खड़े होकर देखें तभी विचारों की व्यर्थ भाग-दौड़ का पता चल सकता है। निश्चय ही, जो उनके साथ ही दौड़ता रहता है, वह इसे कैसे जान सकता है।

विचारों की प्रक्रिया के प्रति एक निर्वैयक्तिक भाव को अपनाएँ—एकमात्र दर्शक का भाव। जैसे देखने-मात्र से ज्यादा आपका उनसे और कोई संबंध नहीं। और जब विचारों के बादल मन के आकाश को घेरें और गति करें, तो उनसे पूछें—'विचारो! तुम किसके हो? क्या तुम मेरे हो?' और आपको स्पष्ट उत्तर मिलेगा—'नहीं, तुम्हारे नहीं।'

निश्चय ही यह उत्तर मिलेगा, क्योंकि विचार आपके नहीं हैं। वे आपके अतिथि हैं। आपको सराय बनाया हुआ है। उन्हें अपना मानना भूल है। और वही भूल उनसे मुक्त नहीं होने देती है। उन्हें अपना मानने से जो तादात्म्य पैदा होता है, वही विसर्जित नहीं होने देता है। ऐसे, जो मात्र अतिथि हैं, वे ही स्थायी निवासी बन जाते हैं।

विचारों को निर्वैयक्तिक भाव से देखने से क्रमशः उनसे संबंध टूटता है। जब कोई वासना उठे या विचार, तब ध्यान दें कि यह वासना उठ रही है—या कि विचार उठ रहा है। फिर देखें और जानें कि अब विलीन हो रहा है—अब विलीन हो चुका है। अब दूसरा विचार उठ रहा है...विलीन हो गया है।

और इस भाँति शांति से, अनुद्विग्न भाव से दर्शक की भाँति साक्षी बनकर विचारों की सतत् धारा का निरीक्षण करें। इस भाँति शांत चुनावरहित निरीक्षण से विचारों की गति क्षीण होती जाती है और अंततः निर्विचार-समाधि उपलब्ध होती है।

निर्विचार-समाधि में विचार तो विलीन हो जाते हैं और विचारशक्ति का उद्‌भव होता है। उस विचारशक्ति को ही मैं प्रज्ञा कहता हूँ।

विचारशक्ति के जागरण के लिए विचारों से मुक्त होना अत्यंत आवश्यक है।

6. शून्य कैसे हों?

शून्य से पूर्ण का दर्शन होता है। और शून्य आता है विचार-प्रक्रिया के तटस्थ, चुनावरहित साक्षी-भाव से। विचार में शुभाशुभ का निर्णय नहीं करना है। वह निर्णय राग या विराम लाता है। किसी को रोक रखने और किसी को परित्याग करने का भाव उससे पैदा होता है। वह भाव ही विचार-बंधन है। वह भाव ही चित्त का जीवन और प्राण है। उस भाव के आधार पर ही विचार की श्रृंखला अनवरत चलती जाती है।

विचार के प्रति कोई भी भाव हमें विचार में बाँध देता है। उसके तटस्थ साक्षी का अर्थ है, विचार को निर्भाव के बिंदु से देखना। विचार को निर्भाव के बिंदु से देखना ध्यान है। बस, देखना है (जस्ट सीइंग) और चुनाव नहीं करना है। और निर्णय नहीं लेना है।

यह–'बस देखना'–बहुत श्रमसाध्य है। यद्यपि कुछ करना नहीं है, पर कुछ-न-कुछ करते रहने की हमारी इतनी आदत बनी है कि कुछ न करने जैसा सरल और सहज कार्य भी बहुत कठिन हो गया है। बस, देखने-मात्र के बिंदु पर स्थित होने से क्रमश: विचार विलीन होने लगते हैं। वैसे ही, जैसे प्रभात में सूर्य के उत्ताप में दूब पर जमे ओसकण वाष्पीभूत हो जाते हैं।

बस देखने का उत्ताप विचारों के वाष्पीभूत हो जाने के लिए पर्याप्त है। वह राह है, जहाँ से शून्य उद्घाटित होता है और मनुष्य को आँख मिलती है–और आत्मा मिलती है।

7. ध्यान की परिभाषा

ध्यान किसे कहते हैं, और उसके करने की क्या विधि है?

निर्विचार चेतना ध्यान है। और निर्विचारणा के लिए विचारों के प्रति जागना ही विधि है।

विचारों का सतत प्रवाह है मन। इसी प्रवाह के प्रति मूर्च्छित होना। सोए होना– अजाग्रत होना साधारणत: हमारी स्थिति है।

इस मूर्च्छा से पैदा होता है तादात्म्य। मैं मन ही मालूम होने लगता हूँ। जागें और विचारों को देखें।

जैसे कोई राह-चलते लोगों को किनारे खड़े होकर देखे। बस, इसे जागकर देखने से क्रांति घटित होती है। विचारों से स्वयं का तादात्म्य टूटता है।

इस तादात्म्य-भंग के अंतिम छोर पर ही निर्विचार-चेतना का जन्म होता है। ऐसे ही, जैसे आकाश में बादल हट जाएँ तो आकाश दिखाई पड़ता है। विचारों से रिक्त चित्ताकाश ही स्वयं की मौलिक स्थिति है। वही समाधि है।

ध्यान है विधि। समाधि है उपलब्धि।

लेकिन, ध्यान के संबंध में सोचें मत। ध्यान के संबंध में विचारना भी विचार ही है। उसमें तो जाएँ। डूबें। ध्यान को सोचें मत-चखें।

मन का काम है सोना और सोचना। जागने में उसकी मृत्यु है। और ध्यान है जागना। इसीलिए मन कहता है—चलो, ध्यान के संबंध में ही सोचें। यह उसकी आत्मरक्षा का अंतिम उपाय है।

इससे सावधान होना। सोचने की जगह, देखने पर बल देना। विचार नहीं, दर्शन– बस यही मूलभूत सूत्र है। दर्शन बढ़ता है, तो विचार क्षीण होते हैं। साक्षी जागता है, तो स्वप्न विलीन होता है।

ध्यान आता है, तो मन जाता है मन है द्वार, संसार का। ध्यान है द्वार, मोक्ष का। मन से जिसे पाया है, ध्यान में वह खो जाता है। मन से जिसे खोया है, ध्यान में वह मिल जाता है।

8. निराकार के ध्यान की विधि

क्या निराकार वस्तु का ध्यान हो सकता है? और यदि हो सकता है, तो क्या निराकार निराकार ही बना रहेगा?

ध्यान का साकार या निराकार से कोई संबंध नहीं है। और न ध्यान का विषयवस्तु से ही कोई संबंध है। ध्यान है विषयवस्तु रहितता—प्रगाढ़ निद्रा की भाँति। लेकिन, निद्रा में चेतना नहीं है—और ध्यान में चेतना पूर्णरूपेण है। अर्थात् निद्रा अचेतन-ध्यान है। या, ध्यान सचेतन-निद्रा है। प्रगाढ़ निद्रा में भी हम वहीं होते हैं, जहाँ ध्यान में होते हैं—लेकिन, मूर्च्छित। ध्यान में भी हम वहीं होते हैं, जहाँ निद्रा में होते हैं—लेकिन, जाग्रत।

जागते हुए सोना ध्यान है या सोते हुए जागना ध्यान है। फिर जो जाना जाता है, वह न आकार है, न निराकार है। वह है आकार में निराकार या निराकार में आकार। असल में वहाँ द्वंद्व नहीं है, द्वैत नहीं है। और इसलिए हमारे सब शब्द व्यर्थ हो जाते हैं। वहाँ न ज्ञाता है, न ज्ञेय है, न दृश्य है, न द्रष्टा है। इसलिए, वहाँ जो है, उसे कहना असंभव है। कठिन नहीं है, असंभव है।

ध्यान है मन की मृत्यु और भाषा है मन की अर्धांगिनी। वह मन के साथ

ही सती हो जाती है। वह विधवा होकर जीना नहीं जानती है। जाने, तो जी नहीं सकती है। और उसका पुनर्विवाह भी नहीं हो सकता है। क्योंकि, मन के पार जो है, वह उससे विवाह के लिए चिर-अनुत्सुक है। उसका विवाह हो ही चुका है—शून्यता से।

9. स्वाध्याय और ध्यान का अंतर

स्वाध्याय और ध्यान में क्या अंतर है?

स्वाध्याय, अर्थात् स्वयं का अध्ययन। और स्वयं का अध्ययन विचार के बिना संभव नहीं है। इसलिए, स्वाध्याय विचार की ही प्रक्रिया है, जबकि ध्यान है विचारातीत। वह है विचारों के प्रति जागना। स्वाध्याय है सोचना।

ध्यान है जागना। सोचने में जागना नहीं है। क्योंकि जागे और सोचना गया। सोच-विचार में होने के लिए निद्रा आवश्यक है।

सोच-विचार, आँखें खोलकर स्वप्न देखना है। स्वप्न, आदिम सोच-विचार है। स्वप्न चित्रों की भाषा में सोचते हैं। सोचना स्वप्न का सभ्य रूप है। सोचने में चित्रों की जगह शब्द और प्रत्यय ले लेते हें। लेकिन, ध्यान एक अलग ही आयाम है। वह स्वप्न-मात्र से मुक्ति है। वह विचार-मात्र के पार जाना है। स्वप्न अचेतन मन का चिंतन है। विचार चेतन मन का चिंतन है। ध्यान मनातीत है।

चेतन मन जब अन्य को विषय बनाता है, तो भी वह विचार है, और जब स्वयं को विषय बनाता है, तो भी। ध्यान में विषय से ऊपर उठना है—विषय-मात्र से।

इससे कोई मौलिक भेद नहीं पड़ता है कि विषय क्या है। धन है या धर्म? पर है या स्व? मौलिक भेद—रूपांतरण—या क्रांति तो तभी घटित है, जब चेतना विषय के बाहर हो जाती है। क्योंकि, तभी 'स्व' को जाना जा सकता है। जब चेतना के पास जानने को कुछ भी शेष नहीं बचता है, तभी वह स्वयं को जान पाती है। ज्ञेय जब कोई भी नहीं है तभी आत्मज्ञान होता है। अर्थात्, स्वाध्याय है स्वयं के संबंध में सोच-विचार, और ध्यान है स्वयं को जानना। और निश्चय ही, जिसे जानते ही नहीं, उसके संबंधों में सोचेंगे-विचारेंगे क्या? और जिसे जान ही लिया, उसके संबंध में सोच-विचार का प्रश्न ही कहाँ है?

इसलिए, स्वाध्याय से बचें तो अच्छा है। क्योंकि वह भी ध्यान में बाधा है—और सर्वाधिक सबल। क्योंकि, वह ध्यान का नाटक बन जाती है। मन तो उससे बहुत प्रसन्न होता है, क्योंकि इस भांति वह पुनः स्वयं को बचा लेता है।

लेकिन, साधक भटक जाता है। वह फिर विषय में उलझ जाता है।

मन है विषय-उन्मुखता। उसे चाहिए विषय। यह विषय फिर चाहे कोई भी हो। काम हो या राम, वह विषय-मात्र से राजी है। इसीलिए, ध्यान के लिए काम और राम दोनों से ऊपर उठना आवश्यक है। 'पर' और 'स्व' दोनों को सम-भाव से विदा देनी है। तभी वह प्रकट होता है जो कि 'स्व' है—और जो कि 'पर' भी है। या कि जो न 'स्व' है न 'पर' है, वरन् 'बस है'।

10. ध्यान की अंतिम अवस्था तथा दिन-प्रतिदिन वृद्धि

ध्यान की गहराई में उतरने से उसकी दिन-प्रतिदिन वृद्धि किस प्रकार से होगी, और ध्यान की अंतिम अवस्था क्या है?

आप भोजन कर लेते हैं, फिर उसे पचाना नहीं होता है, वह पचता है। ऐसे ही आप जागें विचारों के प्रति। विचारों के प्रति मूर्च्छा न रहे। इतना आप करें। यह है ध्यान का भोजन। फिर पचना अपने आप होता है। पचना याने ध्यान का खून बनना। ध्यान की गहराई। भोजन आप करें—और पचना परमात्मा पर छोड़ दें। वह काम सदा से ही उसने स्वयं के हाथों में ही रखा हुआ है।

लेकिन, यद्यपि आप भोजन पचा नहीं सकते हैं, फिर भी उसके पचने में बाधा जरूर डाल सकते हैं। ध्यान के संबंध में भी यही सत्य है। आप ध्यान के गहरे होने में बाधा जरूर डाल सकते हैं। विचारों के प्रति सूक्ष्मतम चुनाव और झुकाव ही बाधा है।

शुभ या अशुभ में चुनाव न करें। निंदा या स्तुति, दोनों से बचें। न कोई विचार अच्छा है, न बुरा। विचार सिर्फ विचार है। और आपको विचार के प्रति जागना है। सूक्ष्मतम चुनाव भी बाधा है जागने में। तराजू के दोनों पलड़े सम हों, तभी ध्यान का काँटा स्थिर होता है। और ध्यान का काँटा स्थिर हुआ कि तराजू, पलड़े और काँटा सब तिरोहित हो जाते हैं। फिर जो शेष रह जाता है, वही समाधि है, वही ध्यान की अंतिम अवस्था है।

11. निर्विचार हो जाने पर मन की परिस्थिति

साक्षीभाव से मन को देखने से जब मन निर्विचार हो जाता है, उसके बाद क्या परिस्थिति होती है?

परिस्थिति? परिस्थिति वहाँ कहाँ? बस, सब परिस्थितियाँ मिट जाती हैं और वही शेष रह जाता है जो है। और जो है, वह सदा से है। परिस्थिति प्रतिपल

बदलती है, वह कभी नहीं बदलता है। परिस्थिति परिवर्तन है और वह सनातन। परिस्थिति में सुख है, दुःख है। सुख दुःख में बदलता है, दुःख-सुख में बदलता है। बदलता है तो और कोई राह भी नहीं है। और वहाँ न सुख है, न दुःख है, क्योंकि वहाँ परिवर्तन नहीं है। फिर वहाँ जो है उसी का नाम आनंद है।

ध्यान रहे कि आनंद सुख नहीं है। क्योंकि सुख वही है, जो दुःख में बदल सकता है। और आनंद दुःख में नहीं बदलता है। आनंद बदलता ही नहीं है। इसीलिए आनंद से विपरीत कोई स्थिति नहीं है, आनंद अकेला है। आनंद अद्वैत है।

ऐसे ही, परिस्थिति में ही जन्म है, मृत्यु है। जहाँ जन्म है, वहाँ मृत्यु होगी ही। वे ही पेंडुलम की दो परिवर्तन, स्थितियाँ हैं। जन्म मृत्यु बनता रहता है। फिर मृत्यु जन्म बनती रहती है। परिस्थिति इसी चक्र का नाम है। और वहाँ—सत्य में—न जन्म है, न मृत्यु।

कहें कि वहाँ जीवन है। जन्म की उल्टी परिस्थिति मृत्यु है। जीवन से उल्टा कुछ भी नहीं है। वहाँ जीवन है, जीवन है और जीवन है। रस, आनंद, जीवन का नाम ही ब्रह्म है।

12. मन स्थिर करने का उपाय

मन को स्थिर कैसे करें? उसका उपाय क्या है?

मन स्थिर होता ही नहीं। वस्तुतः, अस्थिरता, चंचलता का नाम ही मन है। इसीलिए मन या तो होता है, या नहीं होता है। मन या अ-मन, बस ऐसी ही दो स्थितियाँ हैं। मन से सत्य संसार की भाँति दीखता है। संसार अर्थात् चंचलता के द्वार से देखा गया ब्रह्म। और अ-मन से, जो है, वह वैसा ही दीखता है, जैसा है।

सत्य जैसा है, उसे वैसा ही जानना ब्रह्म है। इसलिए मन को स्थिर करने की बात ही न पूछें। मन को स्थिर नहीं करना है, बल्कि मिटाना है। शांत-तूफान जैसी कोई चीज देखी-सुनी है? ऐसे ही शांत मन जैसी कोई चीज नहीं है। मन अशांति का ही पर्याय है। और तब उपाय का तो सवाल ही नहीं उठता है। सब उपाय मन के ही हैं। मन मिटाना है तो उपाय करने में नहीं, निरुपाय में जाना पड़ता है। उपाय करने से मन घटता नहीं, बढ़ता है। क्योंकि, उपाय वही तो करता है। और मन ही जो करता है, उससे मन कैसे मिट सकता है।

फिर क्या करें? नहीं, करें कुछ भी नहीं—बस, जागें—देखें, सारी बातें। मन को ही देखें, मन के प्रति होशपूर्ण हों। और फिर धीरे-धीरे मन गलता है, पिघलता

है, मिटता है। साक्षी-भाव सूर्योदय की भाँति मन की ओस को वाष्पीभूत कर देता है। चाहें तो कहें कि यही उपाय है।

13. मन में उठते बुरे भावों का निराकरण

मन में उठते बुरे भावों को किस प्रकार रोका जाए?

यदि रोकना है तो रोकना ही नहीं। रोका, कि वे आए। उनके लिए निषेध सदा निमंत्रण है। और दमन से उनकी शक्ति कम नहीं होती, वरन् बढ़ती है। क्योंकि दमन से वे मन की और भी गहराइयों में चले जाते हैं। और न ही उन भावों को बुरा कहना। क्योंकि बुरा कहते ही उनसे शत्रुता और संघर्ष शुरू हो जाता है। और स्वयं में स्वयं से संघर्ष संताप का जनक है। ऐसे संघर्ष से शक्ति का अकारण अपव्यय होता है और व्यक्ति निर्बल होता जाता है। जीतने का नहीं, हारने का ही यह मार्ग है।

फिर क्या करें?

पहली बात—जानें कि न कुछ बुरा है, न भला है—बस भाव हैं। उन पर मूल्यांकन न जड़ें, क्योंकि तभी तटस्थता संभव है।

दूसरी बात—रोकें नहीं, देखें। कर्ता नहीं, द्रष्टा बनें। क्योंकि, तभी संघर्ष से विरत हो सकते हैं।

तीसरी बात—जो है, उसे बदलना नहीं है, स्वीकार करना है। जो है, सब परमात्मा का है। इसलिए आप बीच में न आएँ तो अच्छा है।

आपके बीच में आने से ही अशांति है। और अशांति में कोई भी रूपांतरण संभव नहीं है। समग्र-स्वीकृति का अर्थ है कि आप बीच से हट गए हैं। और आपके हटते ही क्रांति है। क्योंकि जिन्हें आप बुरे भाव कह रहे हैं, उनके प्राणों का केंद्र अहंकार है। अहंकार है तो वे हैं। अहंकार गया कि वे गए। आपके हटते ही वह सब हट जाता है, जिसे कि आप जन्मों-जन्मों से हटाना चाहते थे और नहीं हटा पाए थे। क्योंकि, उन सबों की जड़ें आपमें ही छिपी थीं।

लेकिन, लगता है कि आप सोच में पड़ गए।

सोचिए नहीं, हटिए। बस हट ही जाइए और देखिए। जैसे अंधे को अनायास आँखें मिल जाएँ, बस ऐसे ही सब कुछ बदल जाता है। जैसे अँधेरे में अचानक दीया जल उठे, बस ऐसे ही सब कुछ बदल जाता है।

कृपा करिए और हटिए!

14. ध्यानपूर्वक किए गए जाप का फल

ध्यानपूर्वक किया हुआ जाप क्या फलीभूत नहीं हो सकता है?

जब ध्यान ही करना है, तो जाप अनावश्यक है। जपादि ध्यान से बचने की विधियाँ हैं। वे विचार को ही पीछे के द्वार से भीतर लाने के उपाय हैं।

ध्यान है जागरण-सजगता-साक्षीभाव। और जपादि हैं ज्यादा-से-ज्यादा आत्मसम्मोहन। स्वयं को सुलाने के उपाय। नींद न आती हो तो उपयोगी हैं। शांतिदायी भी हैं—वैसे ही, जैसे नींद है। शब्द की पुनरुक्ति आत्मसम्मोहन बन जाती है—किसी भी शब्द की। फिर वह चाहे हो 'ओम्', चाहे हो 'कोला-कोला'।

अशांत मन स्वयं को भूलने के लिए तो सदा ही तैयार है। इसीलिए तो मादक द्रव्यों का इतना आकर्षण है, जपादि अरासायनिक मादकताएँ हैं।

लेकिन भूलने से क्या होगा? विस्मरण विमुक्ति तो नहीं है? जो है, वह फिर लौटेगा, फिर लौटेगा। बेहोश कितनी देर रहिएगा?

नहीं, ऐसे नहीं चलेगा। स्वयं को बदलना ही होगा। विस्मरण नहीं, रूपांतरण ही चाहिए। ध्यान रूपांतरण है। और जाप से, इसीलिए, वह आमूल भिन्न है। ध्यान है, स्मृतिपूर्वक होना।

जो है, बाहर या भीतर, उसके प्रति जागते हुए होने का नाम ध्यान है। जाप है क्रिया, ध्यान है अक्रिया। जाप में कुछ करना होगा। इसीलिए वह मानसिक है। और मन की कोई भी क्रिया कभी भी मन से बाहर नहीं ले जा सकती है।

ध्यान है जागना—देखना—साक्षीत्व। यह क्रिया नहीं है। यह समस्त क्रियाओं का विश्राम है। इसलिए, ध्यान मन के पार है ... और जो सजातीय है, उसे जानने का द्वार है।

15. ध्यान का रूप ले लेने वाले जप

क्या ऐसे भी कोई जाप हैं, जो सहज जप व ध्यान का रूप ले लें?

नहीं! क्योंकि, असहज सहज कैसे हो सकता है? असहज सहज नहीं बनता है। असहज से मुक्ति ही सहज में ले जाती है। प्रयास अप्रयास का द्वार नहीं है। प्रयास से मुक्ति ही अप्रयास का द्वार बनती है। और सत्य को प्रयास से नहीं पाया जा सकता है। क्योंकि, वह तो है ही—और मिला ही हुआ है। प्रयास में हैं हम, इसीलिए उससे चूके हुए हैं। वह है निकट और सदा से उपस्थित।

लेकिन, हम हैं व्यस्त—अर्थात् उसके प्रति अनुपस्थित। पर अनुपस्थित तो समान ही है। कोई धन पाने में व्यस्त है, कोई धर्म पाने में। कोई फिल्मी गीत गाने में व्यस्त है, कोई जपजाप में। कोई माला फेरने में व्यस्त है, कोई धूम्रपान में। कोई कागज के शास्त्रों में उलझा है, कोई कागज के पत्तों में लीन है। लेकिन, सभी उसके प्रति अनुपस्थित हैं, जो कि है—सभी ओर—सदा से। एक व्यस्तता से ऊब जाता है मन, तो तत्काल दूसरी व्यस्तता का आविष्कार कर लेता है। धूम्रपान से ऊब जाता है, तो माला फेरता है। दुकान से ऊबता है तो मंदिर खोज लेता है—लेकिन, अव्यस्त नहीं होता है। जबकि, जो है, वह अव्यस्त क्षणों के अंतराल में ही जाना और जिया जाता है।

उसे खोजो मत, वह तो यह रहा, उसके लिए दौड़ें मत, वह तो यहीं है। उसके लिए प्रयास मत करें, क्योंकि उसका निर्माण नहीं करना है, वह तो है ही। केवल, बस आप ही हों—'अभी और यहीं'—और वह प्रकट हो जाता है।

16. कल्पना से कल्पना कटती है

क्या कल्पना से कल्पना नहीं कटती है?

कल्पना से कल्पना कटती है। लेकिन, कल्पना करने वाला मन नहीं कटता है। और काटना कल्पना को नहीं, मन को ही है। कल्पना करें, या कल्पना न करें, मन दोनों ही स्थितियों में सबल होता है। क्योंकि, दोनों में ही उसकी शक्ति काम आती है।

जाना है मन के बाहर। और यह उसे सबल करके नहीं हो सकता है। इसीलिए ऐसा कुछ करें, जो मन को निर्बल करे, निर्वीर्य करे, मृत करे। लेकिन कुछ भी क्यों न करें, वह सबल ही होगा। क्योंकि, सब करना उसी का करना है। तब न करने—अक्रिया के अतिरिक्त और कोई मार्ग नहीं है। न करना—अर्थात्—बस होना। अब हैं मात्र और कुछ भी नहीं कर रहे हैं। तभी यह जागरण आता है, जो कि ध्यान है। और ध्यान मन से मुक्ति है। ध्यान अर्थात अ-मन।

मन संसार में वाहन है। अ-मन सत्य में। संसार का वाहन सत्य के आयाम में साधक तो है ही नहीं, बाधक भी है। जमीन पर चलें बैलगाड़ी से। लेकिन, आकाश में बैलगाड़ी से न उड़ें तो अच्छा है। यह आपके भी हित में है, और बैलों के भी हित में। लेकिन बैलगाड़ी से परिचित होने के कारण खयाल आता है कि जो जमीन पर चलती थी, वह आकाश में क्यों न चलेगी?

इससे बैलगाड़ी की कोई भूल नहीं है। भूल है तो आकाश की ही है कि वह पृथ्वी नहीं है।

लेकिन, यह तो कभी हो भी सकता है कि बैलगाड़ी आकाश में भी उड़ सके। क्योंकि पृथ्वी और आकाश भिन्न हैं, लेकिन विपरीत नहीं। पर मन की सत्य में कभी कोई गति नहीं हो सकती है। क्योंकि संसार और सत्य के आयाम ही विपरीत हैं। जैसे स्वप्न में जागना संभव नहीं है। क्योंकि, जब तक स्वप्न है, तब तक जागरण नहीं है और जब जागरण है, तब स्वप्न नहीं है। स्वप्न के अस्तित्व की मूलभूत शर्त ही निद्रा है।

ऐसी स्थिति मन और सत्य की है। जब तक मन है, तब तक सत्य नहीं है। और जब सत्य है, तो मन खोजे से भी नहीं मिलता है। सत्य को आने देना है, तो मन को जाने दें। उसके रिक्त स्थान में ही सत्य का सिंहासन निर्मित होता है।

17. सजग जीने की विधि और सजगता से तात्पर्य

सजग से आपका क्या तात्पर्य है? पल-पल सजग जीवन कैसे जीया जाता है?

सजगता से तात्पर्य है, बस सजगता। साधारणतः मनुष्य सोया-सोया जीता है। स्वयं की विस्मृति निद्रा है। और स्वयं का स्मरण जागृति। ऐसे जिएँ कि कोई भी स्थिति स्वयं को न भुला सके। उठते-बैठते, चलते-फिरते—सब में—विश्राम में 'स्व' न भूलें। 'मैं हूँ' इसकी सतत् चेतना बनी रहे। फिर धीरे-धीरे 'मैं' मिट जाता है और मात्र 'हूँ' रह जाता है। क्रोध आए, तो जानें कि 'मैं हूँ'—और क्रोध नहीं आएगा। क्योंकि क्रोध केवल निद्रा में ही प्रवेश करता है। विचार घेरें, तो जानें कि 'मैं हूँ'—और विचार विदा होने लगेंगे। क्योंकि वे केवल निद्रा के ही संगी-साथी भर हैं। और जब चित्त के काम, क्रोध, लोभ, मोह सब विदा हो जाएँगे, तब अंत में विदा होगा 'मैं' और जहाँ मैं नहीं वहीं वह है, जो ब्रह्म है।

18. साक्षीत्व की प्रक्रिया

हमारा जो मन है वह एक तीर की तरह है, जिसमें एक तरफ फल लगा हुआ है। तीर को आपने देखा है, तीर दो तरफ नहीं चल सकता? अगर आप तीर को चला दें, तो एक ही तरफ जाएगा। या कि आप सोचते हैं, दो तरफ भी जा सकता है? तीर दो तरफ जाने का कोई उपाय नहीं है। तीर जाएगा अपने निशाने की तरफ—एक तरफ।

तो जब प्रत्यंचा पर कोई तीर चढ़ता है, और पंत्यत्रा से तीर छूटता है, तो दो बातें खयाल में ले लें–प्रत्यंचा, चढ़ा था, वहाँ से छूट जाता है, दूर हटने लगता है; और जहाँ वह नहीं था–साध्य, लक्ष्य–उस तरफ बढ़ने लगता है। एक स्थिति यह थी कि प्रत्यंचा पर चढ़ा था तीर, दूर बैठा था पक्षी वृक्ष पर, उसकी छाती में नहीं चुभा था तीर, तीर था प्रत्यंचा पर–पक्षी पर नहीं था, फिर छूटा तीर, प्रत्यंचा से दूर होने लगा–और पक्षी के पास होने लगा। फिर एक स्थिति आई, तीर पक्षी की छाती में चुभ गया–प्रत्यंचा खाली रह गई और तीर पक्षी की छाती में हो गया।

ध्यान में पूरे समय हम यही कर रहे हैं– कि जब भी हमारे ध्यान का तीर छूटता है तो हमारी प्रत्यंचा से खाली हो जाता है–भीतर और जिसकी तरफ जाता है, उस पर जाकर टिक जाता है।

कोई चेहरा आपको सुंदर लगा, तीर छूट गया ध्यान का। भीतर नहीं है अब तीर। अब ध्यान भीतर नहीं है। अब ध्यान भागा और दौड़ा और सुंदर चेहरे से जाकर लग गया। सड़क पर ही हीरा पड़ा है, तीर छूट गया प्रत्यंचा से।

अब ध्यान भीतर नहीं है। अब ध्यान भागा, दौड़ा और जाकर चुभ गया हीरे की छाती में। अब ध्यान हीरे में है, अब आप में नहीं है–या अब ध्यान कहीं और है।

तो आपके सब ध्यान के तीर कहीं ... कहीं... कहीं जाकर छिद गए हैं। आपके पास भीतर कोई ध्यान नहीं है, हमेशा बाहर जा रहा है।

तीर तो एक-तरफा ही हो सकते हैं, लेकिन ध्यान दो-तरफा हो सकता है। और वही हो जाए तो साक्षी का अनुभव होता है। ध्यान का तीर दो-तरफा हो सकता है, उसमें दो फल हो सकते हैं। और जब आपका ध्यान किसी की तरफ जाए, तो अगर आप इतना कर पाएँ, तो आपको साक्षी का अनुभव किसी-न-किसी दिन हो जाएगा।

जब आपका ध्यान किसी पर जाए, ... रास्ते से गुजरी कोई सुंदर युवती, कोई सुंदर युवक–आपका ध्यान अटक गया। अब आप अपने को बिल्कुल भूल गए। यहाँ भीतर ध्यान न रहा। अब आप होश में नहीं हैं, अब आप बेहोश हैं। क्योंकि आपका होश तो किसी और के पास चला गया। अब आपका होश तो उसकी छाया बन गया। अब आप होश में नहीं हैं।

अगर आप यह काम कर सकें कि कोई आपको सुंदर दिखाई पड़ा, ध्यान उस पर गया, उस समय इस पर भी भीतर ध्यान जाए, जहाँ से प्रत्यंचा से तीर

छूट रहा है, उसकी तरफ भी हम एक साथ ही अगर देख पाएँ–जहाँ ध्यान जा रहा है, वह स्रोत–और जिसकी तरफ ध्यान जा रहा है, वह लक्ष्य–अगर दोनों हमारे ध्यान में एक साथ आ जाएँ, तो आपको पहली दफा पता चलेगा कि साक्षी का क्या है। कहाँ से ध्यान जा रहा है, उस स्रोत का अनुभव होना चाहिए, कहाँ से ध्यान पैदा हो रहा है?

वृक्ष हमें दिखाई पड़ता है, शाखाएँ दिखाई पड़ती हैं, फूल-पत्ते दिखाई पड़ते हैं, फल लग जाते हैं, वे दिखाई पड़ते हैं–जड़ें हमें नहीं दिखाई पड़तीं। जड़ें अँधेरे में छिपी हैं। लेकिन वहीं से वृक्ष रस ले रहा है। आपका ध्यान फैलता है चारों तरफ, जगत् का बड़ा वृक्ष निर्मित हो जाता है। लेकिन जहाँ से ध्यान निकलता है–जिस स्रोत से, जिस चैतन्य के सागर से निकलता है, उसका कोई भी पता नहीं चलता। उन जड़ों का भी बोध साथ-साथ होने लगे, एक साथ आपको दोनों बात दिखाई पड़ने लगें।

... इसे ऐसा समझें–मैं बोल रहा हूँ तो आपका ध्यान मेरे बोलने पर लगा है। इसको दोहरा तीर बना लें। यह दोहरा तीर अभी–इसी वक्त भी बन सकता है। जब मैं बोल रहा हूँ, तो आप केवल–मैं जो बोल रहा हूँ वही न सुनें, आपको यह भी स्मरण रहे कि मैं सुन रहा हूँ। बोलने वाला कोई और है, वह बोल रहा है, मैं सुनने वाला हूँ, मैं सुन रहा हूँ। अगर आप एक क्षण को भी–'अभी–यहीं' ये दोनों बातें एक साथ कर लें–सुनें भी और सुनने वाले का स्मरण भी, रिमेंबरिंग भी भीतर बनी रहे कि मैं सुन रहा हूँ....

.... शब्द दोहराने की जरूरत नहीं है। अगर आप कहें कि 'मैं सुन रहा हूँ'। तो उतनी देर में आप सुन न पाएँगे, जो मैंने कहा वह चूक जाएगा।

भीतर शब्द बनाने की जरूरत नहीं कि .. 'मैं सुन रहा हूँ'... 'मैं सुन रहा हूँ'। अगर आपने ऐसा किया तो उतनी देर आप बहरे हो जाएँगे। उस सेकेंड आप अपनी भीतर की आवाज सुनेंगे कि 'मैं सुन रहा हूँ', लेकिन जो मैं बोल रहा हूँ यहाँ से वह आपको सुनाई नहीं पड़ेगा।

मैं जो बोल रहा हूँ वह सुनाई पड़ता रहे, और साथ ही आपको यह भी–सुनना भी सुनाई पड़ता रहे–आप सुनने वाले हैं–ऐसी भी आपको प्रतीति हुई, एहसास हुआ, अनुभव हुआ–यह दूसरा बिंदु हो गया।

यह दूसरा बिंदु पाना बहुत कठिन है। अगर यह दूसरा बिंदु आपको मिल जाए तो तीसरा बिंदु पाना बहुत सरल है। वह तीसरा बिंदु यह है कि बोलनेवाला है 'अ', सुननेवाला है 'ब', फिर आप कौन हैं भीतर जोकि दोनों को अनुभव

कर रहे हैं–बोलनेवाले को भी और सुननेवाले को भी? आप तीसरे हो गए– दि थर्ड प्वाइंट। वह जो तीसरा बिंदु है, वही साक्षी है। इस तीसरे के पार नहीं जाया जा सकता। यह तीसरा आखिरी बिंदु है। और यह है त्रिकोण जीवन का–दो बिंदु–विषय और विषयी, और तीसरा बिंदु दोनों का–साक्षी। दोनों को अनुभव करनेवाला। दोनों को भी देख लेनेवाला। दोनों का गवाह।

19. सजगता और साक्षीत्व का फर्क

सजगता और साक्षीत्व दोनों एक हैं, या उनमें भेद है?

सजगता और साक्षीत्व दोनों एक नहीं हैं, लेकिन एक ही वस्तु के दो छोर अवश्य हैं। वे चेतना के दो अनुभव हैं।

चेतना को ऐसा तीर समझें, जिसमें कि दोनों ओर फल हैं। इस तीर का एक फल उस ओर है, जिस के प्रति कि चेतना चेतन है। और दूसरा फल उस ओर है, जहाँ से कि चेतना चेतन है। सजगता में पहली बात की ओर इशारा है। साक्षीत्व में दूसरी बात की ओर।

ध्यान इन दोनों में से किसी भी छोर से शुरू किया जा सकता है। क्योंकि, एक छोर अनिवार्यत: दूसरे छोर को भी अपने साथ लपेट पाता है। सजग हों, तो साक्षी आ जाएगा। साक्षी हों, तो सजगता आ जाएगी। जहाँ चेतना है, वहाँ दोनों हैं। जहाँ अचेतना है, वहाँ दोनों नहीं हैं।

और जहाँ एक है, वहाँ अर्धचेतना, अर्धमूर्च्छा है। साधारणत: मनुष्य अर्धचेतना–अर्धमूर्च्छा की अवस्था में है। वह अर्धसजग, अर्ध-साक्षी है उसका होने का बोध अति धूमिल है। जैसे कुहासा घिरा हो चारों तरफ, ऐसे कुछ दिखाई भी पड़ता है, कुछ नहीं भी। दिखाई पड़ता है। जो देखता है, उसकी भी झलक कभी मिलती है, कभी नहीं मिलती है। ध्यान इस अर्ध-स्थिति को तोड़ने का प्रयास है। निद्रा में, गहरी निद्रा में, स्वप्न-तुल्य निद्रा में, सजगता और साक्षीत्व दोनों सो जाते हैं। ध्यान की पूर्णता में दोनों खो जाते हैं।

इसीलिए, समाधि और सुषुप्ति विपरीत होकर भी एक अर्थ में समान हैं। सुषुप्ति में न सजगता है, न साक्षी है, क्योंकि दोनों ही सो गए हैं। समाधि में भी दोना नहीं हैं, क्योंकि दोनों खो गए हैं। सुषुप्ति में मूर्च्छा पूर्ण है, इसलिए द्वैत नहीं है। समाधि में प्रज्ञा पूर्ण है, इसलिए द्वैत नहीं है। पूर्ण सदा अद्वैत है। लेकिन, सुषुप्ति के गर्भ में द्वैत है। जबकि, समाधि में द्वैत की मृत्यु हो गई है।

ध्यान है प्रक्रिया, मूर्च्छा से प्रज्ञा की ओर। उसके प्राथमिक प्रारंभ ध्रुव दो

हैं—सजगता और साक्षीत्व। बहिर्मुखी व्यक्तित्व के लिए सजगता से प्रारंभ करना आसान है—क्योंकि सजगता बाहर से प्रारंभ होती है। अंतर्मुखी व्यक्तित्व के लिए साक्षीत्व से प्रारंभ करना आसान है—क्योंकि साक्षीत्व भीतरी ध्रुव से शुरू होता है।

ध्यान के ये प्रस्थान बिंदु भिन्न हैं, लेकिन उपलब्धि एक ही है। जैसे ही ध्यान में एक ध्रुव स्पष्ट होता है, वैसे ही दूसरा ध्रुव अनिवार्यत: प्रकट हो जाता है। और जैसे ही दोनों ध्रुव पूर्णरूपेण प्रकट होते हैं, वैसे ही दोनों का अतिक्रमण हो जाता है। यह अतिक्रमण ही समाधि बन जाता है। फिर दो नहीं हैं। फिर तो जो है, वह है।

20. साक्षी और तथाता में भेद

साक्षी और तथाता में भेद बताने की कृपा करें।

साक्षी में द्वैत मौजूद है। साक्षी अपने को अलग और जिसे जान रहा है, उसे अलग मानता है। अगर उसके पैर में काँटा गड़ा है तो साक्षी कहता है—मुझे नहीं गड़ा, मैं जानने वाला हूँ, काँटा शरीर को गड़ा है। गड़ना कहीं और है, जानना कहीं और है।

'जानने' और 'होने' में द्वैत है साक्षी की साधना में। इसलिए जो साधक साक्षी पर रुक जाएँगे, वे एक तरह के ड्यूअलिज़्म, एक तरह के द्वैत से घिर जाएँगे। अंतत: वे जगत् को दो हिस्से में तोड़ देंगे। चेतन और जड़। चेतन—वह जो जानना है, जड़—वह जो जाना जाता है। अंतत: इस जगत् को दो हिस्सों में तोड़े बिना वे नहीं मानेंगे—पुरुष और प्रकृति में।

साक्षी प्रकृति और पुरुष तक जाएगा। वह तोड़ देगा—वह रही प्रकृति—जड़, और यह रहा पुरुष—चेतन। जाननेवाला (नोअर) और जाना गया (नोन) में फासला खड़ा हो जाएगा।

तथाता और भी बड़ी बात है। तथाता का मतलब है, कोई द्वैत नहीं है, न कोई जाननेवाला है, न कुछ जानने को है—या जो जाननेवाला है, वही जाना भी जा रहा है। द नोअर इज द नोन।

अब ऐसा नहीं है कि काँटा अलग है और मैं अलग हूँ। अब ऐसा भी नहीं है कि काँटा न गड़ा होता, तो अच्छा होता। अब ऐसा भी नहीं है कि काँटा निकल जाए, तो अच्छा हो।

नहीं, अब ऐसा कुछ भी नहीं है। काँटे का होना, गड़ने का होना, गड़ने का पता चलना, पीड़ा का होना—सब हो सकता है और सब एक ही चीज के छोर हैं।

तो काँटा भी मैं हूँ। गड़ना भी मैं हूँ। जाना भी मैं हूँ। पहचानना भी मैं हूँ। सब मैं हूँ। इसलिए इस मैं के बाहर कोई जाना नहीं है। न तो ऐसा सोच सकता हूँ। क्योंकि काँटा भी मैं हूँ, जाना भी मैं हूँ। न मैं ऐसा सोच सकता हूँ कि काँटा न गड़े तो अच्छा, क्योंकि अपने ही को कहीं काटकर अलग करूँगा।

तथाता जो है, वह परम स्थिति है। वह, 'जो है', वह है। 'जो है' उसकी परम स्वीकृति। उसमें कोई भेद नहीं है। लेकिन साक्षी हुए बिना तथाता तक नहीं पहुँचा जा सकता। हालांकि कोई चाहे तो साक्षी पर रुक सकता है और तथाता पर न पहुँचे। संकल्प के बिना कोई साक्षी तक नहीं पहुँच सकता है। हालांकि कोई चाहे तो संकल्प पर रुक जाए और साक्षी पर न पहुँचे।

जो आदमी संकल्प पर रुक जाएगा, वह आदमी शक्तिशाली तो बहुत हो जाएगा, लेकिन ज्ञानवान न हो पाएगा। इसीलिए संकल्प के दुरुपयोग भी हो सकते हैं, क्योंकि वहाँ ज्ञान अनिवार्य नहीं है। शक्ति तो बहुत आ जाएगी, इसलिए उससे दुरुपयोग हो सकते हैं।

सारा ब्लैक मैजिक जो है, वह संकल्प की ही शक्ति से पैदा हुआ है। क्योंकि ज्ञान तो कुछ भी नहीं है, शक्ति बहुत आ गई है। उसका कुछ भी उपयोग हो सकता है। संकल्पवान व्यक्ति शक्ति से भर गया है। वह शक्ति का क्या उपयोग करेगा, यह कहना अभी मुश्किल है। वह बुरा उपयोग भी कर सकता है।

शक्ति तटस्थ है लेकिन शक्ति होनी चाहिए ही। बुरा करने के लिए भी होनी चाहिए, भला करने के लिए भी होनी चाहिए। और मेरा मानना है कि शक्तिहीन होने से शक्तिवान होना बेहतर है। चाहे बुरा भी करो तो ठीक है क्योंकि जो बुरा करता है, वह कभी अच्छा भी कर सकता है, लेकिन जो बुरा नहीं कर सकता, वह तो अच्छा भी नहीं कर सकता। इसलिए निर्वीर्य, शक्तिहीन होने से शक्तिवान होना बेहतर है।

शक्तिवान होने में भी शुभ और अशुभ की यात्राएँ हैं। शक्तिवान होकर शुभ की यात्रा पर होना बेहतर है। शक्ति की शुभ की यात्रा अगर ठीक से चले, तो साक्षी पर नहीं पहुँचा देगी। अगर अशुभ की यात्रा चले, तो साक्षी पर पहुँचाएगी, साधक संकल्प की शक्ति में ही भटककर रह जाएगा। तब मेस्मेरिज़्म होगा, हिप्पोटिज़्म होगा, तंत्र होगा, मंत्र होगा, जादू-टोना होगा। सब तरह की चीजें पैदा हो जाएँगी। लेकिन इससे कोई आत्मा की यात्रा नहीं होगी। वह भटकाव हो गया। शक्ति तो हुई, लेकिन भटक गई।

अगर शक्ति शुभ की यात्रा पर चले, तो साक्षी का जन्म हो जाएगा। क्योंकि, अंततः जब शक्ति पैदा होगी, तो आदमी शक्ति का इसलिए उपयोग करेगा कि स्वयं को जान सके और पा सके।

यह मेरी शुभ यात्रा हो गई। शक्ति की अशुभ यात्रा का मतलब है कि दूसरे को दबाऊँ, दूसरे का मालिक हो जाऊँ, दूसरे को कस लूँ। तो अशुभ यात्रा शुरू हो गई। वह ब्लैक मैजिक है। शक्ति से अपने का पाऊँ, पहचानूँ, जान लूँ कौन हूँ, क्या हूँ—यह शुभ यात्रा हो गई।

अगर शक्ति शुभ यात्रा पर होगी, तो साक्षी बन जाएगी। अगर साक्षी का भाव, सिर्फ मैं स्वयं को जान लूँ, इतने पर तृप्त हो जाए, तो पाँचवें शरीर तक बात पहुँचेगी और खतम हो जाएगी। लेकिन साक्षी का भाव अगर और गहरा हो ... और इसका भी पता लगाया जाए कि मैं तो नहीं हूँ, मेरे होने में चाँद-तारे भी सम्मिलित हैं, सूरज भी सम्मिलित हैं, मेरे होने में पत्थर, मिट्टी, फूल, पौधे सब सम्मिलित हैं, मेरे होने में दूसरों का होना भी सम्मिलित है .. मेरा होना सम्मिलित होता है—अगर इस खयाल से यात्रा शुरू हो, तो तथाता तक पहुँच जाएगा।

तथाता धर्म की परम उपलब्धि है, जहाँ सब स्वीकार है, टोटल ऐक्सेप्टीबिलिटी है। जैसा हो रहा है, वह सबके लिए राजी है, जो आदमी, जैसा हो रहा है, सबके लिए पूरा राजी है, ऐसा आदमी ही पूर्ण शांत हो सकता है। क्योंकि जो जरा भी शिकायत से भरा है, उसकी अशांति जारी रहेगी। जिसके मन में जरा भी ऐसा है कि 'ऐसा होना था' और 'ऐसा नहीं हुआ', तो उसके मन में तनाव जारी रहेगा। परम शांति, परम तनावमुक्तता, परम मुक्ति तथाता में ही संभव है।

पर संकल्प हो, तो साक्षी तक जाया जा सकता है; साक्षीभाव हो, तो तथाता तक जाया जान सकता है। क्योंकि जिस व्यक्ति ने अभी साक्षी होना ही नहीं जाना, वह सर्व-स्वीकार नहीं जा सकता कि मैं काँटे से एक हूँ। असल में काँटे से अलग होना जो जान ले, वह दूसरा कदम उठा सकता है—काँटे से एक होने का। तथाता को समझने में वह सहयोगी होगा।

बुद्ध खुद अपने लिए भी 'तथागत' शब्द का उपयोग करते हैं। बुद्ध खुद कहते हैं कि तथागत ने ऐसा कहा। 'तथागत' का मतलब है– 'दस केम, दस गॉन, ऐसे आए और ऐसे गए।' जैसे हवा का झोंका आए और चला जाए। न कोई प्रयोजन, न कोई अर्थ। बस हवा का झोंका जैसे आए भीतर और चला जाए—जो ऐसे ही आए और गए। जिनका आना-जाना ऐसा निष्प्रयोजन, निष्काम है—जैसा

हवा का झोंका हो। ऐसे व्यक्तित्व को कहते हैं, तथागत।

लेकिन हवा के झोंके की तरह कौन आएगा और कौन जाएगा? हवा के झोंके की तरह वही आ और जा सकता है, तो तथाता को उपलब्ध है। जिसको न आने से कोई फर्क पड़ता है, न जाने से कोई फर्क पड़ता है—आए तो आए, गए तो गए।

संकल्प से साक्षी, साक्षी से तथाता—ऐसी यात्रा है।

21. केवल होश और तथाता में साम्य

जस्ट अवेयरनेस, केवल होश और तथाता क्या एक ही बात है?

असल में जब हम कहते हैं जस्ट अवेयरनेस, बस होश-मात्र, तो इसमें और तथाता में थोड़ा-सा फर्क है। इसमें और साक्षी में थोड़ा-सा फर्क है। ऐसा समझें कि यह साक्षी और तथाता के बीच की कड़ी है। जब तुम साक्षी से गुजरोगे तथाता तक, तब यह बीच की कड़ी होगी—जस्ट अवेयरनेस।

साक्षी होने में 'मैं हूँ' और 'तू है' का भाव पक्का है। जस्ट अवेयरनेस में 'मैं' और 'तू' का भाव भूल गया है, सिर्फ होने का भाव रह गया है, तथाता में सिर्फ होने का भाव ही नहीं है, तथाता में यह 'मेरा होना' और 'तेरा होना' एक ही होना है। क्योंकि जब तक 'जस्ट अवेयरनेस' ही है, तब तक सिर्फ होने का भाव भी है। तब तक होने के भाव के बाहर एक सीमा होगी, जो मैं नहीं हूँ।

अगर तथाता कहें, 'जस्ट वीइंग' ठीक है, जस्ट अवेयरनेस नहीं। 'बीइंग' बड़ा शब्द है। जैसे ही तुम कहते हो 'जस्ट अवेयरनेस—होश मात्र', उसमें कुछ को छोड़ दिया। वह जस्ट शब्द जो है वह छोड़नेवाला है। जब हम कहते हैं 'बस चेतना', तो बस के बाहर हमने कुछ छोड़ दिया। नहीं तो 'बस' क्यों लाते हैं हम? जब हम कहते हैं 'सिर्फ चेतना', तो 'सिर्फ' बाहर कुछ को इंकार कर दिया। नहीं तो 'सिर्फ' क्यों लगाते?

चार

ध्यान मंदिर

(ध्यान-मंदिर की आवश्यकताओं पर ओशो के दो प्रवचन)

1. ध्यान मंदिर
2. ध्यान-केंद्र

1. ध्यान मंदिर

ध्यान-मंदिर से एक ऐंसे स्थान का प्रयोजन है, जहाँ किसी भी धर्म का, किसी भी मार्ग का और किसी भी तरह से सोचनेवाला व्यक्ति वैज्ञानिक रूप से साइंटिफिक विधि से ध्यान से परिचित हो सके और ध्यान में प्रवेश कर सकें।

इतना ही नहीं, ध्यान के मार्ग पर जो बाधाएँ हैं–उनसे परिचित हो सकें वैज्ञानिक ढंग से। और ध्यान रहे! मैं जोर देकर कह रहा हूँ, 'वैज्ञानिक ढंग से, –क्योंकि मंदिरों की कोई कमी नहीं है, मस्जिदों की कोई कमी नहीं है, गुरुद्वारे बहुत हैं– लेकिन गुरुद्वारों की, मस्जिदों की, मंदिरों की भाषा और आज के आदमी के बीच कोई संबंध नहीं रह गया।

ऐंसा नहीं है कि मंदिर जो बोलते हैं, वह गलत बोलते हैं। और ऐसा भी नहीं है कि मस्जिद में जो कहा जाता है, वह गलत है। और ऐसा भी नहीं कि गुरुद्वारा जो संदेश लिए बैठा है, वह गलत है। वे संदेश सब ठीक हैं, लेकिन भाषा उनकी इतनी पुरानी पड़ गई है कि उससे आज के आदमी का कोई संबंध नहीं है। अब कोई संबंध हो भी नहीं सकता; आज के आदमी की सारी शिक्षण की व्यवस्था वैज्ञानिक है– और मंदिन और मस्जिद, और गुरुद्वारे के सोचने के सारे ढंग पूर्व वैज्ञानिक हैं, प्रि-साइंटिफिक है। उनसे आजके आदमी का कहीं भी कोई तालमेल नहीं हो पाता।

ध्यान-केंद्र से या ध्यान-मंदिर से मेरा प्रयोजन है–वैज्ञानिक विधियों से, वैज्ञानिक व्यवस्था से, आधुनिक आदमी के मन को ध्यान से न केवल बौद्धिक रूप से परिचित कराया जा सके, बल्कि प्रयोगात्मक, एक्स्पेरिमेंटली भी उसे ध्यान में प्रवेश दिया जा सके। और बौद्धिक रूप से ध्यान से परिचित होना बहुत कठिन है, प्रयोगात्मक रूप से परिचित होना बहुत सरल। कुछ चीजें हैं, जिन्हें हम करके ही जान सकते हैं, जिन्हें हम जानकर कभी नहीं कर सकते। असल में उन्हें हम जान ही नहीं सकते, जब तक कि हम कर न लें।

ध्यान-मंदिर में एक ऐसी वैज्ञानिक व्यवस्था हो, जिसमें प्रत्येक व्यक्ति आज की आधुनिक भाषा एवं प्रतीकों में ध्यान को समझ सके–न केवल समझ सके, बल्कि कर भी सके–ध्यान से परिचित भी हो सके।

इसमें दो-तीन बातें खयाल में लेने-जैसी हैं। कई बार बहुत छोटी-सी चीजें हमारे खयाल में नहीं होतीं। डाक्टर पर्ल्स एक अमेरिकन मनोवैज्ञानिक है। उसने एक बहुत छोटी-सी बात पर ज़िंदगी-भर प्रयोग किया--एक बहुत छोटी

बात, जिसका हमें खयाल भी नहीं हो सकता। उसका कहना है कि जो आदमी भोजन ठीक से चबा के नहीं करता, उस आदमी की जिंदगी में हिंसा ज्यादा होगी, वह ज्यादा वायलेंट होगा। जो आदमी भोजन ठीक से चबा के करता है, उसकी जिंदगी में हिंसा कम हो जाएगी।

यह बहुत अजीब-सी बात मालूम पड़ती है—चबाने से और हिंसा का क्या संबंध हो सकता है? लेकिन पर्ल्स की तीस साल की खोज यही है कि सभी जानवरों की हिंसा उनके दाँतों से बँधी होती है, सभी जानवर दाँत से हिंसा करते हैं। जब भी हिंसा करते हैं तो दाँत से ही करते हैं। आदमी की हिंसा भी उसके दाँतों में केंद्रित है। लेकिन आदमी ने जो भोजन विकसित किए हैं, उनमें उतनी हिंसा नहीं हो पाती, इसलिए उसके दाँत की हिंसा उसके पूरे शरीर में फैल जाती है।

पर्ल्स ने पिछले दस वर्षों में अनेक लोग— जो वायलेंट थे, पागल थे; जो हिंसा बिना किए रह नहीं सकते थे, उनको सिर्फ भोजन ठीक से चबाने का प्रयोग करवाया और पाया कि तीन महीने के प्रयोग में जो आदमी चीजों को बिना तोड़े-फोड़े नहीं रह सकता था, जो आदमी किसी-न-किसी को मारे विना नहीं रह सकता था, उस आदमी की हिंसा तिरोहित हो गई। फिर उसने दाँतों और हिंसा और मनुष्य के व्यक्तित्व की वैज्ञानिक आधारों पर खोजबीन की और उसकी बात बहुत दूर तक सच साबित हुई।

आप प्रयोग करके देखें तो खयाल में आएगा। यह पंद्रह दिन भोजन को इतना चबाएँ कि जब तक वह लिक्विड़ न हो जाए, तब तक उसको भीतर न ले जाएँ और चौबीस घंटे आप स्मरण करें कि आपकी हिंसा में रोज फर्क पड़ता है, या नहीं पड़ता है? और आप इक्कीस दिन के प्रयोग के बाद दंग हो जाएँगे कि आपके क्रोध में फर्क हो गया है। और क्रोध के लिए कुछ भी नहीं करना पड़ा, करना पड़ा कहीं कुछ और। और अगर आप सीधे क्रोध के लिए कुछ करेंगे तो कोई फर्क नहीं पड़ेगा; क्रोध दब जाएगा एक तरफ से और दूसरी तरफ से निकलना शुरू हो जाएगा।

आपको क्रोध आ जाए जोर से, तो अपनी टेबल के नीचे दोनों हाथ बाँधकर नाखूनों को अपनी ही गद्दी में जोर से गड़ा लें, फिर तीन बार मुट्ठी जोर से भीचें और खोलें, और फिर क्रोध करके देखें। तो आप बहुत हैरान हो जाएँगे। तीन बार मुट्ठी को खोलने और बंद करने में वह ताकत खो गई, जिससे आप क्रोध कर सकते थे।

असल में नाखून और दाँत हिंसा के केंद्र हैं। सारे जानवर नाखून और दाँतों से हिंसा कर रहे हैं। और चूँकि आदमी के पास दाँत कमजोर थे और नाखून कमजोर थे, इसलिए उसने हथियार बनाए, जिनसे उसने दाँतों और नाखूनों का काम लिया है। अगर हम आदमी के सारे हथियारों को देखें तो पाएँगे– या तो वे दाँत का विस्तार हैं या नाखून का।

ध्यान-केंद्र पर मैं इस तरह की सारी-की-सारी वैज्ञानिक व्यवस्था करना चाहता हूँ, जहाँ आपकी हिंसा, आपका क्रोध, आपकी अनिद्रा, इन्सोमेनिया, आपके चित्त पर आनेवाले सारे विकार क्यों पैदा होते हैं, कैसे पैदा होते हैं–वे आपको पैदा करके भी बताए जा सकें और वे कैसे विदा होते हैं, वह आपसे ही विदा करवा के भी बताया जा सके।

यह नकारात्मक हिस्सा होगा ध्यान का कि आप में जो व्यर्थ का कचरा इकट्ठा है, वह कैसे अलग हो सके। और फिर विधायक रूप से ये मैंने चार सीढ़ियाँ कहीं–'बैखरी, मध्यमा, पश्यंति, परा'–इन चार सीढ़ियों में आपको भीतर कैसे उतारा जा सके, आप इनमें भीतर कैसे उतर जाएँ....।

एक बार बाहर का कचरा फिंक जाए, तो भीतर उतर जाना बड़ी ही सरल बात है, बहुत कठिन नहीं। शायद इस ज़िंदगी में हम बहुत-सी फिजूल की बातें सीखने में जितना समय नष्ट करते हैं, उससे बहुत कम समय में ध्यान में गति शुरू हो जाती है। मीटरनिंक ने कहीं लिखा है कि एक आदमी नरक जाने के लिए जितनी मेहनत उठाता है, उससे बहुत कम मेहनत में स्वर्ग पहुँच सकता है।

हम क्रोध के लिए जितना श्रम करते हैं, उससे बहुत कम श्रम में हम ध्यान में उतर सकते हैं, हम दूसरे के साथ लड़ने में जितना श्रम करते हैं, उतना अगर अपने को बदलने के लिए करें, तो हम कभी के परमात्मा की प्रतिमा को अपने भीतर खोजने में सफल हो जाएँ। हम बाहर के रास्तों पर जितना दौड़ते हैं, अगर उससे सौवाँ हिस्सा भी हम भीतर के रास्ते पर जाएँ, तो हम अपने पास पहुँच जाएँ।

और जो आदमी अपने पास नहीं पहुँचता, वह बाहर कितना ही दौड़े, वह कहीं भी नहीं पहुँचेगा। जो अपने तक ही नहीं पहुँच पाया, वह कहीं और नहीं पहुँच सकता है। और जिसे अपने भीतर कोई शांति का संगीत नहीं मिला, उसे बाहर–वह जगत के कोने-कोने में घूम आए–नरक के अतिरिक्त कुछ भी मिलने वाला नहीं है। हम अपना नरक या अपना स्वर्ग अपने साथ लेकर चलते हैं।

इस ध्यान-मंदिर को एक वैज्ञानिक व्यवस्था–सांप्रदायिक जरा भी नहीं,

किसी धर्म से बँधी हुई जरा भी नहीं—और सब धर्मों के लिए खुला हुआ, और प्रत्येक धर्म ने भी जो ध्यान के अलग-अलग प्रयोग खोजे हैं, उनकी भी क्या वैज्ञानिकता है, उस पर भी प्रयोग करने का उस केंद्र में खयाल है।

कोई एक सौ बारह विधियाँ हैं सारे जगत् में ध्यान की। और प्रत्येक विधि अद्‌भुत है। और एक सौ बारह विधियों से आदमी परमात्मा तक पहुँच सकता है। उसमें एक-दूसरे से बिल्कुल विपरीत विधियाँ भी हैं। इसलिए एक विधि को माननेवाला दूसरी विधि को बिल्कुल गलत कहता है। लेकिन वे एक सौ बारह विधियाँ सभी व्यक्तियों को ध्यान और शांति और आनंद और सत्य तक ले जाने का मार्ग बन जाती हैं।

इसी ध्यान-केंद्र पर पूरी एक सौ बारह विधियों का प्रयोग करने का खयाल है। और तब पहली बार पृथ्वी पर उस तरह का प्रयोग होगा, जिसनें आज तक पृथ्वी पर आविष्कृत ध्यान की सारी प्रक्रियाओं को एक साथ, एक जगह पर...।

... हम एक भी व्यक्ति को वहाँ खोना न चाहेगे—वह किसी भी मार्ग से जा सके, उस मार्ग पर ही उसे सुझाव दिए जा सकेंगे।

इन सारी एक सौ बारह विधियों पर विस्तृत वैज्ञानिक व्यवस्था इस ध्यान-केंद्र में देना चाहता हूँ। और न केवल आपको समझाया जा सके, बल्कि आपको करवाया जा सके। अगर एक विधि से न हो सके तो दूसरी विधि से करवाया जा सके। लेकिन हम आपको उस मंदिर से निराश न लौटने दें, क्योंकि एक सौ बारह से चरम विधियाँ हैं, इनसे ज्यादा हो नहीं सकतीं। अगर एक विधि काम नहीं करती, दूसरी करेगी—दूसरी नहीं करती, तीसरी करेगी—और आपकी विधि तत्काल खोज ली जा सकती है कि कौन-सी विधि आप पर काम करेगी।

आप पर कौन-सी विधि काम करेगी, इसको खोजने का भी विज्ञान है। और यदि हम, इस समय देश के बड़े-बड़े नगरों में—और देश के बाहर भी—ध्यान के ऐसे विज्ञान मंदिर निर्मित कर सकें, तो मनुष्य-जाति के लिए—जो आज सर्वाधिक पीड़ा और संताप से गुजरती है—गुजर रही है, और जिसे कोई मार्ग नहीं दिखाई पड़ता—क्योंकि जो-जो हमने सोचा था कि इससे सब ठीक हो जाएगा, आज आधी दुनिया के पास भोजन बिल्कुल ठीक है। सोचा था कि लोगों के पास कपड़े होंगे, मकान होंगे, अच्छे रास्ते होंगे, दवा होगी, चिकित्सा होगी, बीमारियाँ कम होंगी। आज आधी दुनिया के पास सब है।

एक बड़ी अद्‌भुत घटना घटी है कि जिनके पास आज सब है, वे ही

सर्वाधिक अशांत, बेचैन और परेशान हो गए हैं। गरीब मुल्क एक अर्थ में सौभाग्यशाली हैं, भूखे मरते हुए एक अर्थ में सौभाग्यशाली हैं, क्योंकि अभी इनकी आशा जीवित है, उन्हें खयाल है कि समाजवाद आएगा, धन बढ़ेगा, धन बँटेगा—सब ठीक हो जाएगा। यह आशा भी उन मुल्कों की टूट गई, जहाँ यह सब ठीक हो गया। अब वे बड़ी निराशा में, गहन निराशा में खड़े हो गए हैं इतनी होपलेसनेस, इतनी आशारहितता कभी मनुष्य के इतिहास में पैदा नहीं हुई थी।

आज अमेरिका जितना आशाहीन है, उतना पृथ्वी पर कोई भी नहीं है। और आज अमेरिका मनुष्य के इतिहास में पृथ्वी पर सर्वाधिक संपन्न, सर्वाधिक सुखी, हमारे अर्थों में, सब कुछ जिसके पास है—और फिर भी अचानक अनुभव हो रहा है कि कुछ भी पास नहीं है। इतनी आशाहीन स्थिति का कारण एक है—हमने सोचा था जिन बातों से मिलेगा सब, वे सब डिसल्युजन्मेंट, वे सब भ्रम टूट गए। और अब हमें वापस लौटकर सुनना पड़ेगा—बुद्ध को, कृष्ण को, क्राइस्ट को, मुहम्मद को, क्योंकि उन्होंने बहुत-बहुत बार, बहुत पहले यह कहा था कि अगर सब भी मिल जाए मनुष्य को, लेकिन अगर स्वयं का अनुभव न मिले, तो कुछ भी मिलता नहीं।

लेकिन हमें उनकी बात खयाल में नहीं आ सकी। नहीं आ सकती थी, क्योंकि बात बड़ी काल्पनिक मालूम पड़ती थी, बहुत यूटोपियन मालूम पड़ती थी।

और जो लोग कहते थे 'धन मिल जाए, मकान मिल जाए', उनकी बात बड़ी प्रैक्टिकल और व्यावहारिक मालूम पड़ती थी। इतिहास का मजाक .. कि जो लोग बहुत प्रैक्टिकल थे, वे बहुत यूटोपियन सिद्ध हुए—और जो बहुत यूटोपियन थे, आज पृथ्वी पर वे ही सबसे ज्यादा प्रैक्टिकल सिद्ध होने के करीब हैं।

लेकिन धर्म अब पुराने रास्ते में नहीं लौटाया जा सकता, अब धर्म नए ही रास्तों में प्रवेश करेगा। उसके नए रास्ते वैज्ञानिक और तकनीकी होंगे।

अब जैसे एक आदमी हिमालय जाता था। आज भी वह सोचते हैं 'एक आदमी हिमालय जाए, तो ध्यान में जा सकता है', लेकिन कभी हमने सोचा नहीं कि हिमालय किसलिए जाता था? जितना ताप कम हो जाए वातावरण में, उतना भीतर प्रवेश आसान हो जाता है, लेकिन कितने लोग हिमालय जा सकते हैं? लेकिन बंबई में एक एयरकंडिशंड मेडिटेशन हॉल हो सकता है, कोई हिमालय जाने की जरूरत नहीं। क्योंकि हिमालय पर जो ठंडक मिल मिल सकती है, वह

बंबई में भी उपलब्ध हो सकती है अब। अब हिमालय पर जाने की व्यर्थ की दौड़धूप है। अब तो बंबई के बीच बाजार में भी उतनी शीतलता उपलब्ध हो सकती है, जितनी एक योगी को हिमालय की चोटी पर उपलब्ध होती थी। उसके आसपास भी बर्फ फैलाया जा सकता है। अगर बर्फ से ही कुछ लाभ होता है, तो बर्फ फैलाया जा सकता है। अगर ऊँचाई से कुछ लाभ होता है, जमीन के ग्रेविटेशन के कम होने से कुछ लाभ होता है, तो बंबई में भी ग्रेविटेशन कम किया जा सकता है।

अगर मौन से लाभ हो सकता है, तो बंबई में भी साउंडप्रूफ इंतजाम किए जा सकते हैं।

और अधिकतम लोगों के लिए हिमालय की चोटी संभव नहीं है। और अगर अधिक लोग पहुँच जाएँ, तो हिमालय की बर्फ भी पिघल जाएगी। वह भी अधिक लोग नहीं पहुँचे हैं, तभी तक है। अधिक लोग वहाँ पहुँच जाएँ, तो वहाँ भी इतना ही उत्ताप पहुँच जाएगा, इतनी गर्मी पहुँच जाएगी। एवरेस्ट पर जिस दिन जाने का रास्ता सीधा होगा, उस दिन हम बस्तियाँ वहाँ भी बसा लेंगे।

आने वाले भविष्य में मनुष्य जहाँ है, वहीं सारी टेक्नोलॉजी और साइंस का उपयोग किया जा सकता है—और वहीं सारी व्यवस्था की जा सकती है, जो कि एक योगी को बड़ी तकलीफें उठाकर करनी पड़ती थी। वह अब विज्ञान के द्वारा संभव हो गई है, वह अब एक सामान्य आदमी के लिए भी सुलभ हो सकती है।

विज्ञान और टेक्नोलॉजी का पूरा उपयोग करके ही इस ध्यान के मंदिर को निर्मित करना है। यह ध्यान का मंदिर, मंदिर सिर्फ इसी अर्थों में होगा कि वह ध्यान का है, अन्यथा वह एक वैज्ञानिक प्रयोगशाला होगी। इस वैज्ञानिक प्रयोगशाला में मनुष्य ने जो-जो खोज की है आदमी के संबंध में, उसका पूरा उपयोग किया जाना चाहिए।

एक आदमी ध्यान करने आता है, लेकिन उसका ब्लडप्रेशर बढ़ा हुआ है। इस आदमी को ध्यान में ले जाना आसान नहीं है, इस आदमी को ध्यान में ले जाना कठिन है। इसके रक्तचाप की जो अधिकता है, वह इसके ध्यान में बाँध बनेगी। पुराने आदमी के पास रक्तचाप को नापने का कोई माध्यम नहीं था, लेकिन आज के ध्यान के मंदिर में रक्तचाप नापने का माध्यम हो सकता है, रक्तचाप को कम करने की व्यवस्था हो सकती है। एक बार आदमी को ध्यान में ले जाने की सुविधाा बनाई जा सकती है। एक बार आदमी ध्यान में चला जाए,

तो रक्तचाप में जाना मुश्किल हो जाएगा, लेकिन रक्तचाप में डूबे हुए आदमी को ध्यान में जाना मुश्किल हो जाता है।

सारी दुनिया के योगियों ने अल्प-आहार पर जोर दिया है, कम खाने पर जोर दिया है; उपवास पर, अल्प-आहार पर, कम भोजन पर, सम्यक् आहार पर, सारी दुनिया के योगियों ने जोर दिया है। फिर भी उनके पास अल्प-आहार क्या है, इसकी ठीक-ठीक जाँच की कोई व्यवस्था नहीं थी, सिवाय अनुमान के। न उन्हें कैलरीज का कुछ पता था, न उन्हें भोजन के तत्त्वों का कुछ पता था।

इसलिए कई बार ऐसा हुआ कि अल्प-आहार के नाम पर जो चला, उससे नुकसान ही पहुँचा। आज हमारे पास बहुत वैज्ञानिक व्यवस्था है कि एक आदमी को कितनी कैलेरी भोजन की जरूरत है। और हम यह तय कर सकते हैं कि उसकी कितनी कैलेरी कम हो जाए, तो उसे ध्यान में आसानी हो जाएगी। और कितनी कैलेरी ज्यादा हो जाए, तो कठिनाई हो जाएगी। अगर ज्यादा भोजन है तो ध्यान में कठिनाई हो जाएगी, क्योंकि भोजन ज्यादा नींद माँगता है। उसे पचाने के लिए उतनी ज्यादा नींद चाहिए। कम भोजन कम नींद माँगता है। और जितनी भीतर निद्रा कम पैदा होती हो, उतना ध्यान का जागरण पैदा हो सकता है।

ध्यान तो जागरण है। एक आदमी ध्यान करने बैठता है और ज्यादा भोजन करके बैठ जाता है, तो फिर कठिनाई होगी। लेकिन ज्यादा भोजन से मतलब सिर्फ पेट में ज्यादा चीजें चली जाएँ, इससे नहीं है, क्योंकि हो सकता है, एक आदमी ने बहुत शाक-सब्जी खा ली हो—पेट पर तो वजन ज्यादा हो, लेकिन भोजन ज्यादा न हुआ हो; और एक आदमी ने थोड़ी-सी मिठाई खाई हो—पेट पर तो वजन कम हो, लेकिन भोजन ज्यादा हो गया हो। और आमतौर से साधु-संन्यासी मिठाई खाते रहे, दूध पीते रहे, रबड़ी लेते रहे—इस बात का बिना खयाल किए...।

...लेकिन उसका कोई उपाय नहीं था, उसका कोई साफ खयाल नहीं था, आज हमारे पास उपाय है।

एक आदमी कितना सोए, इस पर निर्भर करेगा कि उसकी ध्यान में गति कैसी हो सकेगी, दोनों बातें संबंधित हैं। अगर ध्यान ठीक हो जाए, तो नींद ठीक हो जाएगी। लेकिन ध्यान को ठीक करना उतना आसान नहीं, जितना नींद को ठीक कर लेना आसान है। पहले नींद ठीक कर ली जाए, तो ध्यान में गति बहुत आसान हो जाए। अब लोगों के पास नींद ही नहीं है, वे रातभर सोए नहीं, सुबह

ध्यान करने बैठ गए हैं। जो आदमी रातभर सोया नहीं, वह ध्यान में सिर्फ सोएगा। इसलिए मंदिरों में पूजा करते हुए--साधु को सुनते हुए लोग अगर सो जाते हैं, तो बहुत हैरानी नहीं है। मैंने तो सुना है, कुछ डॉक्टर सलाह देते हैं कि धर्म-सभा में चले जाना चाहिए, अगर नींद न आती हो।

मैंने सुना है, एक बहुत बड़ा पादरी अपने एक मित्र को बार-बार कहता था कि तुम कभी मेरा व्याख्यान सुनने आओ। पादरी नहीं माना तो एक दिन वह मित्र सुनने गया।

पादरी अच्छे-से-अच्छा जो बोल सकता था, बोला। बाहर जब दोनों निकलने लगे तो उसने अपने मित्र से पूछा कि व्याख्यान कैसा लगा? मित्र ने कहा, 'बहुत ही ताजगी देनेवाला--रिफ्रेशिंग।'

पादरी के हृदय की धड़कन खुशी से बढ़ गई, उसने कहा, 'कौन-सी बात तुम्हें इतनी ताजगी देनेवाली लगी?'

उसने कहा कि 'जब मेरी नींद खुली, तो मन बड़ा ताजा था। इतनी ताजगी तो मुझे घर भी जब नींद आती है, तब भी नहीं मिलती। मैं जरूर आया करूँगा, भाषण बहुत रिफ्रेशिंग था।'

... क्यों--आखिर मंदिर में, धर्म-कथा में आदमी को नींद क्यों आ जाती है? बात क्या है?

...बोर्डम, ऊब पैदा हो जाए, नींद आ जाती, कोई चीज उबाने लगे, नींद आ जाती--और नींद की कमी हो, तो जल्दी ही कोई चीज उबाने लगती है।

जिनको नींद नहीं आती, वे मेरे पास आते हैं। वे कहते हैं, 'हमें नींद नहीं आती, ध्यान से शायद नींद आ जाए?' उन्हें पता नहीं, ध्यान से नींद जरूर ठीक हो जाएगी, लेकिन नींद का ठीक होना ध्यान में जाने के पहले बहुत जरूरी है। अन्यथा ध्यान में जाना मुश्किल हो जाएगा, कठिन हो जाएगा। कठिन इसलिए हो जाएगा कि चित्त की पहली जरूरत नींद की है। और जैसे ही विश्रान मिला, चित्त सो जाएगा। और ध्यान में जरूरत है विश्राम में भी जागे हुए होने की, रिलैक्स एंड अवेयर। एक तरफ सब विश्राम है और एक तरफ सब जागा हुआ है, तभी कोई ध्यान में प्रवेश कर सकता है।

और नींद का नियम यह है कि यहाँ हम विश्राम में हुए बाहर कि भीतर नींद आ गई--रिलैक्स हुए कि नींद आ गई।

तो ध्यान में अक्सर लोग सो जाएँगे। अब यह सारी व्यवस्था आज की जा सकती है--नींद नापी जा सकती है, उनके सपने नापे जा सकते हैं--कि कितने

सपने आपको आ रहे हैं। आपको भी नहीं पता होता—कितने सपने आ रहे हैं, कैसे सपने आ रहे हैं?

कल ही एक साधिका मेरे पास थी। ध्यान करना है उसे। मैंने उसके सपनों के बाबत पूछा, उसने कहा कि सपनों से क्या मतलब आपको? मुझे ध्यान करना है। मैंने उससे कहा, मुझे बहुत जरूरी है, क्योंकि सपने ही मुझे बताएँगे कि तुम्हें सच में ध्यान करना है या कुछ और करना है। उसने कहा—सपने में तो मुझे सिवाय काम-वासना के और हिंसा के, हत्या के, आग लगा देने के—इस तरह के ही सपने आते हैं।' तो मैंने कहा कि वही तुम्हारा चित्त करना चाहता है। अभी ध्यान मुश्किल पड़ेगा। पहले तो तुम्हारे सपनों को शुद्ध करना पड़ेगा। जिस व्यक्ति को स्वयं को शुद्ध करना है, वह अगर अपने सपने को भी शुद्ध न कर पाए तो स्वयं को शुद्ध न कर पाएगा। सपने-जैसी साधारण चीज भी अशुद्ध हो, तो उसकी सत्ता शांत हो जाए, यह अभी बहुत मुश्किल है। लेकिन आज से पहले सपने के जाँचने की कोई सुविधा न थी।

इस ध्यानकेंद्र में सपनों के जाँचने की पूरी व्यवस्था करना चाहता हूँ। अब तो इंतजाम है। जैसे आपका कार्डियोग्राफ लिया जाता है, वैसे ही रात में आपके सपने का ग्राफ बन जाता है कि आपने कितनी देर सपने देखे, किस तरह के सपने देखे, वायलेंट थे? नॉन-वायलेंट थे? सेक्सुअल थे? नहीं थे सेक्सुअल?—क्या था? सपने किस तरह के थे—इसकी काफी जानकारी ग्राफ दे देता है।

यह जानकर आप हैरान होंगे कि सपनों के संबंध में जितनी जानकारी बढ़ी है, उतना ही यह प्रतीत हुआ है कि चित्त के भीतर वेव्ज हैं, तरंगें हैं। जब सपना चलता है तो तरंगें और तरह की होती हैं, जब सपना बंद होता है तो और तरह की होती हैं। और बड़े आश्चर्य की बात है कि गहरी नींद में जो तरंगों की स्थिति होती है, वही स्थिति ध्यान में भी तरंगों की होती है। ध्यान में जब कोई व्यक्ति होता है तो उसके मस्तिष्क की तरंगें वैसी होती हैं, जैसे तरंगें गहरी निद्रा में होती हैं। और जब कोई व्यक्ति सपने में होता है, तो तरंगें वैसी ही होती हैं, जैसे जब कोई व्यक्ति चिंता में होता है। चिंता और सपनों का जोड़ है, गहरी निद्रा और ध्यान का जोड़ है।

यह सारी वैज्ञानिक व्यवस्था इस ध्यान-मंदिर में करने का खयाल है। और प्रत्येक व्यक्ति को वैज्ञानिक रूप से सहायता पहुँचाई जा सके, यह दृष्टि है। और मेरे देखे, आज मनुष्य को ध्यान की जितनी जरूरत है, उतनी किसी चीज की जरूरत नहीं है, क्योंकि आज मनुष्य जितना अशांत है, उतना अशांत

कभी भी नहीं था।

ये थोड़ी-सी बातें मैंने कहीं। सोचना-विचारना। मान लेने की कोई जरूरत नहीं है। और यह ध्यान-मंदिर विश्वास करनेवालों के लिए नहीं होगा, प्रयोग करनेवालों के लिए होगा।

विश्वास करनेवाले वैसे भी अब कहीं नहीं हैं। सिर्फ कहते हुए दिखाई पड़ते हैं लोग, कहीं कोई विश्वास करनेवाला आदमी अब नहीं है। हर आदमी के रथ पर शल्य बैठा हुआ है। एक छोटी-सी कहानी और अपनी बात मैं पूरी कर दूँ।

कर्ण ने महाभारत के युद्ध में जिस आदमी को सारथी चुना, वही उसकी हार का कारण बना। उसने जिस आदमी को सारथी चुना, उसका नाम था शल्य। शल्य का अर्थ होता है, 'संदेह, शंका, संशय'। और कर्ण का अर्थ आप जानते ही हैं; कर्ण का अर्थ होता है 'कान'। सब शंकाएँ कान से प्रवेश करती हैं।

शल्य को कर्ण ने सारथी चुन लिया और अर्जुन ने कृष्ण को सारथी चुना। सारे युद्ध के लिए निर्णायक, डिसीसिव यही बात हो गई। क्योंकि वह शल्य जो था। उसका नाम ही शल्य इसलिए था कि वह बड़ा शंकालु आदमी था। कर्ण बहुत शक्तिशाली आदमी था।

जो लोग जानते हैं, महाभारत जिनके सामने हुआ, उन सबका खयाल था कि कर्ण से अर्जुन जीत न सकेगा। कर्ण महाशक्तिशाली था। कर्ण के पीछे सूर्य की शक्ति थी, अर्जुन जीत न पाएगा। लेकिन अंतत: युद्ध में हुआ ऐसा कि अर्जुन जीता और कर्ण हारा। और तब जो जानते हैं वे कहते हैं कि गलत सारथी को चुनने की वजह से कर्ण हारा; क्योंकि वह जो शल्य था वह पूरे वक्त कर्ण को कहता रहा– 'अरे, तू क्या जीतेगा अर्जुन से!' वह पूरे वक्त उससे यही कहता रहा। कर्ण अपना धनुष्य-बाण खींच रहा है और शल्य उसका सारथी कह रहा है– 'क्यों मेहनत कर रहा है! ...तू क्या जीतेगा अर्जुन से! ...तेरी जीत बहुत मुश्किल है।' एक यह था सारथी और एक कृष्ण था सारथी अर्जुन के पास कि अर्जुन छोड़ के गांडीव बैठ गया और कृष्ण ने पूरी गीता कही– वह आदमी लड़े; क्योंकि कृष्ण ने कहा कि जो होना है वह पहले से निश्चित है; तुझे कुछ करना ही नहीं है, तू सिर्फ निमित्त है।

यह जो शल्य मिल गया कर्ण को, यह जो शंका मिल गई उसके मन को, वह उसे डुबानेवाली हो गई।

आज तो हर आदमी का सारथी शल्य है– कोई पहचानता हो, न

पहचानता हो, संदेह आज हर आदमी के साथ खड़ा है। इसलिए जो विश्वास संदेह के अभाव में प्रचारित किए गए थे, वे अब काम के नहीं हैं। अब तो पहले शल्य की हत्या करनी पड़े, तब कहीं व्यक्ति के भीतर की चेतना पर कोई परिणाम लाया जा सकता है और इस शल्य की हत्या बिना विज्ञान के नहीं हो सकती।

इसलिए मैं इस ध्यान-केंद्र में आपके शल्य की हत्या विज्ञान के द्वारा करना चाहता हूँ; विश्वास के द्वारा अब नहीं होगा। मेरे यह कहने से कि आप मान लें, आप मानेंगे नहीं। मानने का अब कोई उपाय नहीं रहा। वह वक्त गया; वह समय बीत गया जब लोग मान लेते थे। अब वह समय कभी भी नहीं लौट सकता। वह मनुष्य-जाति का बचपन सदा के लिए खो गया, अब आदमी प्रौढ़ है और इस प्रौढ़ आदमी के पास जो संदेह है, उस संदेह को हम वैज्ञानिक प्रयोग से नष्ट न कर सकें, तो मनुष्य की जिंदगी में हम कोई भी क्रांति लाने में सफल नहीं हो सकते।

इसलिए इस ध्यान-मंदिर को मैं एक वैज्ञानिक मंदिर कहता हूँ– जहाँ हम ध्यान को, धर्म को वैज्ञानिक मार्ग से मनुष्य तक पहुँचाने का प्रयास कर सकते हैं।

2. ध्यान-केंद्र

इधर मेरे मन में यह निरंतर चलता रहता है कि देश के प्रमुख नगरों में ध्यान-केंद्र हों। यहाँ हम इसकी चिंता नहीं कर रहे हैं कि क्या ठीक है, यहाँ हम इसकी चिंता कर रहे हें कि कुछ लोग क्लेरिटी को उपलब्ध हो रहे हैं और उनका मन शांत हो रहा है और वे चीजों को देखना शुरू कर रहे हैं–उनके पास सिर्फ ठीक-ठीक देखने वाली दूरबीन है, उससे वे देखना शुरू कर रहे हैं।

अगर मुल्क के सारे बड़े नगरों में हम छोटी-सी जमात भी, चीजों को ठीक देखनेवाले लोगों को पैदा कर सकें, तो इस संक्रमणकाल में उसके बहुमूल्य उपयोग होंगे। और मैं मानता हूँ, शायद वह सर्वाधिक मूल्यवान बात सिद्ध हो–इसलिए कि ठीक शांत-चित्त के लिए हम हवा, भूमि और व्यवस्था दे सकें।

इस व्यवस्था को देने में बहुत-सी बातें होंगी। जैसा ध्यान-केंद्र के लिए कहा, मेडिटेशन हॉल के लिए कहा–यह बहुत जरूरी है कि सारे बड़े नगरों में ऐसे भवन हों–जो न हिंदू के हों, न मुसलमान के, न ईसाई के–जो सभी मनुष्यों के लिए हों, और जो भी वहाँ शांत होना चाहता है उसके लिए हों। उन भवनों

में शांति के लिए सब तरह की व्यवस्था की जा सकती है। छोटे बच्चों के लिए वहाँ अलग व्यवस्था की जा सकती है। जो बच्चों को ध्यान में ले जाने में सहयोगी हो सके। और भी हजार उपाय किए जा सकते हैं।

अभी पूना में जिस घर मैं मेहमान था, वहाँ वे दो पेंटिंग काफी खर्च करके ले आए थे। पेंटिंग अच्छी भी थीं। उन्होंने मुझसे पूछा कि 'आप क्या कहते हैं?' मैंने कहा 'मैं कुछ नहीं कहूँगा। तुम इस पेंटिंग के पास आधे घंटे बैठकर आधे घंटे देखते रहो और तब तुम्हारा मन कैसा होता है, वह मुझे बता दो। 'आधा घंटा तो बहुत दूर था, पाँच मिनट भी उस पेंटिंग को गौर से देखने में आपका सिर घूमने लगेगा। और ऐसा लगेगा कि आप पागलखाने में हैं। आज कोई पश्चिम की पेंटिंग उठाकर देखे, तो उसे ऐसा लगेगा कि वह जरूर रुग्ण चित्त से पैदा हुई है।

अगर पिकासो की एक पेंटिंग पर थोड़ी देर कोई ध्यान करे तो वह पागल हो सकता है, शांत नहीं। लेकिन अगर बुद्ध की मूर्ति पर कोई पाँच मिनट बैठकर ध्यान करे तो वह पागल भी हो तो शांत होकर लौटेगा। मैं चाहता हूँ कि ऐसे हॉल होने चाहिए सारे मुल्क में, जिनमें दरवेश फकीरों के नृत्य हों। नाच तो हम रहे हैं–और सारी दुनिया नाच रही है, और दुनिया को नाचने से नहीं रोका जा सकता। जो कौम नाचने से रुकेगी, उसको भारी नुकसान होने शुरू हो जाएँगे। लेकिन नाच ऐसा हो सकता है कि नाचनेवाला नाचने में शांत हो, और ऐसा भी हो सकता है कि नाचने में अशांत हो। ऐसा नाच हो सकता है, जो कामुकता से भर दे, और ऐसा नाच हो सकता है जो कामुकता के बाहर कर दे। देखनेवाला भी देखते-देखते कामुक हो सकता है। यानी नाच आपके भीतर कुछ करेगा। जो भी आप देख रहे हैं, वह आपके भीतर कुछ करेगा। दरवेश फकीरों के नृत्य हैं, अगर उनको कोई आधा घंटे तक देखता रहे, तो पाएगा कि सारे मन की चिंता विलीन हो गई है, क्योंकि वह जो गति है, इतने वैज्ञानिक हिसाब से निर्मित की गई है, मानो आपके मन में थपकी देती हो–शांत करती हो।

मेडिटेशन हॉल बहुत अर्थ रखता है। वहाँ हम इस तरह के चित्रों की व्यवस्था करें–जिन्हें देखकर मन शांत हो, स्वस्थ हो, इस तरह के नृत्यों की व्यवस्था करें–जिन्हें देखकर मन शांत होता हो, स्वस्थ होता हो। उस तरह के गीत की, संगीत की व्यवस्था करें, उस तरह का शिक्षक वहाँ पैदा हो; उस तरह का बच्चा भी वहाँ हो, बूढ़ा भी वहाँ हो; पति हो, पत्नी भी हो; जीवन के सारे पहलुओं को हम वहाँ छूना शुरू करें।

पुरानी दुनिया न भी बहुत-से ध्यान-भवन पैदा किए, लेकिन वे सब पलायनवादी थे। अगर कोई आदमी मंदिर में जाता हो, तो वह ज़िंदगी से भागना शुरू हो जाएगा। मै ऐसे मंदिर चाहता हूँ, जो ज़िंदगी में और गहराई में ले जाते हों–जिंदगी से भागते न हों। ऐसा केंद्र, जहाँ जीवन की सब दिशाओं को छूने के लिए–और सब दिशाओं से काम करने के लिए और मनुष्य को सब तरफ शांति में डुबकी लगाने के लिए हम कोई व्यवस्था दे सकें। वह व्यवस्था दी जा सकती है, उसमें कोई बहुत कठिनाई नहीं है। जिस तरकीब से हमने आदमी को अशांत किया है, वह भी व्यवस्था है।

तो ध्यान-केंद्र चाहिए। पैसे की बात मैं नहीं जानता। इतना मैं जानता हूँ कि इस तरह की व्यवस्था अगर जुटा पाते हैं आप, तो आप इस मुल्क की आने वाली समस्त पीढ़ियों के लिए कुछ काम कर सकेंगे, अपने लिए भी।

कुछ मूल्यवान चीजें हैं, जिनका स्थाई परिणाम देश की चेतना पर हो सकता है। जैसे धर्म के नाम पर हमारे पास जो साहित्य है, बिल्कुल कचरा है। उस साहित्य की वजह से, जिसमें थोड़ी भी बुद्धि है, वह धार्मिक नहीं हो पाएगा। उस साहित्य को पढ़ने के लिए बुद्धिहीनता बहुत अनिवार्य आवश्यकता है। ऐसा साहित्य चाहिए, जो मुल्क की प्रतिभा को छुए और स्पर्श करे, मुल्क की प्रतिभा जिसमें पाए कि कुछ रस हो सकता है। उस साहित्य के लिए भी ऐसे केंद्र प्रचार और विस्तार के आधार बन सकते हैं।

अब हमारे पास बहुत नए साधन हैं, जो कभी भी न थे। लेकिन उन साधनों का प्रयोग भी मनुष्य के मंगल के लिए नहीं कर पा रहे हैं। बुद्ध के पास कोई उपाय नहीं था सिवाय इसके कि वे पैदल घूमे चालीस साल। इतनी बड़ी दुनिया थी, लेकिन चालीस साल पैदल घूमे, तो भी बिहार के बाहर न जा सके, सिर्फ एक दफा बनारस तक गए। बुद्ध के पास उपाय नहीं थे। अगर मेरे-जैसे आदमी को भी बुद्ध-जैसे ही भटकना पड़े, तो ढाई हजार साल बेकार गए। जब यह मामला है, तो बुद्ध जितना काम कर सके उससे ज्यादा मैं भी नहीं कर सकूँगा। लेकिन ढाई हजार साल में जो सारी टेक्नोलॉजी विकसित हुई है, उसका क्या मतलब?

उसका मतलब है कि फिल्म ऐसी हो सकती है कि जिस गाँव में मैं नहीं गया हूँ, वहाँ भी मेरी बात पहुँच जाए। हम नृत्य की व्यवस्था न कर सकें, जो हमने बंबई में की है, तो फिल्म उस नृत्य को वहाँ पहुँचा देगी। जरूरी नहीं है कि हम हर गाँव में पेंटिंग पहुँचा सकें, लेकिन बंबई में जो हमने पेंटिंग लगाए

हैं अपने ध्यान कक्ष में, उनको पूरा मुल्क फिल्म के जरिए देख ले। पूरा मुल्क ही नहीं, पूरी दुनिया भी संबंधित हो जाए। रेडियो का माध्यम है, टेलिविजन का माध्यम है। अब हमारे पास ऐसे माध्यम हैं, जिनका कि पुराना जगत् उपयोग ही नहीं कर सकता था। उनके पास नहीं थे, हमारे पास हैं। हम भी उपयोग कर रहे हैं, लेकिन मंगल के लिए उपयोग नहीं हो रहा है, अमंगल के लिए उपयोग हो रहा है।

मुझे मिलते हैं लोग और कहते हैं, सिनेमा बंद करो। बंद करने का सवाल नहीं है। जो माध्यम जगत् में आ गया है, वह बंद नहीं होगा। इसलिए सवाल बंद करने का नहीं है, सवाल उसके उपयोग का है कि उसका कैसे उपयोग हो। सिनेमा-जैसी शक्तिशाली चीज का एकदम ही गलत उपयोग हो रहा है। हमने कहावत सुनी है कि जब भी कोई आविष्कार होता है, शैतान सबसे पहले उस पर कब्जा कर लेता है, और जिनको हम अच्छे लोग कहते हैं, वे खड़े देखते रहते हैं। वे लोग चिल्ला रहे है कि बड़ा बुरा हुआ जा रहा है। लेकिन तुमको कौन रोक रहा है कि तुम उस पर कब्जा मत करो।

लेकिन वे साधु-सम्मेलन करके तय करते रहेंगे कि रद्दी पोस्टर नहीं लगने चाहिए, लेकिन अच्छा पोस्टर लगाने से तुमको कौन रोक रहा है? तुम इतना अच्छा पोस्टर क्यों नहीं लगा पा रहे हो कि रद्दी पोस्टर अपने-आप उखड़ जाएँ और उसे कोई देखने न आए। लेकिन उनकी फिक्र है कि रद्दी पोस्टर नहीं होने चाहिए, लेकिन तुम्हें अच्छी फिल्म बनाने से कौन रोक रहा है? लेकिन वह तुम्हारी कल्पना में नहीं आ रहा है।

हम सोच नहीं सकते कि बुद्ध-जैसा आदमी अगर फिल्म में खड़ा किया जा सके तो उसके क्या परिणाम होंगे। अगर बुद्ध बोल सकते हैं, चल सकते हैं—तो बुद्ध का बोलना, चलना हम फिल्म के द्वारा क्यों नहीं देख सकते? सारा मुल्क देख सकता है। लेकिन बुरा आदमी सबसे पहले कब्जा कर लेता है और अच्छा आदमी सिर्फ चिल्लाता रहता है। अच्छा आदमी सदा से नपुंसक है। वह करता कभी कुछ नहीं है, बस इतना ही कहता है कि बुरा हो रहा है। मेरी समझ में अच्छे आदमी को वीर्यशाली बनाने की जरूरत है। बुराई से जो लड़ाई है, वह बातचीत से नहीं हो सकती। जिन-जिन माध्यमों का बुरा उपयोग हो रहा है, उन-उन माध्यमों का भला उपयोग करना चाहिए।

अभी मैं हैरान हूँ—अब मैं जाऊँगा, एक-एक गाँव घूमूँगा, एक-एक गाँव में अगर मैं जाऊँ और दस हजार लोग भी मुझे सुनें, तो यह समुद्र में रंग

घोलने-जैसा है। मैं जिंदगी-भर मेहनत भी करूँ, तो इस मुल्क के पचास करोड़ लोगों के आमने-सामने नहीं हो सकता हूँ। अब कोई वजह नहीं है कि आमने-सामने क्यों न हो सकूँ? नवीनतम टेक्नोलॉजी का, साइंस का धर्म कैसे उपयोग करे, इस संबंध में न केवल चिंतन, बल्कि व्यवस्था जुटाने की बात है। तो पंद्रह लाख तो बहुत छोटी बात है, उसे शुरू मानकर चलना चाहिए, किंतु अगर इसका उपयोग हो सके, तो बड़ा क्रांतिकारी काम हो सकता है।

बच्चे फिल्म देख रहे हैं, उनको आप मना कर रहे हैं। मैं नहीं मानता कि उनको मना करने की जरूरत है। उनको जरूर फिल्म दिखानी चाहिए। कोई कारण नहीं कि ऐसी फिल्म बच्चे क्यों नहीं देखें, जो उनकी जिंदगी में रोशनी बनकर आए। आ सकती है। ऐसा गीत क्यों न गाएँ, जरूर वे गा सकते हैं। मैं मानता हूँ कि बच्चों को नर्तक होना ही चाहिए, क्योंकि जो बच्चा नाच नहीं सकता, वह बूढ़ा हो गया। मगर हम चिल्लाएँगे कि यह नाच ठीक नहीं है। लेकिन ठीक नाच कहाँ है? या तो नाच है ही नहीं, या गलत नाच है। उन दोनों में तो गलत नाच ही चुना जाएगा। ठीक नाच कहाँ है? वह ठीक नाच सामने ले आइए, गलत नाच अपने-आप विदा होने लगेगा।

मेरा मानना है कि भलाई अभी तक आकर्षक नहीं हो पाई, अभी भी बुराई आकर्षक है। यह आश्चर्य की बात है कि बुराई इतनी आकर्षक है और भलाई में कोई आकर्षण नहीं है। आदमी जब मरने लगता है, तब वह मंदिर की तरफ जाता है, अन्यथा वह नहीं जाता है। हाँ, एक फिल्म टाकीज 'मराठा मंदिर' है, वहाँ जाता हो तो बात अलग है। जब वह थकने लगता है और हारने लगता है, तब कहीं धर्म उसको आकर्षक मालूम पड़ता है। यानी अब तक सारा धर्म मरे हुए आदमी को आकर्षित करता है, ज़िंदा आदमी को नहीं आकर्षित करता है। तो मैं ऐसे केंद्र बनाना चाहता हूँ, जहाँ से हम जीवन की सब दिशाओं को स्पर्श करने लगें तो हम दस-पंद्रह वर्षों में एक नए समाज के जन्म के लिए कुछ नए आधार रख सकते हैं। इधर दस वर्षों से मैं निरंतर बोल रहा हूँ। सब तरह के लोग मेरी नजर में हैं; कौन क्या-क्या कर सकते हैं, वह सब मेरे ध्यान में है।

मैं एक जंगल में ठहरा हुआ था। एक मूर्तिकार जो कभी बहुत प्रसिद्ध था, लेकिन दुनिया से परेशान होकर जाकर जंगल में रहने लगा है; वह इस समय दुनिया में दस-पाँच अच्छे मूर्तिकारों में है, लेकिन उसके पास मूर्ति बनाने के लिए पैसे नहीं हैं, उसके पास सीमेंट नहीं है, कंक्रीट नहीं है, जिससे वह

मूर्ति बना सके। उसने मुझसे कहा, 'मैं जिस तालाब के पास हूँ, उसके चारों तरफ ऐसी मूर्तियाँ बना देना चाहता हूँ... और उसने अपने सारे नक्शे मुझे बताए। वह इतना अद्भुत है। ... लेकिन उसके पास पैसे नहीं हैं। मैंने उससे कहा, जब मैं कोई केंद्र खड़ा करूँ, तुम आ जाओ और उनके चारों तरफ ऐसी मूर्तियाँ फैला दो। उसने कहा कि सारी जिंदगी वहाँ लगा दूँगा, क्योंकि मुझे और कोई काम नहीं है। मुझे रोटी मिल जाए, उसके बाद मुझसे कोई काम ले सारी जिंदगी।

मूर्तिकार हैं, संगीतज्ञ हैं, लेकिन वही संगीत बाजार में बिकेगा, जो रद्दी होगा, क्योंकि रद्दी आदमी ही सिर्फ खरीदने वाला है। धीरे-धीरे वह संगीतज्ञ रद्दी संगीत बेचने लगेगा, क्योंकि बाजार में मूल्य उसका है। हमारे पास एक ऐसी व्यवस्था चाहिए, मुल्क के प्रत्येक बड़े नगर में, जहाँ हम श्रेष्ठतम को पनपने के लिए, खिलने के लिए मौका दे सकें, चाहे जितनी छोटी मात्रा में हम श्रेष्ठ को जन्म दे सकें।

ध्यान बहुत-सी चीजों का इकट्ठा जोड़ है। ध्यान कोई एक चीज नहीं है कि एक आदमी चौबीस घंटे कुछ भी रहे और बस एक दफा ध्यान में चला जाए। मेरी समझ है कि अगर किसी आदमी को ध्यान में जाना है, तो उसके घर की दीवारों में रंग की बदलाहट होनी चाहिए।

क्योंकि दीवारों का रंग ऐसा हो जाता है, जो कभी ध्यान में जाने ही न दे। अगर आपने लाल, काले और पीले रंग से दीवारें पोत डालीं, तो उनके भीतर आप पाँच मिनट बैठकर आँख बंद करेंगे और बेचैन हो जाएँगे। इसलिए कैसे कपड़े पहनेंगे, यह भी अर्थपूर्ण है, क्योंकि हम जीते बहुत शरीर के तल पर हैं। आत्मा बगैरह की तो बात होती है, जीते शरीर के तल पर हैं।

ये जो केंद्र होंगे, ये जीवन की सब दिशाओं में खोज करें, अन्वेषण करें—कपड़े कैसे हों, दीवार के रंग कैसे हों, मकान कैसा हो, मकान के पास दरख्त कैसा हो? सारी चीजों के संबंध में स्पर्श करने की जरूरत है। और जब इन सब पर स्पर्श हो, तो मैं जानता हूँ कि ध्यान इतनी सरल चीज है, जितनी कोई सरल चीज नहीं है। शायद उसे अलग से करने की जरूरत न रह जाए।

अगर भोजन कैसा हो, कपड़े कैसे हों, मकान कैसा हो, बगीचा कैसा हो, उठते लोग कैसे हों, बैठते लोग कैसे हों, बात कैसे करते हों—अगर इन सारी बातों के संबंध में एक बात स्मरण रख ली जाए कि कौन-सी बात शांति की तरफ ले जाने वाली है, तो जरूरी नहीं कि उस आदमी को और अलग से ध्यान करने जाना पड़े। यह सब ही उसके भीतर ध्यान का सूत्र बन जाएगा। अभी तो मैं

जिनके ध्यान की बात कर रहा हूँ, वे बिल्कुल ही गलत लोग हैं, क्योंकि वे जिस दुनिया के हैं उनसे इसका कोई संबंध नहीं है। लेकिन उनको सुझाव देने का भी सवाल है, वह भी तो नहीं है उनके पास। वह कर भी क्या सकते हैं?

एक पूरा दर्शन तो है मेरे दिमाग में, जिनको भी ठीक लगता हो, वे थोड़ी ताकत लगाएँ तो पूरा हो जाए। मुझे कोई परेशानी नहीं होगी। जितना मैं कर सकता हूँ, मैं करता चला जाता हूँ, उसमें कोई अंतर नहीं है। अब मेरे खयाल से कुछ लोग हैं, जिनको मैं कहीं बिठा सकता हूँ, जो बड़े काम के हो सकते हैं। लेकिन मैं बैठ नहीं सकता। मेरा कहीं बैठना तो महँगी बात है। मैं चलता रहूँगा। पर कुछ लोगों को कहीं बिठाया जा सकता है, जोकि बड़े काम के सिद्ध हो जाएँ। पर उनके बिठाने के लिए भी कोई उपाय और व्यवस्था चाहिए। वह आपको सोचना चाहिए और एक बंबई से शुरूआत करें। बंबई में एक माडल की तरह खड़ा कर लें, फिर हम देश के और नगरों में उसकी चिंता लें।

जो भी महत्त्वपूर्ण है, वह बहुत धीरे-धीरे प्रभावी होता है, वक्त लेता है। मौसमी फूल हम बोते हैं तो वह महीने-भर बाद फूल भी देने लगते हैं और दो महीने बाद समाप्त हो जाते हैं। यह प्रक्रिया इतनी आसान नहीं है कि आज हो जाएगी। इसलिए मुझे लगता है कि अक्सर इसलिए काम नहीं हो पाता, क्योंकि हमारी आकांक्षाएँ बहुत मौसमी होती हैं। हम चाहते हैं कि अभी हो जाए। वह अभी नहीं हो पाती हैं, तो फिर हम थककर लौट जाते हैं कि अभी नहीं हो सकतीं।

यह तो लंबी यात्रा है और ऐसी यात्रा है, जिसका अंत कहीं भी नहीं होता। हम उसे सिर्फ धक्का दे जाते हैं और समाप्त हो जाते हैं। फिर कोई और धक्का दे जाता है और समाप्त हो जाता है। यात्रा चलती रहती है, यात्रा अनंत है। पर एक ही ध्यान अगर आदमी को जिंदगी में रह जाए कि उसने मनुष्य के आनंद की तरफ, मनुष्य के मंगल की तरफ कुछ भी धक्का दे दिया था, तो भी मैं मानता हूँ कि वह आदमी बहुत शांत अनुभव करेगा। लेकिन अगर हमने वह नहीं किया, तो ध्यान रहे! यह नहीं हो सकता कि आप खाली रह जाएँ।

धक्के तो आप दे ही रहे हैं; तब आप अशांति की तरफ देंगे, अमंगल की तरफ देंगे। आप जी रहे हैं, तो आपके धक्के तो जीवन को लगेंगे ही। अब सवाल इतना ही है कि धक्के किस तरफ ले जाते हैं--शुभ की तरफ? ... आनंद की तरफ?

इससे बड़ी कृतार्थता नहीं हो सकती कि एक आदमी अपने जीवन में

सबके मंगल के लिए कुछ कर पाए। बुद्ध अपने भिक्षुओं को कहते थे कि जब तुम ध्यान भी करो तो कभी ऐसा मत सोचना कि ध्यान से जो शांति मिलेगी वह मुझे मिल जाए, नहीं तो तुम कभी भी शांत न हो सकोगे। क्योंकि 'मुझ' का भाव भी अशांति है।

बुद्ध कहते हैं कि जब तुम्हें ध्यान से शांति मिलती हो, तो तुम यह भी प्रार्थना करना कि सबको बँट जाए। यह मत सोच लेना कि मुझे मिल जाए, क्योंकि मुझे मिलने का जो खयाल है वह भी अशांति का बुनियादी आधार है। यह बँट जाए, वह सबको मिल जाए तो बुद्ध कहते हैं, ध्यान करते वक्त, बैठते वक्त कहना कि जो शांति आए, वह सबमें बँट जाए, और वह सब तक दूर-दूर तक फैल जाए। उसमें मेरे 'मैं' को रखना ही मत। अगर ध्यान से उठना—और शांति अनुभव हो—तो यही प्रार्थना करते उठना कि यह शांति सब तक फैल जाए।

और बड़े मजे की बात है, जो अपने तक रोकना चाहता है, वह बात फैला नहीं पाता, अपने तक भी पहुँचा नहीं पाता। और जो सब तक फैलाना चाहता है, वह सब तक फैला देता है—और अचानक पाता है कि सब तक फैलाने में उस तक तो शांति बहुत फैल ही गई है।

पाँच

आत्म-साधना

1. सक्रिय ध्यान की भूमिका
2. महामंत्र– 'हू' के गुह्य-रहस्य
3. आत्म-साधना में शरीर-शुद्धि के सूक्ष्म रहस्य
4. आपके प्रश्न– ओशो के उत्तर
5. साधना-शिविर का विदाई संदेश
6. स्टॉप मेडिटेशन
7. समयसार

1. सक्रिय ध्यान की भूमिका

ध्यान की यह प्रक्रिया स्वयं में सोई हुई शक्ति को जगाने की प्रक्रिया है। उसे कुंडलिनी कहें, उसे प्राण या उसे और कोई नाम दे दें।

हम सबके भीतर बहुत कुछ सोया हुआ है। वह जाग न जाए तो हमारी अंतर्यात्रा के लिए शक्ति नहीं उपलब्ध होती। जिस शक्ति से हम जीते हैं वह बहुत ऊपरी है। बहुत शक्ति है हमारे भीतर जो विश्राम कर रही है, जो सो रही है, जिसे हमने छोड़ रखा है, जिसे छुएँगे भी नहीं, वह हमारे साथ रहेगी और हम मर जाएँगे। जैसे किसी आदमी के पास तिजोरी हो और वह अपने खीसे में दस रुपए रखे हो और उन्हीं को अपनी संपत्ति समझकर अपनी जिंदगी गँवा दे। भूखा रहे, प्यासा रहे, भीख माँगे, और तिजोरी का उसे पता ही न हो कि उसकी है।

लेकिन, ऐसे नासमझ आदमी बहुत मुश्किल से खोजने पर मिलेंगे, जिनके पास तिजोरी हो और जिनको पता न हो–लेकिन, जहाँ तक जिंदगी का संबंध है, ऐसे नासमझ आदमी ही मिलेंगे, जिनके पास तिजोरी हो और जिनको पता न हो, खोजने से वह आदमी मुश्किल से मिलेगा, जिसने अपनी जिंदगी की पूरी संपत्ति का उपयोग किया हो।

तो ध्यान की प्रक्रिया का पहला चरण है–हमारे भीतर की पूरी शक्ति को जगाने का। इस शक्ति को जगाने के लिए कोई चोट, कोई हेमरिंग की जरूरत है। हम श्वास का उपयोग करेंगे, दस मिनट के पहले चरण में हम जोर से श्वास लेंगे। हम हथौड़ी की तरह उसका उपयोग करेंगे, श्वास की चोट करेंगे। उस चोट के द्वारा भीतर सोई हुई शक्ति को जगाना शुरू करेंगे।

आपको शायद पता न हो–जब भी आपको शक्ति की जरूरत पड़ती है–आपको होश हो या न हो–उसे श्वास की चोट से जगाया जा सकता है। आपने कभी खयाल न किया होगा कि यदि बड़ा पत्थर उठाना हो तो अचानक आप गहरी श्वास भीतर लेंगे, फिर पत्थर को उठाएँगे। कभी आपने सोचा न होगा कि गहरी श्वास लेकर भीतर रोक लेने से पत्थर उठाने का क्या संबंध? गहरी श्वास के बिना उस पत्थर को न उठा सकेंगे। जिन लोगों ने पिरामिड के पत्थर चढ़ाए उनके संबंध में आज वैज्ञानिक बहुत परेशान हैं कि उस वक्त क्रेन नहीं थी, इतने बड़े पत्थर पिरामिड पर चढ़ाए कैसे गए। तो उनको चमत्कार मालूम पड़ता है। इतने बड़े-बड़े पत्थर, इनका सौ-सौ आदमी मिलकर भी नहीं चढ़ा सकते थे, चढ़ाए कैसे गए? उन्हें पता नहीं कि इजिप्त में जिन लोगों ने पिरामिड्स बनाए,

उन्हें एक साइंस का पता था, जिसे वे धीरे-धीरे भूल गए। वह थी श्वास की चोट से भीतर सोई हुई शक्ति को उठा लेने का रहस्य।

आपने राममूर्ति का नाम सुना होगा। वह अपनी छाती पर हाथी को खड़ा कर सकता था—अपनी छाती पर से कार या ट्रक को निकल जाने देता था, या खुद चलती हुई कार को पीछे से पकड़ ले तो चक्के घूम सकते थे, लेकिन कार आगे नहीं बढ़ सकती थी। राज छोटा-सा था। वह राज यह था कि श्वास की चोट से और श्वास को भीतर रोक लेने से भीतर की पूरी शक्ति को पुकारने की तरकीब का पता उसे था।

हमारे भीतर जो भी शक्ति सोई पड़ी है, उसे चोट करके जगाना है। दस मिनट का जो पहला चरण ध्यान में हम करेंगे, उसमें इतने जोर से श्वास लेनी है कि भीतर कोई गुंजाइश भी न रह जाए कि हम इससे ज्यादा ले सकें। श्वास पर हम पूरी ताकत लगा दें। जब आप श्वास पर पूरी ताकत लगाएँगे तो शरीर हिलने लगेगा, झूलने लगेगा। तो उसे झूलने देना। श्वास की चोट मारनी शुरू करना। जितने जोर से चोट पड़ेगी, उतने ही जोर से शरीर डोलेगा। शरीर डोलेगा, उतनी ही आसानी होगी। चोट मारने में सख्त होकर खड़े नहीं हो जाना है। चोट मारनी है और शरीर को डोलने देना है। उस चोट के साथ—शरीर के साथ डोलने लगना है।

दस मिनट में पूरे फेफड़े में जितनी भी वायु है, उसे रूपांतरित कर लेना, उस सबको बदल देना। हमारे फेफड़े में कोई छह हजार छिद्र हैं, इसमें मुश्किल से एक या दो हजार में हमारी श्वास पहुँचती है, बाकी चार हजार सदा ही बंद पड़े रहते हैं। उनमें कॉर्बन डायऑक्साइड इकट्ठी होती रहती है।

पूरे फेफड़ों के सारे-के-सारे छिद्रों में आक्सीजन, प्राणवायु पहुँचा देनी है। जैसे ही प्राणवायु की मात्रा भीतर बढ़ती है, वैसे ही शरीर की विद्युत् जागनी शुरू हो जाती है। आप अनुभव करेंगे कि शरीर इलैक्ट्रफाइड हो गया है। उसमें बिजली दौड़ने लगी। रोआँ-रोआँ काँपने लगेगा, शरीर नाचने की स्थिति में आ जाएगा।

यह पहला चरण है।

पहले चरण के और भी अर्थ हैं, वे भी मैं आपको कह दूँ। अगर यह चरण पूरा नहीं किया गया तो दूसरे में प्रवेश नहीं हो सकेगा। ऐसे ही जैसे पहली सीढ़ी पर न चढ़ा हो तो दूसरी सीढ़ी पर न चढ़े। पहली सीढ़ी पर पैर रखना जरूरी है, तभी दूसरी सीढ़ी पर चढ़ा जा सकता है।

दूसरी बात ध्यान रखना जरूरी है कि अगर यह चरण पूरा नहीं किया गया तो बहुत-से नुकसान हो जाने का डर है। परसों ही एक जापानी साधिका मेरे पास आई—वह यहाँ शिविर में मौजूद है—उसने पूछा कि इंडोनेशिया में 'सुबुद' नाम का ध्यान-प्रयोग चलता है। उसमें ध्यान का पहला चरण नहीं है, उसमें दूसरा ही चरण है। तीसरा चरण जो है वह भी नहीं है। तो इस 'सुबुद' के संबंध में मेरा क्या खयाल है?

अगर पहला चरण न हो, जैसा 'सुबुद' नाम के ध्यान में नहीं है, तो बड़े खतरे हैं। पहले चरण में आपके शरीर की पूरी विद्युत् विकसित होकर आपके शरीर के चारों ओर वर्तुल बना लेती है। अगर वह वर्तुल न बने तो आपको ऐसी बीमारियाँ पकड़ सकती हैं, जिनकी आपको कल्पना भी नहीं है। आप बीमारियों के लिए नान रेजिस्टेंट (अप्रतिरोध) की हालत में हो जाते हैं।

इसलिए 'सुबुद' का प्रयोग करने वाले बहुत-से लोग अजीब-अजीब बीमारियों से पीड़ित हो जाते हैं।

इसलिए पहला चरण पूरा होना बहुत जरूरी है, आपके चारों तरफ विद्युत् का वर्तुल बनाना बहुत जरूरी है, अन्यथा ध्यान में एक तरह की ओपनिंग, एक तरह का द्वार खुलता है, उसमें से कुछ भी प्रवेश हो सकता है। और न केवल बीमारी ही हो सकती है, बल्कि सुबुद के अनेक साधकों को बड़ी-से-बड़ी जो कठिनाई हुई है, वह यह कि कुछ दुष्ट आत्माएँ उनमें प्रवेश कर सकती हैं। ध्यान की हालत में आपके हृदय का द्वार खुला हो जाता है, उस वक्त कोई भी प्रवेश कर सकता है। हमारे चारों तरफ बहुत तरह की आत्माएँ निरंतर उपस्थित हैं। यहाँ आप ही उपस्थित नहीं हैं और भी कई उपस्थित हैं। इसलिए पहले चरण को हर हालत में पूरा करना जरूरी है।

अगर पहला चरण पूरा हो तो आपका शरीर एक तरह का रेजिस्टेंट, एक तरह की प्रतिरोध की दीवार खड़ी कर लेता है। उसमें से कोई भी हानिकारक चीज आपके भीतर प्रवेश नहीं पा सकती और आपके भीतर से कोई भी शक्ति बाहर नहीं आ सकती। वह दीवार का काम करने लगती है। जैसे कि हम अपने घर के चारों तरफ एक बिजली का तार फैला दें और उसमें करैंट दौड़ रही हो, तो चोर भीतर नहीं घुस सकेगा, क्योंकि तार छुएगा तो मुश्किल में पड़ जाएगा।

ठीक, पहले चरण का यही महत्त्वपूर्ण काम है कि वह आपके चारों तरफ विद्युत् का वर्तुल बना दे—न तो भीतर से कुछ बाहर जा सके, और न बाहर से भीतर कुछ आ सके।

तीसरी बात पहले चरण के संबंध में. यह समझ लेना जरूरी है कि जब आपकी शक्ति भीतर चोट खाकर जागेगी तो आपको बहुत तरह के अनुभव शरीर में होने शुरू हो जाएँगे। वह आपको मैं कह दूँ ताकि आपको परेशानी न हो। क्योंकि बीच में पूछने का कोई उपाय नहीं। शरीर में बहुत तरह के अनुभव होंगे। किसी को लगेगा 'शरीर बहुत बड़ा हो गया है' और घबराहट होगी। किसी को लगेगा 'शरीर बहुत छोटा हो गया' तो आँख खोलकर देखने का मन होगा कि 'मामला क्या है? मैं खो तो नहीं गया कहीं? लेकिन, आँख खोलकर देखना नहीं है। आप अपनी जगह हैं, कहीं कुछ खो नहीं गया है।

ये सारी परिस्थितियाँ उस शरीर में नई शक्ति को जगाने से होनी शुरू हो जाएँगी। 'किसी के शरीर में साँप-बिच्छू रेंगते हुए मालूम पड़ने लगेंगे, किसी को चीटियाँ चढ़ती मालूम पड़ने लगेंगी, किसी के भीतर विद्युत् की धारा बहनी मालूम पड़ने लगेगी, किसी को लगेगा कि कोई चीज झरने की तरह ऊपर से नीचे गिर रही है, किसी को मालूम पड़ेगा कि कोई चीज़ नीचे से ऊपर चढ़ रही है'।

इस तरह के बहुत-से अनुभव शरीर में होने शुरू हो जाएँगे और इसके साथ ही शरीर कुछ गतियाँ करना चाहेगा।

उनको रोकना नहीं है।

दस मिनिट में शरीर पूरी तरह से चार्ज्ड हो जाता है, शक्ति से भर जाता है। तो दूसरे चरण में शरीर को छोड़ें, वह जो करना चाहे उसे करने दें। दूसरे चरण में शक्ति को खेलने का मौका दें। वह जो शक्ति जगी है, उसको कोआपरेट करना, सहयोग देना।

साधारणतया हम रोकते हैं। हमारी जिंदगी भर की आदत है हर चीज को रोकने की। अगर हँसी भी आती है तो हम धीरे से हँसते हैं, जोर से नहीं हँसते, रोना भी आता है तो सम्हाल लेते हें, क्योंकि रोना शोभा नहीं देता। नाचने का तो कोई सवाल ही नहीं है। जिंदगी में हम सब रोके रखें हैं।

जब शक्ति आपके भीतर की जगेगी, तो आपके भीतर जो भी रुका है, वह सब प्रकट होना चाहिए। इसको आप चाहें रोकना तो रोक सकते हैं, लेकिन रोकने से भयंकर नुकसान होगा, क्योंकि जो शक्ति जग गई है, अगर आपने उसको रोका तो वह आपके लिए शारीरिक रूप से नुकसानकारी सिद्ध होगी। उसका जिम्मा मुझ पर नहीं होगा। ध्यान का प्रयोग व्यर्थ तो चला ही जाएगा, उससे नुकसान भी होने शुरू हो जाएँगे। शरीर में ग्रंथियाँ और गाँठें बन जाएँगी।

उस शक्ति को, जो निकलना चाहेगी, आप रोक लेंगे तो।

जैसे ही पहले चरण के बाद शक्ति पैदा होगी, आपका शरीर जो भी करना चाहे उसे पूर्णता से सहयोग देना। कोई नाचने लगेगा, कोई अस्त-व्यस्त मुद्राएँ बनाने लगेगा, कोई आसन बनाने लगेगा। शरीर जो भी करना चाहे उसे बिल्कुल ऐसा छोड़ देना है जैसे हमें कोई प्रयोजन नहीं, सिर्फ साथ देना है। इतनी तीव्रता से साथ देना है कि अगर हाथ थोड़ा हिल रहा हो तो पूरा साथ देना कि वह पूरा हिल जाए। रोकने से नुकसान है, सहयोग देने से अभूतपूर्व फायदे हैं।

अगर आपने पूरा सहयोग दे दिया तो आपके शरीर की न मालूम कितनी बीमारियाँ, जो आपके पीछे पड़ी हों, अचानक विलीन हो सकती हैं। आपके मन के न मालूम कितने रोग, जो चित्त को घेरे हों—क्रोध, काम, लोभ—अचानक आप पा सकते हैं कि मन हल्का हो गया, वे बह गए। दुःख, उदासी, पीड़ा, वैमनस्य, ईर्ष्या, वे सब गिर जाते हैं। अगर शरीर को पूरी तरह से आपने खेलने का मौका दिया तो आपका शरीर ही नहीं—आपके मन की भी कैथार्सिस हो जाती है, रेचन हो जाता है।

दस मिनट का जो सबसे बड़ा उपयोग है, वह यही है कि शरीर का रेचन हो जाएगा। शरीर और मन का सब-कुछ जो रुग्ण हमने इकट्ठा किया हुआ है, वह गिर जाएगा। उसके बाद ही हम ध्यान में प्रवेश कर सकते हैं। जैसे कोई पहाड़ पर चढ़ रहा हो तो सब बोझ नीचे छोड़ जाता है, बोझ साथ में हो तो पहाड़ पर चढ़ना असंभव होता है। जैसे ऊँचाई बढ़ती है, वैसे बोझ छोड़ जाना बहुत जरूरी है। इसलिए जो संकोच करेंगे, उनका समय व्यर्थ होगा। जो शिष्टाचार का ध्यान रखेंगे, उनका समय व्यर्थ होगा। और समय ही व्यर्थ नहीं होगा, बल्कि पहला चरण अगर पूरा कर लिया है—पॉजिटिव हार्म, उसे विधायक रूप से हानि पहुँचेगी।

सब अपने काम में लगे होंगे, किसी से किसी को प्रयोजन नहीं, कोई किसी को नहीं देखता होगा, किसी को देखने से मतलब नहीं। बहुत-से मित्रों को ऐसा अनुभव होगा कि जब बहुत तीव्रता से शरीर हल्का हो रहा होगा, तो थोड़ा-सा वस्त्र भी एकदम पहाड़ की तरह, पत्थर की तरह भारी हो जाएगा। महावीर पागल नहीं थे कि नग्न हुए। नग्न होने का कारण है। और सैकड़ों लोग उस ध्यान का प्रयोग कर नग्न हुए, उसका कारण है। ऐसा नहीं है कि वह नग्नता आपके लिए अनिवार्य बन जाएगी। एक दफे चित्त हल्का हो जाए तो आप वापिस लौट आएँगे इस दुनिया में और सीधे साफ हो सकेंगे।

यह जो रेचन है, यह नहीं चलेगा। ज्यादा-से-ज्यादा तीन महीने चल सकता है; कम-से-कम तीन सप्ताह चल सकता है। अगर किसी ने बहुत तीव्रता की तो तीन दिन में समाप्त हो जाएगा। जब गिर जाएँगी सारी बीमारियाँ तो आप एकदम हल्के और शांत हो जाएँगे। फिर यह नहीं चलेगा। फिर आप करना भी चाहें तो नहीं कर सकेंगे।

दूसरे चरण पर ध्यान देना बहुत जरूरी है, क्योंकि वह सर्वाधिक महत्त्वपूर्ण है। तीसरे में प्रवेश के लिए वह लिंक, सेतु का काम करता है। और दूसरे में ही सबसे ज्यादा बाधा पड़ती है। न तो आप खुलकर नाच पाते हैं, न चिल्ला पाते हैं, न रो पाते हैं, न डोल पाते हैं। उससे बाधा पड़ जाएगी। मन में से न जाने क्या निकलना शुरू होगा। जानवरों-जैसी आवाज निकलने लगेगी, आपको डर लगेगा कि कैसे निकालूँ? उसे निकलने देना। जो भी है उसे स्वीकार करके उसका पूरा साथ दे देना। अगर आप पूरा साथ दे सकें तो परिणाम सुनिश्चित हैं। अद्‌भुत परिणाम होंगे, जिनकी आप कल्पना भी नहीं कर सकेंगे।

दूसरा चरण पूरा हो तो ही हम तीसरे में प्रवेश कर सकेंगे। तो दूसरे पर अटकना नहीं है। दूसरे पर अटकना पहिले पर अटकने से भी ज्यादा हानिकर है, क्योंकि शरीर ने काम करना शुरू कर दिया तो आप न मालूम किस तरह की नई रुग्णताओं को, नई मानसिक विक्षिप्तताओं को निमंत्रण दे सकें। हर चीज की हानि उतनी ही होती है, जितना लाभ होता है। उनकी मात्रा बराबर होती है। अगर आप लाभ लेते हैं तो पूरा लें अन्यथा हानि हाथ पड़ जाएगी। या फिर करें ही मत। जहाँ हैं, वहीं बेहतर हैं। करना है तो पूरा समझकर करें। और पूरा प्रयोग करें ताकि किसी को हानि न हो जाए।

जब दूसरे चरण में पूरी तरह शरीर की गतियाँ शुरू होंगी तो आपको शरीर अलग मालूम होने लगेगा। यह उस दूसरे चरण का कीमती अनुभव है। जब शरीर नाचेगा, चिल्लाएगा, जानवरों की आवाज करने लगेगा—कुछ भी बकने लगेगा, कुछ भी बोलने लगेगा—रोने लगेगा, हँसने लगेगा, तब आपको पहली दफा पता चलेगा कि आप अलग खड़े देख रहे हैं कि यह शरीर क्या कर रहा है। यह आपकी भिन्नता का पहला अनुभव होगा कि मैं साक्षी की तरह देख रहा हूँ, यह हो रहा है।

सुना है हमने बहुत कि मैं अलग हूँ और शरीर अलग है। यह सुनी हुई बात है। यही दूसरे चरण का प्रतिफल है कि अनुभव हो जाए कि मैं अलग हूँ और शरीर अलग है। जैसे ही यह अनुभव होता है—तीसरे में हम गति कर जाएँगे।

तीसरे चरण में पूछना है अपने भीतर–'मैं कौन हूँ?' यह जोर से पूछना है। भीतर ही पूछना है, लेकिन इतने जोर से पूछना है कि पैर से लेकर सिर तक गूँजने लगे भीतर– 'मैं कौन हूँ?' क्योंकि जब यह दिखाई पड़ता है कि शरीर मैं नहीं हूँ, तब यह सवाल उठता है कि कौन हूँ? और इस मौके को छोड़ नहीं देना है। इसे तीव्रता से पूछना है। दस मिनट अपने भीतर यह तूफान उठा देना है कि मैं कौन हूँ। दो 'मैं कौन हूँ' के बीच में जगह न बचे। जब आप बहुत जोर से भीतर पूछेंगे तो बहुत संभव है कि आपके मुँह से आवाज बाहर निकले। तो उसका भय नहीं लेना है। शुरू करना है भीतर, अगर बाहर भी निकलने लगे तो चिंता नहीं करें, निकल जाने दें।

तीसरे चरण में भी शरीर डोलेगा, नाचता रहेगा, उसकी चिंता नहीं करना। लेकिन डोलने देना, नाचने देना। तीसरे चरण में, 'मैं कौन हूँ' इतनी तीव्रता से पूछना है कि मन में और खयाल ही न रह जाए। अगर आपने पूरी ताकत तीसरे चरण में लगा दी तो चौथा आपको सहज ही उपलब्ध होगा।

चौथे चरण में आपको कुछ भी नहीं करना है। तीन चरण हमें करने हैं, चौथे में केवल विश्राम है। चौथे में कोई खड़ा है खड़ा रह जाएगा, कौई गिरा है गिरा रह जाएगा, कोई बैठा है बैठा रह जाएगा। जो जैसा है, वैसा रह जाएगा। चौथे चरण में हम सिर्फ प्रतीक्षा करेंगे। जो भी हो उसमें, उसकी हम प्रतीक्षा करेंगे।

बहुत-कुछ हो सकता है, बहुत-कुछ होगा। कुछ अनुभवों की आपसे बात करूँ, ताकि आपको हो तो आपको परेशानी न हो जाए। किसी के भीतर एकदम 'बिजली के कौंधने जैसा' प्रकाश हो जाएगा। किसी के भीतर हजारों सूरज जले हों, ऐसा प्रकाश हो जाएगा। किसी के भीतर 'सुबह जैसे प्रभात होता है', ऐसा प्रकाश हो जाएगा। सबके भीतर अलग-अलग होगा।

प्रकाश का अनुभव होगा अधिकतम लोगों को, कुछ थोड़े-से लोगों को गहन अंधकार का भी अनुभव होगा। कोई अनुभव अनिवार्य नहीं है। सबको भिन्न-भिन्न होंगे, क्योंकि सबके व्यक्तित्व भिन्न हैं। किसी को नीला रंग दिखाई पड़ेगा, किसी को लाल रंग दिखाई पड़ेगा। किसी को ध्वनियाँ सुनाई पड़ेंगी। किसी को कोई स्वाद उतरने लगेगा। पाँचों इंद्रियों के अनुभव में से कोई भी अनुभव होना शुरू हो जाएगा। वैसा प्रकाश आपने बाहर कभी नहीं देखा होगा, जैसा भीतर दिखाई पड़ेगा। न वैसी ध्वनि बाहर सुनी होगी, जैसी भीतर सुनाई पड़ेगी। यह होगा; यह चौथे चरण में होगा।

चौथे चरण के बाद पाँचवाँ चरण हम यहाँ नहीं उठाएँगे। आपको तीन चरण करने हैं, चौथा होने देना है, और पाँचवाँ फिर कभी पीछे आपके होगा। किसी को यहाँ भी हो सकता है, उसकी बात नहीं करनी है। पाँचवें में सब समाप्त हो जाएगा। न तो प्रकाश रह जाएगा, न अंधकार रह जाएगा, न कोई ध्वनि रह जाएगी, न कोई रंग रह जाएगा। पाँचों इंद्रियों के सब अनुभव खो जाएँगे। पाँचवें चरण में जो होगा, उसके लिए कहने का कोई भी शब्द नहीं है। वह जब आपको होगा तभी आप जान सकेंगे। चौथे चरण तक हम प्रयोग करेंगे और पाँचवाँ चरण आपको फलित होगा। किसी को यहाँ भी फलित हो जाएगा, किसी को घर जाकर होगा, किसी को कुछ वक्त लगेगा।

लेकिन, यदि आप जारी रखते हैं तो पाँचवाँ चरण भी आ जाएगा—जब सब खो जाएगा, चौथे अनुभव भी खो जाएँगे।

इस पूरी प्रक्रिया में संकल्प ही एकमात्र आधार है। इसलिए इस प्रक्रिया को करने के पहले हम परमात्मा को साक्षी रखकर संकल्प करेंगे तीन बार, और अंत में अपने संकल्प को पूरा करने का खयाल रखेंगे पूरे समय।

क्लायमेक्स पर करना है—प्रत्येक चरण को उसकी चोटी पर, आखिरी ऊँचाई पर करना है, उसमें कंजूसी नहीं चलेगी। जैसे कि पानी भाप बनता है सौ डिग्री पर जाकर। निन्यानबे डिग्री पर भी रह जाता है तो पानी रह जाता है उबलता, पर भाप नहीं बनता। सौ डिग्री पर भाप बनता है। तो आपको अपनी सौ डिग्री ताकत लगा देती है तो आप पाएँगे इवेपोरेशन हो गया, वाष्पीकरण हो गया। आप उड़ जाएँगे। आप नहीं बचेंगे, कोई और आपके भीतर आ जाएगा। वही है जीवन का रहस्य।

उसे समाधि कहें, मुक्ति कहें, निर्वाण का अनुभव कहें—जो भी हम शब्द देना चाहें, दे सकते हैं।

यह प्रयोग खड़े होकर करने का है और फासले पर खड़े होना है ताकि कोई नीचे गिरे तो किसी को चोट न लग जाए, किसी को धक्का न लग जाए। और आपको धक्का लग भी जाए तो आपको फिक्र नहीं करनी है, आपको काम जारी रखना है।

तो अब आप दूर-दूर फैल जाएँ, बातचीत बिल्कुल न करें। सब शांत हो जाएँ, आँख बंद करें, संकल्प करें—'चालीस मिनट तक आँखें बंद रहेंगी।' संकल्प करें तीन बार प्रभु को साक्षी रखकर .. कि 'ध्यान में मैं पूरी शक्ति लगाऊँगा'।

टिप्पणी : इस प्रयोग के तीसरे चरण में अब 'मैं कौन हूँ-मैं कौन हूँ' न पूछकर साधक लगातार दस मिनट तक जोर-जोर से महामंत्र 'हू-हू-हू' की आवाज करते हैं और साथ ही पंजों पर खड़े होकर और दोनों हाथ ऊपर उठाकर एक ही जगह पर उछलते रहते हैं। महामंत्र 'हू' का प्रयोग बेजोड़ असरकारक है, इसलिए ओशो ने रूपांतर किया है। चौथे चरण में भी ओशो ने थोड़ी बदलाहट की है। तीसरे चरण के अंत में हमें शरीर की उसी अवस्था में बर्फ की भाँति जम जाना है, जिस अवस्था में हम अंतिम क्षण में हों। साथ ही इस प्रयोग में अब एक चरण बढ़ा दिया है—पाँचवाँ चरण।

पाँचवें चरण में हम नाचकर आनंद को अभिव्यक्त करते हैं।

2. महामंत्र– 'हू' के गुह्य रहस्य

(साधना शिविर, आनंद-शिला, त्रिमूर्ति हिल्स, अंबरनाथ, बंबई में प्रात:काल दिनांक 14 फरवरी, 1973 को ओशो द्वारा दिए गए प्रवचन का एक अंश)

एक मित्र ने प्रश्न पूछा है कि सक्रिय-ध्यान के प्रयोग में 'हू' महामंत्र का उपयोग हम करते हैं, इस्लाम के अनुयायी मानते हैं कि इस मंत्र का उपयोग करने से सब कुछ फना (नष्ट) हो जाता है। अत: वे लोग शहर में 'हू' की ध्वनि करने के पक्ष में नहीं हैं, इस संबंध में कुछ कहें।

बात तो सच है। यह मंत्र है तो फना होने के लिए, समाप्त हो जाने के लिए, मिट जाने के लिए। लेकिन, यह मिट जाना 'और बड़े' हो जाने का उपाय है।

सूफियों ने इस मंत्र का प्रयोग किया है। यह अल्लाह का आखिरी हिस्सा है। सूफी साधक अल्लाह से शुरू करता है—अल्लाह, अल्लाह, अल्लाह' की गूँज उठाता है। जैसे-जैसे यह गूँज सघन होती जाती है, अल्लाह का रूप 'अल्लाहू, अल्लाहू' हो जाता है—अपने-आप हो जाता है। अगर आप जोर से, तेजी से भीतर चिल्लाएँगे– 'अल्लाह, अल्लाह', तो धीरे-धीरे आप पाएँगे कि वह 'अल्लाहू-अल्लाहू' होता जा रहा है। यह सब अपने-आप हो जाता है, इसको करना नहीं पड़ता है। जब यह गूँज और तीव्र हो जाती है और जब दो 'अल्लाहू' के बीच जगह नहीं छोड़ते, इससे एक 'अल्लाहू, अल्लाहू' की जगह 'लाहू, लाहू, लाहू' रह जाता है। और तीव्रता जब लाते हैं, तो 'ला' भी छूट जाता है और 'हू' रह जाता है। फिर अंत में 'हू' की जगह सिर्फ हुंकार रह जाती है।

यह 'हू' मंत्र निश्चित ही फना होने के लिए है। इस मंत्र का साधक

प्रयोग करता है, अपने को मिटाने के लिए, अपने को समाप्त करने के लिए। यह अपने हाथ अपनी मौत को निमंत्रण है—उस साधारण मौत को नहीं, जो इस शरीर की है—निमंत्रण है उस महामृत्यु को, जो कि अहंकार की और मन की है, जो कि मुझे बिल्कुल मिटा देगी।

यह जिसको हम मौत कहते हैं, यह हमारे अहंकार को, हमारे मन को बिल्कुल नहीं मिटाती। सच तो यह है कि यह मिटाती ही नहीं, और यह भी सच है कि यह हमें मिटने से बचाती है। जब शरीर बिल्कुल सड़-गल जाता है, अगर हम उसमें ही रहें, तो मिट जाएँगे, तो यह मौत हमें नया शरीर दे देती है। जैसे कि कोई आपके पुराने मकान को गिरते देखकर कि इसमें आप मिट न जाओ, आपको निमंत्रण दे और कहे कि आओ मेरे नए मकान में वस जाओ। तो मौत मिटाती नहीं, सिर्फ आपके खंडहर हो गए शरीर को हटाती है और नया, ज्यादा स्वस्थ, ज्यादा ताजा शरीर आपको दे देती है।

'फना' सूफियों का शब्द है, उसका मतलब है—वास्तविक मौत—वास्तविक मौत, जो सच में ही मिटाती है। वह जो भीतर 'मैं' का भाव है, उसे छिन्न-भिन्न कर देती है। इस 'हू' की ध्वनि में वह राज छिपा है, जो आपके 'मैं' के भाव को तोड़ता है।

बहुत लोगों को ऐसा लगता है कि 'मैं' को एक ध्वनि कैसे तोड़ेगी? आपको पता नहीं कि 'मैं' क्या है? 'मैं' भी एक ध्वनि है। उसके विपरीत ध्वनियाँ भी हैं, जिनका उपयोग किया जाए, तो वह विसर्जित हो जाएगी, टूट जाएगी, नष्ट हो जाएगी। हजारों साल की साधनाओं के बाद उन ध्वनियों को खोज लिया है, जो 'मैं' के एंटिडोट हैं, विपरीत औषधि हैं। और इसलिए डर भी पैदा होता है कि मैं मिट जाऊँगा, तो घबराहट भी पैदा होती है।

नगर में 'हू' का प्रयोग करने से डरने की कोई जरूरत नहीं है। डर पैदा होता है लेकिन डरने की कोई जरूरत नहीं है, क्योंकि नगर में जो हैं, उन सभी को, बिना फना हुए, बिना मिटे, वास्तविक जीवन नहीं मिलेगा। लेकिन घबराहट भी ठीक है, क्योंकि आदमी अपने को बचाना चाहता है, सोचता है, कहीं कोई मिटने का उपाय न हो जाए।

आपको खयाल न होगा .. अगर एक आदमी को आप बीच में बिठा लें और बाहर आदमी चारों तरफ हाथ बाँधकर गोल घेरे में जोर से 'हू' का हुंकार करना शुरू करें, तो वह आदमी कंपना शुरू हो जाएगा, और घबराना शुरू हो जाएगा, वह ना भी करे तो भी। 'हू' भीतर एक भय पैदा करता है।

एक बहुत मजेदार घटना 'हू' के प्रयोग के साथ घटी। भरोसे-योग्य नहीं थी, इसलिए अब तक मैंने कही नहीं थी।

एक संन्यासी हैं—स्वामी आनंद विजय, जबलपुर में। नगर के बाहर, एक एकांत स्थल पर उन्होंने अपने लिए रहने की जगह बना ली और वहाँ उन्होंने 'हू' के इस महामंत्र का प्रगाढ़ता से प्रयोग किया। कभी ज्यादा मित्र भी इकट्ठे होकर करते, अकेले तो वे करते ही, दो-चार सदस्य जो उनके परिवार में थे, वे तो करते ही। फिर वे बड़े जोर से बीमार पड़े। बीमारी में एक दिन उनकी हालत करीब-करीब सन्निपात-जैसी हो गई। लेकिन जब 'इधर' सन्निपात होता है, तो कभी-कभी 'उधर' के द्वार खुल जाते हैं। कभी-कभी जब 'इधर' से आदमी मरने के करीब पहुँच जाता है, तो कुछ चीजें उसे दिखाई पड़ने लगती हैं, जो सामान्य आदमी को कभी नहीं दिखाई पड़ती हैं, क्योंकि वह मौत के करीब सरक जाता है, जिंदगी से दूर हट जाता है।

कोई 106 डिग्री उनको बुखार था और सन्निपात की हालत थी। तब उनको ऐसा लगा कि उनके कमरे में कई प्रेतात्माएँ खड़ी हैं और वे उनसे कह रही हैं कि नगर के बाहर यहाँ देवताल पर तुम जो 'हू' का उच्चार कर रहे हो, जब तक तुम उसे बंद नहीं करोगे, तब तक तुम ठीक न हो सकोगे। हम सब मृत आत्माएँ हैं, जो यहाँ बहुत दिन से रह रही हैं और तुम्हारे 'हू' के उच्चार से हम बहुत भयभीत हो गए हैं।

होश में आने पर उनको यह याद रहा और उन्होंने मुझे पत्र लिखा और कहा कि मुझे भरोसा नहीं आता कि यह सच हो सकता है, यह मेरी कोई कल्पना ही हो सकती है, कोई खयाल ही हो सकता है।

फिर दो बार यह घटना और घटी—अब तो वे चेहरा भी पहचानने लगे। और वे सारी मृत-आत्माएँ कहतीं कि यहाँ से हट जाओ, हमारा आवास यहाँ बहुत दिनों से है और अगर तुम यहाँ 'हू' करते ही रहे तो या तो हमको हटना पड़ेगा या तुम यहाँ से हट जाओ।

यह कल्पना हो सकती है, लेकिन एक और कारण मिला है, जिससे लगा कि वह कल्पना नहीं है। आनंद विजय को भी चिंता थी कि यह कल्पना तो नहीं है, इसलिए उनकी निष्ठा भी साफ है। उनको भी भय और संकोच है कि किसी को कहूँ या न कहूँ। क्योंकि यह बिल्कुल स्वप्न हो सकता है। और उनको भी भरोसा नहीं आता कि प्रेतात्माएँ इस 'हू' के हुंकार से घबरा सकती हैं। सिर्फ जाँच के लिए, उन्होंने एक प्रयोग किया।

उसी समय, उसी के थोड़े दिन पहले लामा करमापा ने मेरे संबंध में कुछ कहा था, वह उन्होंने पढ़ा था। करमापा ने यह कहा था कि मेरा एक शरीर तिब्बत की गुफा में सुरक्षित है, पुराने जन्म का। वहाँ निन्यानबे शरीर सुरक्षित हैं, तो उसमें एक शरीर मेरा है, ऐसा करमापा ने कहा थ।

तिब्बत में उन्होंने कोशिश की है कि हजारों वर्षों में जिन शरीरों में कुछ विशेष घटनाएँ घटी हैं, उनको प्रयोग की तरह सुरक्षित रखा है, क्योंकि वैसी घटनाएँ दोबारा नहीं घटतीं और आसानी से नहीं घटतीं। कभी-कभी लाखों साल बाद घटती हैं। जैसे किसी व्यक्ति का तीसरा-नेत्र खुल गया और तीसरे-नेत्र के खुलने के साथ ही उसकी हड्डी में छेद हो गया—वहाँ जहाँ तीसरा नेत्र है। ऐसी घटना कभी लाखों साल में एक बार घटती है। तीसरी आँख तो कई आदमियों की खुल जाती हैं, लेकिन वह छेद सभी को नहीं होता। कभी वह छेद हो जाता है, जब तीसरी आँख अपनी पूर्णता में खुलती है, तब वह छेद होता है। तो फिर ऐसी खोपड़ी को वे सुरक्षित रख लेते हैं या वैसे शरीर को वे सुरक्षित रख लेते हैं जैसे किसी व्यक्ति की काम-ऊर्जा पूरी उठी और उसके मस्तिष्क को फाड़कर ब्रह्मांड में लीन हो गई, तो वहाँ छेद हो जाता है। वह छेद कभी-कभी होता है। बहुत लोग विश्वात्मा में लीन होते हैं, लेकिन ऊर्जा इतनी धीमी-धीमी और इतने लंबे अंतराल में लीन होती है कि छेद नहीं होता। कभी-कभी अचानक इतनी त्वरा से यह घटना घटती है कि पूरी ऊर्जा मस्तिष्क को फाड़कर विश्वात्मा में लीन हो जाती है, तो छेद हो जाता है। तो उस शरीर को सुरक्षित रखते हैं।

इस संबंध में तिब्बती साधकों ने अब तक मनुष्य-जाति के इतिहास में सबसे बड़ा महाप्रयोग किया है। इस तरह के निन्यानबे शरीर उन्होंने सुरक्षित रखे हैं। तो लामा करमापा ने कहा था कि एक मेरा शरीर भी उन निन्यानबे शरीरों में सुरक्षित है। यह आनंद विजय ने पढ़ा था, तो उन्होंने सोचा कि अगर यह सच है और अगर मैं सन्निपात-जैसी ध्यानावस्था में इतने करीब पहुँच जाता हूँ प्रेतात्माओं के, तो मैं जानना चाहूँगा कि वह कौन-सा शरीर है, निन्यानबे में कौन-सा शरीर ओशो का है, तो मैं गिनती करूँगा और अगर मुझे दिखाई पड़ जाए और वही निकले तो मैं समझूँगा कि जो कुछ हो रहा है, वह सच है। उन्होंने मुझे इसकी खबर की। मैंने कहा, प्रयोग करो।

प्रयोग करके उन्होंने मुझे खबर की कि वह तीसरा शरीर है। इसमें तो भूल है, लेकिन फिर भी यह ठीक है। उन्होंने दूसरे छोर से गिनती की। वह तीसरा शरीर नहीं है, वह सत्तानबेवाँ (97वाँ) शरीर है, पर फिर भी सच है। निन्यानबे

शरीर रखे हैं, उन्होंने गिनती की—जहाँ से उन्होंने समझा कि प्रारंभ है। वह प्रारंभ नहीं है, अंत है। लेकिन तीसरा वे गिन पाए, यह बड़ी गहरी बात है। शरीर सत्तानबेवाँ है, लेकिन अगर उलटा गिना जाए, तो तीसरा हो सकता है।

तो, मैंने उनको कहा कि तुम घबराओ मत। 'हू' के प्रयोग से जो हो रहा है, वह तो ठीक हो रहा है। तुम जारी रखो। और एक घटना और घटेगी, उसकी प्रतीक्षा करना। वह घटना भी घट गई।

वे बीमार पड़ते चले गए और वे आत्माएँ उनको बार-बार कहती चली गईं। परंतु मैंने उनसे कह रखा था कि तुम स्पष्ट कह देना कि यहाँ से मैं हटने वाला नहीं हूँ, यह 'हू' का प्रयोग यहाँ जारी रहेगा, तुम्हें रुकना हो तो रुको, तुम्हें भी सम्मिलित होना हो तो सम्मिलित हो जाओ, भागना हो तो भाग जाओ। मैं यहाँ से हटनेवाला नहीं हूँ। जिस दिन उन्होंने यह संकल्प पूरा कर लिया, उस दिन दूसरी आत्माएँ उन्हें दिखाई पड़ीं और उन्होंने कहा कि तुम 'हू' का प्रयोग जारी रखो, हम भी इसी स्थान पर रहनेवाली आत्माएँ हैं, जो तुम्हारे 'हू' से परेशान हैं, ये हट ही जाएँ, तो हम पर भी बड़ी कृपा हो।

ये सब, भरोसा न आए, उस जगत की बातें हैं।

'हू' से तकलीफ हो सकती है। लेकिन जिन मित्रों को ऐसी तकलीफ होती हो, उनको स्मरण रखना है कि परमात्मा के रास्ते पर फना होने के अतिरिक्त कोई दूसरा मार्ग नहीं है। अपने को मिटाना ही होगा, अगर चाहते हो उसे पा लेना, जो फिर मिटता नहीं है।

मृत्यु ही अमृत का द्वार है सहज स्वीकार से जो मृत्यु का साक्षात्कार कर लेता है, मृत्यु उसके लिए समाप्त हो जाती है। जो अपने को बचाता है, वह खोता है और जो खोता है, वह सदा के लिए बचा रहता है।

3. आत्म-साधना में शरीर-शुद्धि के सूक्ष्म रहस्य

साधना की जो दृष्टि मेरे मन में है, वह किन्हीं शास्त्रों पर, किन्हीं ग्रंथों पर, किसी विशेष संप्रदाय पर आधारित नहीं है। जैसा मैंने अपने भीतर चलकर जाना है, उन रास्तों की बातभर आपसे कर रहा हूँ। इसलिए मेरी बात कोई सैद्धांतिक बात नहीं है। जब मैं आपसे कह रहा हूँ कि आप चलें और देखें, तो मुझे रत्तीभर भी ऐसा खयाल नहीं है कि आप चलेंगे, तो जो पाने की आपकी कल्पना है, उसे आप नहीं पा सकेंगे। इसलिए यह आश्वासन और विश्वास है कि जिन रास्तों पर मैंने प्रवेश करके देखा है, केवल उनकी ही आपसे बात कर रहा हूँ।

एक बहुत पीड़ा और संताप के समय को मैंने गुजारा। बहुत चेष्टा के, बहुत प्रयत्न के समय को मैंने गुजारा। उस समय बहुत कोशिश, बहुत प्रयत्न करता था—अंतस् प्रवेश की। बहुत रास्तों से, बहुत पद्धतियों से उस तरफ जाने की बड़ी संलग्न चेष्टा की। बहुत पीड़ा के दिन थे और बहुत दुख-परेशानी के दिन थे। लेकिन सतत प्रयास से—जैसे पर्वत से कोई झरना गिरता हो और गिरता ही चला जाए, तो नीचे की चट्टानें भी टूट जाती हैं—वैसे ही सतत प्रयास से, किसी क्षण में कोई प्रवेश हुआ। उस प्रवेश को जिस रास्ते से मैंने संभव पाया, सिर्फ उसी रास्ते की आपसे बात कर रहा हूँ। और इसलिए बहुत आश्वासन और विश्वास से आपको कह सकता हूँ कि यदि प्रयोग किया, तो परिणाम सुनिश्चित है।

जीवन के तथ्यों की पीड़ा को बहुत मैंने अनुभव किया। वह पीड़ा गयी, और उसके जाने में जिन सीढ़ियों का दिखाई पड़ना मुझे शुरू हुआ, उन सीढ़ियों में पहली सीढ़ी की आज मैं चर्चा करूँगा।

ऐसा मुझे दिखाई पड़ता है कि परम जीवन या परमात्मा या आत्मा या सत्य को पाने के लिए दो बातें जरूरी हैं। एक बात तो जरूरी है—जो साधना की परिधि, और दूसरी बात जरूरी है—जिसको हम कहेंगे, साधना का केंद्र। साधना की परिधि और साधना का केंद्र, या साधना का शरीर और साधना की आत्मा।

ये ही तीन बातें हैं—साधना की परिधि, साधना का केंद्र और साधना का परिणाम। या यों कह सकते हैं कि साधना की भूमिका, साधना और साधना की सिद्धि।

साधना की भूमिका या साधना की परिधि से आपके व्यक्तित्व की जो परिधि है, वही संबंधित होती है। आपके व्यक्तित्व की परिधि आपका शरीर है। साधना की परिधि भी आपका शरीर है।

साधना का बिल्कुल प्रारंभिक चरण आपके शरीर पर रखना होता है। इसलिए एक बात स्मरण रखनी है कि अगर शरीर के संबंध में कोई सुनी-सुनाई बुरी भावना मन में हो, तो उसे फेंक दें। शरीर मात्र साधन है—संसार का भी और सत्य का भी। शरीर न शत्रु है, न मित्र है—शरीर मात्र साधन है। आप चाहें तो संसार में प्रविष्ट हो जाएँ और चाहें तो परमात्मा में प्रवेश पा जाएँ।

शरीर मात्र साधन है, उसके संबंध में कोई दुर्भाव मन में न रखें।

ऐसी बहुत-सी बातें प्रचलित हो गई हैं कि शरीर दुश्मन है, शरीर पाप है और शरीर बुरा है, शत्रु है और इसका दमन करना है। वह, मैं आपको कहूँ,

गलत है। न शरीर शत्रु है, न शरीर मित्र है। आप उसका जैसा उपयोग करते हैं, वही वह साबित हो जाता है। और इसलिए शरीर बड़ा अद्‌भुत है।

शरीर बड़ा अद्‌भुत है। दुनिया में जो भी बुरा है, वह भी शरीर से हुआ है और जो भी शुभ हुआ है, वह भी शरीर से हुआ है। शरीर केवल एक उपकरण है, एक यंत्र है। साधना भी, जरूरी है कि शरीर से शुरू हो, क्योंकि बिना इस यंत्र को व्यवस्थित किए आगे कोई भी नहीं बढ़ सकता। शरीर को बिना व्यवस्थित किए कोई आगे नहीं बढ़ सकता।

तो पहला चरण है—शरीर-शुद्धि। शरीर जितना शुद्ध होगा, उतना अंतस् प्रवेश में सहयोगी हो जाएगा। शरीर-शुद्धि के क्या अर्थ हैं? शरीर-शुद्धि का पहला तो अर्थ है—शरीर के भीतर, शरीर के संस्थान में, शरीर के यंत्र में कोई भी रुकावट, कोई भी गाँठ, कोई भी कांप्लेक्स न हो। तब शरीर शुद्ध होता है। अगर शरीर बिल्कुल निर्ग्रंथ हो, उसमें कोई ग्रंथि न हो, तो शरीर शुद्ध स्थिति में होता है और अंतस् प्रवेश में सहयोगी हो जाता है।

समझें, शरीर में कैसे कांप्लेक्स, ग्रंथियाँ पैदा हो जाती हैं? अगर आप बहुत क्रुद्ध होंगे, क्रोध करेंगे और क्रोध को प्रकट न कर पाएँगे, तो उस क्रोध की जो ऊष्मा और गर्मी पैदा होगी, वह शरीर के किसी अंग में ग्रंथि पैदा कर देगी। आपने देखा होगा, क्रोध में हिस्टीरिया आ सकता है। अभी जो सारे प्रयोग चलते हैं, स्वास्थ्य के ऊपर, उनसे ज्ञात होता है कि सौ बीमारियों में कोई पचास बीमारियाँ शरीर में नहीं होतीं, मन में होती हें। लेकिन मन की बीमारियाँ शरीर में ग्रंथि पैदा कर देती हैं। शरीर में अगर ग्रंथियाँ पैदा हो जाएँ, शरीर में अगर गाठें पैदा हो जाएँ, तो शरीर का संस्थान अकड़ जाता है और अशुद्ध हो जाता है।

तो शरीर की शुद्धि के लिए सारे योग ने, सारे धर्मों ने बड़े अद्‌भुत और क्रांतिकारी प्रयोग किए हैं। और उन प्रयोगों को थोड़ा समझना जरूरी है। अगर उनका अपने शरीर पर आप प्रयोग करते हैं, तो थोड़े ही दिनों में आप हैरान हो जाएँगे कि शरीर बड़ी अद्‌भुत जगह है, बड़ी अद्‌भुत बात है। और तब यह आपको शत्रु न मालूम होगा, बल्कि मंदिर मालूम होगा—जिसके भीतर परमात्मा विराजमान है। तब यह दुश्मन नहीं मालूम होगा, यह बड़ा साथी मालूम होगा और आप इसके प्रति अनुगृहीत होंगे—क्योंकि शरीर आपका नहीं है, पदार्थ से बना है। आप भिन्न हैं और शरीर भिन्न है। फिर भी आप इसका अद्‌भुत उपयोग कर सकते हैं। और तब आप शरीर के प्रति एक बड़ा ग्रटिट्यूड, बड़ी कृतज्ञता अनुभव करेंगे कि शरीर इतना साथ दे रहा है।

तो शरीर में ग्रंथियाँ पैदा न हों, यह शरीर-शुद्धि के लिए पहला चरण है।

शरीर में हमारे बहुत ग्रंथियाँ हैं। अब जैसे मैं आपसे कहूँ—अभी कुछ दिन हुए, एक व्यक्ति मेरे पास आए थे। वे मुझसे बोले, 'मैं बहुत दिनों से किसी धर्म की साधना करता हूँ। मन बड़ा शांत हो गया है।' मैंने उनसे कहा, 'मुझे आपका मन शांत दिखाई नहीं पड़ता।' वे बोले, 'आप कैसे कह सकते हैं? मैंने उनसे कहा, जितनी देर से आप आए हैं, आपके दोनों पैर तेजी से हिल रहे हैं।' (वे बैठे हैं और जोर से अपने पैरों को हिला रहे हैं) मैंने उनसे कहा, 'यह असंभव है कि मन शांत हो और पैर इस भाँति हिलें।

शरीर में जो भी कंपन हैं, वे मन के कंपन से पैदा होते हैं। मन का कंपन जितना कम होने लगता है, शरीर उतना थिर होने लगेगा।

बुद्ध और महावीर की मूर्तियाँ बिल्कुल पत्थर-जैसी मालूम होती हैं। ये आदमी जब बैठे होते थे, तो भी ऐसे मालूम होते थे। ये मूर्तियाँ ही पत्थर-जैसी नहीं मालूम होती हैं, इन आदमियों को भी आपने देखा होता बैठे, तो ये भी बिल्कुल पत्थर-जैसे मालूम होते। हमने इनकी पत्थर की मूर्तियाँ व्यर्थ ही नहीं बनाईं। उसके पीछे कारण था। ये बिल्कुल पत्थर-जैसे मालूम होने लगे थे। इनके भीतर कंपन विलीन हो गए थे। या कि जब कंपन सार्थक थे, जब उनकी जरूरत थी—वे होते थे, अन्यथा वे विलीन थे।

आप जब पैर हिला रहे होते हैं, तो आपके भीतर अशांति से जो एनर्जी पैदा हो रही है, जो शक्ति पैदा हो रही है, वह निकलने का कोई रास्ता न पाकर पैर में कंपन का रूप लेकर निकलती है।

जब एक आदमी क्रोध में होता है, तो उसके दाँत भिंच जाते हैं, मुट्ठियाँ बँध जाती हैं। क्यों? उसकी आँखों में खून उतर आता है—क्यों? आखिर मुट्ठियाँ बँधने से क्रोध का क्या प्रयोजन है? अगर आप अकेले में भी किसी पर क्रुद्ध होंगे, तो भी मुट्ठियाँ बँध जाएँगी। वहाँ तो कोई मारने को भी नहीं, जिसको आप मारें। लेकिन जो शक्ति क्रोध से पैदा हो रही है, उसका निष्कासन कैसे होगा? हाथ के स्नायु खिंचकर उस शक्ति को व्यर्थ कर देते हैं।

सभ्यता ने बहुत दिक्कत पैदा कर दी है। असभ्य आदमी का शरीर हमारे शरीर से ज्यादा शुद्ध होता है। एक जंगली आदमी का शरीर हमारे शरीर से बहुत शुद्ध होता है। उसमें ग्रंथियाँ नहीं होतीं, क्योंकि भावावेग में वह उन्हें प्रकट कर देता है। लेकिन हम अपने भावावेगों को दबा लेते हैं।

समझ लीजिए, आप दफ्तर में हैं और मालिक ने कुछ कहा। आपको

क्रोध तो आया, लेकिन आप मुट्ठियाँ नहीं भींच सकते। वह जो शक्ति पैदा हुई उसका क्या होगा? शक्ति कभी नष्ट नहीं होती–स्मरण रखिए। कोई शक्ति नष्ट नहीं होती।

... आपने मुझे गाली दी और मुझे क्रोध आ गया, लेकिन यहाँ इतने लोग थे कि मैं उसे प्रकट नहीं कर सका–न दाँत भींच सका, तो उस शक्ति का क्या होगा, जो मेरे भीतर पैदा हो गई? वह शक्ति मेरे शरीर के किसी अंग को विकृत, क्रिपिल्ड कर देगी–उसको विकृत करने में व्यय हो जाएगी। इससे ग्रंथि पैदा होगी। शरीर की ग्रंथियों का मेरा मतलब यही है। इस तरह शरीर में हमारे बहुत ग्रंथियाँ पैदा हो जाती हैं। पर आप शायद हैरान होंगे, आप कहेंगे, ऐसी हमें किन्हीं ग्रंथियों का पता नहीं है। तो मैं आपको एक प्रयोग करने को कहता हूँ, आप उसे करके देखें, फिर आपको पता चलेगा कि कितनी ग्रंथियाँ हैं।

क्या आपने कभी खयाल किया है कि अकेले किसी कमरे में आप जोर से दाँत बिचकाने लगे हैं या आईने में जीभ दिखाने लगे हैं या गुस्से से आँख फाड़ने लगे हैं और अपने पर भी हँसे होंगे कि यह मैं क्या कर रहा हूँ। हो सकता है, स्नानगृह में आप नहा रहे हैं और आप अचानक कूदे हैं। आप हैरान होंगे कि मैं क्यों कूदा हूँ या मैंने आईने में देखकर दाँत क्यों बिचकाए हैं या मेरा जोर से गुनगुनाने का मन क्यों हुआ है।

मैं आपको कहूँ, किसी दिन आधे घंटे को सप्ताह में एक एकांत कमरे में बंद हो जाएँ। और आपका शरीर जो चाहे, करने दें। बहुत हैरान होंगे। हो सकता है, शरीर आपका नाचे। जो करना चाहे–करने दें, आप उसे बिल्कुल न रोकें। और आप बहुत हैरान होंगे। हो सकता है, शरीर आपका नाचे। हो सकता है आप कूदें, हो सकता है आप चिल्लाएँ। हो सकता है, आप किसी काल्पनिक दुश्मन पर टूट पड़ें–यह सब हो सकता है। और तब आपको पता चलेगा कि क्या हो रहा है।

ये सारी ग्रंथियाँ हैं, जो दबी हुई हैं, भीतर मौजूद हैं और निकलना चाहती हैं, लेकिन समाज उन्हें नहीं निकलने देता और आप भी नहीं निकलने देते। इस तरह हमारा शरीर बहुत-सी ग्रंथियों का घर बना हुआ है। और जो शरीर ग्रंथियों से भरा हुआ है, वह शरीर शुद्ध नहीं होता, उसके सहारे साधक भीतर प्रवेश नहीं कर सकते।

तो योग का पहला चरण होता है–शरीर-शुद्धि। और शरीर-शुद्धि का पहला चरण है–शरीर की ग्रंथियों का विसर्जन। नई ग्रंथियाँ तो बनाए नहीं, और पुरानी ग्रंथियों को विसर्जित करने का उपाय करें। और उसके उपाय के लिए

जरूरी है कि महीने में एक बार अकेले कमरे में बंद हो जाएँ और शरीर जैसा करना चाहे, करने दें। अगर कपड़े फेंककर नग्न, नाचने का मन हो तो नाचें और सारे कपड़े फेंक दें। और आप हैरान होंगे, आधे घंटे की उछल-कूद के बाद आप बहुत रिलैक्स्ट, बहुत शांत, बहुत स्वसथ अनुभव करेंगे। यह बात बहुत अजीब लगेगी, लेकिन आप बहुत शांत अनुभव करेंगे। आपको बहुत हैरानी होगी कि यह शांति कैसे आ गई।

आप जो व्यायाम करते हैं या घूमने चले जाते हैं, उसके बाद जो आपको हल्कापन लगता है उसका कारण क्या है? उसका कारण यह है कि बहुत-सी ग्रंथियाँ उससे विसर्जित होती हैं। आपको पता है, आपके लड़ने का जो मन होता है, लोगों से उलझने का जो मन होता है, उसका कारण क्या है? आपके भीतर बहुत-सी शक्तियाँ ग्रंथियों की तरह मौजूद हैं, वे विसर्जित होना चाहती हैं। इसलिए आप बिल्कुल उत्सुक होते हैं कि कोई मिल जाए और लड़ना हो जाए।

जब युद्ध का समय आता है, तब आप सुबह से अखबार पढ़ते हैं—बहुत उत्सुकता से, और सारी दुनिया में बड़ी खूबियों की बातें घटित होती हैं। पिछले महायुद्ध के समय दो बातें घटित हुईं। दुनिया में आत्महत्याएँ एकदम कम हो गईं। आपको शायद पता नहीं होगा। पिछला महायुद्ध हुआ, उसके पहले महायुद्ध हुआ। मनोवैज्ञानिक बहुत हैरान हुए कि आत्महत्याएँ कम क्यों हो गईं? एकदम आत्महत्याएँ कम हो गईं। जब तक युद्ध चला, आत्महत्याएँ नहीं हुईं। सारी दुनिया में उनका अनुपात एकदम गिर गया। उसका कारण क्या था? और मनोवैज्ञानिक बहुत परेशान हुए कि उन दिनों खून भी नहीं हुए, आत्महत्याएँ भी नहीं हुईं। और एक बड़ी बात हुई—मानसिक बीमारों की संख्या कम रही, युद्ध के समय में। अंतत: यह समझ में आया कि युद्ध की जो खबरें थीं, जो जोश-खरोश था, उसमें मनुष्य की बहुत-सी ग्रंथियाँ विसर्जित हुईं। और उतनी ग्रंथियों से उसको बचाया। यह जो युद्ध की खबरें आप सुनते हैं, तो आप किसी-न-किसी तरह उससे संलग्न हो जाते हैं। आपके क्रोध और आपकी हिंसा का निकास हो जाता है।

समझ लीजिए, आप गुस्से में आ गए हैं— अगर आप हिटलर के प्रति गुस्से में आ गए हैं, तो हिटलर की मूर्ति बनाकर जला देंगे—नारे लगाएँगे, चिल्लाएँगे। घर में बैठकर हिटलर को गालियाँ देंगे—काल्पनिक दुश्मन। हिटलर तो मौजूद नहीं है आपके सामने। और इससे आपकी बहुत-सी ग्रंथियाँ विसर्जित होंगी। और उसका परिणाम होगा यह कि आपको मानसिक स्वास्थ्य मिलेगा।

आप हैरान होंगे यह जानकर कि बाहर से हम चाहते हैं कि युद्ध न हों,

लेकिन भीतर से हमारा कोई मन चाहता है कि युद्ध हो। युद्ध के वक्त लोग काफी खुश नजर आते हैं। खतरा बहुत उपद्रव का होता है, लेकिन लोग खुश नजर आते हैं। अभी हिंदुस्तान पर चीन का हमला हुआ। आपमें एकदम से जो शक्ति का संचार हुआ, तो क्या आप समझे हैं कि उसका कारण क्या था? उसका कारण था कि आपकी बहुत-सी ग्रंथियाँ, जो शरीर में बँधी थीं, बहुत गुस्से में निकलीं और आप हलके हुए। और जब तक दुनिया में ऐसे लोग हैं, जिनके शरीर अशुद्ध हैं, तब तक युद्ध से नहीं बचा जा सकता। युद्ध तब समाप्त होंगे, जब लोगों के शरीर इतने शुद्ध होंगे कि उनके पास कोई ग्रंथियाँ युद्ध में विसर्जित करने को नहीं होंगी। आपको यह मैं कह रहा हूँ, यह बहुत अजीब-सा लगेगा, लेकिन जब तक लोगों के शरीर शुद्ध स्थिति में नहीं हैं, दुनिया से युद्ध बंद नहीं हो सकते। कोई कितनी ही कोशिश करे, युद्ध का मजा रहेगा।

आपको भी लड़ने में मजा आता है। इसे जरा विचार करना, आपको लड़ने में मजा आता है। यह लड़ाई चाहे किसी तल की हो—चाहे श्वेतांबर दिगंबर जैन से लड़ता हो और चाहे हिंदू मुसलमान से लड़ता हो—उन सबमें युद्ध का ही मजा है। आप देखते हैं कि एक छोटा धर्म बनता है, उसमें बीस-बीस संप्रदाय बन जाते हैं। फिर एक-एक संप्रदाय में छोटे-छोटे संप्रदाय बन जाते हैं, क्या कारण है? लोगों के शरीर अशुद्ध हैं और ग्रंथियों से भरे हैं और उनको लड़ने के लिए कोई भी बहाना चाहिए। वह कोई छोटा-सा बहाना लेंगे और लड़ेंगे। और लड़ने से उनको राहत मिलेगी, उनको हल्कापन आएगा।

शरीर-शुद्धि प्राथमिक चरण है—साधना का। तो आपके लिए मैं दो बातें कहता हूँ। पुरानी जो ग्रंथियाँ है, उनको विसर्जित करने का तो उपाय यह है कि आप एकांत में बिल्कुल जंगली हो जाएँ। छोड़ दें दूसरों का सारा खयाल। कमरा बंद कर दें और एक-एक पर्त जो जबरदस्ती आपने अपने ऊपर लाद रखी हैं, वे सब ढीली छोड़ दें—और फिर जो हो, उसे होने दें, शरीर क्या करता है उसे देखें—वह नाचता है, कूदता है, गिरकर पड़ा रह जाता है, छुरी मारता है, गोली चलाता है—क्या करता है, उसे देखें और चुपचाप उसे करने दें। आप एक-दो महीने के प्रयोग में बहुत हैरान हो जाएँगे। आप पाएँगे आपके शरीर ने एक अद्‌भुत सरलता, सात्विकता और शुद्धि को उपलब्ध किया है। इस तरह पुरानी ग्रंथियों का विसर्जन होगा, पुरानी ग्रंथियों की निर्जरा होगी।

जो पुराने साधक जंगल में चले जाते थे और एकांत पसंद करते थे और नहीं चाहते थे कि भीड़ में आएँ, उसके बड़े-से-बड़े कारणों में एक कारण यह

भी था। उस एकांत में, आपको पता नहीं कि महावीर ने क्या किया, आपको पता नहीं है कि बुद्ध ने क्या किया, आपको पता नहीं कि मुहम्मद ने क्या किया? कोई किताबें नहीं कहीं कि उन्होंने क्या किया। उन पहाड़ों पर जब वे थे, तब वे क्या कर रहे थे? और मैं आपको कहता हूँ, यह हो नहीं सकता कि उन्होंने यह न किया हो कि उन्होंने शरीर की ग्रंथियाँ विसर्जित न की हों। महावीर को तो हम 'निर्ग्रंथ' कहते हैं और उसका मैं जो अर्थ करता हूँ, वह यही करता हूँ–'सारी ग्रंथियाँ क्षीण जिसकी हो गईं।'

सारी ग्रंथियों के विसर्जन का प्रारंभिक चरण शरीर है। तो शरीर की ग्रंथियाँ जो पीछे पकड़ी हैं, उनको विसर्जित करना है। आपको पहले अजीब-सा लगेगा। अगर आपको जोर से हँसी आए अपने इस काम पर कि मैं यह क्या पागलपन कर रहा हूँ कि कूद रहा हूँ, तो जोर से हँसिए। अगर आपको खूब रोना आए, तो जोर से रोइए। आप बहुत हैरान होंगे, अगर आपको मैं यहाँ कह दूँ कि आप बिल्कुल छोड़ दें अपना खयाल, तो आपमें से कई लोग रोने लगेंगे–और कई लोग जोर से हँसने लगेंगे। कभी कोई रुदन, जो बाहर आना चाहता था, पर भीतर दबा रह गया है, वह निकलेगा। और कभी कोई हँसी जो फूट पड़नी थी, उसे रोक लिया गया है–वह कहीं ग्रंथि बनकर रुकी हुई है–वह निकलेगी। बहुत एब्सर्ड, अटपटा मालूम होगा कि यह क्या हो रहा है, लेकिन यह होगा, इसका एकांत में प्रयोग करें–शरीर-शुद्धि के लिए। इससे हमारे ऊपर जो पुरानी ग्रंथियों का बोझ है, वह हल्का होगा।

दूसरी बात, नई ग्रंथियाँ न बनें, इसका प्रयोग करें। यह तो पुरानी ग्रंथियों के विसर्जन के लिए मैंने कहा। नई ग्रंथियाँ हम रोज बनाए चले जा रहे हैं। आपको मैंने कोई एक अपशब्द कह दिया, और आपको क्रोध उठा, लेकिन सभ्यता और शिष्टता आपको उस क्रोध को प्रकट नहीं करने देगी। एक शक्ति का पुंज आपके भीतर घूमेगा। वह कहाँ जाएगा? वह किन्हीं नसों को सिकोड़कर, इरछा-तिरछा करके बैठ जाएगा। इसलिए क्रोधी आदमी के चेहरे में, आँखों में और शांत आदमी चेहरे में और आँखों में फर्क होता है। क्योंकि वहाँ किसी क्रोध के वेग ने किसी चीज को विकृत नहीं किया है। और शरीर तब अपने परिपूर्ण सौंदर्य को उपलब्ध होता है, जब उसमें कोई ग्रंथि नहीं होती। यानी शरीर के सौंदर्य का कोई और मतलब नहीं है। आँखें तब बड़ी सुंदर हो जाती हैं। तब कुरूप-से-कुरूप शरीर भी सुंदर दिखने लगता है।

गांधी का शरीर कुरूप था–तब वे युवा थे, लेकिन जैसे-जैसे वे बूढ़े होते

गए, उनमें अभिनव सौंदर्य आया। यह बहुत अद्‌भुत था। वह सौंदर्य शरीर का नहीं था, वह ग्रंथियों के क्षीण होने का था। उसे कम लोग पहचाने और समझे होंगे। गांधी कुरूप थे, इसमें कोई शक नहीं। गांधी का शरीर किसी भी बाह्य सौंदर्य के माध्यम से सुंदर नहीं था। अगर आप उनके पुराने चित्र देखेंगे–तो बचपन उनका कुरूप है, जवानी उनकी कुरूप है। लेकिन जैसे-जैसे वे बूढ़े होते हैं, बिल्कुल सुंदर होते जाते हैं। बुढ़ापे में तो आदमी और असुंदर होता है। पर वे सुंदर होते जा रहे हैं। और अगर जीवन का ठीक विकास हो, तो जवानी उतनी सुंदर नहीं होती है–जितना बुढ़ापा होता है। क्योंकि जवानी में बड़े वेग होते हैं, बुढ़ापा बड़ा निर्वेग हो जाता है।

अगर ठीक विकास हो, तो बुढ़ापा सुंदरतम क्षण है जीवन का, क्योंकि उस वक्त सारे वेग क्षीण हो जाते हैं। और बुढ़ापे तक सारी ग्रंथियाँ विलीन होनी चाहिए, अगर ठीक विकास हो।

लेकिन कैसे यह हमारी विकृति इकट्‌ठी होती है–शरीर के वेगों की? मैंने आपको अपमानजनक शब्द कहा, आप में क्रोध उठा। एक शक्ति पैदा हुई, पर शक्ति नष्ट नहीं होती। कोई शक्ति नष्ट नहीं होती। उसका कोई उपयोग होना चाहिए। अगर उसका उपयोग नहीं होगा, तो वह आपको विकृत करके नष्ट हो जाएगी। तो उपयोग करिए। कैसे उपयोग करिएगा?

समझ लीजिए, आपको क्रोध आ रहा है। आप दफ्तर में बैठे हुए हैं और आपको बहुत जोर से क्रोध आया और आप उसको प्रकट नहीं कर सकते। आप एक काम करिए–जो शक्ति पैदा हुई है, उसका एक सृजनात्मक परिवर्तन, क्रिएटिव ट्रांसफार्मेशन करिए। अपने दोनों पैरों को जोर से सिकोड़िए। वे पैर किसी को दिखाई नहीं पड़ रहे हैं। आप दोनों पैरों की सारी मसल्स को जोर से सिकोड़िए। जितना सिकड़ सकें, उतना सिकोड़ें–उतना उसे तनावपूर्ण बनाएँ। जब आपकी बिल्कुल सामर्थ्य के बाहर हो जाए खींचना, तब उनको एकदम से रिलैक्स, शिथिल कर दीजिए। आप हैरान होंगे कि क्रोध निष्कासित हो गया। और आपकी पैर की मसल्स (पेशियाँ) सुंदर हो जाएँगी, व्यायाम भी हो गया। वह जो क्रोध का वेग उठा था, उसने कुछ विकृत नहीं किया, बल्कि आपके पैर को सुंदर करके चला गया। तो आपके शरीर के जो अंग अस्वस्थ हों, उनको क्रोध के माध्यम से सुंदर कर लीजिए, स्वस्थ कर लीजिए। क्योंकि वह जो इनर्जी पैदा हुई है, उसका क्रिएटिव, सृजनात्मक उपयोग हो जाएगा।

अगर आपके हाथ क्रोध से भरे हैं, तो आप दोनों हाथों को जोर से

भींचिए। वह सारी शक्ति जो क्रोध की शक्ति पैदा हुई है, उन हाथों में लगेगी। अगर आपका पेट रुग्ण है, तो सारी पेट की आँतों को अंदर सिकोड़िए और क्रोध की शक्ति को भाव में परिणत करिए। वह शक्ति जाकर पेट की सारी नसों को सिकोड़ने में व्यय होगी और आप हैरान होंगे—आप एक-दो मिनट बाद पाएँगे कि क्रोध विलीन है और शक्ति उपयुक्त हो गई, शक्ति का प्रयोग हो गया।

शक्ति हमेशा तटस्थ है। यानी क्रोध की जो शक्ति पैदा हो रही है वह बुरी नहीं, उसका क्रोध की तरह उपयोग हो रहा, यह बुरा है। उसका दूसरा उपयोग करिए। और जो उसका दूसरा उपयोग नहीं करेगा तो शक्ति तो काम करेगी, वह शक्ति तो बिना काम के नहीं रहने वाली है। वह शक्ति तो काम करेगी ही। अगर हम उसका उपयोग सीख लेंगे, तो वह हमारे जीवन को एक क्रांति दे देगी।

तो पुरानी ग्रंथियों की निर्जरा और ग्रंथियाँ बनाने वाली नई शक्तियों का सृजनात्मक उपयोग—शरीर-शुद्धि के लिए ये दो प्राथमिक चरण हैं। ये बहुत महत्त्वपूर्ण हैं। सारे योग के आसन मूलत: शरीर के सृजनात्मक उपयोग के लिए हैं। प्राणायाम शरीर की शक्तियों का सृजनात्मक उपयोग करने के लिए हैं। जो व्यक्ति अपनी शरीर की शक्तियों का सृजनात्मक उपयोग नहीं करेगा, तो वे शक्तियाँ जो कि वरदान हो सकती थीं, उसके लिए अभिशाप हो जाएँगी। हम सब अपनी ही शक्तियों से पीड़ित हैं। यानी यह हमारा दुर्भाग्य हो गया है कि हमारे पास शक्तियाँ हैं।

जीसस क्राइस्ट के जीवन में एक उल्लेख है। वे एक गाँव से निकले। उन्होंने एक आदमी को एक छत पर जोर से गालियाँ बकते, अश्लील बातें बकते हुए देखा। वे सीढ़ियाँ चढ़कर उसके पास गए। और उन्होंने उससे कहा, 'मेरे मित्र, यह तुम क्या कर रहे हो? और अपने जीवन को इस अश्लील बकवास में क्यों खर्च कर रहे हो? प्रतीत होता है, तुमने शराब पी ली है।' उस आदमी ने आँख खोली, उसने ईसा को पहचाना। उसने उठकर ईसा को हाथ जोड़े और कहा, 'मेरे प्रभु, मैं तो बिल्कुल बीमार था, मैं तो बिल्कुल मरणासन्न था, आपने ही अपने आशीर्वाद से मुझे ठीक कर दिया था, क्या आप भूल गए? और अब मैं परिपूर्ण स्वस्थ हूँ लेकिन इस स्वास्थ्य का क्या करूँ? तो शराब पी लेता हूँ। ईसा बहुत हैरान हुए। उसने कहा, 'अब मैं परिपूर्ण स्वस्थ हूँ स्वस्थ्य का क्या करूँ? तब शराब पी लेता हूँ, जो बनता है, वह करता हूँ।'

ईसा बहुत दुखी नीचे उतरे। वे गाँव के अंदर गए, तो एक आदमी को

उन्होंने एक वेश्या के पीछे भागते हुए देखा, तो उन्होंने कहा, 'मित्र, अपनी आँखों का यह उपयोग कर रहे हो?' उसने ईसा को पहचाना और उनसे कहा, 'आप भूल गए। मैं तो अंधा था, आपने हाथ रखकर मेरी आँखें एक दफा ठीक कर दी थीं। अब इन आँखों का क्या करूँ'?

ईसा बहुत दुखी मन से उस गाँव से वापस लौटते थे। एक आदमी गाँव के बाहर छाती पीटकर रो रहा था। ईसा ने उसके सिर पर हाथ रखा और कहा, 'क्यों रो रहे हो? जीवन में बहुत आनंद है, जीवन रोने के लिए नहीं है।' उसने ईसा को पहचाना, कहा, 'भूल गए, मैं मर गया था और लोग कब्र में मुझे ले जा रहे थे, तुमने अपने जादू से मुझे जिंदा कर दिया था। अब इस जीवन का मैं क्या करूँ?'

यह कहानी बिल्कुल काल्पनिक और झूठी-सी मालूम होती है, लेकिन हम क्या कर रहे हैं? हम इस जीवन का क्या कर रहे हैं? हमारे पास जीवन में जो भी शक्तियाँ मिली हैं, उन सबसे हम स्वयं अपना डिस्ट्रक्शन, उन सबसे हम अपना विनाश कर रहे हैं। जीवन के दो ही रास्ते हैं। जो शक्तियाँ आपके शरीर और मन में हैं, उनका विनाश कर लें–यही नरक का रास्ता है। और जो शक्तियाँ और जो ऊर्जाएँ, जो एनर्जीज आपके भीतर हैं, उनका सृजनात्मक उपयोग कर लें, यही स्वर्ग का रास्ता है।

सृजन स्वर्ग और विनाश नर्क है। अपनी शक्तियों का जो सृजनात्मक उपयोग कर ले, उसने स्वर्ग की तरफ चरण रखने शुरू कर दिए। और जो अपनी शक्तियों का विनाशात्मक उपयोग कर ले, वह नरक की तरफ जा रहा है। और दूसरा कोई मतलब नहीं है।

आप अपने से पूछें, आप क्या कर रहे हैं? जब एक आदमी क्रोध से भरता है तो आप समझते हैं, कितनी गत्यात्मक शक्ति, डायनेमिक फोर्स उसमें पैदा होती है। क्या आपको पता है, एक कमजोर आदमी क्रोध में आकर ऐसी चट्टान उठा सकता है, जिसे वह कभी शांत क्षण में उठाने की कल्पना नहीं कर सकता था। क्या आपको पता है, एक क्रुद्ध आदमी अपने से बहुत बलिष्ठ शांत आदमी को क्षणों में परास्त कर सकता है।

एक दफा जापान में ऐसा हुआ। वहाँ एक वर्ग होता है–समुराई। वहाँ के क्षत्रिय हैं वे। उनका धंधा तलवार चलाना है और जीवन को दाँव पर लगाना–यही उनका शौक है। एक समुराई बहुत बड़ा सैनिक था, बहुत बड़ा सेनापति था, उसकी पत्नी से, उसके घर में जो नौकर था, उसका प्रेम हो गया। वहाँ यह

रिवाज था कि अगर किसी की पत्नी से किसी का प्रेम हो जाए, तो वह उसे द्वंद्व-युद्ध के लिए ललकारेगा। दो में से एक मर जाएगा, जो शेष रहेगा, पत्नी का उससे विवाह हो जाएगा, पत्नी उसकी होगी।

तो उस नौकर का समुराई सेनापति की पत्नी से प्रेम हो गया। सेनापति ने कहा, 'पागल अब द्वंद्व-युद्ध के सिवाय कोई रास्ता नहीं है। अब हम लड़ेंगे। अब तू कल सुबह तलवार लेकर आ जा।' वह नौकर बड़ा घबराया। सेनापति तो तलवार का मास्टर था, वह तो अद्भुत कुशल आदमी था। वह बेचारा नौकर, जो घर में झाड़ू-बुहारी लगाता था, यह क्या तलवार चलाएगा। इसने कभी तलवार छुई नहीं थी। इसने उससे कहा, 'मैं कैसे तलवार उठाऊँगा?' लेकिन सेनापति ने कहा, 'अब इसके सिवाय कोई रास्ता नहीं है। रास्ता यही है कि तुम कल तलवार लेकर आ जाओ।' वह घर गया, उसने रातभर सोचा। इसके सिवाय कोई रास्ता नहीं था कि वह सुबह तलवार उठाए। उसने कभी इसके पहले जिंदगी में तलवार नहीं उठाई थी। उसने सुबह तलवार उठाई, वह तलवार लेकर पहुँचा। लोग देखकर दंग रह गए, वह तो जैसे आग का अंगार था-जब तलवार लेकर वहाँ पहुँचा, वह सेनापति से थोड़ा घबराया और उसने पूछा, 'तुम तलवार उठाना भी जानते हो?' वह बिल्कुल गलत ही पकड़े हुए था। उसने कहा, 'अब कोई सवाल नहीं, अब मरना ही है, तो मारने की कोशिश करेंगे।' और वह बड़ा अजीब द्वंद्व-युद्ध हुआ। उसमें सेनापति मारा गया और वह नौकर जीता।

इस वजह से कि अब मरना ही है, और कोई रास्ता नहीं है-उस नौकर में अद्भुत ऊर्जा और शक्ति पैदा हुई। वह तलवार चलाना बिल्कुल नहीं जानता था। उसने बिल्कुल ही गलत वार किए-बिल्कुल ही गलत, जो कि उसके ही विपरीत थे। लेकिन उसके वार देखकर और क्रोध को और उसकी स्थिति को देखकर सेनापति पीछे हटने लगा। उसकी सारी कुशलता व्यर्थ हो गई। क्योंकि वह बिल्कुल शांत लड़ रहा था, उसके लिए कोई खास बात नहीं थी। उसके लिए लड़ाई बिलकुल साधारण-सी बात थी। वह पीछे हटने लगा। उस क्रोध की ऊर्जा में उसकी मृत्यु हुई, उसे मरना पड़ा। और वह आदमी जीत, जो कि बिलकुल ही नासमझ था जो उस कला को जानता भी नहीं था।

क्रोध में या ऐसे किसी भी वेग में आपके भीतर बहुत शक्ति उत्पन्न होती है। आपके सारे कण, आपके शरीर में जितने लिविंग सेल्स हैं, जितने जीवित कोष्ठ हैं, वे सब-के-सब अपनी शक्ति का दान करते हैं। और आपके शरीर में बहुत-से संरक्षित कोष हैं शक्ति के, वे हमेशा खतरे के लिए सेफ्टी मेजर्स हैं,

सुरक्षा-कवच हैं। वे सामान्यतया काम में नहीं आते। अगर आपको हम कहें, दौड़िए प्रतियोगिता में–तो आप कितना ही तेज दौड़िए, आप उतना तेज कभी नहीं दौड़ सकते, जितना एक आदमी आपके पीछे बंदूक लेकर लगा हो, तब आप दौड़ेंगे। उस वक्त जो सेफ्टी-मेजर्स हैं आपके भीतर, आपके शरीर में जो ग्रंथियाँ शक्ति को रखे हुए हैं जरूरत के लिए, वे अपनी शक्ति को खून में छोड़ देती हैं। उस वक्त आपका शरीर बड़ी शक्ति से आप्लावित हो जाता है। अगर उस शक्ति का उपयोग सृजनात्मक न हो, तो वह शक्ति आपको ही खंडित करेगी और आपको ही तोड़ देगी।

इस दुनिया में अशक्त लोग पाप नहीं करते। शक्तिशाली लोग पाप करते हैं, मजबूरी में। उनकी शक्ति उनसे पाप करवाती है। इस दुनिया में अशक्त लोग बुरे काम नहीं करते, इस दुनिया में शक्तिशाली लोग बुरे काम करने को मजबूर होते हैं। क्योंकि शक्ति का सृजनात्मक उपयोग उन्हें पता नहीं है। इसलिए जितने अपराधी हैं, जितने पापी हैं, उन्हें आप शक्ति का स्रोत समझिए और अगर उन्हें शुभ संपर्क मिल जाए, तो उनकी सारी शक्तियाँ अद्‌भुत रूप से रूपांतरित हो जाती हैं।

आपको पता होगा कि धार्मिक इतिहास में उसके सैकड़ों उदाहरण हैं, जबकि पापी क्षणभर में पुण्यात्मा हो गए हैं। उसका कुल कारण इतना है कि शक्तियाँ बहुत थीं, केवल ट्रांसफार्मेशन, रूपांतरण की बात थी। शुभ का संपर्क चाहिए और सब बदल जाएगा।

अंगुलिमाल ने बहुत हत्याएँ कीं। उसने एक हजार लोगों की हत्या करने का व्रत लिया था। उसने नौ सौ निन्यानबे लोगों की हत्या करके उनकी अंगुलियों की माला पहन ली थी। उसे आखिरी आदमी चाहिए था। जिस जगह खबर हो जाती थी कि अंगुलिमाल है, वहाँ के रास्ते निर्जन हो जाते थे। क्योंकि वहाँ कौन चलता? अंगुलिमाल देखता ही नहीं था, विचार ही नहीं करता था, जो आया उसकी हत्या कर देता था। खुद सम्राट प्रसेनजित, जो राजा था बिहार का, वह भी उससे डरता था। उसकी छाती कँप जाती थी–अंगुलिमाल का नाम सुनकर। उसने बहुत सैनिक वहाँ भेजे थे, लेकिन अंगुलिमाल पर कोई कब्जा नहीं हुआ।

बुद्ध उस पहाड़ से निकलते थे एक बार। गाँव के लोगों ने कहा, 'उधर मत जाइए। आप एक निहत्थे भिक्षु हैं, अंगुलिमाल आपकी हत्या कर देगा।' बुद्ध ने कहा, 'हम तो जो रास्ता चुनते हैं, उस पर चलते हैं। किसी की वजह से उसको नहीं बदलते। और अगर अंगुलिमाल यहाँ है तो हमारी और भी जरूरत

हो गई कि हम वहाँ जाएँ। अब देखना यह है कि अंगुलिमाल हमें मारता है कि हम अंगुलिमाल को मारते हैं। लोगों ने कहा, बड़ी पागलपन की बात है। आपके पास कुछ भी नहीं है, आप अंगुलिमाल को मारिएगा। निहत्थे कमजोर बुद्ध और अंगुलिमाल दैत्य-जैसा आदमी। बुद्ध ने कहा, 'अब देखना यह है कि अंगुलिमाल बुद्ध को मारता है या बुद्ध अंगुलिमाल को मारता है। और हम तो जो रास्ता चुनते हैं, उस पर ही चलते हैं। और यह और भी अच्छा है कि अंगुलिमाल से मिलना हो जाएगा। अनायास यह मौका आ गया है।' बुद्ध वहाँ गए।

अंगुलिमाल ने अपनी टेकड़ी से देखा कि एक निहत्था भिक्षु—शांत—रास्ते पर चला आ रहा है। उसने वहीं से चिल्लाकर कहा, 'देखो, यहाँ मत आओ। सिर्फ इसलिए कह रहा हूँ कि तुम संन्यासी हो, वापस लौट जाओ। इतनी दया आ गई तुम्हारी चाल देखकर, धीमे चले आ रहे हो। तुम लौट जाओ, आगे मत बढ़ो। क्योंकि हम किसी पर दया करने के आदी नहीं हैं, हत्या कर देंगे ' बुद्ध ने कहा, 'हम भी किसी की दया लेने के आदी नहीं हैं। और जहाँ चुनौती हो, वहाँ से संन्यासी पीछे कैसे लौटेगा? तो हम तो आते हैं, तुम भी आओ।'

अंगुलिमाल बहुत हैरान हुआ कि यह आदमी तो पागल लगता है उसने अपना फरसा उठाया और नीचे उतरा। जब वह बुद्ध के पास पहुँचा तो बुद्ध से उसने कहा, 'अपने हाथ से अपनी मृत्यु मोल ले रहो हो?' बुद्ध ने कहा, 'इसके पहले कि तुम मुझे मारो, एक छोटा-सा काम करो। यह सामने वृक्ष है, उसके चार पत्ते तोड़ दो।' उसने अपने फरसे से मारा और डाल तोड़ दी और कहा, 'यह रहा, चार के बदले—चार हजार।' बुद्ध ने कहा, 'अब एक छोटा काम और करो। इसके पहले कि तुम मुझे मारो, इन पत्तियों को वापस इसी दरख्त में जोड़ दो।' अंगुलिमाल बोला, 'यह तो मुश्किल है।' तो बुद्ध ने कहा 'तोड़ना तो बच्चा भी कर देता, जोड़ना जो कर सके उसमें ही पौरुष है, उसमें ही पुरुषार्थ है। तुम बहुत कमजोर आदमी हो, तुम सिर्फ तोड़ सकते हो। तुम यह खयाल छोड़ दो कि तुम बड़े शक्तिशाली हो। तुम एक पत्ता भी नहीं जोड़ सकते हो। उसने एक क्षण गौर से सोचा, फिर कहा, 'यह तो सही है। क्या पत्ता जोड़ने का भी कोई रास्ता हो सकता है?' बुद्ध ने कहा, 'है, हम उसी रासते पर चल रहे हैं। उसने गौर से देखा और उसके स्वाभिमान को पहली दफा यह पता चला कि मारने में कोई मतलब नहीं है। मारना कमजोर भी कर सकता है।' उसने कहा, 'मैं तो कमजोर नहीं हूँ, मैं क्या करूँ?' बुद्ध ने कहा, 'मेरे पीछे आओ।'

अंगुलिमाल उस दिन भिक्षु हो गया, वह गाँव में भिक्षा माँगने गया। सब

लोग डरके मारे अपने मकानों पर चढ़ गए और उसको पत्थरों से मारा। वह नीचे गिर पड़ा है—लहू-लुहान, उस पर पत्थर पड़ रहे हैं। बुद्ध उस किनारे से आए और उसे कहा, 'अंगुलिमाल—ब्राह्मण अंगुलिमाल, उठो। आज तुमने पुरुषार्थ को सिद्ध कर दिया। जब उनके पत्थर तुम्हारे शरीर पर पड़ रहे थे, तो तुम्हारे हृदय में जरा भी क्रोध नहीं आया। और जब तुम्हारे शरीर से लहू गिरने लगा और तुम जमीन पर गिर गए, तब भी तुम्हारे हृदय में उनके प्रति प्रेम ही भरा हुआ था। तुमने अपने पुरुष को सिद्ध कर दिया। और तुम ब्राह्मण हो गए।'

प्रसेनजित को खबर मिली, तो मिलने आया बुद्ध से कि अंगुलिमाल परिवर्तित हुआ है। वह आकर बैठा। उसने कहा, हम सुनते हैं कि अंगुलिमाल साधु हो गए हैं। क्या मैं उनके दर्शन कर सकता हूँ?' बुद्ध बोले, 'जो मेरे बगल में भिक्षु बैठे हुए हैं, वे अंगुलिमाल हैं।' प्रसेनजित ने सुना, उनके हाथ-पैर कँप गए। नाम तो पुराना था। और डर वही था, उस आदमी का। अंगुलिमाल ने कहा, 'मत डरो। वह आदमी गया, वह शक्ति जो साथ में थी, परिवर्तित हो गई। अब हम दूसरे रास्ते पर हैं। अब तुम हमें मार डालो, तो हमारे मन में तुम्हारे प्रति कोई अशुभ आकांक्षा नहीं उठेगी।' जब बुद्ध से लोगों ने पूछा कि इतना पापी कैसे परिवर्तित हुआ, तो बुद्ध ने कहा, 'पाप और पुण्य का प्रश्न नहीं है, शक्ति के परिवर्तन का प्रश्न है।'

इस दुनिया में कोई बुरा नहीं है और इस दुनिया में कोई भला नहीं है। केवल शक्ति की दिशाएँ हैं।। हमारे भीतर बहुत शक्ति है—इस शरीर में। इस शरीर की शक्तियों का सृजनात्मक उपयोग करना है।

एक तो मैंने कहा—जब भावावेश उठे, तो आप शरीर के किसी अंग से उस भावावेश का उपयोग कर लें। दूसरी बात, अपने जीवन में कुछ सृजनात्मक काम सीखें। हम सब गैर-सृजनात्मक हैं।

पुराने दिन थे, गाँव में एक आदमी जूता बनाता था और कोई उसके जूते को पहनता था, तो वह गौरव से कहता था कि मेरा बनाया हुआ जूता है। सृजन का एक आनंद था। एक आदमी गाड़ी का चाक बनाता था, तो गौरव से कहता था कि मेरा बनाया हुआ है। आज दुनिया में सृजन का कोई आनंद नहीं रह गया है। आपका बनाया हुआ कुछ भी नहीं है। यह दुनिया जैसी है, उसमें आदमी का बनाया हुआ कुछ भी नहीं रह जाएगा। उसका परिणाम यह हुआ कि जो सृजन का आनंद था, वह विलीन हो गया है। और अगर वह विलीन हो जाएगा तो शक्तियों का क्या होगा? वह विनाश की तरफ उत्सुक होंगी। स्वाभाविक है कि

शक्ति का कुछ-न-कुछ होगा—या तो विनाश होगा या सृजन होगा।

तो जीवन में कोई सृजनात्मक काम भी करें। सृजनात्मक—मतलब कि सिर्फ आप अपने आनंद के लिए निर्मित कर रहे हैं। एक मूर्ति बनाएँ तो कोई हर्ज नहीं। एक गीत लिखें, एक गीत गाएँ, एक सितार को बजाएँ तो कोई हर्ज नहीं उसे सिर्फ आनंद के लिए करें, व्यवसाय के लिए नहीं। जीवन में एक काम चुनें, जो आपका आनंद है—जो आपका व्यवसाय नहीं है। आपकी बहुत-सी शक्तियों का विनाशात्मक रूप परिवर्तित होगा और वे सृजन में लगेंगी।

सामान्य जीवन को सृजनात्मक दृष्टि दें। कोई फिक्र नहीं। धार में एक बगिया लगाएँ। और उन फूलों को प्रेम करें और उनका आनंद लें। कोई फिक्र नहीं, एक पत्थर को घिसकर एक छोटी-सी मूर्ति बनाएँ। हर आदमी जो समझदार है, आजीविका के अतिरिक्त कुछ समय सृजन के लिए देगा। और जो नहीं देगा, वह गलती में पड़ जाएगा। उसका जीवन खराब हो जाएगा। एक छोटा-सा गीत लिखें या अस्पताल में जाएँ और कुछ मरीजों को दो-दो फूल दे आएँ या रास्ते पर कोई भिखमंगा मिल जाए, तो दो क्षण उसे गले लगा लें। कुछ सृजनात्मक करें, जो सिर्फ आनंद है आपका और जिसमें आपको कुछ लेना नहीं है और कुछ देना नहीं है। जिसे कर लेना ही आपका आनंद है।

तो जीवन में कुछ बिंदु चुनें, जिसे सिर्फ कर लेना आपका आनंद है। आपकी सारी शक्तियाँ उस तरफ उन्मुख होंगी और विनाश के लिए आपके पास शक्तियाँ नहीं बचेंगी। जो आदमी जितना सृजनात्मक होगा, उतना ही उसका सेक्स विलीन हो जाएगा। वे सब असृजनात्मक आदमी के लक्षण हैं। आपके पास बहुत शक्तियाँ हैं, वे कहाँ जाएँगी? वे क्रोध से निकलेंगी, कामवासना से निकलेंगी। निकलना जरूरी है।

दुनिया में बहुत बड़े-बड़े सृजनात्मक मूर्तिकार, चित्रकार या कवि हुए हैं। उनके अविवाहित रह जाने का और कोई रहस्य नहीं, कुल इतना ही रहस्य है कि सारी शक्ति उनकी सृजन में विलीन हो गई। वह ट्रांसफार्म हो गई, सब्लिमेट हो गई। अगर वह वहाँ सब्लिमेट न होती, तो बहुत निम्न तल के सृजन में व्यय होती, संतति के सृजन में। वह बच्चे पैदा करने में व्यय होती। वही शक्ति किन्हीं अमर काव्यों के, अमर चित्रों के निर्माण में व्यय हो गई।

तो जीवन में शक्ति का सब्लिमेशन, उसका उदात्तीकरण बहुत जरूरी है। तो एक यह स्मरण रखें कि शरीर की संपूर्ण शुद्धि के लिए, जीवन में सृजनात्मक होने की चेष्टा करें। सृजनात्मक मनुष्य ही केवल धार्मिक हो सकता है, और कोई

मनुष्य धार्मिक नहीं हो सकता।

शरीर-शुद्धि के लिए ये बुनियादी बातें मैंने आपसे कहीं। ये बहुत बुनियादी बातें हैं, इनको जो सम्हालता है--तो अनेक गौण बातें अपने-आप सध जाएँगी।

बहुत-सी गौण बातों में एक है, आहार। वह शरीर-शुद्धि में उपयोगी है। आपका शरीर तो बिल्कुल भौतिक संस्थान है। उसमें आप जो डालते हैं, उसके परिणाम होने स्वाभाविक हैं। अगर मैं शराब पी लूँगा तो मेरे शरीर के सेल बेहोश हो जाएँगे, यह बिल्कुल स्वाभाविक है। और अगर शरीर मेरा बेहोश है, तो बेहोशी का परिणाम मेरे मन पर पड़ेगा। मन और शरीर बहुत अलग-अलग नहीं हैं, बहुत संयुक्त हैं।

हमारा जो व्यक्तित्व है, वह 'शरीर और मन'--ऐसा अलग-अलग नहीं है। 'शरीरमन'--ऐसा इकट्ठा है। वह साइकोसोमैटिक है। उसमें हमारा शरीर और मन इकट्ठा है। शरीर का ही अत्यंत सूक्ष्म हिस्सा मन है और मन का ही अत्यंत स्थूल हिस्सा शरीर है। इसे यों समझिए कि दोनों बिल्कुल अलग-अलग चीजें नहीं हैं। इसलिए जो शरीर में घटित होगा, उसके परिणाम मन में प्रतिध्वनित होते हैं और जो मन में घटित होता है, उसके परिणाम शरीर तक आ जाते हैं। अगर मन बीमार है, तो शरीर ज्यादा देर तक स्वस्थ नहीं रहेगा। अगर शरीर बीमार है, तो मन ज्यादा देर तक स्वस्थ नहीं रह सकता। ये खबरें एक-दूसरे में समझी और सुनी जाती हैं। इसलिए जो लोग मन को स्वस्थ रखने का उपाय समझ लेते हैं, वे शरीर के बाबत मुफ्त में बहुत स्वास्थ्य उपलब्ध कर लेते हैं।

शरीर और मन संयुक्त घटना है। शरीर पर जो होगा, वह मन पर होगा। इसलिए आपको अपने आहार में, भोजन में थोड़ा विवेकपूर्ण होना जरूरी है।

पहली बात, भोजन इतना ज्यादा न हो कि शरीर उसके कारण आलस्य से भरता हो। आलस्य अशुद्धि है। भोजन ऐसा न हो कि शरीर उत्तेजना से भरता हो। उत्तेजना अशुद्धि है। क्योंकि उत्तेजना ग्रंथियाँ पैदा करेगी। वह ऐसा न हो कि शरीर क्षीण होता हो, क्योंकि क्षीणता कमजोरी है। और शक्ति अगर उत्पन्न न होगी, तो परमात्मा की तरफ विकास नहीं हो सकता। शक्ति पैदा हो, लेकिन शक्ति उत्तेजक न हो, ऐसा आहार होना चाहिए। शक्ति पैदा हो, लेकिन वह इतनी न हो कि शरीर उसके कारण आलस्य से भर जाए।

अगर आपने जरूरत से ज्यादा भोजन किया है, तो सारे शरीर की शक्ति उसको पचाने में लग जाती है, और शरीर में आलस्य छा जाता है, तो शरीर में

आलस्य छाने का और कोई मतलब नहीं है। सारी शक्ति पचाने में लगती है, क्योंकि शरीर पचाने में लग जाता है। आलस्य इस बात की सूचना है कि भोजन जरूरत से ज्यादा हो गया। भोजन के बाद आलस्य नहीं, स्फूर्ति आनी चाहिए। स्वाभाविक है—भूख लगनी थी, फिर भोजन किया, फिर स्फूर्ति आनी चाहिए, क्योंकि शक्ति उत्पन्न होने का स्रोत भीतर गया। लेकिन आपको तो आलस्य आता है। आलस्य इस बात का संकेत है कि आपने इतना भोजन कर लिया कि अब शरीर की सारी शक्ति उसको पचाएगी। शरीर अपनी सारी शक्ति को खींचकर पेट में ले जाएगा; और सब तरफ से शक्ति क्षीण होने से आलस्य बन जाएगा। तो भोजन स्फूर्ति दे, तब सम्यक् है। भोजन उत्तेजना न दे, तब सम्यक् है। भोजन मादकता न दे, तब सम्यक् है। तीन बातें स्मरण रखें—भोजन सुस्ती न दे, तो वह शुद्ध है, भोजना उत्तेजना न दे, तो वह शुद्ध है, और भोजन मादकता न दे, तो वह शुद्ध है।

ये मोटी बातें हैं और आपको इतना नासमझ मैं नहीं मानता कि विस्तार में चर्चा करने की जरूरत है। इनको आप समझेंगे और अपने ढंग से इनको व्यवस्थित करेंगे।

दूसरी बात, गौण बातों में—शरीर के लिए थोड़ा-सा व्यायाम अत्यंत आवश्यक है। क्योंकि शरीर जिन तत्त्वों से मिलकर बना है। वे तत्त्व व्यायाम के समय में विस्तार पाते हैं। व्यायाम का मतलब है—विस्तार। संकोच के विपरीत है व्यायाम शब्द। व्यायाम का अर्थ है—विस्तार। जब आप दौड़ते हैं, तब आपके जीवित कोष विस्तृत होते हैं, फैलते हैं। और जब वे फैलते हैं, तो आपको स्वास्थ्य का अनुभव होता है, जब वे सिकुड़ते हैं, तो बीमारी का अनुभव होता है। जब आप गहरी श्वास लेते हैं, तो वह फेफड़ों के समस्त छिद्रों को खोलती है और सारी कार्बन डायआक्साइड को बाहर फेंकती है, जिससे आपके खून की गति बढ़ती है। और खून की गति बढ़ती है तो शरीर की सारी अशुद्धियाँ दूर होती हैं। इसलिए योग ने शरीर-शौच को, शरीर की परिपूर्ण शुद्धि को बहुत अनिवार्य नियमों के अंतर्गत रखा। तो थोड़ा व्यायाम।

अति विश्राम नुकसान करता है। अति व्यायाम भी नुकसान करता है। इसलिए अति व्यायाम को नहीं कह रहा हूँ। अति व्यायाम नहीं, थोड़ा सम्यक् व्यायाम, कि जिससे आपको स्वाथ्य का बोध हो। और अति विश्राम नहीं, थोड़ा विश्राम। जितना व्यायाम, उतना विश्राम।

इस सदी में व्यायाम भी नहीं है और विश्राम भी नहीं है। हम बहुत अजीब

हालत में हैं। आप व्यायाम तो करते नहीं, आप विश्राम भी नहीं करते। जिसको आप विश्राम कहते हें, वह विश्राम नहीं है। आप पड़े हैं, करवटें बदल रहे हैं–वह विश्राम नहीं है। एक गहरी प्रगाढ़ निद्रा चाहिए, जिसमें कि सारा शरीर सो जाए और उसके काम का जो भी बोझ और भार उस पर पड़ा है, वह सब उससे विलीन हो जाए। क्या आपने कभी खयाल किया है कि आप सुबह बहुत अस्वस्थ उठे हैं और तबियत ताजा नहीं है, तो आपका व्यवहार स्वस्थ नहीं होता। अगर आपकी नींद अच्छी नहीं हुई और सुबह एक भिखारी आपसे भीख माँगने आया है, तो बहुत असंभव है कि आप उसे भीख दे सकें। और अगर आप रात बहुत गहरी नींद सोए हैं और किसी ने भिक्षा के लिए हाथ बढ़या है, तो बहुत असंभव है कि आप अपने हाथ को देने से रोक सकें। इसलिए भिखारी सुबह आपके घर माँगने आते हैं, शाम को नहीं आते। क्योंकि सुबह संभावना मिलने की है, शाम को कोई संभावना नहीं है। यह बहुत मनोवैज्ञानिक है।

भिखारी यों ही सुबह आपके घर नहीं आते। शाम को नहीं आता है, शाम को कोई मतलब नहीं है। शाम को आप थके होंगे और शरीर इतना गलत हालत में होगा कि आप शायद ही किसी को कुछ दे सकें। इसलिए वह सुबह आता है। अभी सूरज उग रहा है, आप नहाए होंगे, किसी ने घर में प्रार्थना की होगी। वह बाहर आकर बैठा है। अभी इनकार करना बहुत मुश्किल होगा।

शरीर को ठीक विश्राम मिले, तो आपका व्यवहार बदलता है। इसलिए हमने आहार और विहार को संयुक्त माना है हमेशा से। जैसा आहार होगा वैसा विहार होगा। अगर उन दोनों में सात्विकता होगी तो जीवन में बड़ी गति और बड़ा आंतरिक प्रवेश होना शुरू हो जाता है।

स्वास्थ्य की एक भूमिका बहुत जरूरी है। उसके लिए सम्यक् आहार, सम्यक् व्यायाम और सम्यक् विराम, इनको आप बुनियादी हिस्से मानें। विश्राम भी करने के लिए कुछ समझ चाहिए। जैसे व्यायाम करने के लिए कुछ समझ चाहिए–शरीर को छोड़ने की समझ चाहिए।

शरीर ऐसे शुद्ध होगा। और शरीर शुद्ध होगा, तो शरीर की शुद्धि भी अपने आपमें एक अद्‌भुत आनंद है। और उस आनंद में फिर अंतर-प्रवेश सरल होता है। यह पहला चरण हुआ।

दूसरे दो चरण हैं भूमिका के–विचार-शुद्धि और भाव-शुद्धि। उनकी मैं अलग से बात करूँगा।

तीन चरण होंगे साधना की परिधि के–शरीर-शुद्धि, विचार-शुद्धि,

भाव-शुद्धि और तीन चरण होंगे केंद्र के—शरीर-शून्यता, विचार-शून्यता और भाव-शून्यता। ये छह चरण जब पूरे होते हैं, तो समाधि घटित होती है। उनकी हम क्रमश: बात करेंगे। लेकिन केवल बातें सुनना काफी नहीं होगा, इस पर आप विचार करेंगे, इसे समझेंगे और इसका प्रयोग करेंगे।

मैं जो कुछ कह रहा हूँ, वह सब प्रयोग करने की बात है। प्रयोग करेंगे तो ही उसका अर्थ खुलेगा। अन्यथा मेरी बातचीत से तो कोई अर्थ नहीं खुलता।

4. आपके प्रश्न—ओशो के उत्तर

(गीता, अध्याय-12, 'भक्ति-योग' पर ओशो द्वारा दिनांक 16 एवं 23 मार्च, 1973 को बंबई में दिए गए दो प्रवचनों के मुख्य अंश)

एक मित्र ने पूछा है—

'क्या बंदरों की तरह उछल-कूद से ध्यान उपलब्ध हो सकेगा?'

क्योंकि आप बंदर हैं, इसलिए बिना उछल-कूद के आपके भीतर के बंदर से छुटकारा नहीं। यह ध्यान के कारण उछल-कूद की जरूरत नहीं है, आपके बंदरपन के कारण है। जो आपके भीतर छिपा है, उसे जन्मों-जन्मों तक दबाए रहें, तो भी उससे छुटकारा नहीं है। उसे झाड़ ही देना होगा, उसे बाहर फेंक ही देना होगा। कचरे को दबा लेने से कोई मुक्ति नहीं होती, उसे झाड़-बुहारकर बाहर कर देना जरूरी है।

बंदर को शांत करने के दो रास्ते हैं—एक रास्ता है कि जोर-जबरदस्ती से उसे बिठा दो—डंडे के डर से कि हिलना मत, डुलना मत, नाचना मत, कूदना मत। ऊपर से बंदर अपने को सम्हाल लेगा, लेकिन भीतर के बंदर का क्या होगा? ऊपर से बंदर अपने को रोक लेगा, लेकिन भीतर और शक्ति इकट्ठी हो जाएगी। और अगर इस तरह बंदर को दबाया, तो बंदर पागल हो जाएगा। बहुत लोग इसी तरह पागल हुए हैं। पागलखाने उनसे भरे पड़े हैं, क्योंकि भीतर जो शक्ति थी, उन्होंने जबर्दस्ती दबा ली, वह शक्ति विस्फोटक हो गई।

एक रास्ता यह है कि बंदर को नचाओ, कुदाओ, दौड़ाओ। बंदर थक जाएगा और शांत होकर बैठ जाएगा। वह शांति अलग होगी, ऊपर से दबाकर आ गई शांति अलग होगी।

आज मनोविज्ञान इस बात को बड़ी गहराई से स्वीकार करता है कि आदमी के भीतर जो भी मनोवेग है, उनका रिप्रेशन, उनका दमन खतरनाक है, उनकी अभिव्यक्ति योग्य है। लेकिन अभिव्यक्ति का मतलब किसी पर क्रोध

करना नहीं है, किसी पर हिंसा नहीं है। अभिव्यक्ति का अर्थ है—बिना किसी के संदर्भ में मनोवेग को आकाश में समर्पित कर देना। और जब मनोवेग समर्पित हो जाता है और भीतर की दबी हुई शक्ति छूट जाती है, मुक्त हो जाती है, तो एक शांति भीतर फलित होती है। उस शांति में ध्यान की तरफ जाना आसान है।

यह उछल-कूद ध्यान नहीं है। लेकिन उछल-कूद से आपके भीतर की उछल-कूद थोड़ी देर को फिंक जाती है, बाहर हट जाती है। उस मौन के क्षण में जब बंदर थक गया है, भीतर उतरना आसान है।

जो लोग आधुनिक मनोविज्ञान से परिचित हैं, वे इस बात को बहुत ठीक से समझ सकेंगे। पश्चिम में अभी एक नई थैरेपी, एक नई मनोचिकित्सा का ढंग विकसित हुआ है। उस थैरेपी का नाम है—'स्क्रीम थैरेपी'। और पश्चिम के बड़े-से-बड़े मनोवैज्ञानिक उसके परिणामों से आश्चर्यचकित रह गए हैं। इस थैरेपी, इस चिकित्सा की मूल खोज यह है कि बचपन से ही प्रत्येक व्यक्ति अपने रोने के भाव को दबा रहा है। रोने का उसे मौका नहीं मिला है। पैदा होने के बाद पहला काम बच्चा करता है—रोने का। आपको पता है, अगर आप उसको दबा दें तो बच्चा मर ही जाएगा।

पहला काम बच्चा करता है रोने का, क्योंकि रोने की प्रक्रिया में ही उसकी श्वास चलनी शुरू होती है। अगर हम उसे वहीं रोक दें कि रो मत, तो वह मरा हुआ ही रहेगा, वह जिंदा ही नहीं हो पाएगा। इसलिए बच्चा पैदा हो और अगर न रोए, तो माँ-बाप चिंतित हो जाएँगे, डाक्टर परेशान हो जाएगा। रुलाने की कोशिश की जाएगी कि वह रो ले क्योंकि रोने से उसकी जीवन-प्रक्रिया शुरू होगी। लेकिन बच्चे को तो हम रोकते भी नहीं।

लेकिन जैसे-जैसे बच्चा बढ़ने लगता है, हम उसके रोने की प्रक्रिया को रोकने लगते हैं। हमें इस बात का पता नहीं कि इस जगत में ऐसी कोई भी चीज नहीं है, जिसका जीवन में कोई उपयोग न हो, अगर उपयोग न होता, तो वह होती ही नहीं।

मनोवैज्ञानिक कहते हैं कि बच्चे के रोने की जो कला है, वह उसके तनाव से मुक्त होने की व्यवस्था है। और बच्चे पर बहुत तनाव हैं। बच्चे को भूख लगी है और माँ दूर है या माँ काम में उलझी है। बच्चे को भी क्रोध आता है और, अगर बच्चा रो ले, तो उसका क्रोध बह जाता है और बच्चा हल्का हो जाता है। लेकिन माँ उसे रोने नहीं देती।

मनस्विद कहते हैं कि उसे रोने देना, उसे प्रेम देना लेकिन उसके रोने को रोकने की कोशिश मत करना, हम क्या करेंगे, बच्चे को खिलौना पकड़ा देंगे कि मत रो। बच्चे का मन डाइवर्ट (अन्यत्र) हो जाएगा। वह खिलौने पकड़ लेगा। लेकिन रोने की जो प्रक्रिया भीतर चल रही थी वह रुक गई और जो आँसू बहने चाहिए थे, वे अटक गए और जो हृदय हल्का हो जाता बोझ से, वह हल्का नहीं हो पाएगा। वह खिलौने से खेल लेगा, लेकिन वह जो रोना रुक गया उसका क्या होगा? यह विष इकट्ठा हो रहा है।

मनस्विद कहते हैं कि बच्चा इस तरह बहुत विष इकट्ठा कर लेता है, वही उसकी जिंदगी में दुख का कारण है और वह उदास रहेगा। आप इतने उदास दिख रहे हैं, आपको पता नहीं कि यह उदासी, हो सकता था, न होती, अगर आप हृदयपूर्वक जीवन में रोए होते तो ये आँसू आपकी पूरी जिंदगी पर न छाते, ये निकल गए होते। और सब तरह का रोना थेराप्यूटिक (स्वास्थ्यप्रद) है। हृदय हल्का हो जाता है। रोने में सिर्फ आँसू ही नहीं बहते। भीतर का शोक और अंदर का क्रोध, भीतर का हर्ष, भीतर के मनोवेग भी आँसुओं के सहारे बाहर निकल जाते हैं। और भीतर कुछ इकट्ठा नहीं होता।

तो स्क्रीम थैरेपी के लोग कहते हैं, जब भी कोई आदमी मानसिक रूप से बीमार हो, तो उसे इतने गहरे में रोने की आवश्यकता है कि उसका रोआँ-रोआँ, उसके हृदय का कण-कण, श्वास-श्वास, धड़कन-धड़कन रोने में सम्मिलित हो, एक ऐसे चीत्कार की जरूरत है, जो उसके पूरे प्राणों से निकले—जिसमें वह चीत्कार ही बन जाए।

हजारों मानसिक रोगी ठीक हुए हैं—चीत्कार से, और वह चीत्कार भी उनके न-मालूम कितने रोगों से उन्हें मुक्त कर जाती है। लेकिन उस चीत्कार को पैदा करवाना बड़ी कठिन बात है। क्योंकि आप इतना दबाए हैं कि आप अगर रोते भी हो तो रोना भी आपका झूठ होता है। उसमें आपके पूरे प्राण सम्मिलित नहीं होते। आपका रोना भी बनावटी हो गया है। ऊपर-ऊपर रो लेते हैं। आँख से ही आँसू बह जाते हृदय से नहीं आते। लेकिन चीत्कार ऐसी चाहिए, जो आपकी नाभि से उठे और आपका पूरा शरीर उसमें समाविष्ट हो जाए। आप भूल भी जाएँ कि आप चीत्कार से अलग हैं, आप एक चीत्कार ही हो जाएँ।

तो कोई तीन महीने लगते हैं मनोवैज्ञानिकों को, आपको रोना सिखाने के लिए। तीन महीने निरंतर प्रयोग करके उसको गहरा किया जाता है।

करते क्या हैं 'स्क्रीम थैरेपी' वाले लोग? आपको छाती के बल लिटा

देते हैं जमीन पर। और आपसे कहते हैं कि जमीन पर लेटे रहें जो भी दुख मन में आता हो, उसे निकालें। रोने का मन हो रोएँ, चिल्लाने का मन हो चिल्लाएँ। तीन महीने तक ऐसा बच्चे की भाँति आदमी लेटा रहता है जमीन पर—रोज घंटे, दो घंटे। एक दिन किसी दिन वह घड़ी आ जाती है कि उसके हाथ-पैर कांपने लगते हैं—विद्युत के प्रवाह से। वह आदमी आँख बंद कर लेता है, वह आदमी जैसे होश में नहीं रह जाता और एक भयंकर चीत्कार उठनी शुरू होती है। कभी-कभी घंटों चीत्कार चलती है। आदमी बिल्कुल पागल मालूम पड़ता है, लेकिन उस चीत्कार के बाद उसकी जो-जो मानसिक तकलीफें थीं, वे सब तिरोहित हो जाती हैं।

यह जो सक्रिय-ध्यान का प्रयोग मैं करवाता हूँ, जब तक आपके, सब मनोवेग—रोने के, हँसने के, नाचने के, चिल्लाने के, चीखने के, पागल होने के, इनका निरसन न हो जाए, तब तक आप ध्यान में नहीं जा सकते। यही तो बाधा है।

आप शांत होने की कोशिश कर रहे हैं और आपके भीतर वेग भरे हुए हैं, जो बाहर निकलना चाहते हें। आपकी हालत ऐसी है, जैसे केतली चढ़ी है चाय की, ढक्कन बंद है। ढक्कन पर पत्थर रखे हैं, केतली का मुँह भी बंद किया हुआ है और नीचे से आग भी जल रही है। वह जो भाप इकट्ठी हो रही है, वह फोड़ देगी केतली को। विस्फोट होगा। दस-पाँच लोगों की हत्या भी हो सकती है। इस भाप को निकल जाने दें। इस भाप के निकलते ही आप नए हो जाएँगे और तब ध्यान की तरफ प्रयोग शुरू हो सकता है।

उन मित्रों ने भी पूछा है कि बुद्ध ने, महावीर और लाओत्से ने भी क्या ऐसी ही बात सिखाई है?

नहीं, लाओत्से और बुद्ध और महावीर ने ऐसी बात नहीं सिखाई, क्योंकि वे आपको नहीं सिखा रहे थे, वे दूसरी तरह के लोगों को सिखा रहे थे। आप मौजूद होते तो उनको भी यही सिखाना पड़ता। बुद्ध और महावीर जिन लोगों से बात कर रहे थे, वे ग्रामीण लोग थे—सीधे, शांत, सरल, निर्दोष, स्वाभाविक। उन्होंने कुछ दमन नहीं किया हुआ था। उन्होंने कुछ रोका नहीं था। जितना आदमी सभ्य होता है, उतना आदमी दमित होता है। सभ्यता दमन का एक प्रयोग है।

फ्रायड ने तो यह स्वीकार किया है कि सभ्यता हो ही नहीं सकती, अगर दमन न हो। इसलिए आप देखें—एक मजे की घटना। आदिवासी सरल हैं, लेकिन वे सभ्य नहीं हो सकते। दुनिया में छोटे-छोटे कबीले हैं जंगली लोगों के। बड़े

अच्छे लोग हैं, प्यारे लोग हैं, सरल हैं, आनंदित हैं, लेकिन सभ्य नहीं हो पाते। आप समझते हैं, क्या कारण है? आखिर जितनी भी अच्छी कौमें हैं, अच्छी जातियाँ हैं, जंगलों में छिपी हुई, जो निर्दोष हैं, वे सभ्य क्यों नहीं हो पातीं? न्यूयार्क और बंबई-जैसे नगर वे क्यों नहीं बसा पातीं? आकाश में हवाई जहाज क्यों नहीं उड़ा पातीं? चाँद पर क्यों नहीं पहुँच पातीं? एटम और हाइड्रोजन बम क्यों नहीं खोज पातीं? रेडियो और टेलीविजन क्यों नहीं बना पातीं? ये अच्छे लोग, शांत लोग नाचते तो हैं, लेकिन चांद पर नहीं पहुँच पाते। गीत तो गाते हैं, लेकिन एटमबम नहीं बना पाते। खाने को भी मुश्किल से जुटा पते हैं। कपड़ा भी न ही के बराबर–अर्धनग्न। आधे भूखे, लेकिन हैं निर्दोष। चोरी नहीं करते, झूठ नहीं बोलते, वचन दें तो प्राण भी चले जाएँ तो भी पूरा करते हैं, लेकिन ये लोग सभ्य क्यों नहीं हो पाते, समृद्ध क्यों नहीं हो पाते?

तो फ्रायड का कहना है, और ठीक कहना है, कि ये लोग इतने आनंदित हैं और इतने सरल हैं कि उनके भीतर भाप इकट्ठी नहीं हो पाती, जिससे सभ्यता का इंजन चलता है। इनका क्रोध इकट्ठा नहीं हो पाता, घृणा इकट्ठी नहीं हो पाती, कामवासना इकट्ठी नहीं हो पाती, वही इकट्ठी हो जाए तो उसी स्टीम, उसी भाप को फिर दूसरी तरफ मोड़ा जा सकता है। तो फिर उससे ही मकान जमीन से उठना शुरू होता है, आकाश तक पहुँचता जाता है। वह आपके दमित वेगों की भाप है। नहीं तो झोंपड़े से आप आकाश छूने वाले मकान तक नहीं जा सकते।

यह सारी-की-सारी सभ्यता डाइवर्शन (मार्ग-परिवर्तन) है–आपकी शक्तियों का। इसलिए परिणाम साफ है कि कोई आदमी सरल हो, शांत हो, स्वाभाविक हो, तो सभ्यता का यह जाल खड़ा नहीं हो सकता और सभ्यता का जाल खड़ा करना हो, तो आपके भीतर जितना उपद्रव है, उसके निकलने के सब द्वार बंद करना जरूरी हैं, सब द्वार बंद करके उसे एक ही द्वार से निकलने देना जरूरी है। इसलिए हमारी शिक्षा की सारी प्रक्रिया आपकी समस्त तरह की वासनाओं को इकट्ठा करके महत्त्वाकांक्षा में लगाने की प्रक्रिया है, सारी वासनाओं को इकट्ठा करके अहंकार की पूर्ति की दिशा में दौड़ाने की प्रक्रिया है।

इसलिए फ्रायड ने यह भी कहा है कि अगर हम आदमी को सरल बनाने में सफल हो जाएँ, तो वह पुन: असभ्य हो जाएगा। अब यह बड़ी कठिनाई है। अगर सभ्यता चाहिए तो आदमी जटिल होगा, रुग्ण होगा, विक्षिप्त होगा, अगर

शांति चाहिए, आनंद चाहिए, स्वाभाविकता चाहिए तो सभ्यता खो जाएगी–आदमी गरीब होगा, प्रसन्न होगा–समृद्ध नहीं हो सकता।

तो फ्रायड ने तो यह कहा है कि आदमी एक असंभव बीमारी है। या तो यह गरीब होगा, सभ्यता के सुख इसे नहीं मिल सकेंगे, सभ्यता की समृद्धि इसे नहीं मिल सकेगी। और अगर यह समृद्ध होगा तो यह पागल हो जाएगा, विक्षिप्त हो जाएगा, शांत नहीं रह जाएगा।

बुद्ध और महावीर जिनको समझा रहे थे, वे बड़े सरल लोग थे। उनका कुछ दबा हुआ नहीं था, इसलिए उन्हें ध्यान में सीधे ले जाया जा सकता था। आप सीधे ध्यान में नहीं ले जाए जा सकते। आप बहुत जटिल हैं। आप उलझन हैं एक। पहले तो आपकी उलझन को सुलझाना पड़ेगा और आपकी जटिलता कम करनी पड़ेगी और आपके रोगों से थोड़ा छुटकारा करना पड़ेगा। टेम्परेरी ही सही। चाहे अस्थायी ही हो, लेकिन थोड़ी देर के लिए आपकी भाप को अलग कर देना जरूरी है–जो आपको उलझाए हुए है–तो आप ध्यान की तरफ मुड़ सकते हैं, अन्यथा आप नहीं मुड़ सकते।

इसलिए दुनिया की सारी पुरानी पद्धतियाँ ध्यान की, आपके कारण व्यर्थ हो गई हैं। आज उनसे कोई काम नहीं हो रहा। आपमें सौ में से कभी एकाध आदमी मुश्किल से होता है, जिसको पुरानी पद्धति पुराने ही ढंग से काम कर पाए निन्यानवे आदमियों के लिए कोई पुरानी पद्धति काम नहीं कर पाती। उसका कारण यह नहीं कि पुरानी पद्धतियाँ गलत हैं। उसका कुल कारण इतना है कि आदमी नया है और पद्धतियाँ जिन आदमियों के लिए विकसित की गई थीं, वे पृथ्वी से खो गए। आदमी दूसरा है। यह जो इलाज है, यह आपके लिए विकसित की गई थीं। वे पृथ्वी से खो गए। आदमी दूसरा है। यह जो इलाज है, यह आपके लिए विकसित नहीं हुआ था। आपने इस बीच नई बीमारियाँ इकट्ठी कर ली हैं।

तीन हजार, चार हजार, पाँच हजार साल पहले ध्यान के जो प्रयोग विकसित हुए थे, वे उस आदमी के लिए थे, जो मौजूद था। वह आदमी अब नहीं है। उस आदमी का जमीन पर कोई निशान नहीं रह गया है। अगर कहीं दूर जंगलों में थोड़े-से लोग मिल जाते हैं, तो हम उनको जल्दी से शिक्षित करके सभ्य बनाने की पूरी कोशिश में लगे हैं और हम सोचते हैं, हम बड़ी कृपा कर रहे हैं, उनकी सेवा करके।

अभी एक महिला मेरे पास आई। अपना जीवन लगा दिया है–आदिवासियों

को शिक्षित करने में। वह मेरे पास आई थी कि कुछ रास्ते बताइए कि हम आदिवासियों को कैसे सभ्य बनाएँ? मैंने उससे पूछा कि पहले तू मुझे यह बता कि जो सभ्य हो गए हैं–ज्यादा-से-ज्यादा आदिवासी भी सभ्य होकर यही हो पाएँगे, और क्या होगा। तो तुझे क्या परेशानी हो रही है। और ये जो सभ्य लोग दिखाई पड़ रहे हैं, क्या इनसे तुझे तृप्ति है कि थोड़े आदिवासियों को इन्हीं जैसा बना देने से कोई दुनिया का गौरव और कोई सुख शांति बढ़ जाएगी?

तो वह बहुत घबरा गई। उसने कहा, 'मैंने अपने जीवन के तीस साल इसी में लगा दिए, लेकिन मुझे कभी किसी ने यह कहा नहीं। यह मैं सोचती हूँ तो घबराहट होती है कि शिक्षित होकर ज्यादा-से-ज्यादा यही होगा।' जो शिक्षित हो गए हैं, उनको क्या लाभ है?

मगर उस महिला की भी अपनी मजबूरी है। अपनी कामवासना को दबा लिया है, विवाह नहीं किया है, किसी से कभी प्रेम नहीं किया, ब्रह्मचर्य को मानने वाली है। क्रोध नहीं करती है, अक्रोध का व्रत लिया है। झूट नहीं बोलती है, सच बोलने की कसम खाई है। इस तरह सब भाँति अपने को रोक रखा है। अब वह जो भाप इकट्ठी हो गई है, उसका क्या करना? वह जो जीवन-ऊर्जा इकट्ठी हो गई है, उसका क्या करना? तो वह पागल की तरह आदिवासियों की सेवा में लगी है, बिना इसकी फिक्र किए कि सेवा का क्या परिणाम होगा। तुम्हारी भाप तो निकली जा रही है, लेकिन जिन पर निकल रही है, उसका परिणाम क्या है? क्या फायदा होगा?

आदमी जैसा आज है, ऐसा आदमी जमीन पर कभी भी नहीं था। यह बड़ी नई घटना है। और इस नई घटना को सोचकर ध्यान की सारी पद्धतियों में रेचन, कैथार्सिस का प्रयोग जोड़ना अनिवार्य हो गया है। इसके पहले कि आप ध्यान में उतरें, आपका रेचन हो जाना जरूरी है। आपकी धूल हट जानी जरूरी है।

लेकिन वे प्रश्नकर्ता मित्र समझदार हैं। और उन्होंने लिखा है कि 'आप हमें धोखा न दे पाएँगे। इस उछल-कूद से कोई भी लाभ होने वाला नहीं।'

एक बात तो पक्की है कि उन्होंने उछल-कूद नहीं की और वही उछल-कूद जो बच गई है, उसके इस प्रश्न में निकली है। वे कर लेते तो हल्के हो जाते। और बंदर उनके पास निश्चित है और गहरा है। चैन नहीं पड़ी उनको रात जाकर। वे बेचैन रहे होंगे रातभर, शायद सोए भी न हों, क्योंकि बड़े क्रोध से प्रश्न लिखा है। प्रश्न कम है, गाली-गलौज ज्यादा है। इससे तो बेहतर था कि

यहाँ निकाल ली होती, तो रात हल्के हो के सो गए होते और प्रश्न में गाली-गलौज न होता।

और मैं आपको धोखा दे रहा हूँ! क्या प्रयोजन हो सकता है? और आपके नाचने से मुझे क्या लाभ होगा? और आप बंदर की तरह उछल-कूद कर लेंगे, तो किसका हित सधनेवाला है?

लिखा है कि 'आप हमें धोखा न दे पाएँगे।' पर तुम्हें धोखा देने की जरूरत भी क्या है? प्रयोजन भी क्या है? पर वे यह कह रहे हैं कि हम धोखे में न आएँगे। वे असल में यह कह रहे हैं कि हम धोखे में न आएँगे, हम ऐसे ही रहेंगे। हम किसी को बदलने का कोई मौका न देंगे।

मौका मत दें। आपकी मर्जी है। आप अपने से प्रसन्न हों, तो यहाँ मुझे सुनने आने की भी क्या जरूरत है? आप जैसे हैं भले हैं। आपको यहाँ परेशान होने की भी क्या जरूरत है! आपको ध्यान में आने की भी क्या जरूरत है? लेकिन अगर आने की कोई जरूरत है, अगर चिकित्सक के पास आप जाते हैं, तो बीमार हैं, इस बात की खबर देते हैं। मैं एक चिकित्सक हूँ, इससे ज्यादा नहीं।

अगर आप मेरे पास आते हैं तो आप बीमार होने की खबर देते हैं और आपकी बीमारी को अगर अलग करने के लिए मैं कोई दवा बताऊँ तो आप कहते हैं-'आप हमें धोखा न दे पाओगे।' तो आने की कोई जरूरत नहीं है। आप अपने घर मजे में हैं। किसी दिन मुझे जरूरत होगी, तो मैं आपके घर आ जाऊगा, लेकिन आप मत आएँ। आप अपने को बचाएँ। आप जितना अपने को बचाएँगे, उतना ही लाभ होगा। क्योंकि उतने ही आप परेशान होंगे, पीड़ित होंगे, पागल होंगे। और जिस दिन बात सीमा के बाहर चली जाए, उस दिन कहीं बिजली के शॉक आपने लगाने पड़ेंगे। मैं कहता हूँ-अभी कूद लें, ताकि बिजली के शॉक न लगाने पड़ें; और अभी कूद लें, ताकि आपको पागलखाने में न बिठाना पड़े। अपने पागलपन को अपने ही हाथ से बाहर फेंक दें, ताकि किसी और को आपके पागलपन को फेंकने के लिए कोई उपाय और कोई तरकीब न करनी पड़े। लेकिन आप नहीं सोचते। इसे हम कई तरह से समझने की कोशिश करें-

सिर्फ इंगलैंड एक मुल्क है, जहाँ के स्कूल के बच्चे पत्थर नहीं फेंक रहे हैं, सारी दुनिया के बच्चों द्वारा पत्थर फेंके जा रहे हैं। सिर्फ इंगलैंड अकेला मुल्क है, जहाँ के बच्चे स्कूल में शिक्षकों को पत्थर नहीं मार रहे हैं, गाली नहीं दे रहे हैं, परेशान नहीं कर रहे हैं। तो सारी दुनिया के विचारशील लोग परेशान हैं कि इंगलैंड में यह क्यों नहीं हो रहा है? सारी दुनिया में बड़े पैमाने पर हो

रहा है। तो एक बात खोजी गई और वह यह कि इंगलैंड के हर स्कूल में बच्चे को कम-से-कम दो घंटे खेल खेलना पड़ रहा है। यही कारण है और कोई कारण नहीं है।

जो बच्चा दो घंटे तक हॉकी की चोट मार रहा है, वह पत्थर फेंकने में उत्सुक नहीं रह जाता। उसने फेंकने का काम पूरा कर लिया। जो बच्चा फुटबाल को लात मार रहा है–दो घंटे तक, उसकी इच्छा नहीं रह जाती अब, किसी को लात मारने की। किसी को लात मारने की वासना निकल गई। इंगलैंड के मनोवैज्ञानिकों का सुझाव है कि सारी दुनिया में अगर बच्चों के उपद्रव रोकने हैं, तो उनको खेलने की गहन प्रक्रियाएँ देनी होंगी, जिनमें उनकी हिंसा निकल जाए। और बच्चों में बड़ी हिंसा है, क्योंकि बच्चों में बड़ी ताकत है। हमारे स्कूल में बच्चा क्या कर रहा है? पाँच-छह घंटे आप उसको बिठाए रखते हैं। कोई बच्चा प्रकृति से पाँच-छह घंटे एक क्लास के रूम में बैठने को पैदा नहीं हुआ है। प्रकृति ने कोई इंतजाम नहीं किया है, कोई बिल्ट-इन व्यवस्था नहीं है भीतर, कि छह घंटे बच्चे को बिठाया जा सके। छह घंटे बच्चे को बिठाने का मतलब है कि छह घंटे जो शक्ति प्रकट होनी चाहती थी, वह रुक रही है।

स्कूल से बच्चे छूटते हैं तो जरा उनको देखें। जैसे ही छुट्टी होती है, लगता है–वे नर्क से छूटे–उछाल रहे हैं बस्ते को, फेंक रहे हैं किताबों को और इतने आनंदित हो रहे हैं कि जैसे जीवन मिल गया।

आपने जरूर उनके साथ कोई अपराध किया है पाँच-छह घंटे। नहीं तो उन्हें इतनी खुशी स्कूल से छूटकर न मिलती। और यह अपराध जारी रहेगा। यह बीस साल की उम्र,, पच्चीस साल की उम्र तक जारी रहेगा। धीरे-धीरे वे इसी दबी हुई व्यवस्था के लिए राजी हो जाएँगे। फिर उनका सारा जीवन गड़बड़ हो जाएगा। क्योंकि ऊर्जा जो दब गई और प्रकट होने का जिसे मार्ग न मिला, वह क्रोध बन जाती है, हिंसा बन जाती है। फिर नए-नए मार्गों से मार्ग खोजती है। फिर वे सब तरह के उपद्रव करेंगे। फिर वे किसी छोटी-सी बात का बहाना ले लेंगे और उनकी हिंसा बाहर होने लगेगी।

हम सब हिंसा से भरे हुए लोग हैं। लेकिन अगर समझपूर्वक समझा जाए और जीवन को बदलने की ठीक व्यवस्था का खयाल रखा जाए, तो हिंसा भी सृजनात्मक हो सकती है। हिंसा भी क्रिएटिव हो सकती है और क्रोध से भी फूल खिल सकते हैं, अगर अक्ल हो।

यह जो मैं आपसे कह रहा हूँ–ध्यान का प्रयोग, यह आपको हिंसा,

आपके क्रोध, आपकी काम-वासना, आपकी घृणा, इनको सृजनात्मक रूप से रूपांतरित करने का प्रयाग है। यह क्रिएटिव ट्रांसफार्मेशन है।

आपका लक्ष्य ध्यान है। अगर आप चीख भी रहे हैं, तो आपका लक्ष्य ध्यान है। आपके चीखने की ऊर्जा भी ध्यान की तरफ प्रवाहित हो रही है। अगर आप अपने क्रोध को भी फेंक रहे हैं, नाराजगी को भी फेंक रहे हैं, रोने और दुख को भी फेंक रहे हैं, तो भी आपका लक्ष्य ध्यान है। यह ऊर्जा ध्यान की तरफ प्रवाहित हो रही है।

अगर आप थोड़े दिन तैयार हो जाएँ—मुझे धोखा खाने को—आप अपने से तो धोखा खा ही रहे हैं, बहुत दिन से—तो यह भी प्रयोग कर लेने जैसा है। तीन महीने में आपसे कुछ छीन न लूँगा, क्योंकि आपके पास कुछ है भी नहीं, जो छीना जा सके।

मेरी दृष्टि में तो आपके पास ऐसी कोई मूल्यवान चीज नहीं है, जो छीनी जा सके। आपके पास है, तो उसे सम्हालकर आप रखें। मेरे-जैसे लोगों के पास न आएँ, क्योंकि ऐसे लोग आपको बदलने की कोशिश में ही लगे हुए हैं।

तीन महीने इस प्रयोग को करके देखें। तीन दिन के बाद आपको फर्क दिखाई पड़ने शुरू हो जाएँगे। और ऐसा नहीं कि एक मित्र ने ही पत्र लिखा है, पाँच-सात उन मित्रों के भी पत्र हैं, जिनको कल के प्रयोग से पहली दफे ही परिणाम दिखाई पड़ना शुरू हुआ। वे बुद्धिमान लोग हैं। हालांकि इन मित्रों ने लिखा है कि हम बुद्धिमानों को आप धोखा नहीं दे पाएँगे। मगर बुद्धिमान वह है, जो प्रयोग करके कुछ कहता है। बुद्धिहीन वह है, जो बिना प्रयोग किए कुछ कहता है।

बिना प्रयोग किए आपकी बात का कोई मूल्य नहीं है।

पाँच-सात मित्रों ने लिखा है— एक मित्र ने लिखा है कि मुझे इतनी शांति कभी अनुभव नहीं हुई, लेकिन बीस मिनिट तक मुझसे आवाजें निकलती रहीं, जिनका मुझे ही भरोसा नहीं कि मेरे भीतर कहाँ से आईं। क्योंकि इस तरह की आवाजें मैंने कभी नहीं कीं।

आपने न की हों, लेकिन आप करना चाहते हैं। आपके भीतर वे दबी पड़ी हैं और आप कहीं भी कर नहीं सकते थे। कहीं भी करते, तो आप पागल समझे जाते। यहाँ आप कर रहे थे, तो आपको खयाल था कि आप ध्यान में जा रहे हैं, तो आपने अपने को खुला छोड़ दिया। इस खुले-भाव से जो भीतर दबा था, वह निकल गया। जैसे मवाद निकल गई हो घास से। और भीतर घाव हल्का और

भरने के लिए तैयार हो गया हो। उन मित्र ने लिखा है कि ऐसी शांति मुझे जीवन में कभी भी नहीं मिली।

एक मित्र ने लिखा है कि आश्चर्यचकित हूँ कि इस भाँति नाचने-कूदने से आनंद का भाव कैसे आया?

जब आप नाचते-कूदते हैं हृदयपूर्वक—नकली नाचते-कूदते हों, तो कोई बहुत फर्क नहीं होगा, कवायद होगी, थोड़ा व्यायाम हो जाएगा—लेकिन अगर हृदयपूर्वक नाचते हों, तो आप पुन: बच्चे हो गए। आप फिर बचपन में लौट गए। आप फिर छोटे बच्चे की तरह सरल हो गए और बच्चे जिस आनंद की झलक को देख पाते हैं, उसको आप भी देख पा रहे हैं।

संतों ने कहा है कि बुढ़ापे में जो पुन: बच्चों की भाँति हो जाएँ, वे ही संत हैं। आप छोटे बच्चों की भाँति हो गए। इतने लोगों के सामने छोटा बच्चा भी शर्माएगा नाचने में। और आप नाचे-कूदे, तो आपने भय छोड़ दिया। 'दूसरों के मन्तव्य का भय' छोड़ दिया। दूसरे क्या कहेंगे—यह भय छोड़ दिया।

बच्चों में यह भय नहीं होता। दूसरे क्या कहेंगे—उसे प्रयोजन नहीं है, उसके लिए जो आनंद होता है, वह करता है। जैसे-जैसे बड़ा होता है, खुद के आनंद की फिक्र छोड़ देता है, 'दूसरे क्या कहेंगे', इसका चिंतन करने लगता है। बस, यही बच्चे की विकृति है।

आप फिर बच्चे हो गए और आपने सारी फिक्र छोड़ दी। आप पुन: अकेले हो गए, समाज से मुक्त हो गए। जैसे ही आपने चिंता छोड़ी कि कोई क्या कहेगा, उससे यह जो हल्कापन भीतर आया, उस हल्केपन में आनंद की झलक बिल्कुल आसान है। और बच्चे की तरह जो फिर से हो जाए, वह परमात्मा को यहीं अनुभव करने लगेगा—चारों ओर। लेकिन बुद्धिमान, अतिशय बुद्धिमान...।

मैंने सुना है कि मुल्ला नसरुद्दीन को एक लाटरी मिल गई। पाँच लाख रुपए जीत लिए। सारा गाँव चकित था। सारे गाँव के लोग इकट्ठे हो गए। और लोग मुल्ला से पूछने लगे कि तुमने यही नंबर कैसे चुना। गाँव का जो बुद्धिमान था, उससे सबने कहा कि हमारी तरफ से तुम्हीं पूछ लो। तो गाँव का जो बुद्धिमान आदमी थी, उसने सबकी तरफ से मुल्ला से पूछा कि पूरा गाँव एक ही जिज्ञासा से भरा है कि यह उनहत्तर, सिक्सटी नाइन नंबर तुमने कैसे चुना, किस तरकीब से?

तो मुल्ला ने कहा, 'तुम पूछते हो तो मैं तुम्हें बता देता हूँ। एक स्वप्न में मुझे यह नंबर प्रकट हुआ। एक स्वप्न मैंने देखा रात में कि मैं एक नाटक

देख रहा हूँ और वहाँ मंच पर सात कतारें नर्तकियों की खड़ी हैं और हर कतार में सात नर्तकियाँ हैं। वे सब नाच रही हैं। तो सात सतैयाँ उनहत्तर—ऐसा मैंने सोचा और सुबह मैंने उनहत्तर नंबर की टिकट खरीद ली।'

पर, उस बुद्धिमान आदमी ने कहा, 'अरे, पागल! सात सतैयाँ उनहत्तर होते ही नहीं, सात सतैयाँ तो होते हैं उनचास—फॉर्टी नाइन'।

तो मुल्ला नसरुद्दीन ने कहा, 'ओ.के., सो यू बी दि मैथामेटीशियन। तो तुम गणितज्ञ हो जाओ, लेकिन लाटरी मैंने जीती है।'

वह जो नाच रहा है, कूद रहा है, वह आपसे कहेगा—सो यू बी दि वाइज़ मैन, यू बी दी मैथामेटीशियन—वह आपकी फिक्र नहीं करेगा। न मीरा ने आपकी फिक्र की है, न चैतन्य ने आपकी फिक्र की है। ये नाच लिए हैं और वे आपसे कहते हैं, 'आप हो जाओ बुद्धिमान, हमें रहने दो पागल। क्योंकि हमें पागलपन में जो मिल रहा है, वह हमें नहीं दिखता कि तुम्हारी बुद्धिमानी में भी तुम्हें मिल रहा है।'

और एक ही सबूत है बुद्धिमानी का—क्या मिल रहा है?

बुद्धिमान कौन है? बुद्धिमानी का एक ही सबूत है कि क्या मिल रहा है जीवन में—कितना आनंद, कितना रस, कितना सौंदर्य, कितना सत्य, कितना परमात्मा। और कोई सबूत बुद्धिमानी का नहीं है।

तो मैं तो आपसे कहूँ, जिनको बुद्धिमान रहना हो, मजे से बुद्धिमान रहें। लेकिन जिनको जीवन का रस जानना हो, उन्हें सस्ती बुद्धिमानी से बचना जरूरी है।

हाँ, मैं यह नहीं कहता कि आप मेरी बात मानकर नाचते-कूदते रहें। वह बुद्धिमानी नहीं है। मैं आपसे यह कहता हूँ कि मैं जो कह रहा हूँ, उसे करके देख लें और लगता हो कि कुछ है, तो आगे बढ़ जाएँ, और लगता हो कि इसमें कुछ नहीं, तो छोड़ दें। कौन रोकता है आपको छोड़ने से। लेकिन छोड़ने से पहले परख लेना जरूरी है। और किसी भी चीज में कुछ नहीं है', ऐसे धारणा बनाने के पहले प्रवेश करना जरूरी है। अनुभव के पहले जो निर्णय लेता है, वह अंधा है।

एक मित्र ने पूछा है कि आपने बताया कि बेहोशी में किया गया कृत्य पाप है। लेकिन भाव से भी बेहोशी होती है। कृपया समाधान कीजिए।

बेहोशी, बेहोशी में बड़ा फर्क है। एक बेहोशी नींद में होती है, तब आपको कुछ भी पता नहीं होता। एक बेहोशी शराब पीने से भी होती है, तब

भी आपका कुछ पता नहीं होता। एक बेहोशी भाव से भी होती है—आप पूरे बेहोश भी होते हैं और आपको पूरा पता भी होता है। जब आप मग्न होकर गीत में नाच रहे होते हैं, तो यह नृत्य भी होता है, इस नृत्य में पूरा डूबा हुआ होना भी होता है और भीतर दीये की तरह चेतना भी जलती है, जो जानती है, जो देखती है, जो साक्षी होती है।

अगर आपके भाव में बेहोशी शराब-जैसी आ जाए, तो आप समझना कि चूक गए। तो समझना कि यह भाव फिर शराब ही हो गई।

प्रार्थना में बेहोशी का मतलब इतना है कि आप इतने लीन हो गए हैं कि मैं हूँ—इसका कोई पता नहीं है। मैं हूँ, इसका कोई शब्द निर्मित नहीं होता। लेकिन जो भी हो रहा है, उसके आप साक्षी हैं—जो साक्षी हैं, उसमें कोई 'मैं' का भाव नहीं है। और वह जो साक्षी है, वह आप नहीं हैं, आप तो लीन हो गए हैं और आपके लीन होने के बाद जो भीतर आपका असली स्वरूप है, वह भर देखता है।

उस दर्शन में, उस द्रष्टा के होने में, जरा भी बेहोशी नहीं। भाव की बेहोशी में आपके जो-जो रोग हैं, वे सो गए होते हैं और आपके भीतर जो शुद्ध चेतन है, वह जाग गया होता है।

जब चैतन्य नाच रहे हैं सड़कों पर, तो आप यह मत सोचना कि वे बेहोश हैं। हालांकि वे कहते हैं कि मैं बेहोश हूँ और हालांकि वे कहते हैं कि हमने शराब पी ली है परमात्मा की। वे सिर्फ इसलिए कहते हैं कि आप इन्हीं प्रतीकों को समझ सकते हैं।

उमर खैयाम ने कहा कि अब हमने ऐसी शराब पी ली है, जिसका नशा कभी न उतरेगा। और अब बार-बार पीने की कोई जरूरत न रहेगी। अब तो पीकर हम सदा के लिए खो गए हैं।

शराब का उपयोग किया है, प्रतीक की तरह; क्योंकि आप एक ही तरह का खोना जानते हैं, जिसमें आपकी सारी चेतना ही शून्य हो जाती है।

भाव में शराब का थोड़ा-सा हिस्सा है। उसमें आपकी सब बीमारियाँ सो जाती है, आपका अहंकार सो जाता है, आपका मन सो जाता है, आपके विचार सो जाते हैं। लेकिन आप पूरी तरह से जाग गए होते हैं और भीतर पूरा होश रहता है। लेकिन यह तो अनुभव से ही होगा, तो ही खयाल में आएगा। यह तो जटिल है। यह तो आपको कैसे खयाल में आएगा? भाव में आएगा? भाव में डूबकर देखें।

लेकिन हम डरते हैं। डर यही होता है कि कहीं अगर भाव में पूरा डूब

गए, तो जो-जो हमने दबा रखा है, अगर वह बाहर निकल पड़ा, तो लोग क्या कहेंगे? डरते हैं हम, क्योंकि हमने बहुत-कुछ छिपा रखा है। और हमने चारों तरफ से अपने को बाँध रखा है—नियंत्रण में। तो कहीं नियंत्रण ढीला हो गया और जरा-सा भी कहीं छिद्र हो गया और हमने जो रोक रखा है, वह बाहर निकल पड़ा तो। उस भय के कारण हम अपने को कभी छोड़ते नहीं, समर्पण नहीं करते। हम कहीं भी अपने को शिथिल नहीं करते। हम चौबीस घंटे डरे हुए हैं और अपने को सम्हाले हुए हैं। तब यह जिंदगी नर्क-जैसी हो जाती है। इससे सिवाय संताप के और विषय के कुछ भी नहीं बचता। यह रोग ही रोग का विस्तार हो जाता है।

खुलें, फूल की तरह खिल जाएँ। माना कि बहुत-सी बीमारियाँ आपके भीतर पड़ी हैं, लेकिन आप उसको जितना सम्हाले रखेंगे, उतनी ही वे आपके भीतर बढ़ती जाएँगी। उनको भी गिर जाने दें, उनको भी परमात्मा के चरणों में समर्पित कर दें और आप जल्दी ही पाएँगे कि बीमारियाँ हट गईं और आपके भीतर फूल का खिलना शुरू हो गया। आपके भीतर का कमल खिलने लगा।

जिस दिन यह भीतर का कमल खिलना शुरू होता है, उसी दिन पता चलता है कि बेहोशी भी है और होश भी हैं। एक तल पर हम बिल्कुल बेहोश हो गए है, और एक तल पर हम पूरी तरह होशवान हो गए हैं। ये घटनाएँ एक साथ घटती हैं।

शराब में हम केवल बेहोश होते हैं, कोई होश नहीं होता। इसलिए कुछ साधकों ने तो इस भाव की जागरूकता को पाने के बाद शराब पीकर भी देखी है कि क्या हमारी इस भाव की जागरूकता को शराब डुबा सकती है।

आपको पता हो या न हो, योग और तंत्र के ऐसे संप्रदाय रहे हैं, जहाँ कि शराब भी पिलाई जाएगी। जब भाव की पूरी अवस्था आ जाएगी और साधक कहेगा कि अब मैं बाहर से तो बिल्कुल बेहोश हो जाता हूँ, लेकिन मेरा भीतर होश पूरा बना रहता है, तो फिर गुरु उसको शराब भी पिलाएगा और धीरे-धीरे बेहोशी की मादकता की अफीम भी खिलाएगा। मात्रा बढ़ाई जाएगी और उससे कहा जाएगा कि यहाँ बाहर बेहोशी घेरने लगे, शरीर बेहोश होने लगे, तो भी तू भीतर अपने होश को मत खोना। और यह बात यहाँ तक प्रयोग की गई है कि जब सब तरह की शराब और सब तरह के मादक द्रव्य पीकर भी साधक भीतर होश से भरा रहता हे, तब फिर सांप से भी कटवाते हैं, उसकी जीभ पर—ताकि जब सांप काट ले, उसका जहर भी पूरे शरीर में फैल जाए, तो भी भीतर का

होश जरा भी न डिगे। तभी वे मानते हैं कि अब साधक ने उस होश को पा लिया, जिसको मौत भी न हिला सकेगी।

पर अनुभव के बिना कुछ खयाल न आ सकेगा। थोड़ा भाव में डूबना सीखें। भाव में जो डूबता है, वह उबर जाता है—और भाव से जो बचता है, वह डूब ही जाता है, नष्ट हो ही जाता है।

लेकिन कुछ चीजें हैं, जो समझाने में नहीं समझाई जा सकतीं, कोई उपाय नहीं है। और जितनी भीतर बात होगी, उतना ही अनुभव पर निर्भर रहना पड़ेगा।

अगर मेरे पैर में दर्द है, तो आपको मानना पड़ेगा कि दर्द है। और दूसरा क्या उपाय है उसे सिद्ध करने का। और अगर मैं आपको समझाने जाऊँ और आपके पैर में कभी दर्द न हुआ हो, तो बड़ी मुश्किल हो जाएगी। मैं कितना ही कहूँ कि पैर में दर्द है, लेकिन आपको अगर दर्द का कोई अनुभव नहीं है, तो शब्द ही सुनाई पड़ेगा, अर्थ कुछ भी समझ में न आएगा। आपको भी दर्द हो तो ही...। अनुभव को शब्द से हस्तांतरित करने की कोई भी सुगमता नहीं है।

बुद्ध के पास कोई आया और उसने कहा कि जो आपको हुआ है, वह थोड़ा मुझे भी समझाएँ। तो बुद्ध ने कहा, 'समझा मैं न सकूँगा। तुम रुको और वर्षभर जो मैं कहूँ, वह करो, संभवत: समय में आ जाए।' क्योंकि जब तक भीतर प्रतीति न हो इस बात की कि सब बेहोशी हो गई है और फिर भी भीतर कोई जागा है, दीया जल रहा है, तब तक कैसे समझेंगे, तब तक आप बाहर से ही देखेंगे।

आप बाहर से नाचते हुए देखेंगे मीरा को, तो आपको लगेगा कि बेहोश है, होश नहीं है। लगेगा ही। कपड़ा गिर गया, साड़ी का पल्लू गिर गया। अगर होश होता, तो मीरा अपना पल्लू सम्हालती, कपड़ा सम्हालती। होश में नहीं है बेहोश है। निश्चित ही, शरीर के तल पर बेहोश है। कपड़े की तरफ से होश हट गया है। वहाँ मीरा अब नहीं है, न कपड़े में है न शरीर में। भीतर कहीं सरक गई है। लेकिन वहाँ होश है।

पर यह तो आप भी मीरा हो जाएँ, तभी खयाल में आएगा, अन्यथा कैसे खयाल में आए। मीरा के भीतर झाँकने का कोई भी उपाय नहीं है। कोई खिड़की-दरवाजा नहीं, जिससे हम भीतर झाँक सकें। अगर मीरा के भीतर झाँकना है, तो अपने भीतर झाँकना पड़ेगा, और कोई उपाय नहीं है।

बुद्ध को समझना हो, तो बुद्ध हुए बिना कोई रास्ता नहीं है। इसलिए शिष्य

जब तक गुरु को नहीं समझा पाता...। कैसे समझेगा अलग-अलग तल पर खड़े हुए लोग हैं। वे अलग भाषाएँ बोल रहे हैं। अलग अनुभवों की बातें कर रहे हैं। तब तक मिस अंडरस्टैंडिंग ज्यादा होगी, नासमझी ज्यादा होगी, समझ कम होगी। अगर सच में ही समझना चाहते हैं, तो प्रयोग की हिम्मत जुटानी चाहिए।

विज्ञान भी प्रयोग पर निर्भर करता है और धर्म भी। दोनों एक्सपेरिमेंटल हैं। विज्ञान भी कहता है कि आओ प्रयोगशाला में और प्रयोग करो और जब तुम भी पाओ कि 'ऐसा होता है', तो ही मानना, अन्यथा मत मानना। धर्म भी कहता है कि आओ प्रयोगशाला में प्रयोग करो—हालांकि प्रयोगशालाएँ दोनों ही अलग हैं। विज्ञान की प्रयोगशाला बाहर है, धर्म की प्रयोगशाला भीतर है। आप ही हो धर्म की प्रयोगशाला।

इसलिए विज्ञान की प्रयोगशाला तो निर्मित करनी पड़ती है और आप अपनी प्रयोगशाला अपने साथ लिए चल रहे हो। नाहक ढो रहे हो वजन। बड़ा अद्‌भुत यंत्र आपको मिला है, उसमें आप प्रयोग कर लो, तो अभी आपको खयाल में आ जाए कि क्या हो सकता है।

भाव की बेहोशी गहन होश का नाम है, यह किसी दूसरे तल पर होश है, जागरूकता है।

5. साधना-शिविर का विदाई-संदेश

(साधना-शिविर, आनंद-शिला, त्रिमूर्ति हिल्स, अंबरनाथ, बंबई में रात्रि, दिनांक 17 फरवरी 1973 को द्वारा दिए गए समापन प्रवचन का अंतिम भाग)

साधना-शिविर का अंतिम दिन है, इसलिए जाने के पहले कुछ बातें और भी आपसे कहना चहूँगा। एक, जो ध्यान के प्रयोग आप यहाँ कर रहे थे, वे केवल प्रयोग हैं, ताकि खयाल में आ सके कि क्या करना है। इतना मात्र कर लेने से कुछ हल न हो जाएगा, उसे जारी रखना पड़ेगा।

तो घर लौटकर साधना जारी रखें। अन्यथा मैं देखता हूँ कि आप शिविर में कर लेते हैं, शांति मिलती है, सहजता आती है, निर्दोषता की थोड़ी-सी झलक आती है। एक ताजा हवा का झोंका आता है और अच्छा लगता है। फिर वास घर लौटकर आप पुरानी आदतों में जीने लगते हैं। फिर कभी किसी शिविर में आ जाएँगे, फिर कर लेंगे। ऐसे बार-बार करेंगे और बार-बार खोते रहेंगे। इस प्रकार बहुत गहरे परिणाम न आएँगे। इसे तो खोदते ही जाना है। यह कुआँ इतना गहरा है कि इसे अगर खोदा दो चार दिन, फिर छोड़ दिया; चार-छह महीने तो

कूड़ा-करकट भरकर जमीन पुरानी हो जाएगी। फिर सतह वही कि वही हो जाएगी फिर खोद लिया दो-चार हाथ फिर छोड़ दिया, तो इस तरह कुआँ कभी भी न खुदेगा और वह जल जिसकी तलाश है, कभी न मिलेगा। इसे खोदते ही जाएँ। इसे खोदते ही जाना है और एक ही जगह खोदते रहें। बार-बार जगह जगह खोदेंगे, तो श्रम भी होगा, समय भी नष्ट होगा, शक्ति भी जाएगी, और परिणाम भी न होंगे।

रूमी ने अपने शिष्यों को एक दफा कहा कि तुम मेरे साथ आओ। तुम कैसे हो, वह मैं तुम्हें बताता हूँ। वह अपने शिष्यों को ले गया एक खेत में, वहाँ आठ बड़े-बड़े गड्ढे खुदे थे। सारा खेत खराब हो गया था। रूमी ने कहा, देखो इन गड्ढों को। यह किसान पागल है, वह कुआँ खोदना चाहता है। परंतु वह चार-आठ हाथ गड्ढा खोदता है, फिर यह सोचकर कि यहाँ पानी नहीं निकलता, दूसरा गड्ढा खोदता है। चार हाथ, आठ हाथ खोदने पर, यह सोचकर कि पानी नहीं निकलता—तीसरा गड्ढा खोदता है। वह आठ स्थानों पर खोद चुका है। पूरा खेत भी खराब हो गया और कभी कुआँ नहीं बना। अगर वह एक ही गड्ढे पर इतनी मेहनत करता—जो इन आठ गड्ढों पर की है तो पानी निश्चित मिल गया होता।

तो एक दफा संकल्प करें और एक ही जगह सतत खोदते चले जाएँ, तो ही आपको जीवन के जलस्रोत मिलेंगे। यहाँ जो सीखा है, उसका घर जाकर प्रयोग करें ताकि जब दूसरे शिविर में आप आएँ, तो वहीं से शुरू न करना पड़े, जहाँ से पहले शिविर में शुरू किया था। आप कुछ खोदकर लाएँ तो फिर हम और गहरी खुदाई कर सकें। और तब हर बार शिविर आपके लिए नए द्वार खोल सकता है। लेकिन आप पुराने द्वार पर घर लौटकर काम करते रहे हों—तभी।

तो पहली बात तो यह स्मरण रखें कि ध्यान एक भीतरी खुदाई है, जिनको सतत जारी रखना जरूरी है।

दूसरी बात ध्यान रखें कि यहाँ तो आसान है कर लेना। घर पर भय लगेगा। पड़ोस है, आस-पास लोग हैं, परिवार के लोग हैं। आप हँसेंगे, चिल्लाएँगे, तो क्या कहेंगे लोग!

एक बात सदा खयाल रखें कि वैसे भी आपके बाबत लोगों का अच्छा खयाल नहीं है। इस भ्रांति में रहना मत कि लोग आपके संबंध में अच्छा सोच रहे हैं। इससे ही तकलीफ शुरू होती है कि कहीं अपनी अच्छी प्रतिमा न गिर जाए। वह कहीं है ही नहीं। आप सोचें, क्या आपके मन में पड़ोसी की कोई अच्छी प्रतिमा है? आपके मन में किसकी अच्छी प्रतिमा है? तो किसके मन में आपकी प्रतिमा

अच्छी होनी वाली है? यह नाहक की भ्रांति है, इसमें पड़ना ही मत।

और अच्छा यही होगा कि घर में लोगों को बता देना कि ऐसा प्रयोग मैं कर रहा हूँ, चिंता लेने की जरूरत नहीं है। अगर आसान हो, तो पास-पड़ोस में भी जाकर बता आना कि मैं ऐसा एक प्रयोग कर रहा हूँ। थोड़ा आवाज़ करूँ, चिल्लाऊँ तो आप बहुत चिंतित मत होना। तो आप हल्के होकर कर सकेंगे प्रयोग। लोग जानते हैं, दो-चार दिन में समझ जाते हैं कि ठीक है। जिन लोगों से आपको डर है—अगर आप प्रयोग करते हैं, उनका भय छोड़कर, तो महीने-दो-महीने के भीतर वे आपसे पूछेंगे कि हमें भी सिखा दें, क्योंकि दो महीने में आपमें काफी बदलाहट हो जाएगी।

अभी आपकी कोई प्रतिमा नहीं है लोगों के पास, लेकिन अगर आपने ध्यान किया, तो निश्चित आपकी प्रतिमा होगी, क्योंकि आपकी शांति की खबर मिलनी शुरू हो जाती है। फूल खिलते हैं तो छिप नहीं सकते। सूरज निकलता है, तो अंधे तक को भी उसका उत्ताप पता चलने लगता है—न भी दिखाई पड़े तो भी पक्षियों के गीत कहने लगते हैं कि सुबह हो गई।

आप ध्यान में गहरे उतरेंगे तो आपकी शांति, आपका आनंद, आपका प्रेम, आपकी करुणा— सब बढ़ेगी। आपका क्रोध, आपकी घृणा, आपकी ईर्ष्या घटेगी। आप अपने पड़ोस में, अपने परिवार में, अपने संबंधियों के बीच नए आदमी बन जाएँगे। मगर अगर अभी से आप डरते हैं कि कहीं कोई यह न समझे कि मैं पागल हूँ, कहीं कोई यह न समझ ले कि ... कहीं कोई वैसा न समझ ले, इस भ्रांति को छोड़ दें। किसी को भी चिंता नहीं है बहुत ज्यादा, आपके संबंध में सोचने की।

कभी आपने खयाल किया है, सब अपने-अपने संबंध में सोचते हैं। किसको फुरसत है कि आपके संबंध में सोचे! आप किसके संबंध में कितना सोचते हैं? और अगर पड़ोस में कोई चिल्लाने लगे जोरों से, तो एक दफा सोचेंगे कि शायद दिमाग खराब हो गया है। फिर किसे फुरसत है कि इस पर लगे ही रहें? लेकिन अगर यह आदमी चिल्लाने वाला, आपको दूसरे दिन इसकी शक्ल में फर्क दीखने लगे, अगर साल-छह महीने के भीतर यह आदमी शांति का एक स्रोत बन जाए तो आप ही इससे पूछेंगे कि वह तरकीब क्या है, चिल्लाने की, जिससे तुम शांत हो गए हो। तो जल्दी न करना, प्रतीक्षा करना, अपने में परिवर्तन की। तभी आपकी कोई प्रतिमा निर्मित होती है, अभी कोई प्रतिमा नहीं है। अभी सिर्फ आपको खयाल है।

तीसरी बात ध्यान रखना जरूरी है कि घर पर आप अकेले होंगे, लेकिन अकेले होने की कोई जरूरत नहीं। जिस भांति आप यहाँ मेरे सामने बैठकर ध्यान कर रहे हैं, अगर इसी भाँति आपने खयाल रख लिया कि मैं सामने बैठा हूँ और आप ध्यान कर रहे हैं, तो आप मेरी मौजूदगी उतनी ही पाएँगे, जितनी आप यहाँ पाते हैं। और तब आप निर्भय प्रयोग कर सकते हैं। और आपकी निर्भयता प्रयोग के लिए बहुत जरूरी है। आप डरें मत कि अकेले हैं, कि कुछ खतरा न हो जाए। कोई खतरा न होगा। आप जाने के पहले सारे खतरे, सारे भय मेरे पास छोड़ जाएँ।

और आपसे माँगता ही केवल इतना हूँ, जाते इन क्षणों में कि आपका जितना दुख, जितनी चिंता, जितनी पीड़ा, जितना संताप है, वह मुझे दे दें, उसको साथ मत ढोएँ, उसको साथ रखने की कोई जरूरत नहीं है।

आपसे धन नहीं माँगता, आपसे तन नहीं माँगा, आपसे कुछ और नहीं माँगता हूँ; आपके पास जो भी पीड़ा है, जो भी उपद्रव हैं, जो भी संताप हैं–वह सब मुझे दे दें। उससे मुझे अड़चन न होगी। आप निर्भार हरे जाएँगे। और आप जिस चीज से दुखी हो रहे हैं, जिस शक्ति से आप चिंतित हो रहे हैं–नासमझी के कारण, जिस शक्ति से आप चिंतित हो रहे हैं–नासमझी के कारण, सब नासमझी मुझे दे दें। मैं आपको वही शक्ति वापस लौटा दूँगा। तब वह आनंद हो जाएगी, वह करुणा हो जाएगी।

आप घर पहुँचते हैं, तो ज्यादा समय न खोएँ। यहाँ जो सिलसिला पैदा हुआ है, यहाँ जो हवा बनी है और मन में जो रुझान पैदा हुआ है, वह खो जाए इतना समय न गँवाए। घर जाकर तत्क्षण ध्यान में लग जाएँ।

एक घंटा रोज ध्यान में दे दें। जिंदगी के आखिर और आप पाएँगे कि बाकी सब समय व्यर्थ गया, परंतु यह जो ध्यान में लगाया था समय, वही केवल आपके काम आया। वही बचा हुआ है, वही सार्थक हुआ है। और मुझे स्मरण रखें, कोई भय न होगा। और भीतर जब प्रवेश करेंगे, तो कभी लगेगा कि कहीं मौत न हो जाए। जैसे-जैसे ध्यान गहरा होगा, मौत का अनुभव होना शुरू होगा। उससे जरा भी न घबराएँ, घबराकर वापस न लौटें। अगर मौत भी भीतर आती हो, तो कहें कि ठीक है, स्वीकार है, मैं बढ़ता हूँ। और मैं आपके साथ हूँ।

6. स्टाप मेडिटेशन

छोटे-से निर्णय भी बड़े क्रांतिकारी हैं। किस बात का निर्णय लिया, यह बहुत मूल्य का नहीं है; निर्णय लिया। इस लेने में ही आपके प्राण इकट्ठे हो

जाते हैं; एकजुट हो जाते हैं। निर्णय लेते ही आप दूसरे आदमी हो जाते हैं। वह निर्णय बिल्कुल क्षुद्र भी हो सकता है।

जैसे मैं आपसे कहता हूँ, रुक जाएँ। गुरजियेफ इसका बड़ा प्रयोग करता था ध्यान में। उसने इसके लिए 'स्टाप मेडिटेशन' ही नाम रखा था। आप राजी हो जाएँगे। थोड़े समय में, तो उस प्रयोग को हम पूरा करेंगे। जब मैं आपसे कहता हूँ, 'रुक जाएँ!' तो मेरे इस रोकने में, अभी मैं आप पर ज्यादा जोर नहीं दे रहा हूँ। गुरजियेफ भी कहता था, 'रुक जाएँ।' लेकिन रुक जाने का मतलब था—जैसे हैं, एक पैर ऊपर है और एक पैर नीचे है, नाच रहे थे तो वहीं रह जाएँ। गर्दन आडी है तो वैसी रह जाए। शरीर झुका है तो वैसा रह जाए। फिर जरा भी कोई फर्क नहीं करना है, जो हालत है, वैसी रह जाए। चाहे शरीर धड़ाम से गिर जाए, पर आपको कुछ फर्क नहीं करना है। शरीर गिरे तो गिर जाए। और जैसा गिर जाए, वैसे ही रहने देना है। आपको भीतर से इंतजाम नहीं करना है कि पैर जरा तिरछा है तो थोड़ा-सा सीधा करके लेट जाएँ..न। गुरजियेफ इसको 'स्टाप मेडिटेशन' कहता था। और उसने हजारों लोगों को इससे गहरे अनुभव करवाए। और यह बड़ा कीमती प्रयोग है, क्योंकि एकदम से रुक जाना। और धोखा देने में दूसरे को कोई सवाल नहीं है, आप अपने को दे सकते हैं। आपका एक पैरा जरा ऊपर था, आप धीरे-से नीचे रख लें तो कौन देख रहा है?

बाकी आप खो गए एक मौका। कोई नहीं देख रहा है किसी को, मतलब भी नहीं है। आपका पैर है, कहीं भी रखिए। मगर अपने भीतर एक अवसर खो दिया। जहाँ आत्मा और शरीर का संबंध बदल सकता था। जहाँ आत्मा जीत सकती थी और कह सकती थी कि मैं मालिक हूँ अगर आपने धीरे से पैर रख लिया सम्हालकर—और फिर आराम से खड़े हो गए कि अब देखो 'स्टाप' का प्रयोग कर रहे हैं, तो आप किसी और को धोखा नहीं दे रहे हैं; आपके शरीर ने आपको धोखा दे दिया।

छोटे-छोटे निर्णय, बहुत छोटे-छोटे निणर्य भी बड़े परिणामकारी हैं।

7. समयसार

जगत में खोज के दो उपाय हैं—एक निष्क्रिय, एक सक्रिय। सक्रिय में तुम केवल निष्पक्ष भाव से खड़े होते हो। सक्रिय चेष्टा विचार बन सकती है, निष्क्रिय चेष्टा ध्यान बन जाती है। जब तुम सक्रिय होकर खोज में लग जाते हो, तो तुम विचारों से भर जाते हो। क्योंकि विचार मन के सक्रिय होने का अंग है।

जब मन सक्रिय होता है तो विचार से भर जाता है। मन जब निष्क्रिय होता है तो निष्क्रिय; कोई क्रिया नहीं हो रही।

थोड़ा अभ्यास करो। शांत बैठ के वृक्ष को देखते हो तो देखते ही रहो। सक्रिय मत बनो। इतना भी मत कहो कि यह पीपल का वृक्ष है।

यह भी मत कहो कि यह गुलाब की झाड़ी है। यह भी मत कहो कि गुलाब कितने सुंदर हैं। यह भी मत कहो कि वहाँ कितने फूल खिले हैं। ऐसा मन में कुछ भी मत कहो; ये सब तुम्हारी मान्यताएँ हैं।

गुलाब का फूल तो बस गुलाब का फूल है—न सुंदर, न असुंदर। सुबह तो बस सुबह है। सब वक्तव्य तुम्हारे हैं, सुबह तो अवक्तव्य है। उसके बाबत तो कोई वक्तव्य नहीं हो सकता, अनिर्वचनीय है। सब वचन तुम्हारे हैं। तुम अपने को हटा लो। तुम कुछ कहो ही मत, तुम सक्रिय बनो ही मत। तुम सिर्फ सुबह को देखते रह जाओ। उगता है सूरज, उगने दो। वृक्षों में हवा सरसराती है, सरसराने दो—तुम शब्द न दो। तुम शब्द को मत बनाओ। तुम शब्द से रिक्त और शून्य देखते रहो, देखते रहो। धीरे-धीरे-धीरे-धीरे अभ्यास घना होगा।

कभी ऐसा क्षण आ जाएगा—एक क्षण को भी—कि तुम सिर्फ देखते रहे और तुम्हारे भीतर डालने को कुछ भी न था। तुमने कुछ भी न डाला अस्तित्व में, तुम सिर्फ खड़े देखते रहे—दर्शक, द्रष्टा-मात्र। उसी घड़ी में एक झरोखा खुलता है; पहली दफा अस्तित्व तुम्हारे सामने अपने रूप को प्रकट करता है। पहली बार तुम उसको देखते हो, जो है। क्योंकि पहली बार तुम कुछ जोड़ते नहीं, तुम कुछ डालते नहीं। तुम भी शुद्ध होते हो उस घड़ी में और अस्तित्व भी शुद्ध होता है। दो अशुद्धियाँ एक-दूसरे का साक्षात्कार करती हैं। इसे महावीर कहते हैं, 'समयसार'।

छह

ध्यान : रहस्य

आदमी और आदमी के बीच हिसाब ही नहीं है डिस्टेंस का। दूरी भी बहुत दूरी नहीं है। आप एक फीट दूर हैं तो कहते हैं, पास हैं। हजार फीट दूर हैं तो कहते हैं, दूर हैं। बाकी एक फीट और हजार फीट का ही फर्क है। लेकिन आदमी और आदमी के बीच फासला इतना ज्यादा है कि उसे दूरी नहीं का जा सकता। पास तो कहा ही नहीं जा सकता, दूर भी नहीं कहा जा सकता। और मजा ऐसा है कि कोई उपाय भी नहीं है कि दूसरी खत्म की जाए। और कभी दो आदमियों के बीच दूरी खत्म नहीं हुई– कभी। और न कभी होगी। यानी पूरे मनुष्य-जाति के इतिहास में कभी भी दो आदमियों के बीच फासला कम नहीं हुआ।

तुम जो कहते हो न लैक आफ अंडरस्टैंडिंग, ऐसा नहीं है। जो बड़े अंडरस्टैंडिंग वाले लोग हैं उनके बीच भी फासला है। फासले का संबंध तुम्हारी समझ से नहीं है। वह जो आदमी का अस्तित्व, जो वेरी एग्जिस्टेंस है, वह ऐसा है कि उसमें दूसरी अनिवार्य है, और उसका कुल मतलब इतना है, जो खयाल में नहीं पड़ता। वह यह है कि चूंकि एक-एक आदमी एक-एक मिस्ट्री है, इसलिए दो मिस्ट्री के बीच कभी कोई निकटता नहीं हो सकती। दो रहस्य के बीच अनंत फासला रहेगा ही।

एक आदमी जो हमें दिखता है ऊपर से वह, वह थोड़ा ही है। वह भीतर बड़ा रहस्य है, वह बड़ी मिस्ट्री है। मिस्ट्री वह ऐसी है, इसलिए वह खुद को भी नहीं जान पाता है, जो वह स्वयं है। न जानने का कारण यह है कि रहस्य इतना बड़ा है कि वह खुद अपने को नहीं जान पाता तो दूसरा उसको जान कैसे पाएगा। और रहस्य का मतलब यह है, नॉट दैट व्हिच इज नॉट नोन, बट व्हिच कैन नॉट बी नोन, व्हिच कैन नेवर बी नोन। नॉट बीइंग अन्नोन, बट अन्नोएबल–रहस्य का, मिस्ट्री का जो मतलब है। मिस्ट्री का मतलब यह है, जो नहीं जाना जा सकता, अज्ञेय है वह, अज्ञात नहीं। अज्ञात को जाना जा सकता

हैं। अज्ञात को हम आज नहीं कल जान लेंगे।

तो मनुष्य जो है, वह अन्नोएबल है। और इसलिए दो मनुष्यों के बीच फासला अनंत होगा—अनंत। दूरी नहीं कहो उसे, क्योंकि दूसरी तो नापी जा सकती है। अमाप होगी, इम्मेजरेबल होगी। और यह कभी कम नहीं होगी। इसलिए ये अपने बड़े मजेदार मामले हैं। इसलिए एक-एक आदमी एक-एक आईलैंड है। इसलिए दूसरे आईलैंड से कभी नहीं मिलता। बात कहता हुआ निकल जाता है, छूता हुआ निकल जाता है, फिर भी मिलन कभी नहीं होगा।

प्रश्न—आईलैंड को हिंदी में क्या कहते हैं?

द्वीप, जिसके चारों तरफ जल है और द्वीप अकेला खड़ा है, बिल्कुल अकेला है। लोनली। उसका दूसरे से कभी मिलना होता ही नहीं। और यह कभी हुआ नहीं और कभी होगा नहीं। कितना ही तुम जानो किसी को—एक पत्नी के पास तुम पचास वर्ष रहो, फिर भी तुम नहीं जानते हो उसे। तो वह कल सुबह उठकर क्या करेगी, कुछ पक्का नहीं है। बेटे को बाप नहीं जानता, बाप बेटे को नहीं जानता, मित्र को मित्र नहीं जानता। कुछ पक्का ही नहीं है, क्योंकि वह मिस्ट्री इतनी बड़ी है कि उससे कुछ भी निकल सकता है, इसका कोई हिसाब नहीं।

दूरी अनंत है और संभावना कोई नहीं है उसे कम करने की। और इसलिए जो लोग उसे कम करने की कोशिश करते हैं, वे मुसीबत में पड़ जाते हैं। उसे जीयो, उसे कम करो ही नहीं। अगर एक स्त्री से मुझे प्रेम है और मैंने दूरी कम करने की कोशिश की—यह विवाह वगैरह सब दूरी कम करने की कोशिश हैं—और मैंने उसे समझने की कोशिश की और सारा उपद्रव किया, तो मुश्किल खड़ी हो जाएगी। मैं जान लूँ कि वह मिस्ट्री है और जीऊँ।

तुम मेरे पास रुके हो, मैंने जानने-पहचानने की कोशिश की कि तुम कौन हो, क्या हो कैसे हो, और ऐसा होना चाहिए, वैसा होना चाहिए, तो हमारे बीच का फासला—न, तुम जैसे हो, मैं नहीं जानता और फिर तुम्हारे साथ जीने को राजी हूँ। मित्रता का इतना ही मतलब है। टू लिव विद अन्नोन, फ्रेंडशिप का इतना ही मतलब है। एक अनजान अपरिचित आदमी से, जिससे कभी कोई परिचय नहीं होने वाला है, हो भी नहीं सकता। एक्वेटेंस हो सकता है, इसका नाम क्या है, फलां-ढिकां। बाकी यह कौन है, कोई पता नहीं।

दोस्ती का मतलब—अनजान की हैसियत से रहने की तैयारी। हम नहीं पूछते कि कौन हो, क्या हो? यह भी हम नहीं जानते कि रात तुम सब सामान

घर का उठाकर ले जाओगे। मगर फिर भी हम राजी हैं। और चूंकि हम अनजान के साथ रहने को राजी हैं, इसलिए शिकायत का कोई सवाल नहीं है। शिकायत उठती ही इसलिए है कि हम इस भ्रांति में पड़ते हैं कि हमने जान लिया। हम कहते हैं इंदीवर, हमें कभी आशा न थी कि रात सामान लेकर घर से भाग जाएँगे। मैं तो उनको जानता था, इतना अच्छा आदमी और रात को उठाकर सामान ले गए। जो यह शिकायत हो रही है न, वह जानने के भ्रम से पैदा हो रही है। अगर मैं यह जानता था तो गलत जानता था। जान सकते नहीं हम किसी को। इसलिए इतना ही हम कहेंगे कि एक आदमी रहता था यहाँ रात, कभी हमने उसे जाना नहीं, आज रात वह सामान उठाकर ले गया है। यह हम नहीं जानते हैं कि वह क्यों ले गया है और अब भी हम नहीं जानते हैं कि वह वापस ले आएगा कि नहीं ले आएगा, और अब भी हम नहीं जानते कि हमारे हित में ले गया है कि अहित में ले गया है, हम कुछ भी नहीं जानते हैं। वह ले गया है सामान। और इसलिए शिकायत भी नहीं है कोई। और क्रोध भी नहीं है कोई। आदमी-आदमी के बीच की दूरी कम करने की बहुत कोशिश की गई है, वह सब असफल होती है और दुख लाती है। बाप समझता है अपने बेटे को कि मैं इसे समझता हूँ। भूल यही हो गई उससे। अब यह झंझट में पड़ेगा, क्योंकि इसमें से अननोन निकलेगा, जो उसने कभी नहीं जाना था और तब वह कहेगा तू तो पैदा ही न होता तो अच्छा था और माँ सोचती है, इस बेटे को मैं जानती हूँ और उसे पता नहीं कि कल यह बेटा किसी और स्त्री को प्रेम करेगा और माँ को लात भी मार देगा। तब वह कहेगी कि यह मेरा जाया कैसा है, यह मेरे पेट से कैसे पैदा हुआ है, मैं इसे जानती थी, यह बदल कैसे गया? इसको किसने बदला? यह कुछ भी किसी ने नहीं बदला है। सिर्फ अननोन को तुमने नोन मान लिया था, वह तुम्हारी भूल थी।

और दो आदमी कभी पास नहीं हो सकते, क्योंकि पास सिर्फ पदार्थ हो सकता है, क्योंकि पदार्थ में कोई मिस्ट्री नहीं है, जहाँ मिस्ट्री है वहाँ पास होना हो ही नहीं सकता। और उपाय ही नहीं है। इसे जो जान लेता है, जो इसे जान लेता है कि पास होने का कोई उपाय ही नहीं, वह बड़े गहरे अर्थों में पास आ जाता है। इसको मान ही लेता है कि पास होने का कोई उपाय नहीं। स्वीकार ही कर लेता है कि अनजाने हो और अनजाने ही तुम रहोगे। न मेरी कोई अपेक्षा है, न मेरा कोई बंधन है। समझ-नासझमी का कोई सवाल ही नहीं है। बल्कि अक्सर तो यह होता है कि समझदार थोड़े ज्यादा दूर हो जाते हैं, नामसझ थोड़े

करीब रहते हैं, क्योंकि समझदारी भी फासला बढ़ाती है। इसलिए बच्चे थोड़े ज्यादा करीब होते हैं और बूढ़े और फासले पर होते हैं, क्योंकि बच्चे नासमझ हैं।

हाँ, अनजान के साथ रहने की हिम्मत जुटानी पड़ेगी। और जानने का भी खयाल छोड़ दें। कभी यह भी खयाल में आता है कि जाना कुछ भी नहीं जा सकता है। जीया ही जा सकता है। जानने का कोई उपाय भी है। तब तो दूरी वहीं खत्म हो जाती है। फिर तो सवाल ही नहीं है।

समझने की भूल में जो पड़ा, वह जीना भी चूक जाता है। इसलिए पंडित, ज्ञानी, फलां, ढिकां; ये चूक जाते हैं। बल्कि जिसको हम पापी कहते हैं, कई दफा वह भी जी लेता है। और जिसको हम पंडित कहते हैं, वह जी नहीं पाता है। हम क्या जानते हैं? हमारे जानने के साधन इतने लिमिटेड कहना चाहिए, बल्कि ऐसे परवर्टेड हैं कि कुछ भी नहीं कहा जा सकता। हम जिसको जानना कहते हैं, वह जानना कम है, थोपना ज्यादा है।

एक फकीर हुआ, बायजीद। जिस गाँव में वह रहता है, उस गाँव का राजा उसको बहुत मानता है। बड़ा आदर देता है। लेकिन वह बायजीद कहता है कि तुम मुझे नाहक आदर बगैरह मत दो, क्योंकि जो लोग भी आदर देते हैं, वे फिर किसी दिन अनादर भी देते हैं। तो तुम मुझे बचाओ। और वह इसलिए भी कहता है कि वह राजा निरंतर किसी और फकीर को, कि मैं पहले उसके पास जाता था, वह ऐसा बेईमान निकल गया, वह फलां औरत के साथ देखा गया है, वह फलां आदमी यह खा रहा था, वह पी रहा था। तो बायजीद कहता है कि तू मुझे आदर मत दे; क्योंकि आज नहीं कल, तू मुझे, मेरे संबंध में भी यही बातें कहेगा। लेकिन वह राजा कहता है कि नहीं, आपकी तो बात ही और है। आपका तो कोई सवाल ही नहीं है।

एक दिन वह राजा शिकार में गया हुआ है तो उसने देखा कि बायजीद झील के उस तरफ बैठा है एक औरत के साथ। और वह औरत सुराही में से उसको कुछ ढाल रही है। उस राजा ने कहा, 'अरे, जिसको हमने इतना आदर दिया, वह भी आखिर यही निकला। तो उससे जरा घोड़ा बढ़ाकर नमस्कार तो कर ही लें, ताकि फकीर को पता चल जाए कि हमको पता चल गया है। घोड़ा बढ़ाकर आया। पास आकर उसने कहा कि नमस्कार। फकीर ने उससे कहा कि उतनी दूर से लौट मत जाना, और पास आना। पर उसने कहा, नहीं, कोई आने की जरूरत नहीं, बात ही खत्म हो गई। उसने कहा कि नहीं, इतनी जल्दी खत्म

न कर, खत्म करने के पहले और थोड़ा पास आ। वह राजा आया। उसने कहा कि क्या समझ रहा है, क्या हो गया? उसने कहा, यह क्या हो रहा है? यह औरत, यह जंगल, यह अकेला, शराब, यह सुराही। उसने उसका बुरका उघाड़ दिया। वह तो बड़ी मुश्किल में पड़ गया राजा, वह उसकी माँ थी। फिर उसने वह सुराही उंडेल दी। उसमें सिवाय पानी के और कुछ भी न था। फिर बायजीद ने कहा, तुम जाओ, लेकिन बात अब खत्म हो गई। अब मेरे पास कभी मत आना। नहीं, राजा ने कहा, मुझे माफ कर दो। उस फकीर ने कहा, अब तक जितने लोग समझते है कि हमने दूसरे को बाहर से देखकर पहचान लिया।

सब पहचान ऐसी है। बाहर से देखकर पहचान, यह सब पहचान ऐसी है कि एक औरत, जंगल, शराब–बाहर की पहचान है? हम हैं कौन? यानी मैं यह पूछता हूँ कि मैं हूँ कौन कि आपको पहचानूँ? और मुझे हक किसने दिया है कि मैं पहचानूँ, किसने मुझे ठेका दिया है? कौन-सी जरूरत आ पड़ी कि मैं आपको पहचानूँ?

आप आप हैं, इतना काफी है। और आप जैसे हैं, और आपको परमात्मा रहने का हक दे रहा है, मैं काहे के लिए बाधा बनूँ। परमात्मा आपको रहने का पूरा हक दे रहा है, श्वास दे रहा है, पानी दे रहा है, सूरज दे रहा है और बिल्कुल फिक्र नहीं कर रहा है कि एक पापी जिंदा है और मैं नाहक परेशान हो रहा हूँ कि एक पापी जो है, फलाँ है ढिकाँ है। तुम तुम हो, कोई कोई है, वह आनी तरफ से जी रहा है, हमें हक कहाँ है कि मैं पता करूँ।

कुछ कारण हैं उसके। क्यों हम दूसरे के बाबत ऐसा करते हैं? क्योंकि हम खुद नहीं जी पा रहे हैं। जो अपने जीने में तल्लीन है, वह तुम्हारे जीने में बाधा देने न आएगा। फुर्सत कहाँ है? यानी मैं खुद प्रेम करूँ कि तुम्हारे प्रेम का पता लगाऊँ। यह आश्चर्य की बात है कि इंदीवर किसको प्रेम करते हैं, नहीं करते हैं, यह पता लगाऊँ कि मैं प्रेम करूँ। असल में मैं प्रेम से चूक गया, तब फिर मैं दूसरों के प्रेमों का पता लगा रहा हूँ। वह पर्वर्शन है। मैं चूक गया हूँ कहीं जिंदगी से और जहाँ-जहाँ मुझे जिंदगी दिखाई पड़ती है, वहीं मैं रोष से भर गया हूँ, वहीं मैं क्रोध जाहिर कर रहा हूँ, वहीं मैं निंदा कर रहा हूँ। अब मेरा एक ही रस रह गया है कि मैं जो चूक गया और ये दूसरे जो नहीं चूक गए हैं, उनको मैं गालियाँ दूँ, उनकी निंदा करूँ, वही मेरा रस है।

कोई कारण ही नहीं है कि हम इसका पता लगाएँ कि कौन आदमी–इससे कोई मतलब नहीं है। हमारा जीना, अगर सच में ही आनंदपूर्ण है, तो हम बाधा

देने नहीं जाते। और जानने की भी क्या जरूरत है, कोई भी जरूरत नहीं है। इसलिए जानने वाले जो हैं वह और दूरी पर हैं।

प्रश्न—अस्पष्ट।

वह तो ठीक है, वह अच्छा लगेगा, क्योंकि नया डायमेंशन है, संसेशन का। असल में अगर दस घंटे तुम बिल्कुल पत्थर की तरह भी पड़े रह जाओ, तो उसकी भी पीस तो बहुत गहरी है। हलन-चलन बिल्कल नहीं थी, इसलिए पत्थर की तरह रह गए। लेकिन धीरे-धीरे जब इसको बार-बार रिपीट करोगे और यह रूटीन हो जाएगी और इसका नया सेंसेशन चला जाएगा तब फिर मुश्किल शुरू हो जाएगी। तब तुम फिर कहोगे कि भई, यह तो रूटीन हो गई जैसे एक सुंदर स्त्री से शादी—पहले दिन दिवाने रहो और रातभर जागते रहो और बात करते रहो और महीने-भर सोए नहीं। और अब वह आज महीने-भर बाद वह स्त्री तुम्हें उठा रही है और तुम कह रहे हो, नहीं, नींद आती है। सेंसेशन गया। महीने-भर बाद इसका भी पता चल जाएगा, छः महीने बाद इसका पता चल जाएगा।

असल में जिस चीज को हम सेंसेशन की तरह लेंगे, वह चीज टिकने वाली नहीं होगी। सेंसेशन रिपीटीटिव होगा, वही अनुभव बार-बार होगा। पहली दफे तो बड़ा अद्‌भुत लगेगा, दूसरी दफा कम, तीसरी दफा कम। छः महीने बाद तुम कहोगे कि या तो इसकी मात्रा बढ़ाओ, वह भी फिर रूटीन हो जाएगी। तो तुम कहोगे और कोई तरह का ड्रग लाओ, फिर वह भी रूटीन हो जाएगा।

यही फर्क है कि मेडिटेशन का जो अनुभव है, वह कभी रूटीन नहीं हो पाता, वह रोज नया है। क्योंकि वह केमिकल इंड्यूज्ड नहीं है, स्पान्टेनिअस है, इसलिए रोज नया है। अब जैसे कि सूरज निकला, यद्यपि रोज निकलता है, लेकिन फिर भी नया है। तुम एक-सा सूरज कभी रोज न पाओगे। लेकिन तुम्हारा बिजली का बल्ब है। तुम रोज इसको जलाते हो, वह रोज वही का वही है। सूरज भी रोज वही निकल रहा है, लेकिन चूँकि वह स्पान्टेनिअस है, इंड्यूज्ड नहीं है। कभी बादल लाल है, कभी पीला है, कभी नीला है, कभी नहीं है। कभी सूरज सुर्ख है, कभी नहीं है। कभी सूरज बड़ा शांत मालूम हो रहा है, कभी बिल्कुल पागल हो गया है। वह स्पांटेनिअस है। उसका कल का कोई भरोसा नहीं कि कल क्या होगा और जरूरी नहीं कि कल निकले भी, न भी निकले। यह भी कोई जरूरी नहीं है। मगर तुम्हारा बल्ब जो है, वह रोज तुम जला लेते हो, बुझा लेते हो। वह इनड्यूज्ड है और बंधा हुआ है।

तो अनुभव भी दो तरह के हैं—एक तो सहज-स्फूर्त है, एक जो इंड्यूज्ड

है। इंडयूज्ड अनुभव जो है, वह आज नहीं कल बासा हो जाएगा और तब तुम तड़फोगे बुरी तरह से, क्योंकि यह जिंदगी तुमको अच्छी न लगेगी। वह भी अब अच्छी न लगेगी। अब तुम कहोगे और कुछ चाहिए। यह जो पश्चिम में हिप्पीज और इन सबका आकर्षण एकदम महेश योगी और फलाँ-ढिकाँ की तरफ ही होता है, वह उसी के बाद होता है। जब वे उससे ऊब गए, अब वह कहते हैं अब क्या करें? अब किस योगी के पास जाएँ, वह उस मंदिर में चले जाएँ, वह कोई तरकीब बता देगा और छह महीने बाद वे इससे भी ऊब जाते हैं कि अगर नहीं कोई मेडिटेशन की स्थिति बनती। तो मेडिटेशन जो है, वह स्पॉन्टेनिअस है, वह रोज नया है। पक्का भरोसा नहीं कि वह कैसा होगा, इसलिए वह कभी बासा नहीं हो सकता। इतना ही बुनियादी फर्क है।

बुनियादी फर्क यही है। और एक अननोन जर्नी है रोज मेडिटेशन में, अननोन जर्नी हो जाती है रोज। तुम जानते हो एक गोली लेंगे, फिर ऐसा होगा, फिर ऐसा होगा। अब तुम यह सब जानते हो। यह फिल्म देख चुके हो, फिर दुबारा देखने गए हो। अब तुम्हें मालूम है यह सब गड़बड़ चल रही है, कोई हर्जा नहीं। अभी थोड़ी देर में बैंड-बाजा बजेगा और शादी होगी, इसलिए कोई चिंता की जरूरत नहीं। सो सकते हो। एक दफे देख लो। इसलिए वह जो टेंशन था, वह सब चला गया।

प्रश्न—यह कॉन्शसनेस की अवेयरनेस होती है मेडिटेशन के अंदर?

हाँ-हाँ, बिल्कुल अवेयरनेस होगा।

प्रश्न—और वह फिर याद भी रहता है?

कुछ को याद रह जाएगा, कुछ को नहीं रह जाएगा। उसके कई कारण हैं।

प्रश्न—जिसको याद नहीं रहता है, इसका मतलब है कि उसके कॉन्शसनेस में उसका अवेयरनेस नहीं है?

न, ऐसा नहीं है जरूरी। असल में मेमोरी की फंक्शन अगर बंद हो गई हो, तो बराबर कान्शस रहेगा, लेकिन याद नहीं होगा। तो सबकी, मेमोरी की फंक्शन की अलग स्थिति है। जैसे एक आदमी सुबह उठकर कहता है कि मुझे कभी सपने आते ही नहीं। ऐसा आदमी मुश्किल है। सपने सबको आते हैं, सिर्फ मेमोरी फंक्शन नहीं करती है, इसलिए वह सुबह याद नहीं कर पाता। वह कहता है मुझे आता ही नहीं, मैं कैसे मान सकता हूँ।

प्रश्न—सबको आना ही चाहिए सपना?

आता ही है। थोड़ा बहुत नहीं आता, पूरी रात ही आता है। अब तो चूँकि बाहर से भी जाँचने के उपाय हो गए, तब यह डिटेक्ट हुआ कि कुछ लोग जो बोल रहे हैं, झूठ नहीं बोल रहे, वे बिल्कुल ठीक बोलते हैं कि हमको आता ही नहीं। उसका कुल कारण इतना है कि उनकी मेमोरी फंक्शन नहीं करती है। मन में तो रिकार्ड नहीं होता वहाँ। अब मैं यहाँ बोल रहा हूँ, मगर इसका यही सबूत है। और यह बंद है तो फिर कोई सबूत नहीं है कि मैं बोला। मगर मैं बोल सकता हूँ इसके फंक्शन के बिना भी। मेमोरी के बिना भी घटना घट सकती है और ऐसे भी मेमोरी के बिना बहुत घटनाएँ घट रही हैं, जो आपको खयाल में नहीं हैं। किसी की फंक्शन करती है, किसी की नहीं करती है, किसी की बहुत कम करती है। किसी की बहुत आथेंटिक, एक्टिवली करती है।

मेमेरी के फंक्शन अलग-अलग हैं। उस वजह से होता है। कोई इतना डीप चला गया कि वहाँ तक मेमोरी फंक्शन नहीं करती। अब यह बड़ा मजा है, हो सकता है जो डीप गया है, वह कहे कि मुझे कुछ पता नहीं और जो डीप नहीं गया वह कहे मुझे मालूम है। क्योंकि जहाँ तक वह गया, वहाँ तक मेमोरी पकड़ पाई। समझ लें कि मैं यहाँ बोल रहा हूँ। इसके इतने पास हूँ कि यह पकड़ रहा है। मैं और दूर चला गया, और दूर चला गया, और दूर चला गया, फिर इसने नहीं पकड़ा। तो मेमोरी का जो यंत्र है, अगर उससे गहराई बहुत ज्यादा चली गई, तो वह नहीं पकड़ पाती है, उससे ट्रेस नहीं बनता है।

प्रश्न—मेमोरी को फंक्शन करने की...

कोई जरूरत ही नहीं। उससे कोई मतलब नहीं है और कोई प्रयोजन भी नहीं है। वह तो तुम जैसे-जैसे गहरे जाओगे, जैसे गहरे जाओगे, तुम्हारा सारा व्यक्तित्व रूपांतरित होता जाएगा, वही खबर लाएगा।

प्रश्न—अगर कोई आदमी यह दावा करे कि मुझे कभी सपना आता नहीं तो भी समझा और मान लिया कि इसकी मेमोरी नहीं है। वह कहता है सपना नहीं आता, लेकिन जिस दिन सपना देख लिया....

असल में सपना जो है न, बहुत बड़ा मामला है। सपने बहुत तरह के आते हैं। कोई सपने में अगर तीन हिस्से कर दें तो एक सपना तो वह है, जो तुम्हारी रिक्वेस्ट डिजायर से पैदा होता है। जो तुमने करना चाहा था और नहीं कर सके। अधिक संख्या इसी तरह के सपनों की है। दूसरा सपना तुम्हारा इस तरह का होता है, जो तुम्हारे करने चाहने से उतना संबंधित नहीं है, लेकिन तुम्हारे कुछ अनलिव्ड मूवमेंट रह गए हैं, जिनको तुम पूरा जी नहीं पाए। जैसे तुम खाना खाने

बैठे हो और बीच में ही बुला लिए गए। एक अनुभव हो रहा था, वह टूट गया। तुम सड़क पर जा रहे थे, एक सुंदर स्त्री तुमने देखी, लेकिन तभी पुलिसवाला दिखाई पड़ गया, तुमने मुँह मोड़ लिए। अनलिव्ड रह गया मूवमेंट। एक सुंदर स्त्री की हल्की-सी तस्वीर रह गई, जो मन पूरा का पूरा सैच्युरेट नहीं कर पाया। यह सपने में लौट आएगी। यानी उसको भर नहीं पाया अपने में। वह पूरी नहीं हो पाई। अटकी रह गई। जी नहीं पाया उसे पूरा। वह अटकी रह गई। यह लौट आएगी। और इस तरह के जो अनलिव्ड हैं, सप्रेस्ड हैं, इनका ज्यादा हिस्सा होता है। लेकिन और भी सपने के तल हैं।

ऐसा सपना हो सकता है कि अगर तुम्हारी चेतना बहुत शांत है रात को, भविष्य की कोई झलक पकड़ सकेगी। कोई ऐसी झलक पकड़ सकती है, जो कि बहुत महत्त्वपूर्ण है और तुम्हारी चेतना उसे पकड़ ले। ऐसे जैसे कि हम यहाँ बैठे हैं। मैं इधर देख रहा हूँ तो मुझे कुछ पता नहीं चल रहा है, लेकिन मैं उधर देखूँ, तो मुझे मीलभर का हिस्सा दिखाई पड़ा जाएगा। तो मुझे दिखाई पड़ जाएगा कि बैलगाड़ी आ रही है। यानी मन की वह भी क्षमता है। यदि वह बहुत शांत हो तो भविष्य की झलक पकड़ सकेगा। बिल्कुल पकड़ सकता है।

और अगर वह ठीक-ठीक याद रह जाए, वही सवाल ज्यादा बड़ा है, क्योंकि सपने के साथ कई प्रॉब्लम हैं—एक तो बड़ा प्रॉब्लम यह है कि सपने को तुम जिस सीरीज में देखते हो, याद तुम्हें उल्टी सीरीज में करना पड़ता है। बहुत बड़ा प्रॉब्लम है। सपने को जब तुम देखते हो तो जैसे फिल्म तुम देखते हो, पहले से पीछे की तरफ, लेकिन याददाश्त तुम्हारी जो है न, जब तुम सुबह उठते हो तो जो आखिरी सीन है फिल्म का, वह पहला सीन होता है तुम्हारे लिए और तुम जब याद करते हो तो बैकवर्ड—सब कन्फ्यूज्ड हो जाता है। जैसे कोई किताब उल्टी पढ़े। सपना कन्फ्यूज्ड इसलिए हो जाता है। सपने तो कई को आते हैं, जिसमें भविष्य पकड़ जाए, लेकिन यह कन्फ्यूज्ड हो जाता है, जब वह उल्टा याद करना पड़ता है।

दूसरी, सपने के साथ कठिनाई जो है कि वह बहुत जल्दी इवापरेट होता है। तुम जब सोकर उठे तो पाँच मिनट के भीतर जो तुम्हें बिल्कुल साफ था, पंद्रह मिनट के बाद अधूरा साफ रह जाएगा। घंटे-भर के बाद तुम्हें बिल्कुल ही साफ नहीं रह जाएगा। इतनी जल्दी इवापरेट होता है। उसकी जो मेमोरी शेष है, वह बहुत फीकी है। और जैसे ही तुम जागे कि दुनिया का जो काम है, उसका टेंशन इतना तेज होता है कि वह सब लोप हो जाता है। लेकिन कठिनाई यह है

कि सपना एकदम सिंबल है। लैंग्वेज नहीं है सपना। सपना जो है पिक्चोरियल है, लिंग्विस्टिक नहीं है। तुम्हें यह जानकर हैरानी होगी कि सपने में लैंग्वेज नहीं होती, पिक्चर्स होते हैं।

पिक्चर्स होने की वजह से, और हम सोचते हैं लैंग्वेज में जागकर, तो मीडियम बदल जाता है पूरा का पूरा। जैसे समझ लें, एक आदमी है जो दिन में सोचता है कि मैं राष्ट्रपति कैसे हो जाऊँ, खड़ा कैसे हो जाऊँ, सबके ऊपर कैसे चढ़ जाऊँ, सबके ऊपर कैसे हो जाऊँ? यह शब्दों में सोच रहा है। सपने में शब्द नहीं होते, वह चील हो जाएगा और सबके ऊपर उड़ जाएगा। मगर अब यह सिंबालिक हो गया मामला। तो चील बन गया, और सबके ऊपर उड़ रहा है। सब बिल्ली वगैरह नीचे रह गई हैं, वह ऊपर उड़ रहा है। तो जितने एम्बीशस लोग हैं, सब उड़ने का सपना देखते हैं।

जैसे नेहरू हैं या– ये सब उड़ने का सपना देख रहे हैं। उड़ना इनका खास सपना होगा। सब पालिटीशियंस का–ऊपर, ऊपर। लेकिन सोचने में तो है नहीं बात। अच्छा तो सुबह उनकी समझ नहीं आता कि चील बनकर उड़ गए, तो क्या बात है। और सिंबालिक होने से बड़ी कठिनाई है। अब उनका हमें कुछ ख्रयाल ही नहीं होता है कि यह जो देख रहे हैं, इसका क्या मतलब होगा।

एक आदमी सीढ़ियों पर चढ़ा जा रहा है, कंदरा में घुसा जा रहा है। एक आदमी पानी में बहा जा रहा है, एक आदमी वृक्ष पर चढ़ रहा है। क्या मतलब है इन सबका? ये सब सिंबल्स हैं, जोकि लाखों स्वप्नों में खोज-बीन करने से ही फिक्स्ड नहीं हो पाते। क्योंकि एक-एक आदमी की प्राइवेट लैंग्वेज है। लैंग्वेज जो है, वह तुम्हारी कामन है। लेकिन सपना जो है, वह बिल्कुल प्राइवेट है। प्राइवेट इतना है कि एक ही सपने को दो आदमी एक साथ नहीं देख सकते। इतना प्राइवेट है। ऐसा रखकर बीच में कि हम सब देख लें कि यह रहा सपना, तो वह क्लैक्टिव हो जाए। तो सिंबल हम इकट्ठा बना लेते हैं। तुमने अपना बनाया है, मैंने अपना बनाया है, इसने अपना बनाया है। इसलिए बड़ी कठिनाई है। और इसलिए तुम्हें याद करने में, इंटरप्रीट करने में बड़ा मुश्किल होता है। इसलिए पक्का नहीं हो पाता।

और एक तरह के वे सपने हैं, जोकि तुम्हारे पिछले जन्मों से संबंधित हैं, वह और मुश्किल मामला है। प्रीवियस बर्थ से बहुत से सपने संबंधित हैं। इसलिए है बहुत उलझाव। इधर मेरा खयाल है कि सपने पर ही एक पूरी सीरीज रखेंगे तो पूरी बात कर सकेंगे। असल में कोई भी मामला छोटा नहीं है, इसलिए

तकलीफ है।

प्रश्न—एक दो मिनट और ले लूँ—समझो कि अभी मैं रेसकोर्स के मैदान में नहीं हूँ, फिर भी कल मैंने रात सपना देख लिया कि चौथे रेस में सात नंबर का घोड़ा जीत आया। कल रेस होगी तो चौथी रेस में सात नंबर का घोड़ा जीत जाएगा तो इस स्वप्न का सत्य होने का संबंध कैसे होगा?

बहुत कारण हो सकते हैं। कभी तो यह सिर्फ सांयोगिक हो सकता है—कभी। कभी तो बिल्कुल सही हो सकता है—कभी। तुम्हारा कोई संबंध नहीं है रेसकोर्स से, लेकिन तुम्हारे आस-पास, तुम्हारे निकट संबंधियों में, तुम्हारे मित्रों में, परिचितों में किसी इंटिमेट का संबंध तुमसे है, उसका रेसकोर्स से संबंध है। और वह पूरे वक्त सोच रहा है, सोच रहा है, सोच रहा है, तो उसका थॉट तुम तक प्रॉजेक्ट हो सकता है। इंटिमेसी के रास्ते हैं अंदर, तो थॉट प्रॉजेक्ट हो सकता है। तुम पकड़ लो, वह न पकड़ पाए। और उसका कारण है, वह क्यों न पकड़ पाए, क्योंकि वह तो टेंस है और तुम टेंस नहीं हो, तुम तो रिलेक्स्ड हो। लेकिन तुम कनेक्टैड हो उस आदमी से तो पकड़ ले सकते हो। वह संभव हो सकता है। मन के तो बहुत उलझाव हैं और मन की बड़ी मिस्ट्रीज भी हैं और उसका साइंस भी थोड़ा-बनता है, थोड़ा साइंस भी है।

सात

ध्यान : अवधि

मित्र पूछ रहे हैं कि कहा जाता है कि आरविंद को शून्य का, वैक्यूम का अनुभव हुआ। क्या वह सत्य की खोज थी?

अरविंद के संबंध में पूछना ही फिजूल है। जब भी हम दूसरे के संबंध में पूछते हैं कि उसे जो शून्य हुआ, वह क्या था, तब हम अपने को ज्यादा से ज्यादा शब्दों से ही भर सकेंगे। अरविंद भी एक शब्द बनेगा और अरविंद का शून्य भी एक शब्द बनेगा और उन्हें मिला या नहीं मिला, ये भी शब्द बनेंगे। न, दूसरे के संबंध में हम शब्द से कभी मुक्त ही नहीं हो सकते। दूसरे के संबंध में शब्द अनिवार्य है। सिर्फ अपने संबंध में हम शब्द से मुक्त हो सकते हैं तो फिक्र इसकी न करें कि अरविंद को क्या हुआ, क्या नहीं हुआ। फिक्र इसकी करें कि आपको क्या हो सकता है। और अगर मैं कहूँ कि अरविंद को हुआ, तो आप किसी दूसरे से पूछेंगे कि मैंने ऐसा अरविंद के संबंध में कहा, वह सही है या गलत? किसी से भी पूछेंगे। इसका अंत कहाँ? इंफिनिट रिग्रेस है, जो हम पूछते चले जाते हैं।

मैंने सुना है, एक आदमी एक गाँव में जाने को है और उसने पूछा है कि 'अ' नाम का आदमी कहाँ रहता है? तो किसी ने कहा कि 'ब' नाम के आदमी के पड़ोस में रहता है? उसने कहा, मुश्किल में मत डालो मुझको। यह 'ब' नाम का आदमी कहाँ रहता है? वह 'स' नाम के आदमी के पड़ोस में रहता है। लेकिन मुझे 'स' आदमी का कोई पता नहीं है।

अरविंद के संबंध में पूछेंगे कुछ मुझसे—अरविंद भी दूसरे, मैं भी दूसरा। दोनों आपके लिए बेकार—अरविंद भी, मैं भी। दूसरे होने की वजह से बेकार। असली सवाल सत्य की खोज का सदा अपने से है। मैं वैक्यूम में हो पाता हूँ या नहीं—यह सवाल महत्त्वपूर्ण है? और इतना जरूर कहूँगा कि जिस दिन आप शून्य में हो पाएँगे, उस दिन आप ही देख पाएँगे कि कौन-कौन शून्य में हो गया। तब आप कभी न पूछेंगे कि कौन हुआ, कौन नहीं हुआ? लेकिन जब तक आप

नहीं हुए हैं, कोई दूसरा दावा करे कि हो गया, कोई दूसरे के संबंध में कहे कि नहीं हो गया, इससे क्या होगा? बातचीत हो जाएगी। इससे कोई अर्थ नहीं है।

बचें, यही तो मैंने कहा, गुरुओं से बचें। अरविंद को मैं कहूँ, हो गया, तो आप कहेंगे, चलो, अरविंद को गुरु बना लें। अगर कहूँ कि नहीं हुआ तो कहेंगे कि चलो मुझको ही बना लें। यह हमारी गुरु की तलाश है। हम पता लगाते हैं, बुद्ध को ज्ञान हुआ? अगर हुआ हो तो चलो उनके पैर पकड़ लें। महावीर तीर्थंकर असली थे कि नकली? चलो उनके पैर पकड़ लें, अगर पक्का हो जाए। लेकिन कैसे पक्का होगा? कौन करेगा पक्का? और जरूरत क्या है पक्का करने की? इसलिए मैं कह यह रहा हूँ कि दूसरे से बचना, नहीं तो अरविंद अथॉर्टी बन जाएँगे, बैठकर उनकी किताबें आप पढ़ेंगे, और क्या करेंगे?

अरविंद को माननेवाला उनकी किताबें बैठकर पढ़ रहा है। बैठा है, माताजी का आशीर्वाद मिल जाएगा तो सब हो जाएगा। यह सब अंधों की दुनिया पैदा हो गई है। गुरु जो हैं, वे अंधों की दुनिया के राजा हैं। वह अंधों की दुनिया उनसे पैदा होती है। नहीं, कोई की फिक्र न करें, क्योंकि फिक्र की जरूरत नहीं है। कोई अथॉर्टी बनानी है? कोई आप्त बनाना है? शून्य में जाना है, आप चले जाएँ? यह बड़े मजे की बात है कि जहाँ हमें जाना होता है, वहाँ हम कभी नहीं पूछते यह सवाल।

जैसे मुझे कोई नहीं आकर पूछता कि मजनू का प्रेम सच था? वह अपने प्रेम में चला जाता है। हम पूछते नहीं। फरहाद का प्रेम सच था? कोई नहीं पूछता। वह खुद ही चला जाता है। प्रेम में हम खुद चले जाते हैं, तो हम कभी नहीं पूछते कि किसका सच, किसका झूठ, किसको मिला, किसको नहीं मिला? एक ही बात ध्यान रखें, जब तक आपको नहीं मिला, तब तक किसी को नहीं मिला। और दिन दिन आपको मिल गया, उस दिन सबको मिल गया। कोई प्रयोजन नहीं। इररिलेवेंट है, अरविंद या मैं या कोई भी। आपसे कुछ लेना-देना नही है। ये फिजूल के लोग हैं, इनसे बचना चाहिए। जहाँ गुरु दिखाई पड़े वहाँ एकदम भाग खड़े होना चाहिए। वहाँ से उस तरफ कभी जाना नहीं चाहिए गुरु की तरफ। क्योंकि वह अनिवार्य रूप से दूसरे में आपको उलझा देता है और दूसरे से बचना सत्य की खोज का अनिवार्य हिस्सा है।

प्रश्न—शून्य में जाने की विधि क्या है?

शून्य में जाने की विधि नहीं हो सकती और विधि से जाइएगा, तो कम से कम विधि तो साथ रह ही जाएगी। शून्य न हो पाएगा, क्योंकि फिर विधि

को कैसे छोड़िएगा। फिर विधि को छोड़ने की विधि पूछिएगा? अब यह विधि पकड़ ली, अब इसको कैसे छोड़ें? अब इसकी कोई विधि चाहिए। असल में एक विधि को छुड़ाने के लिए फिर दूसरी, दूसरी को तीसरी। नहीं, इस चक्कर में पड़िए मत। शून्य में जाने की विधि मत बनाइए। फिर आप कहेंगे, लेकिन हम कैसे जाएँ। शून्य में जाने की विधि न बनाएँगे तो हम तो बिना विधि के कहीं जा ही नहीं सकते। वह तो अच्छा हुआ कि हमको श्वास लेने की, लेते रहते हैं बचपन से, इसलिए विधि नहीं पूछते।

मैंने सुना है एक सेंटीपीड था, सौ पैर वाला एक जानवर था। वह जा रहा था एक रास्ते से। एक मकोड़े ने देखा, वह बहुत हैरान हुआ कि सौ पैर। किस विधि से उठाता होगा, पहले कौन-सा उठाता होगा, दूसरा कैसे उठाता होगा? मर गया, वह बहुत घबराया। उसने कहा, कितना गणितज्ञ होगा, यह सेंटीपीड। सौ पैरों का हिसाब रखना कि कब कौन-सा उठाना और चलना, हिसाब भी रखना। चार पैर में भी दिक्कत हुई जाती है। उसने कहा, सुन भाई रुक। जरा इतना तो बता जा, किस विधि से चलता है? दो पैर कैसे उठाता है। पहले कौन-सा, दूसरा कब, तीसरा कब? गड़बड़ा नहीं जाता।

उस सेंटीपीड ने कहा, मैंने कभी खयाल नहीं किया। मैं खयाल करता हूँ। उसने खयाल किया, वह गिर पड़ा। घबड़ा गया, सौ पैर, कौन-सा पैर आगे पीछे? उसने कहा कि मूर्ख मकोड़े, अब किसी सेंटीपीड से ऐसा सवाल मत पूछना। जानते ही मुसीबत आ गई। अभी तक चलते चले जाते थे बिना विधि के। शून्य की विधि नहीं है। सिर्फ शब्द की व्यर्थता को समझ लें, विचार की व्यर्थता को समझ लें। उस व्यर्थता का परिणाम सहज रूप से शून्य बनता है।

यहाँ हम बैठे हैं, मकान में आग लग गई, और मैं यह कहता हूँ, मकान में आग लग गई और लपटें आपको दिखाई पड़ती हैं, फिर कोई यहाँ नहीं पूछेगा कि बाहर निकलने की विधि क्या है? आप पाएँगे कि बिना विधि के लोग निकले जा रहे हैं। सब शिष्टाचार को छोड़कर। किसी स्त्री को धक्का लग रहा है कि नहीं लग रहा है कि अपनी पत्नी के साथ है कि नहीं, धर्मपत्नी, इस वक्त विधि को सब छोड़कर बिल्कुल बिना विधि के लोग बाहर निकले जा रहे हैं। जहाँ दरवाजे हैं वहाँ से। और जहाँ दरवाजे नहीं हैं वहाँ छोड़कर सब तरफ से निकले जा रहे हैं। क्या हो गया है? लपट का दिखाई पड़ जाना, निकलने की विधि बन जाती है। शब्द की व्यर्थता दिखाई पड़े, शास्त्र की व्यर्थता दिखाई पड़े, बाहर की व्यर्थता दिखाई पड़े, यह है सवाल असल में। अगर यह एक्चुअली

दिखाई पड़ जाए, शब्द, बातचीत सिद्धांत, शास्त्र, बेकार है, व्यर्थ है। अगर यह दिखाई पड़ जाए।

यह चौबीस घंटे शब्दों में ही, विचारों में ही जीना व्यर्थ है। यह व्यर्थता जितनी तीव्रता से दिखाई पड़ जाए, आप अचानक पाएँगे कि आप बाहर हो गए। और यह बाहर होना बिना विधि के, बिना मैथड के हो जाएगा। और अगर विधि से बाहर हुए तो आप एक बहुत चक्कर में पड़ेंगे। क्योंकि विधि से कभी भी अंत नहीं आता है उसका—फिर दूसरी विधि, फिर तीसरी विधि और चलता रहता है। नहीं, विधि से नहीं होगा, शून्य में जाना है तो विधि से नहीं होगा।

इसलिए निगेटिव मैथड कहना चाहिए, जो मैं कर रहा हूँ। पत्नी के पास बैठे होंगे समुद्र के तट पर, मित्र के साथ, या प्रेयसी के साथ या अकेले। अगर वहाँ तट पर बैठकर आपको ऐसा लगता है कि क्या अर्थ है यहाँ सोचने का? सागर है, आकाश है। कोई नहीं सोचता, न सागर सोचता, न आकाश सोचता है। न वृक्ष सोचते हैं, न हवाएँ सोचती हैं, कोई भी नहीं सोचता। मैं भी बिना सोचे ही पड़ा रहूँ। बहुत तो सोचता हूँ चौबीस घंटे। सोचने से सिवाय सिर्फ थकाने के कहीं पहुँचता नहीं। पड़ा रहूँ। तो आप ठीक कह रहे हैं कि ऊपर से तो मौन हो जाते हैं, लेकिन भीतर चलता रहता है। चलने दें। मैंने कहा, मूमेंटम है। जैसे एक साईकल को चलाता है एक आदमी और उससे कह कहते हैं, रुक जाओ पैडल रोक देता है। वह कहता है पैडल तो रुक गया, लेकिन चले चल रहे हैं। तो अभी चक्के चलेंगे न। दो मील से आप चलते आ रहे हैं, तो पैडल रोक देने से भी थोड़ी देर चक्के चलेंगे। लेकिन अब यह मानकर जब बिना पैडल चलाए चक्के चल रहे हैं तो पैडल चलाए ही जाओ, फिर पैडल चलाना शुरू कर देते हैं। नहीं, तट पर पड़े हैं, घर पर पड़े हैं, बिस्तर में रात सो गए हैं, अँधेरा है, सुखद है, रेशम की तरह चारों तरफ से घेरे है, चुपचाप हो जाएँ। भीतर विचार चलेंगे क्योंकि दिनभर चले हैं तो उनका मूमेंटम है। जिंदगीभर चले हैं। जो जानते हैं, वे कहेंगे जन्मों से चले हैं। जन्मों-जन्मों से उनका मूमेंटम जारी है। वह चलने दें, लेकिन आप पैडल न मारें। भीतर जो विचार है, उनको आप पैडल भी मारते हैं।

एक विचार आता है, आप तत्काल दूसरे को उस पर ले जाते हैं, तीसरे पर ले जाते हैं, चौथे पर ले जाते हैं। आप कहें, जितना अपने से चलना हो चलो, हम पैडल नहीं मारते हैं। हम जरा चुपचाप खड़े हैं। आप पड़े रहें इसलिए मैंने कहा, कुछ कह नहीं सकता, कब हो जाएगा। किसी दिन आप अचानक पाएँगे कि कोई क्षण है, जब कोई विचार नहीं है, खाली रह गया आकाश। उस खाली

आकाश में जब आपको आनंद की प्रतीति होगी, तो आनंद की प्रतीति विधि बन जाएगी। फिर आपके लिए। फिर आपका मन खुद ही उस आनंद की तरफ बहने लगेगा।

मन का नियम यह है कि वह आनंद की तरफ बहता है। अभी मैं यहाँ बोलता हूँ और कोई पास के बगीचे में सितार बजाने लगे तो आपका मन किस विधि से उसके सितार को सुनने पहुँच जाता है, कभी खयाल किया है आपने? इधर में बोल रहा हूँ, खत्म हो गया मेरा बोलना। मैं बोलता रहूँगा, आपको सुनाई पड़ना यहाँ बंद हो गया। आप अचानक गए, आप यहाँ नहीं हैं। सितर बजने लगा है बाहर। वह सितार ने आपके मन को पकड़ लिया है। आपका मन गया बाहर। मन आनंद की तरफ बहा चला जाता है अपने आप, बिना किसी विधि के जैसे नदियाँ संसार की तरफ बहती हैं, बिना किसी नक्शे को हाथ में लिए; ऐसे मन आनंद की तरफ बहता है।

कभी जब अनायास वह क्षण आपमें घटित हो जाएगा, चलते-चलते, रुकते-रुकते किसी दिन आपको आनंद की प्रतीति होगी, सत्य की थोड़ी-सी झलक भी मिल जाएगी तो फिर मन लौट-लौटकर वहाँ जाने लगेगा। अपने आप जब भी आप खाली होंगे, चुप हो जाएँगे–विधि नहीं है।

लेकिन हमारा मन चूँकि बिना विधि के कुछ भी नहीं करता, पूछते हैं विधि, इसलिए हमारा शोषण करनेवाले लोग पैदा हो जाते हैं। वे कहते हैं, आओ, हम देते हैं विधि। लो साढ़े तीन रुपए में मंत्र ले लो। कान में फूँक देते हैं, अब और किसी से मत लेना, यह पक्की हमने विधि दे दी। इस पर तुन चलते रहो। सारी दुनिया के आदमी को हर तरह के शोषण है। और आध्यात्मिक शोषण सबसे बड़ा शोषण है। गुरु कर रहे हैं उसको सब तरफ। अब इस वक्त पश्चिम में बहुत अशांति है तो वह विधि चाहते हैं। इसलिए पूरब के ज्तिने उपद्रवी हैं, वे सब पश्चिम जा रहे हैं। वे वहाँ लोगों को विधि दे रहे हैं। वे उनको इकट्ठा करके बता रहे हैं कि तुमको मंत्र दिए दे रहे हैं। यह कंठी लो हाथ में, यह माला जपते रहो। हमारा शोषण हो जाता है, क्योंकि हमें खयाल नहीं है कि मामला विधि का नहीं है।

अंतिम बात आपसे कह दूँ, फिर हम उठें। विधि से कभी भी विधि से, बड़ी चीज नहीं मिल सकती। और परमात्मा इतना बड़ा है कि हमारी कौन-सी विधि से मिल सकेगा। आप दो पैसे से खरीरने जाएँगे तो दो पैसे की चीज मिल सकती है। परमात्मा को आप खरीद नहीं सकते हैं, क्योंकि कितने पैसे से आप

खरीदेंगे? आपको पहाड़ पर चढ़ना है तो सीढ़ियाँ बनाई जा सकती हैं। लेकिन जितनी बड़ी सीढ़िया होंगी, उतने बड़े पहाड़ पर पहुँचा देंगी। अब परमात्मा के अंतहीन इस शिखर पर चढ़ने के लिए कैसे सीढ़ियाँ बनाइएगा? यहाँ तो मेथडलेसली ... यहाँ तो बिना विधि के जो कूदने के लिए तैयार हैं, वे ही इस अनंत में और अनादि में प्रवेश कर पाते हैं। अन्यथा लोग बैठे हुए विधि का हिसाब करते हुए रह जाते हैं।

एक छोटी-सी कहानी से मैं आपको समझाऊँ। सुना है मैंने, एक सम्राट का वजीर मर गया। बड़ा था वजीर। उस राज्य का नियम था कि जब भी कोई बड़ा वजीर मर जाए तो सारे राज्य में चुनाव किए जाएँ, परीक्षाएँ की जाएँ, श्रेष्ठतम बुद्धिमान आदमी खोजा जाए। परीक्षाएँ की गईं। तीन आदमी खोजे गए। वे राजधानी लाए गए, अंतिम परीक्षा के लिए। अंतिम परीक्षा, तीनों रात-भर परेशान होने चाहिए थे। लेकिन एक चादर ओढ़कर एकदम सो गया। दूसरे ने कहा, यह आदमी क्या ड्राप कर गया? क्या हुआ? इसको परीक्षा नहीं देनी है? तैयारी नहीं करनी है? और कल परीक्षा क्या होगी, अनजान थी परीक्षा। कुछ खबर नहीं थी। पर गाँव-भर में खबर थी। हर आदमी कह रहा था कि परीक्षा तय है, तो गाँव में गया, तो पता चल गया। पूरे गाँव में चर्चा थी कि परीक्षा यह है। राजा ने एक कमरा बनाया है और उसमें एक अद्‌भुत ताला लगाया है और ताला एक मैथमेटिकल पजल है। वह पजल उस पर खुदी हुई है। जो उसको हल कर लेगा, वह ताला खोल लेगा। इन तीनों को कल बंद किया जाएगा। जो ताला खोलकर बाहर आ जाएगा, वह जीत जाएगा, वह वजीर हो जाएगा।

वे दोनों भागे, न तो वे चोर थे कि ताला खोलना जानते हों, न गणितज्ञ थे कि गणित जानते हों। न पहेलियाँ हल करने के शौकीन थे, बड़ी मुश्किल में पड़ गए। गाँव-भर में जो गणित जानता था उसके पास गए, जौ ताले खोलता था, उसके पास गए। इंजीनियर के पास गए, कई किताबें लाए। रात-भर उन्होंने कहा, अब जिंदगी-भर का मामला है, रात सोओ मत। रात-भर जागे, सब पढ़ा-लिखा। साँझ से ही हालत सुबह तक बुरी हो गई। जैसे कि परीक्षार्थियों की हो जाती है। साँझ को दो और दो चार बता सकते थे, सुबह आप उनसे पूछो दो और दो चार, तो उन्हें कुछ सूझता ही न था आप पूछ क्या रहे हैं? जवाब तो बहुत दूर है। पहले प्रश्न ही समझ में आना मुश्किल हो गया है। लेकिन वह एक आदमी रात-भर सोया रहा। वे दोनों खुश हुए कि अच्छा हुआ, कम-से-कम एक तो खत्म हुआ? अब दो ही प्रतियोगी बचे। लेकिन जब वे सुबह थके-माँदे थे

तब वह भी उठा गीत गाता हुआ, स्नान किया। उन्होंने तो स्नान भी नहीं किया। उन्होंने कहा, अब आज तो सब छोड़ो। वे दोनों चले, वह भी पीछे गीत गाता चला। दोनों ने सोचा, यह पागल, किसलिए आ रहा है, कुछ तैयारी तो की नहीं। गए तीनों।

सच थी अफवाह। दरवाजे के भीतर सम्राट ने किया और कहा, यह है पहेली का ताला, इसे खोलकर जो बाहर आ जाए, इसकी कोई चाबी नहीं है। यह पहेली जो है, बस यही चाबी है। जो बाहर आ जाए वह जीत गया। अब तुम भीतर जाओ, मैं बाहर जाता हूँ। दरवाजा लगाया, राजा बाहर हो गया। वह तीसरा आदमी जो रात-भर सोया रहा, फिर एक कोने में आँख बंद करके बैठ गया। उन्होंने कहा, यह आदमी क्या है? लेकिन उन्होंने कहा, इसकी फिक्र छोड़ो। फुर्सत किसे है इसकी फिक्र की। वे अपनी किताबें छिपा लाए थे अपने कपड़ों के अंदर। कोई आजकल के विद्यार्थी चोर हैं, ऐसा नहीं, विद्यार्थी सदा से चोर हैं। क्योंकि जहाँ ज्ञान स्मृति से समझा जाता हो, वहाँ चोरी अनिवार्य है। चोरी कई तरह की हो सकती है। वे बेचारे ले आए थे छिपाकर, जल्दी हिसाब-किताब लगाने बैठे। लग गए अपनी मुश्किल में, पसीना चुआ जा रहा है, हिसाब कुछ सूझता नहीं है। तभी अचानक राजा भीतर आया और उसने कहा कि बंद करो हिसाब-किताब जिसको निकलना था, वह निकल चुका। उन्होंने कहा, कौन निकल चुका। हम दोनों तो यही हैं। कहा, वह तीसरा आदमी निकल चुका। देखा कोना खाली है। वह आदमी नदारद है। राजा ने कहा, वह बाहर है। उन दोनों ने कहा कि वह निकला कैसे, क्योंकि हिसाब तो उसने कुछ किया नहीं। राजा ने कहा, हिसाब का सवाल न था, ताला लगा ही नहीं था। दरवाजा अटका था। दरवाजा सिर्फ अटका था।

और बुद्धिमान आदमी का पहला लक्षण यह है कि पहले वह यह देख ले, सवाल भी है या नहीं, और जवाब खोजने में लग जाए, तो मुश्किल में पड़ जाता है। वह निकल गया बाहर। उस आदमी से पूछा कि तुझे क्या हुआ? उसने कहा, रात को जिस परीक्षा का अपने को पता ही नहीं, उसकी तैयारी करनी खतरनाक है, क्योंकि कहीं तैयारी से न मालूम क्या-क्या हो जाए, तो उसके लिए तो अनप्रिपेयर होना ही अच्छा है, प्रिपेयर होना खतरनाक है, जिसका अपने को कुछ पता ही नहीं। तो मैं अनप्रिपेयर्ड आया, रात-भर मैंने कहा कि बिल्कुल अनप्रिपेयर्ड हो जाओ। जो पहले की तैयारी है, वह भी भूल जाओ। ताकि सुबह कम-से-कम खाली, साफ-सुथरा तो खड़ा हो जाऊँ कि क्या है।

जब इस कमरे आकर बैठा तो मैंने कहा कि ताले तो अपने बाप-दादों ने कभी नहीं खोले। अगर वे खोल ही लेते तो राजा हो जाते, उनका बेटा वजीर क्यों होता। अपना तो काम नहीं है यह, लेकिन अब आँख बंद करके बैठ जाएँ। सूझ जाए तो खोला जाए। आँख बंद करके बैठा, तब मुझे खयाल आया कि पहले यह तो देख लें कि ताला लगा भी है कि नहीं। मैं गया और ताला खोलकर बाहर निकल गया। ताला तो लगा नहीं था, दरवाजा अटका था।

परमात्मा का दरवाजा भी लगा हुआ दरवाजा नहीं है कि यहाँ कोई विधि की और चाबी की जरूरत हो, बिल्कुल अटका है मगर आप अपनी किताब खोले बैठे हैं कि किस विधि से निकलें। और उधर परमात्मा उस तरफ प्रतीक्षा कर रहा है कि छोड़ो किताब आ जाओ, बिना विधि के चलेगा।

जिंदगी में जो भी महत्त्वपूर्ण है, वह सब बिना विधि के ही होता है। न प्रेम-विधि से होता है, न सत्य-विधि से होता है, न काव्य-विधि से होता है, न संगीत-विधि से होता है। जीवन में जो भी महत्त्वपूर्ण है, विधि के बाहर है; और जीवन में जो भी क्षुद्र है, विधि के भीतर है। इसलिए विधि से पाना हो, तो क्षुद्र मिलेगा; और बिना विधि के कूदने की क्षमता हो, तो विराट् मिल सकता है।

ओशो का आध्यात्मिक चिंतन

सजिल्द संस्करण (डीलक्स)

भारत के जलते प्रश्न 450.00
अथातो भक्ति जिज्ञासा (शाडिन्य सूत्र)
(2 भाग प्रत्येक 450/-) 900.00
महावीर वाणी (2 भाग प्रत्येक 450/-) 900.00
ताओ उपनिषद (6 भाग प्रत्येक 450/-) 2700.00

पैपर बैक संस्करण

पंतजलि योग सूत्र भाग-1 .... 250.00
पंतजलि योग सूत्र भाग-2 .... 250.00
पंतजलि योग सूत्र भाग-3 .... 250.00
पंतजलि योग सूत्र भाग-4 .... 250.00
पंतजलि योग सूत्र भाग-5 .... 250.00

पेपर बैक (डिमाई)

ओशो (गीता का मनोविज्ञान) श्रीमद्‌भगवतगीता
युद्ध और शांति (भाग-1) 125.00
न जन्म न मृत्यु (भाग-2) 125.00
कर्मयोग (भाग-3) 125.00
सनातन सत्य (भाग-4) 125.00
अंतर अग्नि (भाग-5) 125.00
जल में कमल (भाग-6) 125.00

अष्टावक्र महागीता

मुक्ति की आकांक्षा 150.00
दुख का मूल 150.00
जो है जो है 150.00
सहजता में तृप्ति 150.00
सन्नाटे की साधना 150.00
न संसार न मुक्ति 150.00
समर्पित स्वतंत्रता 150.00
सुख स्वभाव 150.00
अनुमान नहीं, अनुभव 150.00
संभोग से समाधि की ओर (सम्पूर्ण संस्करण) .. 195.00
संभोग से समाधि की ओर 225.00
हसिबा खेलिबा धरिबा ध्यानम 95.00
ध्यान के कमल 95.00
मैं मृत्यु सिखाता हूं 175.00
एक ओंकार सतनाम 195.00
शिव साधना 75.00
शिव दर्शन 75.00
तेरा साईं तुझ में (कबीर वाणी) 60.00
सत भाषै रैदास (रैदास वाणी) 75.00
ऐसी भक्ति करे रैदासा (रैदास वाणी) 75.00
प्रभु की पगडंडिया 60.00
शिक्षा - नए प्रयोग 75.00
ओशो ध्यान योग 150.00
ध्यान क्या है 60.00
भारत एक सनातन यात्रा 150.00
साक्षी कृष्ण और रासलीला 75.00
कृष्ण : जिज्ञासा, खोज, उपलब्धि 75.00
कृष्ण साधना रहित सिद्धि 75.00
कृष्ण और हंसता हुआ धर्म 75.00
कृष्ण गुरु भी सखा भी 75.00
होनी होय सो होय (कबीर वाणी) 75.00
भगति-भजन हरिनाम (कबीर वाणी) 75.00
बूझे बिरला कोई (कबीर वाणी) 75.00
निरगुन का बिसराम (कबीर वाणी) 75.00
गुरु गोविन्द दोऊ खड़े (कबीर वाणी) 75.00
लिखा लिखी की है नहीं (कबीर वाणी) 75.00
मन लागो यार फकीरी में (कबीर वाणी) 75.00
बोले शेख फरीद (कबीर वाणी) 75.00
क्या मेरा क्या तेरा (कबीर वाणी) 75.00
हीरा पायो गांठ गठियाओ (कबीर वाणी) 75.00
नहीं जोग-नहीं जाप (कबीर वाणी) 75.00
क्रान्ति सूत्र 75.00
मीरा के प्रभु गिरधर नागर (मीरा वाणी) 75.00
राम नाम रस पीजे (मीरा वाणी) 75.00
मेरे तो गिरधर गोपाल (मीरा वाणी) 75.00
हंसे खेलें न करे मन भंग (गोरख वाणी) 60.00
जीवन संगीत (गोरख वाणी) 50.00
साधना पथ 75.00
शून्यता है महामुक्ति 60.00

पुस्तकें V.P.P से मंगवाये। डाक व्यय प्रति पुस्तक 20/- तीन पुस्तकें एक साथ मंगवाने पर डाक व्यय फ्री।

डायमंड पाकेट बुक्स X-30, ओखला इंडस्ट्रियल एरिया, फेज-II, नई दिल्ली-20
फोन : 011-40712100, फैक्स : 011-41611866, E-mail : Sales@dpb.in, Website : www.dpb.in

ओशो का आलौकिक साहित्य

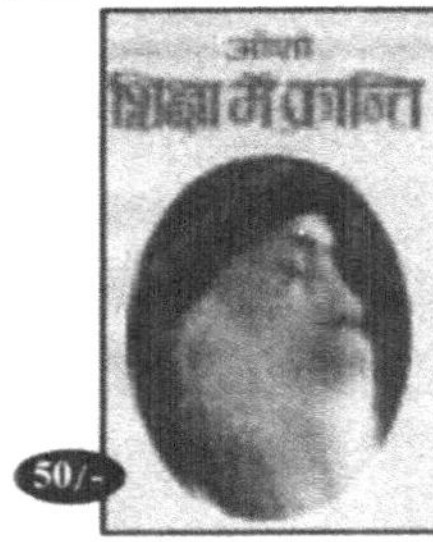

सजिल्द संस्करण (डीलक्स)

भारत के जलते प्रश्न 450.00
अथातो भक्ति जिज्ञासा (शाडिन्य सूत्र)
(2 भाग प्रत्येक 450/-) 900.00
महावीर वाणी (2 भाग प्रत्येक 450/-) 900.00
पंतजलि योग सूत्र(5 भाग प्रत्येक 350/-) 1750.00
अष्टावक्र महागीता(9 भाग प्रत्येक 250/-)2250.00
ताओ उपनिषद (6 भाग प्रत्येक 450/-).. 2700.00

गीता का मनोविज्ञान

युद्ध और शांति (भाग-1) 160.00
न जन्म न मृत्यु (भाग-2) 160.00
कर्मयोग (भाग-3) 160.00

ओशो सम्बन्धी साहित्य

स्वामी सत्य निरजन

मेरे प्रिय आत्मन.............................. 125.00

स्वामी सत्य वेदांत

चेतना के पंख 95.00

सू. एपलटन

दिया अमृत पाया जहर 35.00

स्वामी ज्ञानभेद

ओशो मयखाने के दिवाने रिंद 150.00
बेइरादा नजर उनसे टकरा गई 150.00
ओशो रस बरसै 150.00
चल ओशो के गांव में.......................... 150.00
ध्यान प्रेम की छांव में 150.00
कुण्डलिनी और समाधि 150.00

एक फक्कड़ मसीहा : ओशो

भाग- 1-9 (प्रत्येक) 150.00
ध्यान और प्रेम के मसीहा ओशो 100.00
ओशो ही ओशो 150.00

स्वामी ज्ञानभेद/स्वामी प्रेमनिशीथ

बुद्धत्व खड़ा बाजार में (सहज समाधि में
सहायक ओशो द्वारा बताए सूत्र) 195.00

स्वामी प्रेमनिशीथ

ओशो को समर्पित उसी की ये शराब 60.00
हर आईना हैरान है 40.00

स्वामी योग प्रीतम

ओशो के रस रंग में 40.00

स्वामी अगेह भारती

ओशो रस भींज्यो 95.00
जीवन के रंग ओशो के संग 60.00
स्पंदन (काव्य संग्रह) 50.00
डायरी के पन्ने 50.00
ओशो के आसपास 100.00
ओशो एक अनेक स्वाद 40.00
ओशो के संग! कुछ अनमोल क्षण 35.00
अनजाने ओशो 40.00
एक ओशो शिष्य की डायरी 30.00
ओशो गाथा 40.00
विचारों के फूल 40.00
ओशो की मधुशाला में बच्चन 40.00
मेरी रजनीशपुरम यात्रा 30.00
एक ओशो शिष्य की अन्तर्यात्रा 35.00
अंधकार से प्रकाश की ओर 40.00
ओशो : एक महाप्रारम्भ 60.00
उस नजर ने क्या से क्या बना दिया 195.00

विपुल गौतम

भावना के भोजपत्रों पर ओशो (मां के पत्र) . 150.00

मा धर्म ज्योति

दस हजार बुद्धों के लिए एक सौ गाथाएं 60.00

स्वामी राजा भारती

ओशो प्रेम घटा बरसी 50.00

स्वामी आनंद सत्यार्थी

मानसिक तनाव से मुक्ति के सरल उपाय. 50.00

ओशो-साहित्य पंजाबी

संभोग से समाधि की ओर 50.00

पुस्तकें V.P.P से मंगवाये। डाक व्यय प्रति पुस्तक 20/- तीन पुस्तकें एक साथ मंगवाने पर डाक व्यय फ्री।

डायमंड पाकेट बुक्स X-30, ओखला इंडस्ट्रियल एरिया, फेज-II, नई दिल्ली-20
फोन : 011-40712100, फैक्स : 011-41611866, E-mail : Sales@dpb.in, Website : www.dpb.in